Josie Charles stammt aus einer mittelgroßen deutschen Stadt. Früh entdeckte sie ihre Leidenschaft fürs Schreiben. Sie würde sich selbst als Romantikerin bezeichnen und hat eine Schwäche für schwierige Typen und mutige Frauen – trotzdem hat es eine ganze Weile gedauert, bis sie den Mut fand, ihren ersten romantischen Roman zu veröffentlichen. Mit fast dreißig hat sie beschlossen, dass die Zeit reif ist. Seitdem sind verschiedenste Storys aus dem Bereich Romance erschienen, von Sportler-Liebesromanen über College Love bis hin zu romantischen Kleinstadtgeschichten. Für Leser und alle anderen ist sie auf Facebook und Instagram jederzeit zu erreichen und freut sich über Rückmeldungen aller Art. Josie Charles ist ein Pseudonym.

JOSIE CHARLES

FIGHTING FOR YOU

Überarbeitete Neuausgabe April 2024

Copyright © 2024 dp Verlag, ein Imprint der
dp DIGITAL PUBLISHERS GmbH
Made in Stuttgart with ♥
Alle Rechte vorbehalten

FIGHTING FOR YOU

ISBN 978-3-98998-182-9
E-Book-ISBN 978-3-98998-156-0

Covergestaltung: Jasmin Kreilmann
Umschlaggestaltung: ARTC.ore Design
Unter Verwendung von Abbildungen von
depositphotos.com: © NitChan, © fxquadro, © anterovium
shutterstock.com: © yuutsu

Satz: dp DIGITAL PUBLISHERS GmbH
Druck und Bindung: Books on Demand GmbH, Norderstedt

KAPITEL 1

Chicago, Illinois
18. November 2016

»Ihren Ausweis, *bitte.*«

Das nachdrückliche »Bitte« reißt mich aus meinen Gedanken. Einen Moment lang starre ich den Kerl vor mir irritiert an. Er ist fast so breit wie die Tür, vor der er steht und so groß, dass ich mir wie ein kleines Mädchen vorkomme. Ich sehe zu ihm hoch, immer noch unfähig zu kapieren, was er von mir will.

»Ihren Ausweis«, wiederholt er, diesmal eine Spur kühler. Durch die Metalltür in seinem Rücken dringt das gedämpfte Wummern von Bässen.

Meinen Ausweis, na klar. Schnell krame ich meinen Perso aus der Handtasche und halte ihn ihm hin.

Er wirft einen kurzen Blick darauf und fängt dann dröhnend an zu lachen. »Dass du schon volljährig bist, hätte ich mir fast denken können. Ich will deinen Ausweis sehen. Den da.« Mit einem Nicken deutet er auf das Band um meinen Hals, das in meinem Dekolleté verschwindet.

Ich spüre, wie ich rot anlaufe. Natürlich. Ich stehe am Presseingang eines Clubs und der Türsteher will meinen *Presse*ausweis sehen, den ich im Ausschnitt meines Kleides verborgen habe. Auf dem Weg hierher hat der Wind mir das Plastikkärtchen immer wieder ins

Gesicht geblasen. Es hat sich wie kleine Ohrfeigen angefühlt.

Klatsch, Klatsch …

Ich schrecke auf, weil etwas meine Wange berührt.

»Hey, Miss.«

Ich öffne die Augen und schaue in das Gesicht meines Taxifahrers, der seine Finger immer noch leicht gegen mein Gesicht klatschen lässt.

»Wachen Sie auf, wir sind da.«

»Schon gut, ich bin doch wach«, murre ich, setze mich auf und schiebe den Mann beiseite, der sich so nah zu mir auf die Rückbank gebeugt hat, dass ich seinen Atem riechen kann. Kaffee. Hauptsächlich. Darunter nehme ich eine Spur Wodka wahr. »Hören Sie einfach auf, mich zu schlagen.«

Der Taxifahrer sieht für einen Moment entsetzt aus. »Ich schlage Sie nicht, ich –«

Ich hebe die Hand und bringe ihn so zum Schweigen. Ich brauche bloß einen Augenblick, um mich zu sammeln. Also, wo bin ich hier und was wollte ich nochmal?

»Das Ivory«, hilft mir der Taxifahrer auf die Sprünge.

Erst jetzt erkenne ich, dass wir uns direkt vor dem Club befinden. Richtig. Mein Traum war nicht bloß ein alberner Traum, sondern eher eine Vorahnung. Bevor ich mich noch weiter zum Affen machen kann, bezahle ich den Fahrer, dessen Taxameter immer noch läuft, und steige aus.

Der Wind fährt eisig unter mein nachtblaues Satinkleid und als das Taxi abrauscht, sprenkelt aufspritzendes Regenwasser meine weißen Stilettos. Nicht die beste Arbeitskleidung. Ich komme mir unpassend angezogen vor, aber mein Chef Brad Cooper – der mich an meinem eigentlich freien Abend herzitiert hat – hat auf partytaugliche Kleidung bestanden. Man dürfe mir keinesfalls die Reporterin ansehen.

Anders als im Traum ziert jetzt also kein Band mit einem Presseausweis meinen Hals, sondern ein silbernes Kettchen.

Bloß nicht als Pressevertreterin auffallen, hat mir Brad immer wieder eingeschärft. Ich solle einfach meinen Job machen, aber bitte ohne Smartphone, Block, Steintafel oder worauf auch immer ich sonst meine Notizen machen würde. Haha.

Ich gebe zu, dass meine Laune nach seinem Anruf im Keller war. Ich hatte mich auf einen gemütlichen Freitagabend auf dem Sofa gefreut. Von Feiern, Alkohol und anderen Menschen – vor allem Männern – habe ich vorerst die Nase voll. Doch statt einen Riesenbecher Eiscreme zu löffeln und dabei alte Liebesklassiker im Fernsehen zu schauen, stehe ich nun hier. Durchgefroren vor dem Ivory, einem Club, den ich nicht kenne, in einem Viertel von Chicago, das ich nicht mag. Die Schlange, die sich vor der Diskothek gebildet hat, ist lang und der Wind schneidend. Schon jetzt spüre ich meine Füße nicht mehr und die Kälte kriecht meine nackten Beine hoch bis in die Knie. Ich zittere am ganzen Leib, bewege mich aber trotzdem kein Stück von der Stelle weg, an der mich das Taxi rausgelassen hat. Was ist, wenn man mir die Reporterin doch ansieht? Was, wenn man mich nicht reinlässt und ich versage? Wieder einmal versage? Wie viele Chancen wird mir Brad noch geben? Nach der Sache mit meinem Ex ...

Schluss damit.

Ich lasse den Blick an mir hinuntergleiten. Mein Ausschnitt ist tief, aber nicht zu tief. Außer am Rücken. Da reicht er mir bis knapp über den Po. Der glänzende Stoff wird dort nur von dünnen Bändern zusammengehalten. Meine Beine überzieht zwar eine dicke Gänsehaut, trotzdem machen sie in den hohen Schuhen einen passablen Eindruck. Alles in bester Ordnung. Kein Aufnahmegerät in meiner Hand, keine Steintafel für Notizen unter meinem Arm.

Aber warum fühle ich mich trotzdem so unwohl?

»Das liegt nur an der Kälte, Megan«, murmle ich und ernte einen verstörten Blick von zwei Mädchen, die gerade an mir vorbei huschen. »Scheiße«, füge ich noch an. Dann setze ich mich endlich in Bewegung.

Der Türsteher ist nicht halb so riesig und breit wie in meiner Vision.

Nein, Maggie, korrigiere ich mich sogleich. *Du bist kein Genie wie der große Theo Clark. Du hast keine Visionen, sondern Träume.*

Ich seufze tief, als mich wieder mal diese Gedanken befallen, die nicht meine eigenen sind und eigentlich so gar nicht zu mir passen wollen.

Eben. Sie passen nicht zu mir. Und darum werde ich ihnen jetzt auch keinen weiteren Raum geben. Ich setze mich endlich in Bewegung. Der Wind verweht mein Haar, während ich mich der Tür nähere – der einzigen, denn einen gesonderten Presseeingang gibt es hier nicht. Ich schwinge die Hüften und versuche den Türsteher ins Visier zu nehmen, doch der ist in sein Handy vertieft. Macht nichts. Sicher wird er mich trotzdem reinlassen. Warum auch nicht? Die wenigen Gäste, die vor der Tür stehen und rauchen, sehen nicht viel anders aus als ich. Legerer gekleidet vielleicht, doch ich werde sicher nicht abgewiesen, weil ich zu gut angezogen bin. Oder? Ich werde etwas langsamer, bleibe dann vor dem Security stehen und räuspere mich.

Er schaut auf. Sein Gesicht wirkt nicht gerade freundlich. Er hat einen verschlagenen Zug um die Lippen und wirkt mit seiner Wollmütze, die auf zerzaustem blondem Haar sitzt, eher wie ein Hafenarbeiter als wie der Ordner eines angesagten Clubs.

»Spät dran«, sagt er, als würde ich erwartet.

Ich runzle die Stirn. »Äh …«

Großartig, Megan. So souverän. So schlagfertig!

»Du bist spät dran«, erklärt er seinen Halbsatz mit der vollständigen Version. »Gleich geht's los.«

Es geht los? Wovon redet er? Von der Party? Ich nahm an, dass in diesem Club einfach den ganzen Abend gefeiert wird. Aber gut, egal, ich werde es ja sehen.

»Wollen Sie meine Tasche …«

»Hab ich gesagt, dass ich deine Tasche kontrollieren will?«

»Nein«, sage ich ganz automatisch, anstatt ihn, wie ich eigentlich sollte, zu fragen, warum zur Hölle er so unfreundlich zu mir ist.

»Na also.« Mit dem Kinn deutet der Türsteher auf den Eingang in seinem Rücken. »Dann rein mit dir. Und keine Schlägerei anfangen, klar?«

Er zwinkert mir zu und mir wird klar, dass er auf diese Frage keine ernsthafte Antwort erwartet. Also werfe ich ihm einfach ein schnelles Lächeln zu, und dann betrete ich das Ivory.

Das Ivory – Brad hat nicht viele Worte darüber verloren.

Sei in zwei Stunden da, ich hab was aufgetan, das wird 'ne Supergeschichte, der Laden ist gerade richtig im Kommen, du wirst schon sehen.

Ich weiß ja nicht – auf mich wirkt der Eingangsbereich wie der eines ganz normalen Clubs. Hinter der schweren Stahltür gibt es eine Kasse, an der ich eine Verzehrkarte bekomme, für die ich saftige 35 Dollar zahlen muss. Eine Treppe führt von dort nach unten, ausgetretene Steinstufen, dazu rot gestrichene Wände. Blutrot, wie ich finde. Ich präge mir diesen Eindruck für meinen Artikel ein. Irgendwas muss ich ja reinschreiben. Mit ›Das Ivory ist ein Club und dort wird gefeiert‹ wird Brad wohl kaum zufrieden sein.

Also schön, Megan. Eindrücke sammeln, das kannst du.

Je weiter ich die Stufen hinuntergehe, desto deutlicher spüre ich den Bass. Die Wände vibrieren, mein Körper scheint es auch zu tun und ich nehme das Wummern in meinem Bauch wahr. Es fühlt sich komisch an, so wie alles, seit ich Brads Anruf bekommen habe. Alleine in eine Diskothek zu gehen behagt mir einfach nicht. Sicher, als Reporterin ist man oft allein unterwegs, steht einsam auf irgendwelchen Events herum, während sich die anderen vergnügen – doch das hat mir nie etwas ausgemacht. Das hier ist anders. Es fühlt sich wie eine riesige Falle an.

»Schluss damit, verdammt nochmal«, zische ich und bin froh, dass diesmal niemand in meiner Nähe ist, der mich hören kann.

Was zur Hölle ist denn los mit mir?

Ich gehe alleine in einen Club, obwohl ich lieber zu Hause wäre. Das ist alles. Was also soll dieses Drama, liebes Bauchgefühl? Ich beschließe, meine innere Anspannung mit Alkohol zu betäuben und gehe die letzten Stufen jetzt schneller hinab. Eigentlich sollte ich während eines Jobs nicht trinken. Andererseits soll ich mich ja unauffällig und keinesfalls wie eine Reporterin benehmen. Also kann ein Drink nicht schaden. Vor mir tut sich ein riesiger Raum auf, der schummrig beleuchtet ist und an dessen Decke ein paar Discolichter flackern. Es ist brechend voll, doch die meisten Gäste tanzen nicht, sondern stehen herum, als würden sie auf etwas warten. Da ich die Bar direkt zu meiner Rechten erblicke, schaue ich mich gar nicht weiter um, sondern steuere sie an. Es herrscht kaum Gedränge und so bestelle ich rasch einen doppelten Schnaps.

Die Barkeeperin, eine junge Frau mit grünen Haaren und Piercing in der Nase, schmunzelt. »Was für Schnaps, Schätzchen? Gin, Whiskey, Wodka, Rum … Den Billigsten? Den Teuersten? Vielleicht einen aus –«

»Rum klingt gut«, sage ich.

»Weißen oder braunen? Havana Club –«

Bevor sie wieder ins Aufzählen gerät, nicke ich hastig. »Genau den.«

Die Barkeeperin lächelt mich voll gutmütigem Spott an und füllt mein Glas. »Für dich gibt es sogar einen dreifachen. Zum ersten Mal hier?« Sie schiebt mir mein Glas rüber.

Ich trinke einen Schluck und stelle verwundert fest, dass mir das Zeug nicht die Kehle wegätzt, wie ich befürchtet hatte.

»Ja«, gebe ich zu und lasse meinen Blick jetzt doch schweifen. Viel erkenne ich allerdings nicht. In der Mitte des Clubs, dort, wo ich die Tanzfläche vermute, stehen die Leute dicht gedrängt. Doch keiner rührt sich. Wieso tanzen sie nicht? Vielleicht ist das so eine neue Tanzrichtung. Vielleicht ist das die *Supergeschichte*, die Brad *aufgetan* hat.

Ich sehe schon die Schlagzeile vor mir: Rumstehen, der neue Trendtanz – erstmals entdeckt im Ivory Chicago!

»Was tun die da?«, frage ich die Grünhaarige nach einem weiteren Schluck. Der Rum breitet sich warm in meinem Innern aus und jetzt, wo ich sehe, dass im Ivory kein Monster auf mich lauert, fühle ich mich langsam etwas besser.

»Sie warten.« Die Barkeeperin zuckt mit den Schultern. »Die wenigsten sind wegen der Musik hier.«

»Weswegen dann?«, frage ich beiläufig. Ich versuche, ungerührt, sogar ein bisschen gelangweilt zu klingen. So, als wäre mir die Antwort egal. Dabei ist sie es ganz und gar nicht.

»Na wegen Harley Jones. Gut, manche bestimmt auch wegen José Angel Cuevas. Aber für die meisten hier ist er so wichtig wie die Klofrau.«

Sie scheint meinen irritierten Gesichtsausdruck falsch zu deuten.

»Also: *gar nicht*«, fügt sie daher erklärend an.

Ich nicke schnell. Harley Jones. Nie gehört. Vielleicht ist das irgendein DJ. Aber andererseits hat sie gesagt, dass die Leute nicht wegen der Musik hier wären. Irgendwie macht das alles keinen Sinn. Vielleicht ist er ein DJ, der keine Musik auflegt, sondern ... die Menschen zum Rumstehen animiert, indem er eine abendfüllende Schweigeminute veranstaltet? Gott, ich sollte den Rum aus dem Kopf lassen. Trotzdem trinke ich einen weiteren kleinen Schluck. Mein Gesicht kribbelt bereits und mir ist angenehm warm.

Ich fasse mir ein Herz und beschließe, doch noch weiter nachzuhaken. »Wer ist denn Harley Jones?«

Auf der Stelle überzieht wieder ein amüsierter Ausdruck das Gesicht der Barkeeperin. »Mädchen, hast du die letzten Monate unter einem Stein geschlafen? Deinen Winterschlaf im Sommer absolviert?«

Na ja, so ungefähr. Anstatt das zuzugeben, zucke ich nur mit den Schultern und verziehe entschuldigend den Mund.

»Harley ist der heißeste Typ der Stadt.«

Ah, jetzt verstehe ich. Sicher so ein aufstrebender Popstar und alle Anwesenden sind einfach zu nervös, um ausgelassen zu feiern. Gleich gehen vermutlich die ersten Kreischkonzerte los. Unauffällig sehe ich mich um und versuche den Altersdurchschnitt der Gäste auszumachen. Bei manchen der Frauen ist es schwer zu sagen, aber alles in allem kommt es mir nicht vor, als wären Teenies hier.

Aus dem Augenwinkel sehe ich, wie sich die Barkeeperin zu mir vorbeugt und mir einen weiteren Drink herüber schiebt. »Glaub mir einfach, Schätzchen. Harley Jones wird den Käfig zum Beben bringen.«

Den ... Käfig? Ist der Kerl ein Gogo-Tänzer oder was? Jetzt sehe ich mich erstmals richtig um – und dann entdecke ich, was mir vorhin in meiner Nervosität entgangen ist. Ungefähr in der Mitte des schummrigen Clubs

befindet sich tatsächlich ein großer Käfig. Er ist acht-
eckig und mit stabilem, grobmaschigem Draht umzo-
gen. Sein Boden ist rot und die meisten der Anwesenden haben sich drum herum verteilt. Okay, ein so großer Käfig ist sicher nicht zum Tanzen da. Ich meine,
mich dunkel zu erinnern, so etwas schon mal gesehen
zu haben ... Aber nein, das kann unmöglich sein. Brad
würde mich nicht zu einer solchen Veranstaltung schicken. ... Oder?

Ich bedanke mich bei der Barkeeperin, nehme mein
neues Glas und die Verzehrkarte, auf der sie nur drei
Dollar ausgestrichen hat. So billig können meine zwei
dreifachen Schnäpse gar nicht gewesen sein. Ich frage
mich, warum sie so nett ist. Dann beschließe ich, mein
Misstrauen beiseite zu schieben und reiße mich endlich von der Theke los, um zu einer Erkundungstour zu
starten, die ich, wie mir scheint, dringend nötig habe.

Ich nehme noch einen Schluck Rum, dann schiebe ich
mich zwischen die erste Traube aus Menschen. Mir
fällt auf, dass sich die Musik verändert hat. Nicht mehr
ganz so basslastig und tanztauglich, stattdessen ein etwas düsterer Song mit Raps darin, die so schnell hinge-
rotzt werden, dass ich kein Wort verstehe.

Von den Gesprächen um mich herum schnappe ich
jedoch ein paar Satzfetzen auf: ... *richtig abgehen ... hoffentlich ein paar Fotos machen ... letztes Mal hatte ich
'nen Kieferbruch in Nahaufnahme ... einfach nur so
sexy, wie er seine Gegner niedermacht ...*

Du liebe Güte. Mein Verdacht scheint sich zu bestäti-
gen. Ich schiebe mich weiter durch die Leute und entdecke dann an einer schwarz gestrichenen Säule ein
Plakat. Es zeigt zwei Männer, den einen in der oberen

linken und den anderen in der unteren rechten Ecke. Der unten rechts ist offensichtlich hispanischer Abstammung und hält einen Rosenkranz in den Händen, während er finster an der Kamera vorbeistarrt. Eine Narbe ziert seine Braue, eine Tränentätowierung unter seinem Auge weist ihn als ehemaligen Häftling aus. Um den Kopf hat er ein Bandana gewickelt, darunter raspelkurzes Haar.

Und der andere Typ, der oben links … na ja, er ist nur von hinten drauf. Breite Schultern, eine aufrechte Haltung und Muskeln. Ausgeprägte Muskeln, die seine Schultern definieren und sich seinen Rücken hinabziehen bis zu seinen schlanken Hüften. Ein tätowierter Schriftzug ziert seine Haut auf Höhe der Schulterblätter: *In sucum et sanguinem.*

Mist, ich verstehe leider kein Wort Lateinisch. Ich werde später googeln, was das bedeutet. Aber eigentlich könnte ich auch jetzt gleich …

Ich komme nicht mehr dazu, mein Handy rauszuholen, denn auf einmal tut sich etwas in der Halle. Der Rapsong wird heruntergeregelt und durch etwas anderes ersetzt: Trommeln, die einen langsamen, aber treibenden Takt vorgeben. Auch das Licht verändert sich, wie ich sehe, als ich der Säule den Rücken zukehre. Im Club wird es dunkler, gleichzeitig flammen Scheinwerfer auf, die über die Menge wandern, die sich nun enger denn je um den Käfig gruppiert. Zum Glück steht er erhöht, sonst könnte ich schon jetzt nichts mehr erkennen. Jubel und Applaus brechen los, während sich die umherirrenden Scheinwerferlichter alle zugleich auf das achteckige Gestell richten. Die Trommeln schlagen weiter und eine Welle der Energie scheint sich im Club auszubreiten. Ich schlucke hart, umklammere mein Glas und nippe am Rum. Ich bin froh, dass ich ein wenig abseits stehe und lehne mich mit dem Rücken gegen die Säule. Ich sollte nicht hier sein, sondern zu Hause. Aber diese Erkenntnis hilft mir jetzt auch nicht weiter. Gleichermaßen abgeschreckt und neugierig sehe ich zu, wie sich die Menge auf der anderen Seite des Käfigs zu teilen scheint, nein, vielmehr wird sie von ein paar Sicherheitsleuten auseinandergetrieben.

Zeitgleich ertönt eine Stimme, die aus dem Nichts zu kommen scheint: »Ladies and Gentlemen! Herzlich willkommen zur achtunddreißigsten Ivory Fight Night!«

Jubel.

Mein Herz setzt einen Schlag lang aus, um dann umso heftiger weiterzuwummern. Ich sehe nach oben und entdecke einen Anzugträger mit Mikrofon hinter dem DJ-Pult, das sich auf einem kleinen Balkon ein paar Meter über uns befindet.

Der DJ regelt ungerührt an ein paar Knöpfen herum, während der andere Kerl weiterredet: »Ihr wisst alle, was euch heute Abend erwartet: Es wird hart. Es wird brutal. Es wird eine Nacht der Platzwunden und gebrochenen Knochen!«

Bei jedem seiner Worte flippen die Zuschauer ein bisschen mehr aus. Gebrochene Knochen, hey, super. Ich kann ihre Euphorie nicht nachvollziehen.

»Und ich weiß, wen ihr alle sehen wollt: den Mann, der zuschlägt wie kein Zweiter. Den König des Käfigs. Harley Jones!«

Ohrenbetäubende Anfeuerungsrufe. Ich sehe noch mal hinüber zum Plakat.

In sucum et sanguinem.

Hieß *sanguis* nicht *Blut?*

Schaudernd wende ich mich wieder dem Käfig zu. Auf der anderen Seite ist jetzt ein etwa einen Meter breiter Gang entstanden, immer noch gesichert von den Securitys.

»Doch bevor der König seinen Hofstaat begrüßt, seid faire Sportsmänner und lasst was hören für den zweiten Star des Abends, den mexikanischen Pitbull, der keine Angst hat, sich mit den Größten anzulegen: José Angel Cuevas!«

Ein Mann erscheint in dem künstlich geschaffenen Gang und die Anwesenden lassen tatsächlich was für ihn hören: Buhrufe, so laut, dass die Wände zu vibrieren scheinen. Innerlich mache ich mir eine Notiz – fair geht es hier nicht gerade zu. Doch der *mexikanische Pitbull* stört sich gar nicht daran, dass er hier offensichtlich nicht willkommen ist. Hocherhobenen Hauptes, mit geballten Fäusten, schreitet er im Lichtkegel eines Scheinwerfers auf den Käfig zu. Er ist oben ohne, sein gesamter Oberkörper von Tätowierungen überzogen. Er trägt einen Rosenkranz, den er erst ablegt, nachdem er die Stufen des Käfigs erklommen hat. Er küsst das Kreuz der Kette, dann gibt er sie an einen Mann in einem schwarzen Shirt ab, der ihn anschließend in das umzäunte Achteck lässt. Cuevas macht ein paar tänzelnde Schritte, hüpft auf und ab, scheint sich warm halten zu wollen. Die Schmährufe reißen nicht ab und irgendjemand schleudert ein Glas gegen die Käfigwand. Ich zucke zusammen. Mit so etwas hatte ich nun wirklich nicht gerechnet, als ich das Ivory vor ein paar Minuten betreten habe.

»Leute, Leute!«, sagt der Anzugträger von seiner Tribüne aus. »Seid bitte fair. Cuevas hat um eine Chance gebeten und er hat sie bekommen. Jetzt macht ihn nicht fertig, bevor Harley es tut!«

Hämisches Gelächter. Cuevas stört sich immer noch nicht daran. Doch er macht etwas anderes: Er geht auf die Seite des Käfigs, wo das Glas gegen den Draht geknallt ist, dann zeigt er auf irgendwen im Publikum, und als er sich sicher zu sein scheint, dass er dessen Aufmerksamkeit hat, schlägt er herausfordernd seine Fäuste gegeneinander.

Sofort wird er von dem Mann im schwarzen Shirt zurück in die Käfigmitte geführt, trotzdem entsteht ein kleiner Tumult in der Menge der Zuschauer. Ich weiß nicht, ob es normal ist, dass die Männer im Käfig die Leute im Publikum anfeinden, aber sonderlich überrascht wirkt hier niemand. Noch eine innerliche Notiz. Ich leere mein Glas, stelle es auf einem nahen Bistrotisch ab, dann lehne ich mich wieder an die Säule und verschränke die Arme vor der Brust.

»Und wo wir gerade beim Thema sind ...«, fährt der Moderator von seinem Balkon aus fort, ohne dem Vorfall auch nur das geringste bisschen Beachtung zu schenken: »Begrüßt ihn mit mir – den Champion, den Unbesiegten, den einzig wahren ...«

An diesem Punkt können seine Worte die Rufe und den Applaus der Zuschauer kaum noch übertönen.

»... Harley Jones!«

Nun ist es so weit. Wieder wandert der Lichtkegel Richtung Gang, aber diesmal dauert es einen Moment, bis dort jemand erscheint.

Trommeln, Jubelrufe, steigende Spannung.

Noch eine Notiz, denke ich. Und dann erscheint ein weiterer Mann im Scheinwerferlicht. Er ist nicht oben ohne, so wie der andere, doch selbst von hier kann ich erkennen, wie sich unter seinem dunklen Tank Top die Muskeln abzeichnen. Seine bloßen Arme glänzen feucht, der rechte ist von oben bis unten tätowiert. Auch sein dunkles Haar ist ein wenig feucht und als er kurz die Menge überblickt, fallen mir seine stechenden Augen auf. Sein Gesicht ist absolut ernst – nicht bösartig, nicht sauer, sondern eine Maske der Entschlossenheit. Menschen rufen seinen Namen, er reagiert gar nicht darauf, sondern setzt sich schließlich in Bewegung Richtung Käfig.

Eine beringte Frauenhand versucht an einem der Ordner vorbei, ihn anzufassen, jemand reckt ihm ein Handy entgegen und macht ein Foto. Er – Harley Jones – hat nur den Ring im Auge, den Ring und seinen Gegner, der darin wieder mit Hüpfen und Tänzeln beschäftigt ist. Die Atmosphäre gewinnt an Bedrohlichkeit. Ein Raubtier, das sich dem anderen nähert ... oder seiner Beute. Seinem Opfer.

Ich atme tief durch und ignoriere meine Reflexe, die mir mit steigender Vehemenz raten, hier zu verschwinden. Das ist also der Job, den Brad meinte, als er sagte, er habe was Großes aufgetan. Ich soll über Käfigkämpfe berichten.

Mit einem kurzen Brainstorming versuche ich, meine Anspannung einzudämmen. Was weiß ich über Käfigkämpfe? In weiten Teilen der USA finden sie illegal statt, in Scheunen und auf Hinterhöfen. Doch es gibt auch legale Formen, vermutlich ähnlich organisiert wie das Boxen. Wo liegt der Unterschied? Man darf nicht nur schlagen, sondern auch treten, werfen und was weiß ich nicht noch alles. Die Kämpfer tragen keine dick gepolsterten, sondern nur dünne Handschuhe. Und es gibt viel, viel mehr Verletzungen – manche sterben sogar bei diesen Fights.

Aber hoffentlich nicht heute Nacht.

Der Käfig zieht meine Aufmerksamkeit wieder auf sich, als Harley ihn betritt. Die Zuschauer skandieren seinen Namen. Er bleibt bei dem Mann im T-Shirt stehen, der sicher der Ringrichter ist, lässt dabei aber Cuevas nicht aus den Augen. Der hampelt immer noch herum, was ihn jetzt nervös wirken lässt. Harley hingegen scheint die Ruhe selbst zu sein. Lediglich der Schweiß auf seiner Stirn verrät seine Anspannung. Während der Ringrichter etwas zu ihm sagt, greift er nach dem Saum seines Shirts und zieht es über den Kopf. Perfekt definierte Muskeln auf leicht gebräunter Haut. Keine weiteren Tattoos auf seinem stahlharten Bauch oder der Brust, die sich unter seinen Atemzügen sichtbar hebt und senkt. Ein gereizter Stier, kurz davor, sein Gegenüber einfach aufzuspießen. Ich zwinge mich, den Blick von Harley Jones' Körper zu nehmen und ihm wieder ins Gesicht zu sehen. Gott, diese Augen. Der ganze Mann. Er sieht absolut fantastisch aus.

Ich trete ein wenig näher. Nicht, weil mich der Anblick anziehen würde! Aber ich muss ja so genau wie möglich beobachten, um später auch was Gutes schreiben zu können. In die Menge der Schaulustigen dränge ich mich jedoch nicht, stattdessen bleibe ich im hinteren Bereich stehen, dort, wo die Zuschauer ruhiger und nicht ganz so euphorisiert wirken wie die weiter vorn.

Ich sehe mich abermals um, versuche zu erfassen, wie viele hier sind. 500 oder 600 bestimmt.

»Ladies und Gentlemen«, ergreift der Kerl im Anzug noch mal das Wort. »Seid ihr bereit für die Action? Für einen Kampf Mann gegen Mann, wie es ihn schon vor tausenden von Jahren gegeben hat und immer geben wird? Seid ihr bereit, eure Helden, eure modernen Gladiatoren fighten zu sehen? Dann lasst was hören!«

Wieder Getöse, das den Club beinahe zum Bersten bringt. Ich konzentriere mich auf die zwei Männer hinter dem Draht. Sie stehen nun beide beim Ringrichter, er scheint ihnen etwas zu erklären. Die Regeln? Cuevas nickt immer wieder abgehackt, während Harley Jones einfach nur zuhört. Dann ziehen die Kämpfer mit Hilfe von zwei anderen Männern ihre Handschuhe an und bekommen jeweils einen Mundschutz. Mein Herz klopft wie wild, als mir klar wird, dass es jetzt gleich losgeht. Am liebsten würde ich wegsehen, aber wenn ich das tue, würde daraus wohl eine ziemlich beschissene Story entstehen. Also zwinge ich mich hinzusehen, während der Ringrichter aus dem Weg geht, nachdem er die zwei *Gladiatoren* in der Mitte des Käfigs voreinander positioniert hat. Es ist wie schon die ganze Zeit: Cuevas tänzelt herum, Harley sieht ihn unbeeindruckt an. Irgendetwas strahlt dieser Mann aus, das ihn trotzdem viel bedrohlicher als seinen Kontrahenten wirken lässt. Es ist diese Entschlossenheit, die mir vorhin schon aufgefallen ist. Jones hofft nicht, dass er gewinnt, er betet dafür keine Rosenkränze – er *weiß*, dass er gewinnen wird.

Und dann erschallt ein Countdown. Das Scheinwerferlicht verändert sich leicht, es bekommt eine rötliche

Note. Die Stimme aus den Lautsprechern klingt tief, bedrohlich.

»Sieben ... sechs ... fünf ...«

Cuevas schlägt seine Fäuste gegeneinander. Jones lockert seine Schultern.

»Vier ... drei ... zwei ...«

Cuevas tänzelt herum, die Menge jubelt, die meisten rufen: »Jones! Jones! Jones!«

Ich wende mich ab, muss hier raus. Dann bemerke ich, dass sich die Menschen mittlerweile auch hinter mir so dicht zusammengedrängt haben, dass kaum ein Durchkommen ist. Verdammt.

»Eins ... *Fight!*«, bellt die Lautsprecherstimme, und dann geht es wohl los, denn die Anfeuerungsrufe werden lauter, aller Blicke kleben am Käfig, es gibt keine Musik, keine Trommeln mehr, nur die Kämpfer und ihre Fans.

Und mich. Ich spüre, wie eine Gänsehaut meinen ganzen Leib überzieht. Immer noch würde ich am liebsten weglaufen, aber jetzt meldet sich auch meine Vernunft endlich wieder zu Wort. Ich kann nicht abhauen. Ich habe hier einen Job zu erledigen. Und wie schlimm kann es schon sein? Dass hier ist ein organisierter Kampf, etwas Offizielles, und es gibt Regeln. Kein Grund, gleich die Fassung zu verlieren.

Als ich die ersten seltsamen Blicke auf mir spüre, wende ich mich zögerlich wieder dem Käfig zu. Ich zwinge mich hinzusehen.

In sucum et sanguinem.

Harley Jones steht mit dem Rücken zu mir, ist jetzt endlich auch in Bewegung. Er weicht einem Schlag von Cuevas geschickt aus, dann rammt er seine Faust in dessen Seite. Cuevas krümmt sich, ich kann sehen, dass er beinahe seinen Mundschutz verliert, als er vor Schmerz keucht. Das Bild des zuschlagenden Jones hat sich bereits in meinen Geist gebrannt – die Muskeln in seinem Oberarm, seiner Schulter, seinem Rücken, alles in perfekter Harmonie, auf Zerstörungskurs. Irgendwie schön, irgendwie schrecklich. Ganz automatisch denke ich an …

Nein, Meg. Nicht schon wieder.

Erneut verschränke ich die Arme, wie immer, wenn ich versuche, meine Gedanken zwanghaft beisammen zu halten. Und dann platziert Harley einen weiteren Schlag, diesmal mitten in Cuevas' Gesicht.

Der Kopf des Mexikaners fliegt zur Seite, Blutstropfen spritzen aus einer frischen Platzwunde. Die Verletzung tut jetzt gerade ganz sicher noch nicht weh, aber sie wird anschwellen, spannen, immer wieder aufreißen und möglicherweise eine hässliche Narbe hinterlassen. Neben mir schreit sich ein Mann vor Begeisterung die Seele aus dem Leib. Ich möchte ihn schütteln.

Dann zieht Harley Jones meine Aufmerksamkeit wieder ganz auf sich. Er tänzelt mühelos um Cuevas herum, sodass ich sein Gesicht sehen kann. Sein Blick ist starr, sein Oberkörper von ein paar Treffern gerötet, dennoch wirkt er, als könne er einen ganzen Krieg allein gewinnen, wenn es sein müsste. Er zweifelt nicht an seinem Sieg, und als ich sehe, wie Cuevas ihn mit einem Tritt gegen den Oberschenkel trifft, wie er zwar leicht strauchelt, sich aber überhaupt nicht aus der Ruhe bringen lässt, beginne ich, an ihn zu glauben.

Auch wenn das keine Rolle spielt. Für mich ist es egal, wer hier gewinnt. Mir gefällt dieser Sport nicht und es sollte ihn nicht geben, er macht die Menschen aggressiv, wie man schon am Publikum erkennt.

Und dennoch. Jones' Körper, das perfekte Zusammenspiel seiner Muskeln, als er ausholt und zuschlägt und mit der anderen Faust gleich einen zweiten Schlag hinterher schiebt, zieht mich in seinen Bann.

Dann endet die erste Runde und die zwei Kämpfer gehen auseinander. Die Käfigtür wird geöffnet, man bringt ihnen Wasser und tupft ihre Gesichter mit Handtüchern ab. Die Leute aus Jones' Team sehen allesamt ein bisschen südländisch aus, aber nicht mexikanisch wie Cuevas, sondern eher italienisch. Ob Jones Italiener ist? Er sieht nicht wirklich so aus ...

Ich quetsche mich nun doch noch ein Stück weiter nach vorn, um sein Gesicht besser erkennen zu können. Niemand hindert mich.

Harley hat helle Augen, ob blau oder grün, kann ich nicht erkennen. Er trinkt aus einer Plastikflasche, die ihm sogleich wieder abgenommen wird, dann lässt er sich den Mundschutz wieder einsetzen. Sein Gesicht hat einen störrischen Zug, das gefällt mir. Und er hat keine von diesen seltsam platten Boxernasen, also hat er wohl tatsächlich noch nicht allzu viele Schläge einstecken müssen.

Er steht auf, begibt sich wieder zur Ringmitte. Und dann geht es weiter. Diesmal sehe ich nicht weg, als Cuevas vorprescht und Harley so geschickt ausweicht, als habe er vorher gewusst, dass der Schlag kommen würde.

»Mach ihn fertig!!«, brüllt jemand neben mir, und der Mann an meiner anderen Seite sagt ganz sachlich: »Mehr als 2 Runden hat Jones noch nie gebraucht.«

Wieder werden Rufe laut. Alle für Harley, kaum einer für Cuevas. Und dann passiert es: Harley Jones packt seinen Kontrahenten, beugt sich ein Stück hinunter und wirft ihn dann schnell, effektiv, elegant und trotzdem brutal über seine Schulter. Es kracht, als Cuevas auf den Ringboden aufschlägt und ich denke, dass der Kampf jetzt vorbei ist. Aber weit gefehlt: Harley geht mit ihm zu Boden, hockt sich auf ihn und schlägt ihm ins Gesicht, hart und erbarmungslos, mehrfach nacheinander. Ich presse die Lippen zusammen. Habe ich diesen Mann gerade noch in irgendeiner Form bewundert, auch wenn es nur für die Schönheit seines Körpers war? Ja, habe ich, und das war total idiotisch von mir. Der Kerl ist ein Schläger, ein Raubtier, ganz wie ich zuerst dachte.

Er steht auf. Cuevas nicht. Um mich herum bricht die pure Begeisterung los, als der Ringrichter sich dem Mexikaner zuwendet. Prüfend. Und als er den Kampf schließlich beendet.

Dann greift er nach Harleys Arm, hebt ihn in die Höhe und macht damit klar, wer der Sieger ist.

Applaus, Rufe, ein paar Mädels einige Meter vor mir fallen sich in die Arme.

Die Stimme des Anzugträgers ertönt wieder: »Sieg durch K.o. in Runde 2 durch Harley Jones! Wer kann diesen Mann jetzt noch stoppen? Ich sage: niemand!«

Die Menge dreht durch. Alle freuen sich. Nur der Held des Abends nicht: Harley sieht grimmig aus, als sich Sanitäter einen Weg zum Käfig bahnen, um Cuevas abzutransportieren, der sich zwar bewegt, aber nicht aufsteht. Der Champion ist wohl unzufrieden. War das zu einfach? Konnte er seinen Gegner nicht gebührend leiden lassen? Das alles hier ist widerlich.

Ich schüttle den Kopf und schaffe es endlich zu gehen, zumindest zurück zur Bar, wo ich bei derselben Frau wie gerade einen weiteren Rum ordere.

Sie strahlt mich euphorisch an. »Hast du gesehen, wie er ihn gefinished hat? Das war der Hammer!«

»Das war brutal. Sicher hat er ihm die Nase gebrochen.«

Sie winkt ab. »So was merken diese Jungs doch gar nicht mehr.« Dann gießt sie mir mein Getränk ein.

»Als wäre normales Boxen nicht menschenverachtend genug.«

»Menschenverachtend?« Ungläubig sieht sie mich an. »Entschuldige, aber was genau machst du hier, wenn du das so siehst?«

Tja, jetzt bin ich in Erklärungsnot. »Meine Freunde ...«

»Ich habe sie hergeschleppt«, sagt auf einmal eine samtige Stimme gleich neben mir. »Und dieser Drink, bei dem es sich vermutlich um kein sehr kleines Glas Wasser handelt, geht auch auf mich.«

Ich muss mich meinem neuen Begleiter nicht zuwenden, um ihn zu erkennen – Brad Cooper. Ja, er heißt wirklich wie der Kerl aus *Hangover,* sieht dabei aber nicht halb so gut aus, was irgendwie schade ist. Seine Stimme reicht aus, um ihn zu identifizieren. Trotzdem drehe ich mich zu ihm um.

»Danke«, sage ich voll beherrschter Höflichkeit und hoffe, dass er mir nicht gleich eine Szene zum Thema Alkohol am Arbeitsplatz macht.

Brad bestellt sich einen Scotch und wendet sich mir dann zu. »Du bist also gekommen. Braves Mädchen. Und?«

»Nicht unbedingt mein Thema«, bringe ich gepresst hervor.

Brad bekommt seinen Scotch, lässt ihn gegen mein Glas klickern und nippt daran. »Cheers. Aber es ist ein gutes Thema«, sagt er dann. »Eine gute Story. Spürst du die Energie, die in diesem Raum herrscht? So roh und urwüchsig. Wo erlebt man so was noch?«

Tja, ich wüsste da ein paar Orte und Brad weiß das genau. »Warum setzt du nicht Luke darauf an? Oder Piper. Sie wartet seit Jahren darauf, dass sie mal über was anderes als Kleider und Schuhe berichten darf.«

»Das liegt daran ...« Brad nimmt einen weiteren Schluck Scotch. »... dass Piper mein Kleider-und-Schuh-Mädchen ist. Luke ist mein Auto-und-Zigarren-Junge. Und du bist meine Spezialistin für alles, was in die Tiefe gehen muss.« Er wirft mir sein aalglattes Lächeln zu, das perfekt zu seinem auf Figur geschnittenen Anzug und dem makellosen Haarschnitt passt.

Ich lache trocken. »In die Tiefe gehen? Hier haben sich zwei Männer geprügelt und die Leute stehen drauf, weil sie schon immer auf so etwas standen. Was soll ich denn dazu noch schreiben?«

»Stell dein Licht nicht unter den Scheffel, nur weil andere es getan haben, Meg.«

Autsch, das war ein böser, wenn auch gut gemeinter Schlag in die Magengrube. Manchmal vergesse ich, was Brad alles über mein Privatleben weiß. Wie viel er weiß. Mir wäre es lieber, er hätte gewisse Dinge nie erfahren, aber es gab eine Phase in meinem Leben, da ging es nicht anders, als ihm die Wahrheit zu erzählen. Die ganze Wahrheit.

»Du hast eine 1A-Auffassungsgabe. Du siehst Dinge, die andere nicht sehen, und diese Dinge will ich in deinem Artikel lesen. Guck dir die Zuschauer an. Das sind keine primitiven Hinterwäldler. Warum sehnen sich schöne Frauen von deiner Kategorie und gut verdienende Männer wie ich danach, moderne Gladiatorenkämpfe zu sehen? Ich weiß, wenn jemand aus meiner Redaktion diese Frage ergründen kann, dann du. Muss ich dir noch mehr Honig ums Maul schmieren oder wirst du –«

Ich winke ab. »Schon gut.« Dann leere ich mein Glas, um hinzuzufügen: »Ich fahre dann mal nach Hause und setze mich ran. Brauchst du den Artikel für übermorgen? Für die nächste Wochenendausgabe? Und wie viel Platz bekomme ich?«

»Moment«, sagt Brad und hebt die Hand. »Du hast da was falsch verstanden, Meg.«

»Ach ja?« Ich ziehe die Brauen in die Höhe.

»Du sollst nicht über diesen Kampf schreiben.«

Ich runzle die Stirn.

»Zumindest nicht nur«, fährt Brad fort. »Der Kampf ist ein guter Einstieg, aber dein Artikel wird viel umfassender sein. Du bekommst nämlich die Reportagesektion für den Monat Dezember.«

Ich spüre, wie mir die Knie weich werden. Was? Ich meine ... *Was?*

Die Reportagesektion ist der größte und wichtigste Bereich der Chicago Daily News, bei denen ich beschäftigt bin. Es gibt nur eine Reportage im Monat, die im-

mer am letzten Tag erscheint. Sie ist die Königsdisziplin und kann für jeden Journalisten einen gewaltigen
Karrieresprung bedeuten. Ich habe mir immer erhofft,
dass ich die Reportage mal schreiben darf, vielleicht in
ein paar Jahren, aber ...

»Wenn du das gut machst«, sagt Brad und sieht mir
dabei tief in die Augen. »Dann bekommst du die Stelle,
um die du mich gebeten hast.«

Wie vorhin beim Kampf beginnt mein Herz auch jetzt
wieder wie wild zu schlagen. Hat er das gerade wirklich
gesagt? Ich denke an Sonne, an das Meer, und vor allem
an einen Ort ganz weit weg von hier.

»Verstehe ich das richtig? Wenn ich's nicht versaue,
machst du mich zur Westküsten-Korrespondentin?«

»Du hast mich goldrichtig verstanden.«

Wäre er nicht mein Chef, würde ich ihm jetzt um den
Hals fallen. Ich habe ihn bereits vor zwei Monaten gebeten, mich für diesen Posten in Erwägung zu ziehen,
aber da er nie groß etwas dazu gesagt hat, habe ich gedacht, er hätte sich einfach dagegen entschieden. Jetzt
sehe ich mich schon die Koffer packen. Nur noch eine
kleine Hürde liegt zwischen meinem Traumjob an meinem Traumort und mir.

»Okay!«, sage ich, plötzlich von Tatendrang erfüllt.
»Wie soll ich das Ganze aufziehen? Historisch? Von den
Gladiatoren, die gegen Bären und Löwen kämpften, bis
heute? Oder mehr gesellschaftskritisch, wie du eben
vorgeschlagen hast? Ich könnte als Schwerpunkt ...«

»Megan. Zerbrich dir nicht deinen hübschen Kopf. Ich
werde dir einen Schwerpunkt vorgeben.«

Neugierig sehe ich ihn an. »Und welchen?«

Mein Chef lächelt vielsagend. »Das kannst du dir eigentlich denken. Dein Schwerpunkt lautet *Harley Jones*.«

Während Brad seinen Namen sagt, läuft vor meinem inneren Auge ein kurzer Film ab: Harleys kalt entschlossener Blick, seine Muskeln, die sich anspannen, sein perfekter Körper, der vorschnellt und seine Faust, die ein Gesicht zertrümmert ...

Meine Kehle wird trocken. Soll ich ihm etwa begegnen? Mich ihm nähern, wenn keine Käfigwand diese Bestie von mir trennt? Das kann ich nicht, und Brad weiß das. Ist das hier eine Falle? Will er mich auf die Probe stellen? Warum muss er mir ausgerechnet diesen Auftrag geben?!

»Megan«, sagt er eindringlich, als hätte er meine Gedanken gelesen. »Bitte. Du bist die Einzige, die für diese Nummer in Frage kommt. Du bist jung, talentiert, charmant und anpassungsfähig. Gib dir einen Ruck. Eine Herausforderung wird dir gut tun. Und denk an die Belohnung.«

Oh ja, er hat Recht – das hier ist eine Herausforderung. Und ich habe keine Ahnung, wie gewisse Teile von mir, meine Reflexe, all die Dinge, die ich bisher nicht aufarbeiten konnte, reagieren werden, wenn ich auch nur in Harley Jones' Nähe komme. Aber ich werde es herausfinden, denn ich will die Belohnung. Ich will sie unbedingt. Und auch wenn mir dieser Auftrag irgendwie Angst macht, muss ich mir mein Ziel vor Augen halten.

Schluck die bittere Pille, dann wirst du gesund. Nimm den anstrengenden Weg und du gelangst an einen wunderbaren Ort.

Ich seufze tief, dann nicke ich. »Harley Jones also. Okay. Ich könnte ihn interviewen«

»Du *wirst* ihn interviewen.« Brads Augen blitzen und er leert in Ruhe seinen Scotch, ehe er weiterspricht. »Zumindest indirekt.«

»Indirekt«, bringe ich hervor und ahne nichts Gutes.

»Ganz genau. Harley Jones und sein Team suchen jemanden fürs Marketing. Jemanden, der die Fotos schießt, die Flyer und Plakate designt, die Website updatet und der Jones noch viel berühmter macht. Jemanden wie dich.«

»Aber ich bin ... ich kann ...«, stottere ich, sogleich wieder demotiviert, und breche ab, bevor es richtig peinlich wird mit meinem Gestammel. Ich war noch nie besonders gut im Fotografieren. Meine erste Fotokamera ist mir in einen Teich gefallen, als ich die ölige Schicht an der Oberfläche ablichten wollte. In der Schule habe ich mal einen Fotokurs belegt, bei dem ich im Labor lauter schwarze Bilder entwickelt habe, während andere farbenprächtige Motive von Blumen und Tieren in den Händen hielten. Immer, wenn ich Fotos zu meinen Artikeln brauche, begleitet mich Jasper, ein langjähriger Freund und ebenfalls bei Brad angestellt. Und Flyer designen, Webseiten updaten ... Ich bin eine Niete am PC und schaffe es tatsächlich, das Internet zu löschen. Zumindest habe ich das mal ernsthaft geglaubt. Ich bin also ein wandelnder Computer-Witz und ich habe keine Ahnung, wie Brad auch nur auf die Idee kommt, dass dieser Job etwas für mich sein könnte. Und warum überhaupt.

»Jetzt mach nicht so ein Gesicht. Das kriegst du doch mit Links hin.«

Ich lache auf. Es klingt in meinen eigenen Ohren kläglich. »Ich bin Reporterin, Brad ...«

»Und eine sehr gute dazu. Deswegen habe ich dich ja auch ausgewählt, den Artikel zu schreiben.«

»Den Artikel, ja. Aber ich hab doch keine Ahnung von Marketing und überhaupt –« Erst jetzt wird mir etwas viel Essenzielleres klar: »Moment mal, was geht hier eigentlich vor? Wieso machen wir keinen Termin mit Jones' Management und interviewen ihn ganz offiziell? Wieso dieser ... dieser Undercover-Einsatz?«

»Wir wollen wahre Einblicke. Nichts Geschöntes. Werden in dem Business Drogen genommen? Ich will es wissen. Hat dieser Möchtegern-King-Kong mit Doping zu tun? Ich will auch das wissen. Pinkelt er im Sitzen? Heult er sich nachts in den Schlaf? Frisst er kleine Kinder? Ich will alles wissen. Die ganze ungeschönte Wahrheit.«

»Das ist ...«

»Dein Karrieresprungbrett.«

»Ich soll ihn bespitzeln und dabei so tun, als gehörte ich zum Team.«

»Ganz recht. Du begleitest ihn die nächsten vier Wochen lang, bis zu seinem ersten großen UFC-Kampf Mitte Dezember. Und dann hast du noch eine Woche, mir deine fertige Reportage zu liefern. Sie erscheint als Paukenschlag zum Jahresende und wir stoßen Silvester darauf an.«

Mir wird heiß und kalt. Ich soll diesen Schlägertypen begleiten? Was heißt das? Werde ich mit ihm allein sein?

Ehe ich dazu komme, danach zu fragen, deutet Brad zur anderen Seite des Clubs. »Komm mit.«

»Wohin?«, frage ich perplex.

»An deinen neuen Arbeitsplatz.« Damit drückt er mir eine Spiegelreflexkamera in die Hand, die er, wie es aussieht, schon die ganze Zeit an einem Riemen von der Schulter baumeln hatte.

Ich lege vorsichtig eine Hand auf das Gehäuse. Noch immer sträubt sich alles in mir gegen die neue Aufgabe.

»Jetzt nimm schon. Das Ding ist nicht giftig. Nimm.«

Er lässt los und ich kann gerade noch rechtzeitig zugreifen.

Ich glaube, dass ich gerade aussehe, als hätte er mir eine scharfe Atombombe gegeben, aber Brad scheint zufrieden.

»Steht dir. Und jetzt komm. Ich kenne da jemanden, der kennt jemanden … Lange Rede, kurzer Sinn: Du hast den Job bei Jones eigentlich schon in der Tasche. Und jetzt wirst du deinen zukünftigen Arbeitgeber auf Zeit kennenlernen.« Er geht los.

Ich starre noch einen Moment auf das Ungetüm in meiner Hand, dann trinke ich meinen Rum auf Ex und folge Brad.

Soll ich Harley Jones heute noch kennenlernen? Jetzt? Ich schaue zum Käfig. Er ist nicht mehr da. Er wartet auf mich …

Mir wird schwindelig. Mein Puls dröhnt in meinen Ohren. Das fängt ja fantastisch an.

Kapitel 2

Brad führt mich einmal quer durch den Club, wo die Menschen noch immer ganz euphorisiert sind. Ich schnappe auf, dass José Angel Cuevas von einem Krankenwagen abgeholt worden ist. Sein Jochbein soll gebrochen sein oder zumindest, so sagen die Zuschauer, sah es so aus. Innere Notiz: Sie freuen sich nicht nur über Jones' Sieg, sie geilen sich auch an den Verletzungen seines Gegners auf.

Wir betreten einen schmalen Flur. Aus dem müssen die zwei Kämpfer vorhin gekommen sein, wegen dem schummrigen Licht war er nicht zu erkennen. Stahltüren befinden sich links und rechts, ein Sicherheitsmann sorgt dafür, dass sich niemand Unbefugtes hier hinten herumtreibt.

Neben ihm steht ein anderer Kerl, der Brad zugrinst.

»Halt dich ab jetzt an Leo. Er weiß Bescheid«, zischt mir mein Boss zu, dann begrüßt er den Kerl, der Leo sein muss.

Ich nehme mir einen Augenblick, um ihn genauer zu betrachten.

Er ist ungefähr 35, etwas jünger als mein Chef, trägt ein schwarz-weiß gestreiftes Hemd und dazu eine dunkle Jeans. Seine Füße stecken in edlen, polierten Schuhen.

»Das ist sie also«, wendet er sich an mich und schüttelt mir die Hand. »Ich bin Leo. Meinem Cousin gehört der Laden hier.«

»Meg ...«, beginne ich, dann stocke ich, weil ich nicht weiß, ob ich meinen echten Namen benutzen darf.

»Megan Clark.« Brad legt wieder kurz seinen Arm um mich, als wäre ich sein Besitz. »Die PR-Expertin.« Leo zwinkert mir zu. »Dann komm mal mit.« Damit lässt er Brad stehen und geht vor.

Ich werfe meinem Boss einen entschuldigenden Blick zu, dann folge ich Leo. »Woher kennen Sie Brad?«, frage ich, weil ich mir nicht vorstellen kann, dass jemand aus dem Umfeld des Ivory uns tatsächlich hilft, mich bei Jones einzuschleusen. Wer an diesen Kämpfen verdient, kann ja kein Interesse daran haben, dass ich irgendwelche dunklen Geheimnisse aufdecke.

»Er war hier Stammgast, früher, als das Ivory noch mir gehörte. Ich ging pleite, mein Cousin kaufte mir den Laden zu einem Spottpreis ab und machte mich gnädigerweise zu seinem Assistenten. Noch Fragen?«

Nein, die habe ich tatsächlich nicht. Rache ist ein starkes Motiv – als Reporterin weiß man so was.

Während wir den Korridor durchqueren, sehe ich mich um. Auf einem Schild steht ›Büro‹, auf einem anderen ›Lager‹. Wir gehen bis zum Ende des Flures, zu einer Tür, an der ›Garderobe 1‹ steht. Warum braucht ein solcher Club eine Garderobe? Na ja, wer weiß. Vielleicht sind hier früher mal Bands aufgetreten. Oder Stripperinnen. Ehe Käfigkämpfe so eine große Nummer wurden.

»Hier ist es«, sagt Leo und wartet an der Tür auf mich.

Ich schließe ein bisschen langsamer zu ihm auf, als ich müsste. Meine Hände sind feucht und mir ist jetzt noch schwindeliger. Doch der Rum hat leider nicht dafür gesorgt, dass meine Vorstellung davon, Harley Jones zu treffen, sich zum Positiven verändert hat. Es ist mir nicht egal geworden und ich fühle mich auch nicht mutiger als zuvor. Ich habe keine Ahnung, wie ich mich diesem Kerl gegenüber verhalten, was ich zu ihm sagen soll. Er verdient sein Geld mit Schlägereien. Das ist so gar nicht meine Wellenlänge.

Leo stößt die Tür auf und tritt ein. »Das ist sie«, höre ich ihn sagen. »Eure neue PR-Frau Megan Clark.«

Das ist dann wohl mein Stichwort. Doch etwas in mir sträubt sich jetzt stärker denn je dagegen, auch nur noch einen weiteren Schritt zu machen. Ist er da drin? Oder nur sein Team, diese italienisch wirkenden Männer, die ihn beim Kampf mit Wasser versorgt haben? Diese Typen haben einigermaßen harmlos auf mich gewirkt. Harley jedoch ...

Vor meinem inneren Auge sehe ich erneut, wie er mit Cuevas zu Boden gegangen ist, wie er zugeschlagen hat, wieder und wieder.

»Megan Clark«, wiederholt Leo und ich mache mir klar, dass ich nicht ewig hier stehen bleiben kann. So ein Mist. Ich muss all meine Kraft aufwenden, um mich schließlich doch in Bewegung zu setzen. Mein Herz pocht schmerzhaft gegen meine Rippen, als ich mit gesenktem Kopf die Kabine betrete.

Sie ist klein, das ist das Erste, was mir auffällt. Zu klein und zu voll: Der Mann im Anzug, der Kommentator, ist hier, die zwei Typen aus Harleys Ecke sind es auch. Zögernd lasse ich meinen Blick umherhuschen und dann entdecke ich Harley.

Er sitzt auf einem Stuhl an einem beleuchteten Kosmetiktisch, aber davon abgewandt. Vor ihm hockt eine Frau mit Latexhandschuhen, die eine kleine, aber klaffende Wunde an seinem Schlüsselbein zunäht. Ich schaue auf das Blut, das in einem dünnen Rinnsal seinen Oberkörper hinabläuft, dann auf seinen vollkommen tätowierten rechten Arm. Dunkle Motive, keine Farbe, verschlungene Linien, Präzision ... dieselbe Präzision, mit der er zuschlägt. Merk dir das für deinen Artikel, Megan.

Dann sehe ich auf, mein Blick trifft seinen ... und ich bin überrascht. Keine Ahnung, was ich erwartet hatte. Vermutlich, dass er mich genauso ansieht, wie er vorhin seinen Gegner im Käfig ins Visier genommen hat. Aber das tut er nicht. Seine Augen sind von einem kühlen Blau, das schon, aber es liegt eine Sanftheit darin, die ich nicht erwartet hätte und die meine Furcht in sich zusammenschmelzen lässt wie einen Eisberg in der Sonne.

»Hi«, sage ich, dennoch mit dünner Stimme. »Ich bin die neue ...«

Wie hat mich Leo noch mal vorgestellt?!

»Ich bin die ...«

»Ich schätze mal, dass Sie die neue PR-Frau sind«, sagt der anzugtragende Moderator mit vor Ironie triefender Stimme. »Mit Ihren rhetorischen Fähigkeiten zumindest haben Sie uns jetzt schon überzeugt.«

»Diego, lass es gut sein«, sagt wiederum Leo.

Ich sehe ihn an, dann die italienisch wirkenden und sehr schweigsamen Typen aus Harleys Ecke. Und dann kann ich nicht anders, als wieder ihn anzuschauen. Seine Augen sind ... bemerkenswert.

»Du solltest das heute Abend noch kühlen«, sagt die Frau, die Ärztin oder Sanitäterin sein muss, während sie ihr Zeug zusammenpackt. »Und du solltest –«

»Ich weiß Bescheid, Sally«, erwidert Harley. Es sind die ersten Worte, die ich aus seinem Mund höre und der Klang seiner tiefen, samtigen Stimme sorgt dafür, dass meine Knie weich werden. Oder vielleicht ist das auch nur die Nervosität wegen des spontanen Undercover-Auftrags.

Harley fixiert mich mühelos mit seinem stahlblauen Blick. »Hör zu, neue PR-Frau.«

»Ich heiße –«

»Das ist mir relativ egal. Wichtig ist, dass du dich an ein paar Regeln hältst: Keine Fotos, die Mitglieder meiner Familie zeigen. Keine Fotos aus meinem Privatleben. Von meinem Auto. Meiner Wohnung. Der Scheiß geht niemanden was an. Klar?«

Ganz automatisch nicke ich und augenblicklich kehrt die Furcht zurück. Ich habe mich einen Moment lang täuschen lassen, von seinen Augen und seiner Stimme. Doch jetzt, wo er mit mir redet, entpuppt er sich als genau die Sorte Mann, die ich erwartet hatte – ein Kampfhund, der sein Revier markiert. Gott, ist dieser Kerl einschüchternd. Fast fühle ich mich wie der nächste José Cuevas.

»Ich meine es ernst. Alles, was im Ring und hinter den Kulissen passiert, ist okay, der Rest ist tabu.«

»Ich habe verstanden, dass Sie es ernst meinen, Mister Jones.«

Harley sieht mir noch einen Moment lang in die Augen, dann nickt er, steht auf und wendet sich von mir ab, als wäre ich in der Sekunde, in der ich seine Regeln akzeptiert habe, zu Staub zerfallen. Immer noch hypnotisiert sehe ich zu, wie er sich ein frisches Shirt überzieht.

»Was bedeutet die Tätowierung auf Ihrem Rücken?«, höre ich mich dabei zu meinem Entsetzen selbst fragen.

Harley hält in der Bewegung inne.

Der Moderator, der, wenn ich mich recht erinnere, Diego heißt, lacht leise.

Ich räuspere mich. »Ich meine, vielleicht kann ich diesen Spruch irgendwie in die Flyer mit einbinden oder ins Artwork der Webseite oder ...«

»Nein, kannst du nicht«, sagt Harley.

Gut, das war schon wieder ziemlich deutlich.

»Okay, war nur eine ...«

»Idee, klar, aber es war 'ne beschissene Idee, also vergisst du sie am besten wieder.« Er sagt das mit einer solchen Beiläufigkeit, als würde es ihn nicht im Geringsten interessieren, wie ich mich dabei fühle – und genauso ist es vermutlich auch.

Ich nicke wieder, auch wenn er es nicht sehen kann, da er immer noch mit dem Rücken zu mir dasteht. Jetzt zieht er sich eine Lederjacke über, die an ihm aussieht, als sei sie nur für ihn gemacht worden.

»Gut, ich ... Ich werde mir etwas anderes überlegen. Wann soll ich anfangen? Zu arbeiten?«

Anstelle von Harley antwortet mir einer der Italiener. »Du bist morgen früh um neun an der New Orleans Street. Dort befindet sich Harleys Gym. Du wirst ein paar Bilder vom Training aufnehmen und die Webseite sowie die sozialen Kanäle damit versorgen. Und du machst dir ein Bild von … von unserer Szene, unserem Sport, einfach allem. Keine Ahnung, was Leo bewogen hat, dich in so hohen Tönen zu loben, aber bis jetzt sehe ich nur ein kleines Mädchen, das nicht im Geringsten zu uns passt.«

Autsch, das saß. Wie ein kleines Mädchen wollte ich nun wirklich nicht herüberkommen – schließlich bin ich eine Frau von 28 Jahren.

»Ich brauche immer eine kleine Eingewöhnungsphase, aber dann werde ich abliefern wie verrückt, verlassen Sie sich drauf, Mister …«

»Nenn mich Luigi. Ich bin sein Manager.« Mit dem stoppeligen Kinn deutet er auf Harley, der mir weiterhin keine Beachtung schenkt. »Und jetzt sieh zu, dass du Land gewinnst. Morgen brauchen wir dich frisch. Kapiert?«

Ich nicke, werfe Harley einen letzten Blick zu, dann hebe ich zum Abschied meine nutzlose Kamera, sage »Danke« und »Tschüss« und gehe.

Das war Megan Clark mit einer gelungenen Demonstration darin, keinen bleibenden Eindruck zu hinterlassen – und Harley Jones mit einer kleinen Lektion darüber, wie man es *doch* tut.

***

Als ich nach Hause komme, ist es so spät, dass es eigentlich schon wieder früh ist. Fahles Mondlicht fällt durch das große runde Fenster ins Innere meines kleinen Apartments. Ich schließe die Tür hinter mir und atme erst einmal tief durch. Was für eine Nacht! Die aufregendste seit langem. Ein bisschen sehnsüchtig schiele ich zu meinem Sofa, das wuchtig und einladend auf der rechten Seite des Raumes steht, doch um es mir dort gemütlich zu machen, ist nun wirklich keine Zeit mehr. Am liebsten würde ich ins Bett gehen. Stattdessen werde ich mir den Rest der Nacht um die Ohren schlagen, indem ich über Harley Jones recherchiere. Ich muss zumindest ein gewisses Grundwissen haben, und ein paar Infos übers Fotografieren und übers Design von Plakaten, Flyern und Webseiten sollte ich mir auch noch aus dem Netz ziehen. Die Reportage ist zu wichtig, um sie halbherzig aufs Papier zu schmieren oder vorzeitig zu versauen, indem ganz einfach auffliegt, dass ich nicht die geringste Ahnung von PR habe.

Ich hänge meine Tasche an den Garderobenständer, der noch vom Vormieter übrig ist, kicke meine Stilettos von den Füßen und tappe dann über den ausgetretenen Dielenboden in die Küche. Sie befindet sich im selben Raum wie das Wohnzimmer, nur Schlafzimmer und Bad sind abgetrennt. Insgesamt hat die Wohnung kaum 30 Quadratmeter, aber das reicht mir.

Ich öffne den Kühlschrank, schnappe mir den Kanister mit Orangensaft und trinke einen großen Schluck. Der Rum hat mich durstig gemacht. Ich hätte besser nicht so viel davon getrunken, aber ohne hätte ich den Abend wohl kaum überstanden. Ich muss an meinen Vater denken. Den berühmten Theo Clark. Wir waren uns in vielen Bereichen ähnlich und sind es wohl auch in diesem, denn wenn er an einem richtig großen Artikel schrieb, stand stets ein Glas Brandy auf seinem Schreibtisch. Er war kein Trinker, das nicht. Aber er wusste seine Nerven zu beruhigen, wenn es nötig war.

Nun, vermutlich hätte auch ich besser einen kleinen Brandy als – wie viele waren es, 3? – dreifache Rum getrunken. Aber das ist jetzt wohl nicht mehr zu ändern.

Ich schlurfe um die mit dunklem Holz verkleidete Küchentheke herum und will mich gerade zu meinem Schreibtisch begeben, der in der Nähe des Sofas steht, als es leise an der Tür klopft. Einmal, noch mal, dann dreimal schnell. Ich lächle, dann gehe ich aufmachen. Wie mir der vereinbarte Code schon verraten hat, steht vor der Tür keine Geringere als Ellie. Sie leidet seit Jahren unter Schlafstörungen, daher wundert es mich nicht, dass sie um diese Zeit noch wach ist. In den Händen hält sie einen großen Topf und als sie meinen Blick darauf bemerkt, setzt sie ein wissendes Gesicht auf. »Ich wette ich weiß, wer noch nicht zu Abend gegessen hat.«

Mit einem breiten Lächeln lasse ich sie rein. »Habe ich dich geweckt, als ich nach Hause gekommen bin?«, frage ich dann und schließe die Tür. »Ich hab mich bemüht, leise zu sein.«

»Warst du auch, aber Scrooge führt mal wieder einen nächtlichen Stepptanz auf und du weißt ja, ich hab einen leichten Schlaf.«

Scrooge heißt nicht wirklich Scrooge, wir nennen ihn nur so, wegen dem geizigen alten Mann aus Dickens’ Weihnachtsgeschichte. Er wohnt unter Ellie und pumpt sie dauernd nach Salz oder Zucker an, obwohl er bei einer Bank arbeitet und sicher nicht arm ist. »Was treibt der Kerl da nur immer?«, frage ich.

»Weiß ich nicht«, erwidert Ellie. »Will ich auch gar nicht wissen. Mac and Cheese?« Sie stellt den Topf auf die Küchentheke und hebt den Deckel ab. Sogleich strömt mir ein sahnig-würziger Geruch entgegen.

»Unbedingt!«, sage ich und beeile mich, Teller und Besteck aus den Schränken zu suchen. Die meisten Teller sind gesprungen und das Besteck ist alt und verbogen. Ich habe fast alles hier vom Vormieter übernommen und meine eigentlichen Sachen stehen überall in Kartons herum. Beispielsweise an der Theke, übereinandergestapelt, sodass sie eine Art Barhocker ergeben. Ellie setzt sich ganz selbstverständlich auf einen dieser Stapel.

»Wo hast du dich rumgetrieben?«, will sie in ihrer stets etwas ruppigen Art wissen. Sie ist eine große rothaarige Frau mit den Kurven eines Filmstars aus den Vierzigern, aber sie kann schimpfen wie ein Bauarbeiter. Ich mochte sie von unserer ersten Begegnung an, die stattfand, als wir beide an der Uni in den Anfängerkurs *Kritische Recherche* starteten.

»In einem Club.« Ich stelle die Teller ab und tue uns etwas auf.

»Versteh mich nicht falsch, aber seit wann gehst du wieder aus?«, will Ellie wissen.

Ich lache kurz. »Seit unser Chef mich dazu zwingt.«

»Brad?!« Ellies Stimme überschlägt sich fast. Sie arbeitet wie ich bei den Daily News und kennt Brad natürlich. »Hat er dich endlich um ein Date gebeten?!«

»Du weißt selbst, dass ich dann nein gesagt hätte.« Ich schiebe ihr ihren Teller herüber.

Ellie bindet ihre langen Haare zu einem Zopf, wie sie es immer vor dem Essen tut, und sieht mich an, als verstünde sie jetzt gar nichts mehr.

»Es war kein Date.« Ich setze mich neben sie. »Es war was Geschäftliches. Ein Auftrag. Und wenn ich den zu Brads Zufriedenheit erledige, bekomme ich die Stelle an der Westküste.«

»Du willst Chicago also wirklich verlassen?«

Ich nicke. »So schnell wie möglich.«

Ellie seufzt tief. Ihr gefällt die Vorstellung, dass ich wegziehe, nicht und ich verstehe das, denn ich werde sie auch vermissen. Aber hier kann ich nicht bleiben. Nicht nach allem, was war.

»Hey, vielleicht verkack' ich es ja«, tröste ich sie.

Ellie muss lachen, dann greift sie nach ihrer Gabel und fängt an zu essen. »Um was geht es denn?«

»Käfigkämpfe«, gebe ich unverblümt zu. Dann schiebe ich mir eine Gabel Makkaroni in den Mund und spüre erst jetzt, wie hungrig ich eigentlich bin. Sofort schiebe ich eine weitere Gabel nach. Dann erst bemerke ich Ellies Gesichtsausdruck. Sie sieht aus, als wäre sie jetzt völlig vom Glauben abgefallen.

»Käfigkämpfe«, wiederholt sie. »Du.«

»Ich weiß selbst, wie bescheuert sich das anhört, aber ...«

»Nein, kein Aber«, sagt Ellie und klingt ein kleines bisschen sauer. »Du solltest das nicht machen. Das ist kein Thema für dich. Du wirst dich miserabel dabei fühlen. Und dass Brad so ein unsensibler Arsch ist, hätte ich auch nicht gedacht. Er soll dir ein anderes Thema geben. Egal, welches. Aber nicht dieses.«

Ich denke über ihre Worte nach, während ich eine weitere Gabel Makkaroni mit Käse verschlinge. Fühle ich mich mies? Na ja. Ich habe Angst vor dem Auftrag, weil es richtig peinlich wäre, wenn ich auffliege. ... Und weil ich die nächsten Wochen in der unmittelbaren Umgebung eines hauptberuflichen Schlägers verbringen werde. Aber glaube ich, dass Harley seinen Angestellten gegenüber gewalttätig ist? Nein, natürlich nicht. In der Kabine hat er nicht gerade einen freundlichen Eindruck auf mich gemacht, aber er wirkte auch nicht aggressiv. Wenn er von der Art her so bleibt, dann werde ich zwar die eine oder andere verärgerte Bemerkung hinunterschlucken müssen, aber ich werde damit zurechtkommen.

Trotzdem werde ich viele schlagende Männer sehen. Prügeleien. Blut und vielleicht gebrochene Knochen.

Werde ich auch damit zurechtkommen?

Ich seufze.

»Sag ihm ab, Megan«, fordert Ellie eindringlich. »Du kannst ihm immer noch im Januar oder Februar beweisen, dass du für die Stelle an der Westküste qualifiziert bist. Das läuft dir nicht weg.«

Sicher, ich könnte Brad sagen, dass ich es nicht mache. Gleich morgen früh. Und dann wäre ich den ganzen Winter hier und würde darauf warten, dass er mir eine zweite Chance gibt, und meine Flucht, die mir gerade so greifbar erscheint, würde wieder in ganz weite Ferne rücken, wieder zu einem Traum werden.

»Nein.« Ich schüttle den Kopf. »Vergiss es, Ellie. Ich werd das durchziehen und dann lasse ich Chicago hinter mir. Das ist der einzig richtige Weg.«

Ellie mustert mich lange und prüfend. Dann ist sie diejenige, die seufzt. »Du weißt, was ich davon halte, dass du abhauen willst.«

Ich nicke. »Aber ich habe keine andere Wahl.«

»Gut, versuch dich an dem Job«, sagt sie schließlich. »Wir reden dann in einer Woche noch mal.«

Ich ignoriere das siegessichere Funkeln in ihren Augen und wende mich wieder meinem Teller mit Nudeln zu. Dabei denke ich an Harley und an das, was Brad zu mir gesagt hat: *Hat dieser Möchtegern-King-Kong mit Doping zu tun? Ich will auch das wissen. Pinkelt er im Sitzen? Heult er sich nachts in den Schlaf? Frisst er kleine Kinder? Ich will alles wissen. Die ganze ungeschönte Wahrheit.*

Wenn ich mich reinhänge, kann diese Reportage eine richtig große Sache werden. Gut für meine Karriere. Für mein Selbstbewusstsein als Journalistin. Für meinen Neuanfang.

Ich werde das packen. Und wenn das bedeutet, dass ich die nächsten Wochen damit verbringe, mir einen Faustschlag nach dem anderen anzusehen, nun, dann ist das eben so.

***

Als Ellie weg ist, ist es nach fünf Uhr morgens und an Schlaf ist wirklich nicht mehr zu denken. Ich brühe mir eine Kanne starken Kaffee auf, setze mich an den Schreibtisch, der ein Erbstück von meinem Vater ist, und fahre den Laptop hoch. Während ich warte, nippe ich an der pechschwarzen Brühe und sehe aus dem Fenster. Meine Wohnung liegt im Zentrum von Chicago, in dem weniger schicken Teil. Dieses Haus hier hat 24 Stockwerke und ist umgeben von ähnlich hohen Wohntürmen. In manchen der Fenster brennt bereits Licht. Schräg gegenüber erkenne ich einen Mann, der ein bisschen umständlich seine Krawatte bindet. Im Fenster darunter eine Frau im Nachthemd, die gähnend ein Baby in den Armen wiegt. Ich lächle. Alles ist so normal um mich herum. Innerlich danke ich Ellie dafür, dass sie mir geholfen hat, diese Bleibe zu bekommen, nachdem alles in die Brüche gegangen war. Sie hat sich beim Vermieter extrem für mich eingesetzt und nur in den höchsten Tönen von meiner Unkompliziertheit und Integrität geschwärmt – das hat gezogen.

Mit einem gleichmäßigen Schnurren macht mir der Laptop bewusst, dass er jetzt bereit ist. Ich trinke einen weiteren Schluck Kaffee und stelle dann die Tasse ab, um mich der Tastatur zuzuwenden. Ich öffne ein Suchfenster und gebe Harleys Namen ein, und es dauert keine Sekunde, bis mein Browser genug Ergebnisse ausspuckt, um damit einen meterdicken Ordner füllen zu können.

Das Erste, was kommt, sind Anzeigen mit Kampfterminen und der Aufforderung zum Ticketkauf. Eine Menge Superlativen flattern über den Bildschirm: DER FIGHT DES JAHRES wechselt sich ab mit SEHT DEN UNBESIEGTEN LIVE.

Der Unbesiegte ... ist das Harleys offizieller Kampfname? So was haben Kampfsportler doch, oder? Ich meine mich zu erinnern, dass Muhammad Ali *The Greatest* gewesen ist. Der Unbesiegte ... das klingt ganz schön hochgestochen. Und es passt irgendwie zu dem lateinischen Tattoo. Ach ja, ich wollte doch nachschauen, was es damit auf sich hat. Wie war das noch gleich?

Irgendwas mit *sanguis*. Blut. Ich gebe das Wort ein, aber das ist natürlich hoffnungslos – da bekommt man tausend Ergebnisse für Latein-Englisch-Übersetzer und Wörterbücher. Wie lautete denn noch mal der Rest? Ach, warum mache ich es mir denn so schwer? Ich lösche meine Suchanfrage und gebe stattdessen ein: *Harley Jones Tattoo.*

Gespannt starre ich auf den Bildschirm und überfliege dann die Ergebnisse. Es scheint nichts Passendes dabei zu sein, also wechsle ich auf die Bildsuche – auch da nichts, was sich speziell mit seinen Tätowierungen befasst. Mist. Aber dann habe ich eine Idee. Ich gebe Harleys Namen und den seines heutigen Kontrahenten ein, und zack, erscheint das Kampfplakat, das ich auch im Ivory gesehen habe. Sehr gut. Ich vergrößere es und kann das Tattoo so gerade entziffern: *In sucum et sanguinem.*

Schnell gebe ich den Satz oben in die Suchmaske ein und werde nun endlich in Sekundenschnelle fündig.

»In Saft und Blut«, lese ich mir selbst im Flüsterton vor, »lateinische Redewendung, sinngemäß zu übersetzen als ›In Fleisch und Blut‹.«

In Fleisch und Blut ... Worauf bezieht sich dieser Halbsatz für Harley? Soll er ihn einfach nur brutaler wirken lassen? Im Sinne von ... keine Ahnung, ich werde dir meine Faust in Fleisch und Blut rammen?

Ich muss grinsen. Nein, so etwas Bescheuertes steckt sicher nicht dahinter. Aber was will er dann damit sagen? Ich gebe noch mal seinen Namen ein und stelle fest, dass er einen Wikipedia-Artikel hat. Na, wer sagt's denn? Vielleicht finde ich da ja auch was über die Bedeutung seiner Tätowierungen.

»Harley Jones, MMA-Kämpfer aus Chicago, Illinois«, lese ich wieder laut. »Jones wurde gleich durch seinen ersten Kampf im Januar 2016 zur Berühmtheit in der Szene, als er seinen Kontrahenten Victor ›Big Vic‹ Mason in der zweiten Runde durch K.o. besiegte. Big Vic war bis dato ungeschlagen. Jones hat seitdem mehr als 20 Kämpfe hinter sich gebracht, eine hohe Rate für einen so kurzen Zeitraum. Verloren hat er dabei kein einziges Mal, all seine Siege erzielte er durch K.o., wobei er nie bis in die dritte, letzte Runde eines MMA-Kampfes gehen musste. In der Szene wird er als ›Der Unbesiegte‹ bezeichnet. Seine Fangemeinde wuchs binnen kurzer Zeit rapide. Gerüchte besagen, dass Jones kurz vor seinem Einstieg in die UFC steht.«

MMA. UFC. All diese Abkürzungen sagen mir nichts. Ich gebe *UFC* ein und finde heraus, dass es sich dabei um den Profiverband schlechthin für Käfigkämpfe in den USA handelt. Gut für Harley, wenn er dort mitmachen darf. Warum auch immer man das will. Aber wer weiß, für jemanden, der gut zuschlagen kann, ist es sicher leicht verdientes Geld. Ich vergrößere das Foto, das zu seiner Wikipedia-Seite gehört. Es zeigt ihn ein Stück weit aus der Ferne fotografiert, durch die Maschen des Käfigs, die dicht vor der Linse verschwimmen. Sein Gesicht ist ernst und entschlossen. Sein Blick ist eiskalt blau. Und ich werde das Gefühl nicht los, dass ich es hier mit mehr als nur einem bekannten Fighter zu tun habe. Dass es für diese blaue Kälte einen Grund gibt. Vielleicht bilde ich mir das auch nur ein, aber eigentlich lässt mich mein journalistisches Gespür selten im Stich.

Ich lehne mich in meinem Stuhl zurück und betrachte das Foto mit etwas Abstand, während vor dem runden Fenster ein sonniger Herbstmorgen aufzieht.

Was auch immer es mit Harley Jones auf sich hat, ich werde es herausfinden – und mir mein Ticket an die Westküste verdienen.

Kapitel 3

Die New Orleans Street ist nicht gerade die schönste Straße von Chicago. Alles hier wirkt ein bisschen, als könne es eine Runderneuerung vertragen und so gibt es nichts, woran ich meinen Blick heften könnte, um mich von meiner Nervosität abzulenken.

Ja, ich bin nervös, sehr sogar, und dabei habe ich mich eigentlich bestens vorbereitet. Ich habe recherchiert, ich habe zwei große pechschwarze Tassen Kaffee intus, ich habe ein wenig vor dem Spiegel geübt, damit es natürlich aussieht, wie ich die Kamera halte. Ich habe mein überkinnlanges dunkles Haar zu einem Zopf gebunden, damit ich leger und sportlich aussehe, und aus genau diesem Grund trage ich heute auch einfache Jeans und ein schlichtes Shirt. Ja, okay, das Shirt ist dort, wo die kleine Brusttasche sitzt, mit ein paar Glitzersteinchen versehen, aber das wird mich ja wohl nicht gleich wie die letzte Tussi dastehen lassen. Ich werde den Jungs da drin einfach anhand meiner bereits erlangten Fachkenntnisse beweisen, dass ich keine Tussi bin, sondern sehr wohl jemand, der in der Lage ist, sich in die Käfigkampfszene einzudenken. Vorhin bei meinem eiligen Frühstück zwischen Tür und Angel habe ich ein paar Fachbegriffe gegooglet. Ein *Take-down* bedeutet, den Gegner zu Fall zu bringen und es am besten noch zu schaffen, ihn mit dem eigenen Gewicht am Boden festzuhalten. Ein *Punch* ist ein Schlag. Ein *Kick* erklärt sich von selbst. Dann gibt es noch Techniken namens *Ground & Pound* oder *Lay & Pray*, von denen ich nicht das geringste bisschen verstanden habe. Dafür weiß ich, was *Can* bedeutet: Das ist ein Kämpfer, der meist schon älter oder einfach nicht so gut ist, sodass er in der Regel verliert und damit einem anderen hilft, in der Rangfolge aufzusteigen – Kanonenfutter eben.

Nun, Harley Jones ist wohl kein Kanonenfutter. Er ist eher das Gegenteil davon. Und das nennt man dann einen ...

»Ist es nicht ein bisschen kalt, um hier draußen herumzustehen und die Tür anzustarren?«

Ich fahre herum und entdecke Luigi, den Manager, der in diesem Moment aus einem schwarzen Mercedes steigt, den er am Straßenrand geparkt hat.

»Ich wollte mir ein Bild verschaffen von ...«, beginne ich, dann fällt mir nichts ein und ich wende mich hilfesuchend wieder der Tür zu, aber sie ist einfach nur grau und aus Stahl und mit ein paar halb abgeknibbelten Stickern versehen, die mir sicher nicht weiterhelfen werden.

»Ich wollte die ... Atmosphäre einfangen«, sage ich daher schnell und sehe erneut Luigi an, der sich mir von seinem Wagen her nähert. In der einen Hand hält er einen Thermobecher, in der anderen eine braune Frühstückstüte. »Die Atmosphäre von diesem Ort hier, an dem alles begonnen hat. Hier hat Harley trainiert, bevor er der Unbesiegbare wurde. Das heißt, er stand irgendwann vor dieser Tür, genau wie ich jetzt gerade, und hat überlegt, ob er hindurchtreten soll oder nicht, und hätte er in dem Moment gewusst, wie seine Entscheidung sein Leben verändern würde, hätte er das Gym vielleicht nie betreten oder er hätte sich – in die andere Richtung gedacht – gerade beeilt, immer zwei Stufen auf einmal nehmend, weil er es kaum hätte erwarten können, zu der Legende zu werden, die er heute ist. Aber was die Menschen interessiert, und was sie in all den Fotos, die ich machen soll und all den kleinen Texten, die ich verfassen werde, erkennen sollen, ist nicht die Legende, sondern der Mensch dahinter, und den versuche ich hier zu erfassen.«

Luigi sieht mich an, zieht eine Augenbraue in die Höhe und ich erwarte für einen Moment, dass er mich gleich lauthals auslachen wird. Aber dann nickt er plötzlich, langsam und anerkennend und sagt: »Verstehe ... verstehe.« Er klopft mir auf die Schulter und fügt hinzu: »Vielleicht bist du doch nicht so unbrauchbar, Mädchen.«

Mir fällt ein Stein vom Herzen. Was ich gerade gesagt habe, hat mit dem PR-Job, den ich hier machen soll, im eigentlichen Sinne vermutlich nicht viel zu tun. Es stammt aus meinem Journalismusstudium, denn dort habe ich gelernt, dass es stets wichtig ist, ein Thema, das man bearbeitet, bis auf die unterste Ebene zurückzuverfolgen, so lange, bis man den Kern der Sache erfasst und verstanden hat. Aber das muss Luigi ja nicht wissen.

Ich lächle. »Sie werden schon sehen, dass ich meine Sache gut mache.«

»Stell uns einfach eine vernünftige Werbekampagne auf die Beine, mehr verlange ich gar nicht.« Er deutet auf die Tür. »Jetzt lass uns nach oben gehen, da kannst du deinen Vertrag unterschreiben. Ich friere mir hier draußen nämlich den Hintern ab.«

Gehorsam öffne ich die Tür und halte sie sogar für Luigi auf, auch wenn ich mir dabei echt schleimig vorkomme. Aber egal, ich spiele hier ja nur eine Rolle. Deshalb gefällt es mir auch gar nicht, dass er von einem Vertrag spricht. Wenn ich den unterschreibe, mache ich mich dann nicht in irgendeiner Form strafbar? Und für wie lange wird er gelten? Ich kann mich ja schlecht für die nächsten drei Jahre oder so als Harley Jones' PR-Frau verpflichten.

Während ich Luigi durch einen schlichten Flur zu einem Aufzug folge, danke ich Brad innerlich für gar nichts. Er mag vielleicht privat ein netter Kerl sein, aber als Chef ist er mies, denn er bringt uns Reporter immer in die schlimmsten Situationen. Ellie hat er mal auf einen koksenden, selbstbesessenen Wall-Street-Hai angesetzt. Sie sollte mit ihm flirten, um herauszufinden, ob er drauf und dran ist, einen schmutzigen Deal zugunsten einer großen chinesischen Fast-Food-Kette abzuziehen. Beinahe wäre sie aufgeflogen und der Kerl war, wenn sie nicht übertreibt, kurz davor, sie wutentbrannt von einem Balkon des Four Seasons zu stoßen. Gut, was hier gerade abläuft, ist im Vergleich zu Ellies Geschichte wohl bestenfalls Kinderkram – trotzdem komme ich mir, als ich Luigi in den Aufzug folge, vor wie eine Schwerverbrecherin, die sich darauf gefasst machen sollte, die nächsten 15 Jahre im Knast zu verbringen. Ob mir ein orangefarbener Overall stehen würde?

Luigi drückt den Knopf für den ersten Stock und ich lese die Aufschriften auf den kleinen Metallschildchen neben den anderen Knöpfen. In diesem Gebäude hier gibt es auch noch eine Anwaltskanzlei und einen Arztpraxis. Nun, befände sich unter dem Dach noch ein gut sortierter Steroidhändler, wäre das wohl alles, was sich der moderne MMA-Kämpfer von heute wünschen kann.

Ja, MMA, das ist noch ein Begriff, den ich gelernt habe: Mixed Martial Arts. Vermischte Kampfkünste. Allzu künstlerisch kam mir das, was ich gestern gesehen habe, nicht vor, eher wie rohe Gewalt. Aber wer weiß, vielleicht brauche ich ja einfach nur ein bisschen Zeit, um mich in die ganze Sache einzufühlen, und in ein paar Monaten stehe ich vielleicht mit Schal und Baskenmütze am Käfigrand und sage: »Oh, das war aber ein traumhafter Punch, so viel Anmut und Grazie. Das ist wahre Kunst.«

Ich denke an Harley. An seine Schläge gestern. Ein Muskel spannt sich an, dann der nächste, Kraft bedingt Kraft, ein perfektes Zusammenspiel …

Dann ertönt ein lautes »Pling« und die Aufzugtüren schieben sich auseinander, und von jetzt auf gleich sind wir mittendrin.

Vor mir liegt eine weite Fläche voller Trainingsgeräte, an ein paar wenigen davon mühen sich Männer ab – ausschließlich Männer. Es riecht nach Schweiß, Gummi und Metall, die Schuhe der Trainierenden quietschen auf dem Linoleumboden. Links gibt es eine kleine Rezeption, auf deren Theke jemand einen lieblos mit ein paar lilafarbenen Kugeln behangenen Weihnachtsbaum gestellt hat. Das ist er, merke ich ganz nebenbei, der Moment, in dem mir klar wird, dass bald Weihnachten ist. Diese kleine Erkenntnis, hat man doch jedes Jahr, und ich weiß noch, dass sie bei mir letztes Jahr erst sehr spät stattfand – 3 Tage vor dem Fest, als mir Russell verkündete, dass seine Familie kommen würde.

Russell. Seine Familie. Mir wird für einen Augenblick heiß und kalt, als würde man mich erst in kochendes und dann in Eiswasser tauchen, dann sagt Luigi etwas zu mir und der Bann ist gebrochen.

Ich lächle, während ich ihm aus dem Aufzug folge und frage: »Bitte?«

»Stör dich nicht an den Typen«, wiederholt er. »Frauen sind hier eine Seltenheit.«

Ich schaue mich um und bemerke erst jetzt, dass mich die Männer an den Maschinen ins Visier genommen haben. Ihre Blicke sind teils neugierig, teils sprechen sie aber auch Bände. Zwei der Kerle tragen diese weit ausgeschnittenen Trägershirts, bei denen links und rechts die Brustwarzen rausschauen. Ich schaue weg, mir ist das alles ein bisschen unangenehm. Ich bin keine Männerhasserin oder so und für gewöhnlich finde ich nackte Männerhaut auch nicht schlimm und es gab sogar eine Zeit, in der ich Blicke wie die, die mir die Kerle hier gerade zuwerfen, durchaus genossen hätte. Aber seit Russell ist alles anders, und ich bin gerade einmal seit März von ihm getrennt. Ich brauche Zeit, um wieder die zu werden, die ich mal war – so wie meine Haare Zeit brauchen, um wieder so lang zu werden, wie sie mal waren, nachdem ich mir sie kurz nach meinem

Auszug ziemlich kurz geschnitten hatte, damit mich mein Ex auf der Straße nicht gleich erkennt.

Doch das spielt jetzt keine Rolle. Ich bin nicht hier, um über Vergangenes nachzudenken, sondern um mich in meinen neuen Job einzufinden – und in meinen angeblichen neuen Job. Also, Schluss mit der Grübelei und den finsteren Erinnerungen. Stattdessen lieber weiter Eindrücke sammeln.

Ich folge Luigi durch den großen hellen Raum mit den Geräten. Hinter den Fenstern ist der Chicagoer Herbsttag ungewohnt sonnig, hier drinnen herrscht trotzdem Neonbeleuchtung. Es läuft Musik, leise, harte Klänge. An den Wänden hängen Poster, ich erkenne fast niemanden darauf, nur Arnold Schwarzenegger. Rechts von mir gibt es Türen: Umkleiden, auch eine für Frauen, Toiletten, und daneben eine weitere, breitere, versehen mit einem weiteren Poster, auf dem noch jemand zu sehen ist, den ich kenne: Brad Pitt in seiner Rolle als Tyler Durden. In einer roten Lederjacke. Er hält einen Seifenblock in der Hand, auf der zwei Worte stehen: *Fight Club*. Alles klar, dann weiß ich ja jetzt, hinter welcher Tür ich Harley finde.

Ich straffe die Schultern, als ich Luigi auf das Tyler-Poster zu folge. Mein Puls beschleunigt sich ein wenig und ich hoffe, dass Harley heute vielleicht nicht ganz so unfreundlich sein wird wie gestern. Wer weiß, vielleicht lag es ja an dem Kampf. Er hat auch ein paar Treffer abbekommen und hatte vielleicht einfach Schmerzen. Mag ja sein. Ich sehe, wie Luigi nach dem Türgriff langt – und dann hält er in der Bewegung inne, sodass ich fast auf ihn auflaufe.

»… trotzdem nicht«, höre ich eine wütende Stimme von der anderen Seite der Tür. »Sag ihm, dass er sich das abschminken kann und dass er sich dafür einen anderen Blöden suchen soll!«

»Aber *du* bist –«

Luigi räuspert sich überlaut, dreht sich zu mir um und lächelt mich an – aber auf eine Art, die mir plötzlich falsch erscheint. Falsch und beunruhigt. »Warte einen Augenblick«, sagt er. Dann deutet er fahrig auf etwas irgendwo hinter mir. »Hol dir ein Getränk oder so.« Damit verschwindet er durch die Stahltür und macht sie schnell hinter sich zu.

Na toll. Jetzt bin ich allein im Testosterondschungel. Ich spüre die Blicke der Kerle nun umso deutlicher im Rücken – aber ich sollte mich nicht ablenken lassen. Ich bin Journalistin und das, was hier gerade passiert, hat meinen Spürsinn geweckt. Brad will von mir Infos, die uns Harley und sein Team freiwillig nicht verraten würden. Und dort hinter der Tür findet gerade ein Gespräch statt, von dem ich offenbar nichts mitbekommen soll. Grund genug, mal genau hinzuhören.

Ich trete einen Schritt vor und würde am liebsten mein Ohr an die Tür legen, aber das wäre dann doch etwas auffällig. Also schließe ich nur die Augen und versuche, die Trainingsgeräusche der Männer auszublenden und mich auf die Worte aus dem Inneren des anderen Raumes zu konzentrieren.

»… tust ja so, als solltest du einen Mord begehen!« Luigi. Er lacht. »… einfach nur ein Kampf wie jeder andere!«

»Nein, das ist kein Kampf wie jeder andere, und das weißt du auch«, grollt Harley. Seine Stimme ist tiefer und wütender als Luigis, daher ist er auch besser zu verstehen. »Wenn ich Stevens zu hart erwische oder ...«

»Dann erwischst du ihn eben nicht zu hart. Wo ist das Problem?«

Ich kapiere überhaupt nichts. Harley soll anscheinend gegen irgendwen kämpfen, will aber nicht, weil er denjenigen zu hart erwischen könnte. Aber ist es denn nicht Sinn und Zweck seines Sports, andere Kämpfer hart zu erwischen? Sollte er nicht froh sein, wenn sich die Gelegenheit bietet? Ich trete noch ein bisschen näher an die Tür heran, um ...

»Kann man dir irgendwie helfen, kleine Maus?«

Ich fahre herum. Vor mir, und ich meine dicht vor mir, hat sich ein Mann aufgebaut. Einer von denen, die ich gerade beim Trainieren gesehen habe. Er trägt keines dieser Nippel-Shirts, dafür ein knallgelbes und hautenges Oberteil, das ihn aussehen lässt wie eine Honigmelone, die so reif ist, dass sie bald platzt. Seine Haare sind schwarz und halblang, wie bei einem hispanischen Schmusesänger aus den Achtzigern. Doch sein Gesicht hat so gar nichts Schmusesängermäßiges, was vielleicht daran liegt, dass seine Augen sich gierig auf meine Brüste geheftet haben, die unter dem schlichten Shirt versteckt, aber trotzdem immer noch Brüste sind.

»Ich sehe hier nirgends eine«, bringe ich gepresst hervor.

»Eine was?« Noch immer klebt sein Blick auf meiner Oberweite.

»Eine Maus«, erwidere ich und versuche mich an ihm vorbei zu drängen, denn auf einmal hat der Getränkeautomat in der anderen Ecke der Halle doch noch an Attraktivität gewonnen.

Aber der Muskelprotz in Gelb lässt nicht zu, dass ich vor ihm flüchte. Er tritt einen kleinen Schritt nach rechts und versperrt mir so den Weg. »Ich seh schon eine«, antwortet er stumpf, »und zwar genau vor mir. Ne ziemlich süße sogar.«

Innerlich verdrehe ich die Augen, äußerlich traue ich mich das nicht, auch wenn ich mich selbst dafür verteufle. »Spar dir bitte die Sprüche und lass mich durch«, sage ich stattdessen. »Ich habe kein Interesse. Ich bin vergeben.«

»Hier drin nicht«, schnurrt mein ungebetener Verehrer. »Hier bist du ganz allein.« Damit kommt er näher. Unangenehm nah, sodass ich seinen Schweiß riechen kann.

Mein Blick fliegt hinüber zu den anderen Männern, doch die trainieren entweder einfach weiter oder sehen neugierig zu uns herüber. Aber keiner macht Anstalten, irgendetwas zu tun – diesen Widerling werde ich allein loswerden müssen. Ich sehe in Richtung der Rezeption. Gibt es hier keinen Trainer? Nein, Fehlanzeige. Nur eine angelehnte Bürotür. Vielleicht sollte ich um Hilfe rufen.

»Hey.« Der Muskelprotz legt seine Finger in mein Gesicht und dreht es zu sich, sodass ich ihn ansehen muss.

Ich spüre, wie ich erschauere und sehe schon seine Hand auf meine Wange klatschen. Verdammt, warum unternehme ich denn nichts? Warum reiße ich mich nicht einfach los, trete ihm zwischen die Beine, das kann doch nicht so schwer sein! Doch ich bin wie gelähmt.

»Ich rede mit dir«, sagt der Kerl.

»Ich möchte, dass Sie –«

»Und ich möchte, dass du mit mir in die Umkleide kommst. Da zeig ich dir, was ich mit so 'ner hübschen Maus alles anstelle, wenn ...«

Urplötzlich öffnet sich die Tür in meinem Rücken und ich spüre, wie mir eine Million Steine vom Herzen fallen. Egal, wer da kommt, ich weiß genau, dass er meine Rettung bedeuten wird, denn für Harleys Team bin ich nicht einfach irgendeine Frau, die sich in ein testosterongefülltes Gym verirrt hat, sondern eine Angestellte, und das bedeutet, dass sie sicher nicht zulassen werden, dass dieser Arsch irgendeinen Mist mit mir anstellt.

Ich halte die Luft an. Warte gefühlte 100 Jahre, die in Wahrheit aber sicher nicht länger als ein paar Sekunden dauern.

Und dann sagt eine tiefe, zornige Stimme: »Was ist hier los, Megan?«

Harley. Mein Herz setzt einen Moment lang aus. Ich spüre seine Präsenz in meinem Rücken, kann seinen gestählten Körper fast bildlich vor mir sehen. Und zu wissen, dass er da ist, hilft mir, meine Schockstarre endlich zu überwinden. »Der Typ hier will, dass ich mit ihm in die Umkleide komme«, sage ich, packe gleichzeitig die Hand des ekelhaften Kerls in Gelb und schleudere sie aus meinem Gesicht fort. Es fühlt sich gut an, seine schweißfeuchten Finger nicht mehr an meinem Kinn zu spüren.

»Wozu denn?«, will Harley wissen. »Um seine winzigkleinen Eier zu suchen?«

Einen kurzen Augenblick halte ich die Luft an, dann würde ich am liebsten laut loslachen. Aber ich verkneife es mir, denn es ist immer noch nicht ausgeschlossen, dass der Kerl in Gelb seine Hand oder seine Faust im nächsten Moment irgendwo an meinem Körper platziert. An mir vorbei starrt er Harley an, wird dabei zornesrot und der Profikämpfer in meinem Rücken fackelt zum Glück nicht lange: Er packt mich am Arm und zieht mich sanft, aber bestimmt, hinter sich. Er ist oben ohne, stelle ich nebenbei fest, und er ist sauer, was ich an dem Funkeln in seinen Augen erkenne. Kurz fixiert er sich auf mich, als wolle er sich vergewissern, dass ich okay bin. Dann nickt er und wendet sich dem Typen in Gelb zu.

»Ich hab dich was gefragt, Sam.«

Sein Kontrahent, Sam, plustert sich auf wie ein Kampfhahn. »Was willst du von mir, Jones? Glaubst wohl, der ganze Laden hier gehört jetzt dir, nur weil du so ein paar Hinterhoftrottel vermöbelt hast. Hältst dich für was Besseres und willst einen Mann daran hindern, ein paar schöne Stunden zu verbringen, was?«

»Welchen Mann denn?«, gibt Harley ruhig, aber zornig zurück. »Ich sehe hier keinen Mann.« Er lässt seinen Blick über die Typen wandern, die gerade einfach weitertrainiert oder blöd geglotzt haben. Jetzt glotzen sie alle blöd. »Weit und breit nicht«, sagt Harley.

»Verpiss dich!«, ruft irgendjemand.

»Ja«, pflichtet Sam demjenigen bei. »Hier interessiert es niemanden, wer du bist, Harley Jones. Und auch wenn du hundert Mal den großen Helden markierst, interessiert hier auch niemanden, wer du mal warst. Du verdammter –«

Weiter kommt er nicht. Ehe er auch nur ein weiteres Wort sagen kann, fliegt Harleys Faust in sein Gesicht und er kippt zu Boden wie ein gefällter Baum. Dann passiert alles gleichzeitig: Stöhnend richtet Sam sich auf, während Harleys Leute hinter mir in Aufruhr geraten und ihn durch erschrockene Rufe zu beruhigen versuchen. Jetzt endlich lösen sich auch die anderen Männer von ihren Geräten. Zwei kommen Sam zur Hilfe, einer läuft zur Rezeption, vermutlich, um den Vorfall der Person hinter der halb geschlossenen Bürotür zu melden.

Ich weiche ganz automatisch einen Schritt zurück. Harley hingegen zeigt sich unbeeindruckt.

»Ihr solltet euch alle gut merken, wer ich bin«, sagt er. »Denn wenn jemand von euch Megan noch einmal auch nur falsch ansieht, werde ich derjenige sein, der ihm dafür dieselbe Lektion erteilt wie Sam gerade. Und jetzt bringt euren Freund von meiner Tür weg!«

Ein paar der Bodybuilder protestieren, aber keiner macht Anstalten, sich ernsthaft mit Harley anzulegen. Sam kommt wacklig auf die Beine und wirft seinem Kontrahenten noch einen verächtlichen Blick zu, aber ein blöder Spruch kommt auch von ihm nicht mehr, was vielleicht an seiner blutenden Lippe liegt. Harley scheint zufrieden. Er zieht sich in den Raum zurück, in den er auch mich geschoben hat, macht die Tür hinter sich zu, und dann dreht er sich zu mir um.

Ich starre ihn an. Spüre, wie mein ganzer Körper bebt. Nicht alle Männer, die ich hatte, waren solche Mistkerle wie Russell. Doch keiner von ihnen hat je so etwas für mich getan. Mein Herz rast und ich rede mir ein, dass es an der Gefahr liegt, der ich gerade eben entgangen bin. Aber so ist es nicht. Es liegt an ihm. Erst jetzt, wo er genau vor mir steht, fällt mir auf, wie groß Harley ist – sicher einen Meter neunzig. Ich bin eins siebzig groß, auch nicht gerade ein Zwerg, aber er ist ... beeindruckend. Mit seinen austrainierten Schultern, der breiten Brust, den definierten Armen und seinenTattoos wäre er jedoch auch mit geringerer Körpergröße noch eine Erscheinung. Und er hat diesen beeindruckenden Körper gerade eben eingesetzt, um mich zu retten. Mich, eine Frau, die er gar nicht kennt. Aber ...

Aber nichts, Megan. Träum nicht rum. Sag was, los.

»Danke«, bringe ich hervor.

Harley erwidert meinen Blick, dann nickt er mir knapp zu und wendet sich an die Männer hinter mir. »Luigi, du Vollidiot. Was hast du dir dabei gedacht, das Mädchen allein da draußen stehen zu lassen, he?«

Das Mädchen? Schon wieder? Was denken diesen Typen hier eigentlich? Dass ich ein Teenager bin?! Oh Mann, ich muss im Moment ja echt eine wahnsinnige Ausstrahlung haben!

»Pass auf, wie du mit mir redest, ich bin immer noch dein Manager.«

»Bleib ruhig, Lu«, mischt sich eine andere Stimme ein. »Harley hat heute einen schlechten Tag.«

Ich sehe mich um. Kerl Nummer zwei ist der andere, der gestern bei Harley im Käfig war. Gestern hatten sie alle dasselbe an, vermutlich, um sie als Harleys Team zu kennzeichnen. Heute trägt er eine Trainingshose und eine dazu passende Jacke und unterscheidet sich damit stark von Luigi in seinem Anzug.

»Das ist Julio«, sagt Luigi an mich gewandt und deutet auf den anderen Kerl. »Harleys Trainer.«

Ich nicke, sage mit immer noch bebender Stimme »Hallo, Julio« und sehe ihn mir genauer an. Mit seiner untersetzten Figur hätte ich ihn nicht gerade für einen Trainer gehalten.

Julio nickt mir zu, dann verschränkt er die Arme vor der Brust und scheint die Schererei mit diesem Sam schon wieder vergessen zu haben. »Sag Luigi, was du vorhast, Harley. Beziehungsweise, was du *nicht* vorhast.«

»Nicht jetzt«, fährt Luigi sofort dazwischen. »Wir besprechen das später. Jetzt, wo Megan da ist, sollten wir zusehen, dass sie was zu tun bekommt.« Damit sieht er mich erwartungsvoll an.

»Äh ja«, antworte ich ganz automatisch. Nur langsam wird mir wieder bewusst, weshalb ich überhaupt hier bin. Um einen Job zu erledigen, den ich nie gelernt habe – und das nach diesem Start.

Oh Mann.

Ich räuspere mich. Dann nicke ich. Dann wende ich mich, auch wenn es mich ein bisschen Überwindung kostet, wieder Harley zu. »Ja, ich soll ja heute ein paar Fotos für die Homepage machen. Es wäre also ganz gut, wenn ...«

»Ihr könnt gehen«, unterbricht mich Harley, aber er spricht nicht mit mir, sondern mit den zwei Italienern.

»Wann wir gehen und wann nicht, entscheiden immer noch –«

»Julio«, sagt Luigi. »Lass es gut sein. Gehen wir draußen die Wogen glätten und lassen die beiden in Ruhe arbeiten. Alles andere besprechen wir später.«

Ich versuche, mir jeden Satz des Gespräches zu merken. Hier ist was faul, das spüre ich so deutlich, als würde es mir eine Stimme ins Ohr flüstern. Es gibt

Spannungen im Team und es scheint dabei um irgendeinen anstehenden Kampf zu gehen. Gut. Das wird
Brad brennend interessieren.

Luigi nickt Julio auffordernd zu, dann verlassen die
zwei endlich den Raum – oder auch nicht so endlich,
denn jetzt bin ich mit Harley ganz alleine.

Ich schaue auf die Tür, dann sehe ich mich um. Erst
jetzt bemerke ich den Kampfkäfig, der in der hinteren
rechten Ecke des Raumes aufgebaut ist. Er ist kleiner
als der gestern im Club und an allen möglichen Stellen
gepolstert. Die Tür steht offen und mehr aus Verlegenheit als aus echtem Interesse nähere ich mich ihm und
steige die drei Stufen hinauf, um mir das Innenleben
anzusehen. Der Boden ist härter, als ich gedacht hätte.

»Das ist also dein ... Arbeitsplatz«, sage ich, als Harley
keine Anstalten macht, auch nur ein Wort zu mir zu sagen.

Er steht immer noch in der Nähe der Tür und sieht
mich unverwandt an. Gerade, als er mich vor dem gelb
gekleideten Sam beschützt hat, fühlte es sich an, als
gäbe es ... irgendeine Verbindung zwischen uns. Jetzt
habe ich dieses Gefühl nicht mehr. Ich bin ein Eindring-
ling und Harley sieht aus, als wolle er mich am liebsten
nicht hier haben. Er sieht allerdings auch aus, als wolle
er am liebsten selbst nicht hier sein.

»Wie bist du auf die Idee gekommen, ausgerechnet
hiermit dein Geld zu verdienen?«, frage ich.

»Das geht dich nicht das geringste bisschen an«, erwidert er kühl.

Auch wenn ich es nicht will und auch wenn es bei einer Reporterin nicht so sein sollte, treffen mich seine

Worte. Herrgott, ich bin aber auch ein so sensibler Waschlappen geworden.

Durch die Maschen des Käfigdrahtes sehe ich Harley an. Er steht immer noch an Ort und Stelle, unbewegt wie eine Statue. Und genauso makellos. Na ja, wenn man von ein paar blauen Flecken und der frisch verpflasterten Naht auf seiner Brust absieht.

»Ich muss ein paar Dinge über dich wissen, wenn ich deine PR-Frau sein soll«, sage ich.

»Du weißt ein paar Dinge über mich.«

»Ich weiß, dass du Harley Jones bist, ein Käfigkämpfer, der im Januar seinen ersten Kampf absolviert und seitdem kein einziges Mal verloren hat.«

Er erwidert nichts.

»Aber das weiß auch jeder, der in der Lage ist, deinen Wikipedia-Eintrag zu öffnen«, füge ich darum hinzu.

Immer noch keine Antwort, nur dieser gleichgültige Ausdruck.

»Die Leute wollen aber mehr wissen.« Mist, das klingt zu sehr nach Journalistin. »Nein, falsch. Die Leute wollen ein Bild von dir, das dich von den anderen Kämpfern unterscheidet. Was macht dich besonders? Warum sollen sie deine Fans sein und nicht die von Julio Cuevas oder irgendeinem anderen Konkurrenten?«

»José.«

»Bitte?«

»Sein Name ist José. Und *du* hast nicht die geringste Ahnung, was du hier tust, habe ich Recht? Vermutlich brauchst du dringend Geld und würdest jeden Auftrag annehmen, ob es nun um MMA oder den Internetauftritt des örtlichen Schlachthofs geht. Du hast vor gestern noch nie was von José Cuevas gehört und genauso wenig von mir oder irgendeinem anderen aus der Szene. Du weißt nicht, wie es hier läuft, du kannst dich ja nicht mal gegen ein paar aufgeblasene Bodybuilder verteidigen. Das hier ist nichts für kleine Mädchen wie dich und du solltest verschwinden, ehe Luigi zurückkommt und dich diesen Vertrag unterschreiben lässt.«

Ich sehe ihn an und fühle mich wirklich … empört. Erstens bin ich kein kleines Mädchen, sondern eine Frau von bald 30 Jahren. Und zweitens würde sich wohl kaum jemand gegen eine Horde ausgewachsener Bodybuilder verteidigen können, ob man sich nun in der MMA-Szene auskennt oder nicht! All das will ich Harley am liebsten vor den Kopf knallen, aber stattdessen starre ich ihn nur an und frage mich wieder einmal, was zur Hölle eigentlich mit mir los ist.

Für ihn ist mein Verhalten natürlich ein gefundenes Fressen. Gleichmütig zuckt er mit den Schultern und kommt nun, wo ich es gar nicht mehr möchte, auch endlich ein paar Schritte näher. »Siehst du? Kaum sagt man ein paar ehrliche Worte zu dir, fängst du fast an zu heulen. Was machst du, wenn Luigi deine Fotos nicht gefallen? Wenn du Julio mit deiner Kamera im Weg stehst? Oder wenn ich mal wirklich einen schlechten Tag habe, he?« Er bleibt auf der anderen Seite des Käfiggitters stehen, mustert mich von oben bis unten und schüttelt dann den Kopf. »Geh nach Hause, Megan.«

Immer noch bin ich sprachlos. So offen bin ich lange nicht angefeindet worden und ich muss leider zugeben, dass ich es absolut nicht mehr abkann. Ich bin tatsächlich den Tränen nahe und gleichzeitig so sauer, dass es mir fast die Kehle zuschnürt. Aber nur fast, einen Satz bringe ich am Ende doch noch heraus: »Eigentlich sollte ich froh sein. Ein Arschloch wie dich gut zu verkaufen, wäre sowieso unmöglich gewesen.«

Damit stürme ich aus dem Käfig, rausche die drei Stufen hinunter und dann an Harleys breiten Schultern vorbei. Und als ich schließlich die Stahltür erreiche und mich im Gehen noch einmal nach Harley umsehe, hat er sich noch nicht mal umgedreht. Er verabschiedet sich auch nicht. Für ihn bin ich vermutlich längst weg. Pah, soll dieser Blödmann sich doch weiter in seinem eigenen Licht sonnen und sich einen Spaß daraus machen, andere zu erniedrigen. Ich brauche den Kerl nicht. Noch nicht einmal für meinen Artikel.

***

Fest entschlossen schleppe ich die dicken Bücher die Treppen zum Büro hinauf. Der Aufzug ist mal wieder kaputt und ich kriege bereits auf der zweiten Etage kaum noch Luft. Keuchend bleibe ich stehen, richte meine Handtasche, die mir von der Schulter rutscht und versuche, die Wälzer, die ich mir ganz altmodisch in der Bücherei ausgeliehen habe, wieder fester zu packen. Eines der Bücher gleitet mir dabei aus dem Arm und ich versuche es mit dem Oberschenkel aufzufangen, indem ich mein Bein in die Höhe reiße. Es prallt schwer dagegen und ich führe einen seltsamen Tanz auf, als ich schließlich versuche, es mit dem Fuß zu stoppen. Natürlich gelingt es mir nicht und das schwarze Hochglanzbuch mit der roten Aufschrift *MMA – martialisch, männlich, actiongeladen* poltert zu

Boden. Der restliche Bücherstapel, der durch den fehlenden Wälzer an Stabilität verloren hat, folgt kurz darauf nicht weniger leise. Ich mache einen Satz zurück, damit keines der Bücher meine Füße trifft und bin sogar schnell genug. Dann blicke ich hinab zu dem Desaster auf dem Boden. Unwillkürlich muss ich über meine eigene Ungeschicktheit lachen und fühle mich gleich ein wenig besser.

Besser ungeschickt als arrogant. Oder selbstverliebt. Oder unhöflich und dreist. Oder …

Ich schüttle den Kopf.

Es bringt nichts, wenn ich mich auch noch den Nachmittag über Harley aufrege. Es reicht, dass ich das bereits den ganzen Vormittag getan habe.

Seufzend hebe ich die Bücher auf und setze meinen Weg in den fünften Stock fort. Als ich das Büro betrete, schlägt mir eine Ruhe entgegen, die in Großraumbüros dieser Art und vor allem bei der Zeitung selten ist. Doch dann wird mir klar, dass wir Mittagszeit haben und sicherlich die meisten meiner Kollegen in der Pause sind. Tatsächlich finde ich nahezu alle Boxen leer vor. Umso besser. Dann kann ich mich wenigstens in Ruhe einlesen.

Voller Tatendrang gehe ich durch die Gänge zu meinem Arbeitsbereich, der glücklicherweise direkt am Fenster liegt und den ich mir mit Jasper und Ellie teile, was ebenfalls von Vorteil ist. Der Komplex, in dem auch die Chicago Daily News untergebracht sind, liegt an der Michigan Avenue direkt im Loop – so nennen wir unser Stadtzentrum. Von hier oben hat man eine beeindruckende Aussicht auf den Grant Park. Ich setze mich und rolle mit meinem Stuhl an die riesige Fensterfront. Im Park kann ich den Buckingham-Brunnen sehen, der noch eingeschaltet ist, obwohl wir bereits November haben. Der Wind treibt die Wasserfontänen bis auf das kleine Rasenstück, das den Springbrunnen umschließt. Ich beobachtete die Menschen, die einen Moment davor stehen bleiben, um ein Foto zu schießen. Die meisten von ihnen ziehen dann weiter, einige lassen sich aber auch auf einer der Bänke nieder und genießen die letzten Sonnenstrahlen des Herbstes. Auch ich spüre die wärmenden Strahlen auf meiner Haut. Langsam lasse ich den Blick weiter schweifen. Hinter dem Grant Park glitzert der Lake Michigan. Die weißen Boote und Schiffe bewegen sich nur leicht auf der Wasseroberfläche. Ich genieße den Anblick noch eine ganze Weile. Im Sommer schlendere ich gerne durch den Park hinunter zum Wasser und auch an sonnigen Herbsttagen verbringe ich meine Pause oft am Ufer des Sees und sehe den bunten Blättern dabei zu, wie sie durch die Luft tanzen. Ob mein nächster Arbeitsplatz auch so schön gelegen sein wird?

Ganz sicher werde ich Chicago vermissen, so viel steht fest. Aber eine Alternative gibt es nicht. Zu viele negative Erinnerungen verbinde ich mit der Stadt. Ich würde vieles darum geben, einfach hier bleiben zu können. Aber eben nicht alles.

Hinter mir werden Geräusche laut und ich drehe mich in meinem Stuhl herum.

Es ist Ellie. Sie trägt einen rosa-weißen Karton in den Händen und ich erkenne das goldene Logo darauf sofort.

»Donuts!«, rufe ich und rolle mit meinem Stuhl auf sie zu.

Ellie lacht und stellt die Box auf die Bücher auf meinem Schreibtisch. Sie klappt den Deckel auf und ich stehe auf. Der Geruch nach Zucker, Zimt und süßen Früchten steigt mir in die Nase und ich lasse mir Zeit, um die acht Leckereien genau unter die Lupe zu nehmen. Weiße Schokoladenglasur mit einer Himbeere gespickt, dunkle Glasur mit Butterkekskrümeln. Eine dunkelrote Schicht verziert mit hellen Streuseln. Ein buntes Exemplar mit Mini-Marshmallows auf dem Rand und ...

Ellie deutet auf einen himmelblauen Donut, der mit goldenen Perlen verziert ist. »Probier einen Full Moon. Der ist himmlisch. Gefüllt mit Blaubeeren und Zimt. Oder den Sugar Loop.« Sie zeigt auf einen bunten Kringel, der mit Gummibärchen und Zuckerkonfetti bestückt ist. »Oder den Caramel Dream. Oder einfach –«

Ehe sie zu Ende sprechen kann, picke ich mir meinen Lieblingsdonut aus der Packung und beiße genüsslich hinein.

»Bratapfel, ich wusste es«, lacht Ellie und lässt sich in meinen frei gewordenen Stuhl sinken. »Du bist süchtig nach den Dingern.«

»Ich würde dafür sterben«, nuschle ich, während sich die samtige Buttermilch-Apfel-Marzipan-Füllung in meinem Mund ausbreitet. Ich schließe die Augen und genieße das Gefühl von längst vergangenen Weihnachtsfesten, das sich in mir breitmacht. Nach einem Festmahl gibt es nichts Besseres als einen heißen, mit Marzipan gefüllten Bratapfel aus dem Ofen. Mit Vanillesoße nach dem Geheimrezept meiner Oma. Und dazu eine schöne Tasse Punsch. Ich beiße noch einmal in den weichen Teig des Donuts, dann ist die Illusion auch schon dahin, als ich Brads Stimme vernehme. Sie klingt nah. Viel zu nah.

»Machen die Damen eine Kaffeepause?«

Ich öffne die Augen, wische mir hastig über den klebrigen Mund und setze mein souveränstes Lächeln auf. »Brad, hey.«

»Hi.« Ellie bemüht sich gar nicht erst, freundlich zu schauen. »Wir haben noch zwanzig Minuten Pause, was willst du?«

»Du hast vielleicht noch Pause, aber Megan ...« Brad löst sich aus dem Durchgang und kommt ein paar Schritte auf mich zu. »Megan hat einen Job zu erledigen, wenn ich mich richtig erinnere.«

»Ich bin dabei«, antworte ich und deute auf die MMA-Bücher, die unter der Donutbox liegen. Dabei tropft etwas Apfelfüllung auf den Boden. Hastig stelle ich den Fuß darauf.

»Bücher. So, so.« Beiläufig schiebt mein Boss den Karton beiseite und verrenkt sich fast den Hals bei dem Versuch, die auf dem Kopf stehende Schrift zu lesen. »Martialisch, männlich, actiongeladen«, wiederholt er den Titel, der ihm offenbar genauso lächerlich erscheint wie mir. »Die Geschichte des ultimativen Kampfes«, liest er weiter. »Vom Boxer zur MMA-Legende. Die Story eines ehemaligen ...« Er bricht ab, schüttelt den Kopf und mustert mich. »Megan. Was soll das? Erklär mir das.« Theatralisch breitet er die Arme aus. »Willst du mir das wirklich antun?«

»Ich will dir nichts antun. Ich will nur meinen Job machen und –«

»Mir einen Artikel vorsetzen, der zusammengestüm-
pert ist aus irgendwelchen lieblos geschriebenen Sach-
und Fachbüchern? Was glaubst du darin über Harley
Jones zu finden, hm?«

»Speziell über Jones gibt es noch nicht viel«, gebe ich
zu.

»Richtig. Über ihn gibt es noch nicht viel, weshalb er
auch das ideale Thema für deine Reportage ist. Eine
Story voller Infos, die in keinem dieser Bücher hier zu
finden ist.«

»Ich kann mit diesem Kerl nicht zusammenarbeiten.
Er ist unausstehlich. Er hasst mich und wenn ich nur
eine Sekunde mehr mit ihm verbringen muss, dann
werde ich ihm an die Kehle springen.«

»Lass deinen Charme spielen, Megan. Dann wird er
dich lieben.«

Ich atme durch und versuche ihm nicht all die Dinge
an den Kopf zu knallen, die mir im Augenblick in den
Sinn kommen. Stattdessen sage ich: »Ich bin eine gute
Journalistin und das weißt du auch. Ich brauche nur
ein bisschen Hintergrundwissen über diese ... Sportart
und dann schreibe ich dir eine Reportage, die dich umhaut. Dazu brauche ich Jones nicht.«

Brad macht ein paar Schritte durch den Raum, als
würde er nachdenken. Dann fixiert er mich wieder.
»Hör zu. Wenn du lieber hier im Büro sitzen und ein
paar alte Geschichten aufwärmen willst, dann versetze
ich dich gerne ins Archiv und du kannst dich für den
Rest deines Lebens in abgelegten Artikeln deiner Kollegen vergraben. Aber dann musst du auch die Stelle in
San Diego vergessen.« Mein Boss setzt seinen Weg

durch mein Büro fort. Diesmal steuert er allerdings den Ausgang an. »Überlege es dir also besser gut.«

Das ist Erpressung. Irgendwie zumindest. Und sein selbstsicherer Gang beweist, dass er sich dessen durchaus bewusst ist.

Ellie sieht ihm finster nach. »Spiel dich nicht so auf. Megan bekommt das hin. Auch ohne diesen Schlägertypen.«

Brad bleibt stehen und ich starre auf seinen Rücken. Dann fährt er auf einmal zu Ellie herum. Ich spüre, dass ich zusammenzucke und ärgere mich sogleich darüber. Brads Gesichtsausdruck hat sich verändert. Er lächelt nicht mehr dieses lauernde Lächeln, das er immer dann an den Tag legt, wenn er sich anderen überlegen fühlt und nur auf einen Fehltritt wartet. Er wirkt jetzt wütend. »Ich wiederhole mich nur noch einmal: Wenn Megan diesen Job an der Westküste möchte, dann sollte sie schleunigst ihren Hintern zu Mister Jones bewegen und so viele *wahre* Infos sammeln, dass mich ihre Reportage anschließend wirklich umhaut. Mir ist es dabei egal, ob sie und dieser *Schlägertyp* sich mögen, oder ob er ihr die Augen auskratzt. Für mich zählt eine gute Story und die bekomme ich. Wenn nicht von ihr, dann von irgendeinem anderen hier. Neunundneunzig Prozent meiner Mitarbeiter würden sich um so eine Chance reißen. Wenn Megan das nicht zu schätzen weiß, dann ist es ihr Problem. Sollte sie sich allerdings dazu bequemen, diesen Job doch anzunehmen, dann erwarte ich, dass sie sich an Jones heftet wie ein Kaugummi, alles klar? Sie wird in jeder Minute, 24 Stunden am Tag um ihn sein – so lange, bis ihm ihre Gegenwart gar nicht mehr auffällt. Und dann – erst dann – wird sie die richtig guten Informationen bekommen. Die schmutzigen Geheimnisse.«

Auch wenn er Ellie immer noch ansieht und die Worte offenkundig an sie richtet, weiß ich natürlich, dass ich an der Reihe bin, etwas zu sagen. Irgendwie einzulenken. »Ich würde ja ...«, beginne ich. »Ich würde mich ja gerne an ihn heften ...«

»Aber?« Noch immer funkelt Brad Ellie an.

»Aber ich weiß nicht, wo er steckt«, gebe ich zu.

Brad holt Luft und ich erwarte den nächsten Wutausbruch. Stattdessen sagt er nur: »Das haben wir gleich.« Damit verlässt er endgültig unsere Bürobox.

»So ein aufgeblasener –«, will Ellie loswettern, aber ich halte ihr blitzschnell den Mund zu.

»Ssh. Er hat doch irgendwie Recht.« Langsam nehme ich meine Finger aus Ellies Gesicht. »Außerdem solltest du ihn nicht immer so ... provozieren.«

»Ach, komm schon. Er ist mein Ex. Und Exfreunde provoziert man eben, wo man nur kann.«

Ich schlucke. Ganz sicher würde ich *meinen* Ex niemals provozieren. Aber das ist eine andere Geschichte. Ellie ist anders als ich. Ihre Beziehung zu Brad war anders. Und wenn ich ehrlich bin, giften die beiden sich schon immer auf diese Art an. Dafür scheint es auch immer noch hin und wieder zwischen ihnen zu funken. Was Ellie aber niemals zugeben würde. Wenn ich sie auf unseren gemeinsamen Boss anspreche, dann weicht sie aus, aber ich vermute, dass die zwei sich doch nicht so sehr hassen, wie es eben den Anschein machte.

»Noch einen Donut?«, fragt Ellie und hält mir den Karton unter die Nase.

»Nein, danke.« Ich beiße in meinen Lieblingsdonut, doch statt nach Weihnachten schmeckt er jetzt nach gammeligem Apfel und viel zu viel frittiertem Fett. Ich lasse ihn in den Mülleimer fallen.

»Süße.« Ellie packt mich an den Schultern und zwingt mich, sie anzusehen. »Du musst das wirklich nicht machen. Im Archiv ist es sicher auch schön.«

»Ganz bestimmt.« Ich muss über ihren kläglichen Aufmunterungsversuch lachen.

Ellie stimmt in mein Lachen ein und schließt mich in die Arme. »Du packst das. Und wenn der Kerl frech wird, dann rufst du mich an, alles klar?«

Ich nicke. Dann klingelt mein Handy. »Moment.« Ich sehe auf das Telefon. Eine Nachricht von Brad. Ich rufe sie auf und stöhne.

»Was ist? Was?«

»Lies.« Ich halte ihr die Nachricht hin.

»*Harley Jones joggt im Grant Park*«, liest sie vor.

»Lies weiter«, fordere ich.

»*Wenn das kein Zufall ist. Beeil dich. Vor Freitag will ich dich im Büro nicht mehr sehen. R.*« Ellie sieht mich an. »Er joggt also direkt vor unserer Nase.«

Ich verziehe das Gesicht. »Ja. Und ich wohl neuerdings auch.«

KAPITEL 4

Joggen. Ich liebe es. Sport generell ist total mein Ding.

Im Ernst: Als ich ein Kind war, haben mich meine Eltern zum Reiten geschickt. Das mochte ich, ziemlich sogar, aber dann zogen wir nach Chicago und die Reiterhöfe sind hier eher spärlich gesät. Gut, macht nichts, dachte sich meine Mom, melde ich das Kind eben zum Ballett an. Dort habe ich mir dann den Fuß gebrochen, und das nicht bei irgendeiner gefährlichen, beeindruckenden achtfachen Drehung, sondern beim Grandplié, einer der Grundpositionen.

Bis heute weiß ich nicht, wie ich das gemacht habe, aber danach war es dann vorbei mit meiner Karriere als Tänzerin und meine Eltern dachten, sie versuchen es einfach in die andere Richtung. Sie schickten mich zum Hockey. Da ist man von oben bis unten gepolstert, also kam ich durchs Training, ohne mir was zu brechen. Eine große Leuchte wurde ich aber auch in dem Sport nie und als mir mein erster Freund – da war ich gerade 14 – sagte, ich hätte Bergsteigerwaden, habe ich lieber aufgehört und zugesehen, dass ich ein paar Muskeln verliere. Mit meiner Figur habe ich seitdem trotz der mangelnden Sportlichkeit nie Probleme gehabt, aber ich habe eben weder Muskeln noch Ausdauer. Und eigentlich steht auch weder das eine noch das andere ganz oben auf meiner Prioritätenliste ...

Tja, eigentlich.

Als ich aus dem Sportfachgeschäft zwei Straßen hinter dem Grant Park komme, sehe ich allerdings trotzdem aus, als könnte ich es gar nicht erwarten, den nächsten Marathon zu laufen. Meine Beine stecken in dunkelvioletten Leggings, meine Füße in Turnschuhen mit dynamischen lilafarbenen Streifen darauf. Obenrum trage ich eine dünne, hautenge schwarze Jacke aus einem glänzenden Stoff, in dem ich erstaunlicherweise nicht friere. Und meine Haare sind mit einem wiederum lilafarbenen Schweißband aus der Stirn geschoben. Ich sehe mit Sicherheit aus wie jemand, der öfters mal Sport macht ... oder zumindest wie jemand, der angestrengt so tut, als ob. Na egal. Für Harley wird es reichen.

Harley. Während ich losspaziere in Richtung Park, wummert mein Herz los, als würde ich bereits rennen. Wie wird er reagieren, wenn ich auftauche? Und was soll ich zu ihm sagen? Ich meine, er war nicht gerade nett zu mir, aber ich habe ihn beschimpft, was wohl deutlich schwerer wiegt. Muss ich mich entschuldigen? Und was wird dieser halbseriöse Schmierlappen Luigi sagen, wenn ich ihm das nächste Mal begegne? Sicher hat Harley ihm bereits auf die Nase gebunden, dass ich hingeworfen habe. Am besten unterschreibe ich bei der nächsten Gelegenheit – wenn es nochmal eine gibt – schnellstens diesen Vertrag, damit ich auf der sicheren Seite bin, dass Harley mich nicht aus dem Team kicken kann, wie es ihm beliebt.

Ich erreiche den westlichen Eingang des Grant Park und bleibe stehen. Ein weiteres Mal sehe ich an mir runter. Ich sehe verkleidet aus, kein Zweifel. Vor allem die übergroße Bauchtasche, in der sich meine Kamera und mein Handy befinden, wirkt absolut bescheuert. Aber da muss ich jetzt wohl durch. Das Ziel – meinen neuen Job weit weg von hier – fest vor Augen, betrete ich den Park. Es sind nicht viele Menschen hier um diese Zeit, die Mittagspause ist für die meisten vorbei. Ein paar ältere Leute gehen spazieren, wenige Paare tun es ihnen gleich, aber insgesamt ist es trotz der Sonne wohl einfach zu kühl, um sich im Park aufzuhalten. Außer für die Sportler natürlich.

Rechts von mir entdecke ich einen Jogger, der allerdings schwarz ist und daher nicht Harley sein kann. Als ich willkürlich den ersten Spazierweg nach links einschlage, entdecke ich auf einer Wiese eine Frau beim Stretching. Und um eines der zahlreichen Denkmäler herum, die den Park an allen Ecken und Enden füllen, strampelt sich ein älterer Herr auf einem Liegefahrrad ab. Zumindest für heute bin ich dann wohl einer dieser fleißigen Menschen, die Spaß daran haben, ihren eigenen Körper zu quälen. Aber wer weiß, vielleicht lohnt es sich ja. Ich bin gespannt.

Nachdem ich das Denkmal passiert habe, ohne von dem Liegefahrradmann über den Haufen gefahren worden zu sein, erreiche ich einen langgezogenen, baumgesäumten Spazierweg. Die Bäume sind alle bereits halb kahl, aber die Blätter, die noch da sind, sind wunderschön bunt gefärbt. Rot, Orange, ein wahres Farbfeuerwerk im Sonnenlicht.

Ich überlege kurz, dann bleibe ich stehen und packe die Kamera aus. Etwas Übung kann ja nicht schaden. Ich hantiere mit dem unpraktischen Teil herum, dann knipse ich ein Foto von den Baumkronen und sehe es mir danach auf dem Display an. Gar nicht so schlecht. Man sieht sogar, wie die Strahlen der Herbstsonne durch die Zweige brechen. Ich lächle. Dann mache ich noch ein Foto, diesmal von dem Wegstück, das hinter mir liegt, halb von Sonne beschienen, halb bereits im Nachmittagsschatten liegend. Auch dieses Bild ist gar nicht so mies. Besser als die schwarzen Fotobögen, die ich einst selbst entwickelt habe. Ich drehe mich wieder um und knipse ein drittes Bild, jetzt von dem viel längeren Wegstück vor mir, inklusive der Spaziergänger und ...

Megan?, fragt meine innere Stimme in tadelndem Ton.

Ich sehe auf.

Kann es sein, dass du hier gerade Zeit schindest, damit du Harley Jones nicht begegnen musst ...?

Ich beiße mir auf die Lippe und bekenne mich innerlich schuldig. Ich habe ihn einen Arsch genannt. Irgendwie peinlich. Und außerdem habe ich mir, als ich das letzte Mal einen Mann Arsch nannte, eine so heftige Ohrfeige dafür eingefangen, dass ich mir die Backe blutig gebissen habe. Am nächsten Tag hatte ich einen blauen Handabdruck im Gesicht. Wusste vorher gar nicht, dass so was möglich ist.

Innerlich seufze ich, weil ich schon wieder an die alten Geschichten denke, und vergrößere dabei gedankenverloren mein letztes Foto. Wahnsinn, wie gut die Qualität der Bilder ist. Der Zoom ...

Moment. Ich blicke auf, dann wieder aufs Display. Als ich eben das längere Wegstück fotografiert habe, habe ich dabei einen Jogger in grauen Sachen eingefangen, der von der Größe und Statur her durchaus Harley sein könnte.

Mist! Ein Teil von mir hat bis hierher ernsthaft gehofft, dass ich ihn einfach nicht finde. Aber dafür ist es jetzt wohl zu spät. Ich sehe noch mal auf das Bild, dann den Weg hinunter. Er ist außer Sicht. Ich könnte einfach so tun, als hätte ich ihn nicht gesehen.

Aber Brad.

Und mein neuer Job.

»Mist«, zische ich mir selbst zu, dann verstaue ich die Kamera wieder in der Bauchtasche und gehe los. Und dann realisiere ich, dass Gehen nicht reichen wird, um einen joggenden Leistungssportler einzuholen, und fange darum an zu laufen. Es fühlt sich vom ersten Moment an scheußlich an. Der harte Boden bringt meine Füße zum Schmerzen, meine Oberschenkel protestieren schon nach den ersten 10 oder 15 Metern und einen Sport-BH habe ich auch nicht gekauft. Nach 20 oder 25 Metern, die mir allerdings wie ein Halbmarathon vorkommen, fällt mir auf, dass ich auch nichts zu trinken habe – nur die Kamera und das Handy. Vielleicht kann ich mir ja eine Wasser-App herunterladen. Guter Witz, Megan.

Ich bin so ein zerstreuter Idiot geworden, dass es mich langsam echt richtig nervt.

Aber na ja, die Dinge sind jetzt wohl, wie sie sind und mir bleibt nichts anderes übrig, als das Beste daraus zu machen, Also renne ich weiter und bete, dass der Mann in Grau bald wieder in Sicht kommt. Nicht, dass ich dann aufhören dürfte zu rennen, aber das wäre zumindest ein erstes Etappenziel.

Ich laufe weiter. Noch eine gefühlte Ewigkeit führt der Weg einfach nur geradeaus, dann gelange ich an eine Kreuzung. Na toll. Vor mir erkenne ich keinen Harley Jones, links und rechts auch nicht. Ich bleibe stehen, stütze mich schwer auf den Knien ab und versuche zu Atem zu kommen. Mein Gesicht glüht spürbar, meine Haut fühlt sich feucht und klebrig an und meine Beine beschimpfen mich innerlich, was mir eigentlich einfällt, sie so zu quälen.

»Wunderbar«, zische ich mir selbst zu. »Ganz wunderbar, Megan. Anstatt zu arbeiten, machst du jetzt also Nachmittagssport!«

»Bei Menschen, die Selbstgespräche führen, hoffe ich immer, dass ich irgendwo noch ein Headset entdecke. Andernfalls sind sie nämlich irre. Bei dir sehe ich nirgends ein Headset«, erwidert plötzlich eine Stimme. Und dann zieht ein Mann in grauen Joggingsachen an mir vorbei.

Ich bin so verblüfft, dass ich im ersten Moment reflexartig nach hinten sehe. Wo zur Hölle war er? Wo hat er sich versteckt? Wenn er hinter mir war, müsste ich doch an ihm vorbeigejoggt sein! War ich jetzt so in meinem Sportversuch vertieft, dass ich Harley einfach überholt habe?!

»Hey!«, keuche ich, immer noch atemlos. Dann wird mir klar, dass Harley nicht auf mich warten wird und ich raffe mich auf, um zur Verfolgung anzusetzen. Mein Körper geht gegen mich auf die Barrikaden, als fände in meinem Inneren eine ziemlich dramatische Inszenierung von *Les Misérables* statt, doch zu meinem Erstaunen tragen mich meine Füße dennoch weiter und ich schaffe es sogar, an Tempo zuzulegen. Harley im Blick zu haben, motiviert mich, denn es gibt jetzt wenigstens ein klares Ziel.

»Warte!«, rufe ich trotzdem, wenn auch vergebens, denn er wartet natürlich nicht.

Klar, wer will schon mit einer Irren joggen, die im Park mit sich selbst redet?

Ich spüre, wie seine Worte neuen Zorn in mir aufbranden lassen und starre aus zusammengekniffenen Augen auf seine breiten Schultern. Auf seinem grauen Sweater zeichnen sich dunkle Schweiflecken ab, dennoch läuft er so dynamisch, als hätte er nie was anderes gemacht. Joggen sieht bei ihm einfach aus. Aber bei ihm sah auch Kämpfen irgendwie einfach aus, oder nicht? So ist das wohl mit Berufssportlern.

»Jetzt warte, du Mistkerl!«

Na toll, jetzt habe ich ihn schon wieder beschimpft! Was ist denn los mit mir?

»Du musst schon mithalten, Megan!«, erwidert er und klingt noch nicht mal im Ansatz außer Atem.

Na warte, du Angeber! Ich presse die Lippen zusammen und gewinne noch mal an Tempo, und dann schaffe ich es endlich, zu ihm aufzuholen … wenn mir auch gleich klar ist, dass ich sein Tempo auf keinen Fall lange durchhalten werde.

»Wo warst du?«, keuche ich. »Als ich dich entdeckt habe … warst du vor mir. Wie kannst du plötzlich … hinter mir gewesen sein?«

»Du bist so langsam, dass ich in der Zeit, die du für 100 Meter brauchst, den ganzen Park umrundet habe.«

Ich sehe zu ihm herüber. Es ist das erste Mal, dass ich ihn grinsen sehe, und Gott, sieht er gut dabei aus. Ich zerre die Kamera hervor und mache ein Foto. Schnell nimmt er mich ins Visier.

»Was wird das?«

»Ich mache … meinen Job.«

»Du hast keinen Job. Und außerdem würdest du es ja doch nicht hinbekommen, mich gut aussehen zu lassen, oder wie war das?«

Ich verziehe das Gesicht. »Das war … nicht nett … es tut mir leid …«

Harley sieht mich immer noch an und eine steile Falte erscheint zwischen seinen Brauen. »Du hast bis jetzt genau einen Satz gesagt, für den ich dich respektiere, und den nimmst du zurück? Ich habe dich mies behandelt. Hör auf dich zu entschuldigen. Das ist lächerlich.«

Damit wird er noch ein bisschen schneller und ich sehe ihm ungläubig hinterher. Okay, Zeit für innere Notizen: Harley sagt schonungslos, was er denkt. Er will von seinen Angestellten nicht mit Samthandschuhen angefasst werden. Im Gegenzug fasst er allerdings auch niemanden mit Samthandschuhen an. Auch nicht mit einigermaßen gepolsterten Boxhandschuhen. Wie nennt man das noch mal, wenn Typen wie er ohne Handschuhe kämpfen?«

»*Bare-Knuckle*«, bringe ich hervor und bemühe mich, ihn erneut einzuholen.

»Wie bitte?« Harley mustert mich voller Verwirrung.

»*Sprawling, Shooting, Eye Gouge … Fishhook, Submission, Reversal, Takedown*! … Ich kenne mich sehr wohl … in deiner Szene aus, Harley Jones.«

Harley mustert mich noch einen Moment, dann lacht er kurz und ungläubig. »Du kannst lesen. Das kann jeder. Ich kann auch einem Fünfjährigen erklären, was ein *Fishhook* ist.«

»Solltest du aber nicht ... ist ziemlich brutal ...« Als *Fishhook* wird es nämlich bezeichnet, wenn ein Gegner versucht, dem anderen in die Nasenlöcher, den Mund oder die Ohren zu stechen. Ist verboten. Sogar das weiß ich schon.

»Alles, was ich tue, ist ziemlich brutal«, bestätigt Harley. »Und du bist niemand, der ...«

»Ich kann einstecken«, sage ich schnell und fange seinen Blick ein. Im selben Moment weiß ich, dass ich ihm gerade mit nur einem Satz viel mehr über mich verraten habe, als ich eigentlich wollte. Harley hat kluge Augen, ganz anders, als ich es bei einem Mann mit seinem Beruf gedacht hätte, und er gibt mir das Gefühl, dass er mich ganz mühelos durchschaut. Aber wer weiß, vielleicht tut das auch jeder. Es gibt eine psychologische Theorie, die besagt, dass Menschen, die schon mal Gewalt erfahren haben, einander erkennen. Nun ist er jemand, der eher Gewalt austeilt, aber den einen oder anderen Schlag hat auch er schon kassiert. Genau wie ich.

»Wie dringend brauchst du den Job?«, fragt er, und auf einmal sind sein Spott und sein Sarkasmus und sogar ein großer Teil seiner Ablehnung verschwunden.

Für einen Moment frage ich mich wieso, dann wird es mir plötzlich klar: Er denkt, ich befinde mich noch in der Situation, in der ich einstecken muss. Er glaubt, ich bemühe mich so sehr um diesen Job, weil ich ihn brauche, um vor meinem gewalttätigen Kerl abhauen zu können. Scheiße, das wollte ich nicht. Ganz sicher wollte ich nicht, dass dieser Fremde sich mit in der Verantwortung für mein Leben sieht. Aber na ja – ist es nicht in gewisser Weise sogar wahr, dass ich das Geld für meine Flucht brauche?

»Sehr dringend«, sage ich darum wahrheitsgemäß.

»Du wirst es nicht leicht haben.«

»Das verlange ich auch nicht.«

»Ich setze mich dafür ein, dass Luigi dich wöchentlich bezahlt. Sobald du genug Geld für was auch immer zusammen hast, kündigst du.« Damit legt Harley wieder an Tempo zu und mir wird erst jetzt klar, dass er im Schneckentempo neben mir hergekrochen ist, seit er mir seine Frage gestellt hat.

Ich sehe seinen breiten Schultern nach und gemischte Gefühle machen sich in mir breit. Einerseits bin ich froh, denn genau das wollte ich ja – den Job als seine PR-Frau. Andererseits fühle ich mich jetzt ziemlich nackt und als hätte ich ein Stück von mir selbst dafür verkauft. Aber andererseits: Was soll's? Wie die große toughe Gewinnerin kam ich ja eh nicht rüber, wie er mir unmissverständlich klargemacht hat. Jetzt, wo er Bescheid weiß, sieht er vielleicht zumindest kein kleines Mädchen mehr in mir. Und zudem wird Brad höchst zufrieden sein. Läuft doch eigentlich ganz gut.

Voll neuer Motivation mache ich ein weiteres Foto von Harley, diesmal davon, wie er mir davonläuft. Dann verstaue ich die Kamera und lege wieder an Tempo zu. Meine Beine gewöhnen sich glaube ich langsam ans Rennen, sie sind jetzt mehr taub, als dass sie wehtun. Und außerdem kommt es mir vor, als wäre Harley hier im Park viel zugänglicher als in seinem sonstigen Umfeld – wer weiß, vielleicht kann ich ihm ja gleich heute noch ein paar Informationen entlocken, die ich für meinen Artikel gebrauchen kann. Also los, Megan!

Ich ignoriere das Seitenstechen und werde noch einmal schneller. Und dann passiert es: Aus dem Augenwinkel nehme ich links von mir eine Bewegung wahr. Etwas Schnelles. Etwas, das auf mich zukommt. Ich drehe den Kopf und stelle fest, dass es ein Hund ist – ein großer, glücklicher, ausgelassener Retriever mit goldenem Fell und einem breiten Hundegrinsen, das von einem riesigen Ast geteilt wird. Der Hund rennt genau auf mich zu und ich mache geistesgegenwärtig einen Satz nach vorn, gerade noch rechtzeitig, um einer Kollision mit dem Tier zu entgehen. Der Kollision mit dem Ast entgehe ich jedoch nicht, er erwischt mich in den Kniekehlen, ich strauchle, renne noch zwei, drei Schritte weiter, auf die Wiese zu, die den Weg am Rand säumt. Dann stolpere ich über meine eigenen Füße, es fegt mich von den Beinen und ich fliege mit einer halben Drehung ins matschige Gras.

Meine Knochen fühlen sich an, als würden sie in mir zu einem unlösbaren Puzzle zerbersten. Meine Zähne krachen hart aufeinander und ich bete, dass keiner von ihnen abbricht. Zumindest schlage ich auf der Seite auf, sodass es nicht die teure Kamera erwischt, aber dafür bekommt meine Hüfte richtig was ab und dankt es mir mit einem dumpfen Schmerz, der sich gleich in mein ganzes Becken ausbreitet. Und zu allem Unglück bin ich auch noch umgeknickt. Mit dem rechten Fuß, genau demselben, den ich mir damals beim Ballett gebrochen habe. Irgendwann werde ich diesen Fuß mal fragen müssen, was er eigentlich gegen mich hat!

Aber nicht jetzt. Jetzt bleibe ich erst mal benommen liegen, kneife fest die Augen zu und versuche mir einzureden, dass dieser Sturz kein bisschen peinlich gewesen ist. Wie durch Watte höre ich Hundegebell, dann die erschrockene Stimme einer Frau, dann eine weitere Stimme, die ich zumindest kenne. Ein Ankerpunkt.

Ich mache die Augen auf und sehe, dass Harley hier ist, neben mir hockt und auf mich herab sieht, als wisse er nicht, ob er sich Sorgen machen oder mich auslachen soll.

Mistkerl.

»Das tut mir so unfassbar leid, Rango ist einfach so eigenwillig. Wenn er einen Ast gefunden hat, vergisst er alles um sich herum! Haben Sie sich wehgetan? Sind Sie verletzt?«, plärrt die Frau.

»Nein, mir geht es ... bestens«, höre ich mich selbst krächzen.

Dann sehe ich, wie Harley besorgt die Stirn runzelt.

Und dann wird mir schwarz vor Augen.

***

Als ich wieder aufwache, sticht mir die Sonne in die Augen, aber mir ist gleich klar, dass die Röte, die mir in die Wangen steigt, nicht von der Wärme kommt. Mann, war dieser Sturz peinlich! Musste das jetzt echt auch noch sein?

»Megan?«

Unendlich langsam sehe ich herüber zu Harley. Er hat mich auf einer Bank abgelegt und ist immer noch ziemlich verschwitzt, also kann ich nicht lange weg gewesen sein.

»Brauchst du einen Arzt?«, fragt er sachlich, aber mit besorgtem Unterton. »Weißt du, welchen Tag wir haben, weißt du, wer du bist?«

»Leider ja«, gebe ich zurück und spüre, wie ich immer roter werde. »Ich bin Megan Clark, war vor heute noch nie joggen und hab ... mich gerade richtig schön langgelegt.«

Während ich rede, zieht Harley die Brauen nach oben, dann nickt er langsam und ich sehe, dass er sich das Schmunzeln kaum verkneifen kann. »Gut. Wie es aussieht, hast du doch noch den einen oder anderen Funken Verstand in deinem hübschen Kopf«, sagt er dann.

Hübsch? Hat er mich gerade hübsch genannt? Super, jetzt werde ich sogar noch roter. Zumindest glüht mein Gesicht so stark, dass ich das Gefühl habe, mit den signalroten Rettungsbojen im See konkurrieren zu können. Ich räuspere mich und setze mich vorsichtig auf, und dabei spüre ich, dass die rasenden Schmerzen in etlichen Partien meines Körpers bereits nachgelassen haben. Gut. Immerhin. Und auch die Hundefrau ist glücklicherweise verschwunden. Wenigstens eine Person weniger, vor der ich mich in Grund und Boden schämen muss.

»Das hat echt wehgetan«, protestiere ich.

»Du musst dich abfangen, wenn so was passiert.«

»Hab ich doch«, wende ich ein, aber ehrlich gesagt bin ich mir da nicht so sicher.

Harley schüttelt den Kopf und deutet auf meine Bauchtasche. »Deine Hände waren an dem hässlichen Teil hier.«

Erst jetzt bemerke ich, wie dicht er bei mir auf der Bank sitzt, halb zu mir gedreht. Ich spüre seine Körperwärme dicht an meinen Beinen. Ewig bin ich keinem Mann mehr so nah gekommen und es fühlt sich viel besser an, als gedacht.

»Da ist meine Kamera drin.«

»Scheiß auf die Kamera. Du hättest dir 'ne Gehirnerschütterung zuziehen können. Oder Schlimmeres. Wenn du das nächste Mal fällst, schützt du deinen Körper, nicht irgendeinen Blödsinn, den man nachkaufen kann, klar?«

Ich kneife störrisch die Brauen zusammen. »Ich falle aber nicht. Nicht oft. Zumindest so schnell nicht wieder.«

»Wer's glaubt.« Harley mustert mich noch einen Moment lang und in seinen Augen liegt ein Ausdruck, den ich kaum zu deuten vermag. Dann steht er auf, unterbricht den Kontakt zwischen uns beiden und ich bedaure es fast. Auch wenn ich ihn heute Morgen noch einen Arsch genannt habe.

»Also, ich muss zurück ins Studio.«

»Gut, ich komme mit und mache noch ein paar ...«

»Nein, du gehst entweder zu einem Arzt oder nach Hause. Wenn du dich für zu Hause entscheidest, beobachte bitte, ob dir im Laufe des Abends noch schlecht oder schwindelig wird. Du warst bewusstlos. Damit ist nicht zu spaßen.«

Nur zu gern würde ich protestieren, aber dann muss ich einsehen, dass er Recht hat. Wenn ich jetzt unvernünftig bin, lande ich am Ende echt noch im Krankenhaus und dann kann ich den Auftrag hier so was von vergessen.

»Also gut«, sage ich. »Wenn du darauf bestehst, gehe ich nach Hause. Aber morgen lege ich richtig los und du wirst dich nicht wieder querstellen und bei jedem Foto, das ich zu machen versuche, anfangen zu murren.« Ich halte ihm die Hand hin. »Deal?«

Harleys Zögern entgeht mir nicht. Ich präge mir ein, dass er ein Mann zu sein scheint, der sich ungern auf etwas festnageln lässt. Dann jedoch ergreift er meine Finger. Sein Händedruck ist fest. Es gefällt mir, dass er ihn für mich nicht extra sanft ausfallen lässt.

»Deal«, sagt er.

Ich versuche seinen Blick einzufangen. »Und? Ist auf dein Wort Verlass, Harley?«

Wieder zögert er, ehe er antwortet, doch ich glaube deshalb nicht, dass seine nächsten Worte gelogen sind. Vielmehr scheint er irgendwie auf der Hut zu sein, sorgsam darauf bedacht, nicht zu viel von sich zu verraten. Wer weiß, vielleicht ist es wichtig, sein Privatleben, seine wahre Identität zu schützen, wenn man auf eine Art in der Öffentlichkeit steht, wie er es tut. Halbnackt in einem Käfig.

»Immer«, sagt er schließlich. Dann unterbricht er den Augenkontakt zwischen uns und hilft mir beim Aufstehen. Und dann tut er etwas, das mir ganz unvermittelt fast den Atem raubt: Anstatt sich von mir zu verabschieden und seines Weges zu gehen, legt er mir den Arm um die Taille und stützt mich, während ich die ersten vorsichtigen Schritte mache. Mein rechter Knöchel tut weh, genau wie die linke Hüfte, aber bis auf eine Prellung und vielleicht eine kleine Stauchung ist alles okay. Doch, auch wenn es mich selbst wundert, sage ich Harley nichts davon, sondern lasse mich weiter von ihm stützen. Und ich tue noch mehr: Ich lege meine Hand auf seinen Rücken, als wollte ich mich an ihm abstützen. In Wahrheit aber will ich einfach noch mal seinen Körper spüren und als ich seine Wärme unter meinen Fingern ausmache, wirbelt ein ganzer Strudel aus Empfindungen durch mein Inneres: In erster Linie ist es Verwirrung. Denn, ganz ehrlich, ich war noch gestern auf dem Standpunkt, dass ich so schnell nicht wieder einem Mann nahe kommen will, und jetzt laufe ich Arm in Arm mit einem durch den Park. Und es ist nicht irgendein Mann, von dem ich mich hier berühren lasse, sondern es ist ein gefährlicher Kerl, jemand, der noch viel kräftiger ist als Russell und der alles mit mir tun könnte, was er will, ohne dass ich auch nur die geringste Chance hätte mich zu wehren ...

Was, wenn er wirklich mal einen schlechten Tag hat?

Ich erinnere mich noch genau an Russells schlechte Tage.

Als wir den Südausgang des Parks fast erreicht haben, halte ich diese Nähe zu Harley plötzlich nicht mehr aus und mache mich los.

»Es geht schon wieder«, sage ich und strauchle kurz, weil mein Fuß, nun da ich ihn richtig belaste, doch mehr wehtut als gedacht. Aber dann fange ich mich und laufe ziemlich normal – dennoch wirft mir Harley einen bezeichnenden Blick zu. Er sagt jedoch nichts, und dafür bin ich ihm dankbar.

Als wir den Park verlassen haben, winkt er ein Taxi heran.

»Also ...« Ich wende mich ihm zu und sehe auf den Boden. »Danke für die zweite Chance. Ich würde vorschlagen, du lässt mich diesmal einfach machen und ich werde im Gegenzug darauf verzichten, dich zu ...«

Ehe ich ausreden kann, greift Harley plötzlich nach meinem Kinn. Ich zucke zusammen, aber alles, was er tut, ist meinen Kopf leicht anzuheben, sodass ich nicht mehr auf den Boden, sondern stattdessen ihn ansehe.

»... beschimpfen«, sage ich ein kleines bisschen heiser.

»Abgemacht«, erwidert Harley ruhig. »Unter einer Bedingung.«

»Welche?«, frage ich leise.

»Du hast nichts von mir zu befürchten. Und deshalb wirst du auch nie wieder auf den Boden sehen, wenn du mit mir redest. Klar?«

Ich zögere. Sein Befehlston irritiert mich mehr, als er sollte und für einen Moment sind die bösen Erinnerungen wieder da.

Du wirst aufhören, diese nuttigen Sachen zu tragen. Du wirst mir ein Bier bringen, wenn ich eins verlange, ob du schon im Bett liegst oder nicht. Du wirst ...

Aber dann verstehe ich, dass Harley nicht Russell ist. Und ich nicke. »Klar.«

»Gut. Und was tust du noch?« Immer noch halten seine Finger mein Kinn fest, es ist eine sanfte Berührung.

»Ich rufe mir einen Arzt, wenn mir schlecht oder schwindelig wird.«

Jetzt wirkt Harley zufrieden. Er lächelt leicht. »Dein Taxi wartet«, sagt er und lässt mich los.

»Genau wie dein Training.« Ich lächle ihm ebenfalls zum Abschied zu, dann steige ich ein.

»Wenn Ihre Sachen mir den Sitz versauen, zahlen Sie die Reinigung«, raunzt mich der Fahrer sogleich an.

Ich blicke an mir hinunter. Erst jetzt bemerke ich, dass meine neuen Joggingsachen total schlammig sind. Ertappt sehe ich noch einmal nach draußen zu Harley. Vielleicht ist ihm der ganze Dreck ja nicht aufgefallen, wenigstens das nicht. Doch das Funkeln in seinen Augen, als er die Tür hinter mir schließt, zeigt mir, dass er nicht nur die Worte des Fahrers gehört, sondern auch sehr wohl mitbekommen hat, dass ich aussehe wie in Schokolade getaucht. Na ja, ich habe mich heute so schon nicht gerade von meiner Schokoladenseite gezeigt, also was soll's?

Ich lächle tapfer zu ihm nach draußen. Da steht er, Mister Perfect, der nicht nur aussieht wie ein junger Gott, sondern mich auch noch sicher zu meinem Taxi gebracht hat. Und hier sitze ich, beim Joggen gescheitert und mit einem Look, als käme ich gerade vom Schlammcatchen. Trotzdem hat sich mein Ausflug in die Sportwelt gelohnt.

»Natürlich, Sir«, sage ich und hebe noch einmal die Hand zum Abschied.

Harley nickt mir zu, dann wendet er sich ab und verschwindet aus meinem Sichtfeld, als das Taxi losrollt.

Ich lehne mich zurück und ziehe die Kamera hervor. Sehe mir das Foto an, auf dem ich sein Grinsen eingefangen habe. Er sieht so gut aus. Und er hat sich gerade im Park so anders verhalten, als ich erwartet hätte ... Anstatt weiter auf mir herumzuhacken wie heute Morgen hat er versucht, mich aufzubauen, kaum dass er wusste, was ich hinter mir habe.

War es richtig, ihm davon zu erzählen? Mache ich mich damit nicht erst recht verwundbar? Heute mag er nett zu mir gewesen sein, aber das war Russell auch so oft – nur um dann beim nächsten Mal umso härter zuzuschlagen.

Und Russell war ein Kneipenschläger. Harley hingegen ist ein Profi.

Ich muss vorsichtig sein. Darf und werde mich nicht einlullen lassen. Man sollte denselben Fehler nie zweimal machen, oder?

Dann wird mir mein Fehler klar. Eigentlich weiß Harley gar nichts. Ich habe eine Anspielung gemacht und er deutet sie für sich auf irgendeine Art. Ich habe meine Lebensgeschichte nicht heulend vor ihm ausgebreitet, es war nur ein Satz, mehr nicht. Ich werde mich ihm gegenüber ab sofort professionell freundlich verhalten, nicht mehr und nicht weniger. Und dann, wenn ich genug Infos für meinen Artikel zusammen habe, werde ich aus seinem Leben verschwinden. Und dann aus der Stadt.

***

Auch wenn meine Muskeln bei jeder Stufe brennen, fühle ich mich dennoch, als würde ich das Treppenhaus nach oben schweben. Mein Tag, der so mies begonnen hat, ist schließlich doch noch erfolgreich verlaufen. Am Ende wird eben alles gut. Und wenn es noch nicht gut ist, dann ist es auch noch nicht das Ende. Oder wie hat Oscar Wilde nochmal gesagt?

Ich spüre, wie ein Grinsen meine Züge überzieht, während ich mich weiter nach oben schleppe. Kurz vor

Ellies Etage werde ich langsamer. Aus ihrer Wohnung sind Stimmen zu hören und noch ehe ich auf Höhe ihrer Tür ankomme, wird diese auch schon aufgerissen und sie blickt mir entgegen. Über ihre Schulter hinweg späht Jasper neugierig zu mir herüber.

»Wie ist es gelaufen?«, will Ellie wissen.

»Ich habe von den Ungeheuerlichkeiten im Büro gehört«, fügt Jasper an und schiebt sich an Ellie vorbei. »Megan, es war ganz und gar furchtbar, wie Brad dich behandelt hat.« Fest drückt mich mein Kollege und bester Freund an sich. »Ganz schlimm.«

Ich erwidere seine Umarmung und muss lachen. »Was hast du ihm erzählt?«, frage ich Ellie. »Dass ich in Ketten gelegt und zu Jones gezerrt wurde?«

»Nein.« Anders als erwartet lacht Ellie nicht. »Ich habe ihm die Wahrheit erzählt. Dass Brad dich erpresst, damit du mit diesem primitiven Schlägertypen auf Tuchfühlung gehst.«

Auf einmal verspüre ich das Bedürfnis, Harley zu verteidigen. Auch wenn ich mir gerade erst selbst vorgenommen habe, vorsichtig mit ihm zu sein, gefällt es mir nicht, wenn meine Freunde schlecht über ihn denken. Ja, sicher, ich selber war es, die ihn einen Schlägertypen genannt und behauptet hat, keine Sekunde länger mit ihm zusammenarbeiten zu können. Trotzdem sieht die Realität anders aus. »Er ist in Ordnung«, sage ich.

Jasper lässt mich los und er und Ellie sehen mich an, als hätte ich den Verstand verloren.

»Wir reden hier immer noch von diesem Käfigkämpfer?« Ellie zieht eine Braue hoch und schüttelt den Kopf. »Diesem Harvey ...«

»Harley. Harley Jones. Ja. Der erste Eindruck, den ich von ihm hatte, scheint getäuscht zu haben. Er ist nicht wie … er ist nicht so, wie ich dachte.«

»Er ist nicht wie Russell, meinst du.« Jasper nimmt mich am Arm und zieht mich mit sanftem Druck in Ellies Wohnung. »Komm erstmal rein und erzähl in Ruhe.«

Ich füge mich in mein Schicksal und folge ihm. Auf einmal ist es mir peinlich, dass ich so einen Aufriss um die Reportage gemacht und meine Freunde in Aufruhr versetzt habe. Es ist nur ein Job und Harley Jones nun wirklich nicht primitiv. Ich kann es Jasper und Ellie nicht übelnehmen, trotzdem wäre es mir lieber, wenn die beiden einen besseren Eindruck von ihm hätten.

Mann, warum ist mir das plötzlich so wichtig? Sonst ist es mir doch auch egal, was andere über meine Interviewpartner denken.

»Rotwein, Sekt oder vielleicht ein Heineken?« Ellie schließt die Tür unter uns und ist gleich wieder im Versorgermodus.

»Danke, ein Wasser reicht.«

Ich lasse mich von Jasper, der immer noch meinen Arm gepackt hat, ins Wohnzimmer führen. Ich liebe Ellies Wohnzimmer, es ist wie eine gemütliche Höhle, in der jemand die Wände in warmen Lila- und Rottönen gestrichen und überall Lichterketten aufgehängt hat. Ich lasse mich auf die breite Couch fallen und ziehe mir eines der dicken Kissen auf den Schoß, lege es aber sogleich wieder weg, als mir meine schmutzigen Sachen einfallen.

Jasper setzt sich neben mich und mustert mich von oben bis unten. Auch ihm ist der eingetrocknete Matsch wohl schon aufgefallen. »Also?«

»Hey, fang nicht ohne mich an«, schreit Ellie aus der Küche und ist keine zwei Minuten später mit zwei Flaschen Wein unter dem Arm und drei Gläsern wieder bei uns. Anscheinend hat sie vergessen, dass ich keinen Alkohol möchte.

Sie setzt sich zu uns, gießt die Gläser voll bis zum Rand und stößt mit uns an.

Das kalte Getränk schwappt mir über die Finger und ich trinke schnell einen Schluck, bevor etwas auf das Sofa tropft.

»Jetzt schieß schon los«, drängt Jasper.

Ich weiß gar nicht so richtig, wo ich anfangen soll. Also versuche ich es so: »Ich glaube, ich habe Brads Tritt in den Hintern wirklich gebraucht.«

Ellie sieht mich an, als hätte ich soeben Staatsverrat begangen und Jasper saugt scharf die Luft ein.

»Da regen wir uns den ganzen Tag über seine Ungehobeltheit auf und du heißt das auch noch gut? Kindchen, er muss dich wirklich einer derben Gehirnwäsche unterzogen haben.« Empört nimmt Jasper einen Schluck Wein und sieht mich über den Rand hinweg zweifelnd an.

»Ich habe ihn ja auch zuerst dafür verflucht, dass er so unsensibel ist und meine Situation ausnutzt, aber ich glaube, es ist genau die Art von Aufgabe, die ich im Moment brauche. Sie zeigt mir, dass ich zurecht komme, dass nicht alle Männer wie Russell sind und dass ich ...« Ich zucke mit den Schultern. »Es zeigt mir, dass ich mir selber viel zu wenig zugetraut habe. Ich hatte Angst, aber die war total unbegründet. Harley und ich hatten einen schlechten Start, aber eigentlich ist er wirklich total sympathisch. Er hat Humor und verhält sich wie ein Gentleman und ist ...« Ich blicke in die Gesichter meiner Freunde. Trage ich jetzt zu dick auf? »Ehrlich«, füge ich an. »Es geht mir gut. Dieser Job öffnet mir die Augen – auch wenn das vielleicht blöd klingt.«

»Also bleibst du in Chicago?«, fragt Ellie hoffnungsvoll und erntet dafür einen Stoß in die Rippen von Jasper.

»Nein.« Ich trinke, bevor ich weiter spreche. »Ich muss einfach hier weg. Russell ist noch ... zu präsent.«

Zwar ist es besser geworden, aber es ist immer noch nicht optimal und ich möchte endlich wieder in Ruhe leben können. Am Anfang, kurz nach der Trennung, habe ich meinen Ex überall gesehen, obwohl er nicht da war. Ich fühlte mich auf dem Nachhauseweg von ihm verfolgt, im Park, im Supermarkt, selbst an meinem Bett habe ich ihn schon stehen sehen. Anfangs habe ich gedacht, ich würde den Verstand verlieren, aber mit der Zeit wurde es langsam besser.

Russell hat sich nicht ein einziges Mal vor der Zeitung sehen lassen. Er hat meiner Mutter keinen Besuch abgestattet und auch meine Freunde hat er nicht nach meinem neuen Aufenthaltsort ausgefragt. Eigentlich fühle ich mich – seit ich in den Loop von Chicago gezogen bin – einigermaßen sicher vor ihm. Ich habe nicht nur meine Wohnung und meine Handynummer gewechselt, ich habe auch mein Äußeres verändert. Gerade bin ich dabei, mein Inneres zu verändern und wenn ich dann noch die Stelle in San Diego bekomme, dann kann ich mit dem Thema Russell vollends abschließen. Zumindest hoffe ich das.

Ich erkläre den beiden meinen Gedankengang und als ich fertig bin, bemerke ich die seltsamen Blicke, die sie tauschen.

»Stimmt … stimmt etwas nicht?« Meine Stimme klingt belegt, es fühlt sich an, als hätte sich ein Knoten in meiner Kehle gebildet.

Jasper sieht Ellie eindringlich an und schüttelt den Kopf.

Ellie verzieht den Mund, als hätte sie Schmerzen.

»Jasper. Ellie. Was ist hier los?« Ich versuche fest zu klingen, aber meine Stimme bricht. Mein Herz beginnt zu rasen und ich ahne nichts Gutes. »Was ist hier los? Sagt es mir!«, fordere ich und diesmal überschlägt sich meine Stimme dabei.

»Süße …« Ellie legt eine Hand auf meine und sieht mich an. »Es ist ein bisschen anders, als du denkst. Ich habe dir …«

»Wir«, steht ihr Jasper bei. »Wir haben dir da was verheimlicht.«

»… Und wir sind uns nicht sicher, ob es so gut ist, dir jetzt die Wahrheit zu sagen.«

Ich schüttle den Kopf, immer wieder, obwohl ich die Wahrheit eigentlich hören will. Mein Mund fühlt sich trocken an und ich stürze den restlichen Alkohol in einem Zug herunter.

»Russell hat sich nicht so vorbildlich verhalten, wie es dir vorkommt«, beginnt Ellie vorsichtig.

Ungefragt füllt Jasper mein Glas wieder auf.

Ich trinke erneut, während ich Ellie anstarre. Der Wein verursacht einen Schwindel in meinem Gehirn, der sich überhaupt nicht gut anfühlt. »Sag schon.« Meine Stimme klingt tonlos.

»Er hat mich ein paar Mal angerufen, mir geschrieben ... Er war auch schon im Büro. Das war direkt nach der Trennung, als du noch im Krankenhaus lagst. Brad hat ihm mit der Polizei gedroht, seitdem ist er dort nicht mehr aufgetaucht, aber ich glaube, dass er dich dennoch beobachtet.«

Ich komme mir vor wie in einem schlechten Film. Wie in einem Albtraum. Ich dachte, Russell hätte mich abgehakt. Würde aus Angst vor einer Anzeige jeglichen Kontakt zu mir meiden. Und jetzt das.

»Er war auch ein Mal hier«, gibt Ellie zu. »Aber ich habe es wie Brad gemacht. Russell scheint panische Angst vor der Polizei zu haben und hat sich seitdem nicht mehr blicken lassen.«

»... Wie lange ist das her?« Ich starre in mein Glas, das kaum noch zur Hälfte mit blutroter Flüssigkeit gefüllt ist.

»Auch das war kurz nach eurer Trennung.«

»... Seitdem gibt er Ruhe?« Meine Worte sind so leise, dass ich fürchte, sie wären nicht zu verstehen.

»Seitdem habe ich ihn nicht mehr gesehen.«

»Aber?«

Jetzt ist es Jasper, der mir antwortet. »Er schreibt Ellie hin und wieder. Meistens abends. Er verlangt dich zu sprechen und ... lauter komische Sachen. Ich denke, der Kerl ist dann einfach betrunken und einsam.«

»Was schreibt er?« Langsam drehe ich den Kopf zu Ellie. Eigentlich sollte ich wütend sein. Wütend auf Jas und Ellie, dass sie mich belogen haben, wütend auf Russell, dass er mich nicht in Ruhe lässt. Aber stattdessen bin ich wütend auf mich selbst, dass alleine sein Name mir immer noch einen Schauer über den Rücken jagt.

»Unwichtiges Zeug.« Ellie winkt ab und ich spüre, dass sie mir schon wieder etwas verheimlich.

»Zeig sie mir.«

»Meg ...«

»Ich will sie sehen. Die neuste Nachricht. Zeig sie mir.«

Unwillig zieht Ellie ihr Handy aus der Tasche, macht ein paar Klicks. »Muss das wirklich sein?«

Ich nicke.

Wie in Zeitlupe hält mir Ellie ihr Smartphone hin.

Zuerst verschwimmen die Buchstaben vor meinen Augen, dann machen sie auf einmal Sinn.

DU WIRST MEINER FEINEN EX JETZT FOLGENDES AUSRICHTEN: WENN ICH SIE IN DIE FINGER KRIEGE, DANN IST SIE DRAN! SIE SOLL SICH RUHIG SICHER FÜHLEN ... WENN SIE NICHT DAMIT RECH-NET, DANN SCHNAPPE ICH SIE MIR!!! SAG IHR DAS!

Mit einem Mal ist die Panik wieder da. Ich fange am ganzen Körper an zu zittern und spüre, dass meine Finger eiskalt werden. Der Schwindel in meinem Kopf breitet sich weiter aus, dazu gesellt sich ein Dröhnen und Wummern und dann wird mein Sichtfeld kleiner. Immer kleiner. Und plötzlich ist zum zweiten Mal an diesem Tag alles um mich herum schwarz. Schwarz und still.

KAPITEL 5

Es ist spät, als ich endlich aus dem Krankenhaus nach Hause komme und ins Bett gehen kann. In meinem winzigen Schlafzimmer, das kaum genug Platz für mein Bett bietet, liege ich wach und starre an die Decke. Ja, ich war brav und habe mich untersuchen lassen – ganz, wie ich es Harley versprochen hatte. Aber der Arzt hat nichts feststellen können, zumindest nicht an meinem Kopf. Um den Fuß trage ich jetzt einen dünnen Verband und der Arzt in der Notaufnahme hat mir geraten, meinen Knöchel zu kühlen. Jasper war zudem so fürsorglich, mich die Treppen hinauf zu tragen. Auf ihn und Ellie ist immer Verlass. Sie waren beide mit mir im Krankenhaus, haben mir gut zugeredet und mir versichert, dass Russells Drohungen nichts als leeres Gewäsch sind.

Ich hoffe, sie haben Recht. Gerade hatte ich das Gefühl, einen guten Weg eingeschlagen zu haben, und dann so was. Warum hat mir Ellie gerade jetzt von diesen Nachrichten erzählt?

Du weißt, wieso, sagt meine innere Stimme.

Ellie ist seit Jahren einer der wichtigsten Menschen in meinem Leben. Sie hat mir beigestanden, als ich zwei Jahre lang den größten Fehler meines Lebens machte und mit einem Mann zusammen war, den ich über alles liebte, der mich am Ende jedoch fast umgebracht hätte. Ellie hat es immer nur gut mit mir gemeint und das tut sie auch jetzt. Sie weiß genau, dass ich Chicago umso eiliger verlassen werde, nun da ich von diesen Nachrichten weiß. Aber sie hat sie mir gezeigt, damit ich weiterhin vorsichtig bin. Um meine Erinnerungen daran aufzufrischen, wie Russell war. Damit ich mich nicht gleich auf den nächsten gefährlichen Kerl einlasse.

Mich *einlassen*, mein Gott, als stünde das überhaupt zur Debatte! Ich werde mit Harley arbeiten, mehr nicht! Aber andererseits … wenn mich jemand besser kennt als ich selbst, dann ist das Ellie. Sollte ich je wieder ernsthaft Gefallen an einem Mann finden, dann wird sie die Erste sein, die es merkt. Und sie weiß, dass ich schon immer auf schwierige Männer stand.

Schwierige Männer. Bad Boys. Nur einer von ihnen war gewalttätig. Bis jetzt.

Ich wälze mich im Bett herum, drehe mich auf die Seite und der Sack mit den gefrorenen Erbsen, der auf meinem Knöchel liegt, rutscht herunter. Ich platziere meinen Knöchel kurzerhand darauf und strecke dann den Arm aus, um die Kamera vom Nachttisch zu nehmen. Dann sehe ich mir erneut das Bild von Harley an, auf dem er grinst. Ich lächle. Es fühlt sich gut an, an diesen Moment im Park zu denken. So leicht und sonnig, obwohl wir November haben.

Ob er Single ist? Zumindest hat er bisher noch keine Frau oder Freundin erwähnt.

Gedankenverloren streiche ich mit den Fingern über die kleine Narbe an meiner linken Hüfte. Die habe ich mir bei Russells und meinem allerletzten Streit zugezogen. Er hat mich gegen eine Kommode in unserem

Haus gestoßen, die Kante hat sich tief in mein Fleisch gebohrt. Ich habe noch mehr Narben, aber diese erinnert mich stets daran, wie richtig es war, Russell zu verlassen, eben weil sie aus jener letzten Nacht stammt, die mich beinahe das Leben gekostet hätte.

Ich schüttle den Gedanken ab, sehe mir wieder sein Foto an. Herrgott, warum kann Harley nicht hässlich und fies aussehen? Warum kann er nicht entstellt sein oder monströs oder irgendwas, das mein Herz nicht zum Stolpern bringt, sobald ich in seine blauen Augen sehe? Vom ersten Moment an hat mich dieser Kerl total aus dem Konzept gebracht. Weil er nicht in mein Weltbild passt.

Zögernd schalte ich weiter. Sehe mir das Foto an, auf dem er von hinten zu sehen ist. Sein verschwitztes Oberteil, seine breiten Schultern, seine schmalen Hüften, die perfekte V-Form seines Oberkörpers. Dann schalte ich wieder zurück. Dieses Blitzen in seinen Augen. Seine sinnlichen Lippen. Wie es sich wohl anfühlen würde, diese Lippen auf meinen zu spüren? Und wie es wohl wäre, wenn seine kraftvollen Hände meinen Körper erkunden würden? Ich nehme wahr, wie meine Finger von der Narbe ein Stück weit nach innen streichen, unter den Saum meiner Schlafanzughose fahren, wie ich die Innenseite meines Schenkels packe und mir vorstelle, es wäre nicht meine Hand, die mich berührt, sondern seine …

Und dann ziehe ich schnell die Hand hervor, setze mich auf und schalte vor Schreck gleich die Kamera aus. Fange ich jetzt wirklich an, von Harley zu träumen? Mir auszumalen, ihm nahezukommen? Das geht nicht. Das geht auf gar keinen Fall. Wie eine alte Betschwester ziehe ich meine Pyjamahose zurecht, lege mich wieder hin und decke mich bis oben hin zu. Und dann verbiete ich mir jeden weiteren Gedanken an diesen Kerl. Ich werde wieder einen Partner haben, irgendwann. Einen netten, verlässlichen Mann, von dem nicht die geringste Gefahr ausgeht. Aber jetzt ist noch nicht der richtige Zeitpunkt, und schon gar nicht ist Harley der richtige Mann.

HARLEY

Noch drei Wiederholungen. Zwei. Eine. Dann stehe ich auf und blicke auf die Lichter der Stadt. Es ist so kalt, dass mein Atem vor meinem Gesicht kondensiert, während ich versuche zu Luft zu kommen. 80 Liegestütze sind um die Zeit vielleicht doch etwas viel. Aber ich habe keine Ahnung, wie ich sonst gegen die Schlaflosigkeit angehen soll, die seit letzter Nacht von mir Besitz ergriffen hat.

Mit dem Ärmel wische ich mir den Schweiß aus dem Gesicht. Ich sollte reingehen. Sich kurz vor einem Kampf zu erkälten, wäre ziemlich blöd.

Der Unbesiegte kann nicht antreten, er hat die Grippe.

Na klar. Bobby Stevens würde sich wohl ziemlich glücklich schätzen, wenn es so käme, aber für alle anderen würde ich von heute auf Morgen zur Witzfigur werden, und das kann ich mir kaum erlauben.

Also gut. Ich zwinge mich, mich von der nächtlichen Weite Chicagos abzuwenden und öffne die Klappe, die vom Dach meines Apartmenthauses direkt in meine Wohnung führt. Das ist so, weil es sich bei meiner Bleibe um die ehemalige Hausmeisterwohnung handelt. Sie besteht aus einem einzigen Zimmer, und das meine ich so: Sogar die Dusche befindet sich mit in diesem Raum. Nur die Toilette ist gnädigerweise abgetrennt und steht mit in der Abstellkammer, in der noch alles voll steht mit dem Werkzeug, das früher mal gebraucht wurde, als dieses Gebäude noch einen Hausmeister hatte. Mir ist das alles ziemlich egal. Ich brauche keine schöne Wohnung, nur eine billige. Nicht, dass ich mit den Kämpfen nicht ganz gut verdienen würde. Aber das Geld benötige ich für Wichtigeres als drei Zimmer und Möbel von Ikea.

Ich schließe die Klappe hinter mir und springe von der Leiter, die rauf aufs Dach führt. Dann verziehe ich das Gesicht, als mir klar wird, dass dies die falsche Zeit ist, um einen solche Lärm zu veranstalten. Und dann kommt auch schon die Antwort: Meine Nachbarin von unten, eine alte Frau mit violetten Haaren, klopft dreimal mit einem Besenstiel gegen die Decke. Manchmal frage ich mich, ob sie überhaupt jemals schläft oder ständig nur darauf lauert, dass es hier oben laut wird.

Wie auch immer. Ich ziehe meine nassgeschwitzten Trainingssachen aus, wobei ich mir keine Sorgen machen muss, dass ich bespannt werde, denn Fenster gibt es hier nicht. Nur rotbraunes Mauerwerk, eine Küchenzeile, die optisch aus dem Mittelalter stammt, eine Ausziehcouch und einen alten Fernseher mit verrauschtem Bild. Ich achte darauf, dass es sauber ist, dass die

Bettwäsche frisch ist und so. Aber wirklich viel nützt das auch nicht. Es ist die vermutlich schrecklichste Wohnung von ganz Chicago und das Letzte, was ich tun würde, wäre, eine Frau mit hierher zu –

Moment. Wie komme ich jetzt wieder auf das Thema Frauen?

Ich schüttle den Kopf über mich selbst und lasse mich, nur noch mit meinen Shorts bekleidet, auf das durchgelegene Sofa fallen. Da absolviert man um drei Uhr morgens ein ausführliches Zusatztraining bei gefühlten Minusgraden und schafft es trotzdem nicht, den Kopf freizukriegen. Immer noch denke ich an Megan Clark. Immer noch verstehe ich nicht im Geringsten, wieso.

Eigentlich ist sie überhaupt nicht mein Typ. Als ich noch Harley Jones war – ehe ich der *Unbesiegte* wurde – hatte ich meistens was mit hübschen blonden Touristinnen. Ich sage nicht, dass das richtig war, aber ich war jung und nahm das Leben nicht ernst genug, um auch nur an eine feste Bindung zu denken. Megan ist nicht blond, ihr Haar ist außerdem viel kürzer, als ich es eigentlich mag. Und ihr Gesicht? Sie ist schön, zweifellos, aber sie ähnelt keiner der Frauen, die ich bisher hatte, auch nur ansatzweise. Trotzdem blieb mir fast die Luft weg, als sie vorgestern Abend in meine Kabine kam, in diesem Kleid, mit diesem distanzierten Blick, der mir gleich verriet, dass sie die vermutlich unnahbarste Frau ist, der ich je begegnet bin.

Und dann die Sache gestern Nachmittag im Park. Fast muss ich lachen, als ich daran denke, wie sie sich langgelegt hat. Wie sie mir vorzumachen versucht hat, dass sie beim Joggen mit mir mithalten kann. Schon als ich sie entdeckt habe, sah sie aus, als stünde sie kurz vor dem Hitzschlag. Aber da war auch eine Entschlossenheit in ihren Augen, die mich beeindruckt hat … Klar. Kein Wunder, dass sie entschlossen ist, bei der Art und Weise, wie ihr Leben gerade zu verlaufen scheint.

Ob sie noch mit diesem prügelnden Scheißtypen zusammenlebt?

Ich stehe auf, denn Schlafen ist immer noch keine Option. Seit ich Megan in ihr Taxi gesetzt habe, lässt mich die Frage nicht los, wo sie hingefahren ist. In was für ein Zuhause. Ihre Worte waren klar und deutlich – sie braucht schnell Geld, um etwas in ihrem Leben ändern zu können. Was sollte das anderes sein, als ihren Kerl zu verlassen? Vielleicht hätte ich sie ganz offen darauf ansprechen sollen, aber das Thema schien ihr unangenehm zu sein. Und außerdem, was hätte ich schon tun können? Sie bitten, mit hier einzuziehen? Sie selbst unterstützen? Das geht nicht. Ich muss an Sally und den kleinen Dale denken.

Ja, ganz genau so ist es. Ich muss an die beiden denken und mich anständig auf Samstag vorbereiten, anstatt mich jetzt in das Leben einer fremden Frau einzumischen. Ich werde dafür sorgen, dass sie schnell und regelmäßig bezahlt wird und ich werde sie beiläufig fragen, ob sie noch bei dem Typen wohnt und ob es nicht irgendwas gibt, wo sie in der Zwischenzeit unterkommen kann. Und dennoch macht mich die Frage, wo sie wohl gerade ist und ob es ihr gut geht, immer noch halb verrückt. Wenn ich könnte, würde ich sie anrufen, aber ich habe noch nicht mal eine Nummer von ihr.

Was, wenn sie nachher nicht im Gym auftaucht? Wenn ich sie nie wiedersehe und nie erfahre, was aus ihr geworden ist?

»Jetzt reiß dich mal zusammen, du Schwachkopf«, knurre ich mir selbst zu, stehe dann auf, hole die Flasche mit dem Bourbon aus dem Küchenschrank und gieße mir einen Schluck davon ein. Ich trinke selten, also wird das reichen, um die finsteren Gedanken aus meinem Hirn zu verscheuchen. Ich muss ein paar Stunden schlafen, sonst packe ich das Training morgen nicht. Und je schneller die Nacht vergeht, desto eher sehe ich sie wieder.

Mit diesem Gedanken lege ich mich, kaum dass ich das Glas geleert habe, wieder auf das knarrende alte Sofa. Doch als ich die Augen schließe, sehe ich immer noch Megan Clarks Gesicht.

KAPITEL 6

Der Morgen startet für mich mit einem sehr, sehr, sehr starken Kaffee. Meine Kopfschmerzen sind besser und ich hoffe, dass das Koffein den Rest davon verjagen wird. Der Knöchel schmerzt noch etwas, aber nicht übermäßig. Dafür hat der blöde Erbsenbeutel an der Stelle, wo er lag, meine halbe Matratze durchweicht. Na ja, es gibt Schlimmeres, und bald kann sich der nächste Mieter mit meinen Spuren in der Wohnung herumärgern, so wie ich mich mit den gesprungenen Tellern.

Ehe ich mich auf den Weg zur New Orleans Street mache, wo ich Harley und sein Team auch heute wieder treffen soll, werfe ich einen prüfenden Blick in den Spiegel. Wieder ein neuer Look, denn der Kämpfer, für den ich jetzt arbeite, soll nicht auf die Idee kommen, mich noch mal als Mädchen zu bezeichnen. Meine braunen Haare habe ich sorgsam gestylt und am Hinterkopf leicht auftoupiert, meine Augen habe ich mit einem dezenten Lidstrich betont und die Lippen mit einem sattroten Lippenstift. Dazu trage ich wieder legere Sachen, aber diesmal keine gewöhnlichen Sneakers, sondern welche mit einem versteckten Absatz. Außerdem, habe ich einen Push-up an. Ich habe keine kleinen Brüste, aber es kann ja nicht schaden, noch mal extra zu betonen, dass man längst volljährig ist.

Natürlich hat das nichts damit zu tun, dass mir Harley in irgendeiner Form gefallen würde. Und schon gar nicht damit, dass ich ihn beeindrucken will. Das werde ich nicht versuchen und ich werde es auch nicht darauf anlegen, ihm näherzukommen – ganz, wie ich es mir selbst versprochen habe. Mein nächster Mann wird Mr. Proper sein. Zumindest von der Art her. Nicht, was das Saubermachen angeht, aber er wird nett und freundlich und verlässlich sein. So wie Paul Rudd in den meisten seiner Rollen. Einer, der immer lächelt und Hemden mit Krawatte trägt und so was.

Nie wieder ein Bad Boy.

Dennoch fahre ich mir ein weiteres Mal mit den Fingern durch die Haare und schiebe meine Brüste im BH zurecht, ehe ich mich auf den Weg mache. Wenn ich gut aussehe, werden mich diese Typen viel eher respektieren, da bin ich mir sicher. Ich nicke mir zu, dann schnappe ich mir endlich meine Handtasche und verlasse die Wohnung. Ein Auto habe ich nicht, also nehme ich mir ein Taxi zu Harleys Gym – auf Brads Kosten, versteht sich. Während der Fahrt nehme ich mir Zeit, um mir seine Homepage endlich mal anzusehen, schließlich soll ich dafür neue Fotos schießen. Als ich durch die wenigen Unterseiten scrolle, bin ich jedoch erst mal einigermaßen entsetzt, denn dafür, dass Harley schon relativ berühmt ist, sieht seine Seite echt superscheußlich aus. Einfaches Design, zu große Schrift, zu viele Fehler. Vermutlich kümmert sich sein Team darum, vielleicht der dritte Mann im Bunde, der weder Manager Luigi noch Trainer Julio ist. Egal, wer das hier fabriziert hat – ich weiß dank ihm jetzt, wo ich als Erstes ansetzen kann, um zu tun, als würde ich mich echt mit PR-Arbeit auskennen.

Wir erreichen das Gym. Heute ist es nicht so sonnig wie gestern, sondern der Himmel hängt schwer und der typische Chicagoer Wind fegt mir buntes Laub um die Füße, während ich mich beeile, das kurze Stück vom Taxi zur Tür zurückzulegen, ohne dass meine Frisur gleich wieder vollends zerstört wird.

Diesmal stehe ich nicht wie eine Statue vor der Stahltür herum, ehe ich mich ins Innere begebe, und erst als ich den Aufzug betreten habe und auf dem Weg nach oben bin, fällt mir wieder ein, was hier gestern geschehen ist. Ich denke an den gelben Sam und urplötzlich wird mir mulmig. Was, wenn er erneut da ist und wieder Ärger macht? Was, wenn sie mich nach Harleys Attacke gar nicht erst reinlassen, weil sie keinen Stress wegen irgendeiner Frau in ihren heiligen Hallen wollen?

Doch um mir solche Gedanken zu machen, ist es jetzt eigentlich schon zu spät, und als sich die Aufzugtüren langsam öffnen, nehme ich mir vor, den Weg von hier bis zum Raum mit dem Kampfkäfig schnellstens hinter mich zu bringen.

Ich trete aus dem Aufzug. Es sind wieder Männer hier – ausschließlich Männer, die an ihren Maschinen schwere Gewichte stemmen. Die Musik ist heute lauter als gestern und groteskerweise läuft *S&M* von Rihanna, was ziemlich lustig ist, wenn man sich die verbissenen Gesichter der Kerle dazu ansieht, was ich aber nur sehr unauffällig tue. Früher, lange vor Russell, war ein anderer Rihanna-Song mal mein Lieblingslied. *Umbrella.* Die Vorstellung von mir und dem Mann meiner

Träume unter einem gemeinsamen Schirm im strömenden Regen fand ich unheimlich romantisch. Wie naiv ich war, damals mit 18 oder 19.

Ich erreiche die Tür mit dem Fight-Club-Poster weitgehend unbehelligt. Lediglich die Blicke der Typen spüre ich im Rücken, während ich beherzt anklopfe. Sam ist heute nicht da, vermutlich leckt er noch seine Wunden. Hoffentlich brummt ihm der Schädel mindestens so sehr wie mir gestern. Denn wenn er nicht gewesen wäre, hätte Harley nicht geglaubt, dass ich ungeeignet für den Job bin und ich hätte ihm nicht im Park auflauern müssen ...

»Herein«, ruft jemand, den ich als Luigi zu identifizieren glaube.

Ich trete ein. Schließe die Tür hinter mir. Verschaffe mir einen Überblick – und schon sind all meine guten Vorsätze dahin. Weggefegt von dem Sturm, den es in mir auslöst, als ich Harley entdecke, der auf einen Sandsack eindrischt. Er steht mit dem Rücken zu mir, wie gestern ist er oben ohne, sein Rücken glänzt feucht, genau wie sein Haar, und sein gesamter Anblick ist einfach nur ... atemberaubend.

»1, 2, 3, 3«, ruft Julio über den Lärm hinweg, den Harleys Treffer verursachen. »1, 2, 3, 6, 4!«

Schnell verstehe ich, dass die Zahlen für unterschiedliche Schläge stehen. Blitzschnell variiert Harley seine Bewegungen, ich sehe auf seine Schultern, seine Oberarme, dann seine Hüfte, und sogleich ist die Vision wieder da, die ich gestern Nacht so mühevoll verdrängen musste. Ich stelle mir vor, wie er mich packt, mich an sich reißt, wie sich sein Becken zwischen meine Schenkel drängt ...

Und dann schiebt sich zum Glück Luigi in mein Sichtfeld, der auf mich zukommt und mit ein paar Blatt Papier umherwedelt. »Da bist du ja!«, sagt er.

Jetzt erst scheint auch Harley zu bemerken, dass ich reingekommen bin. Er hört mit seinen Schlägen auf, hält den Sandsack fest, dann dreht er sich zu mir um und bringt mich ein zweites Mal komplett aus der Fassung. Er sieht so übernächtigt aus, wie ich mich fühle, dennoch bohrt sich sein stechender Blick genauso intensiv in meinen wie bei unseren bisherigen Begegnungen. Und auch wenn ich mir vorgenommen hatte, heute sowohl distanziert als auch selbstbewusst aufzutreten, bin ich sofort wie gelähmt.

»Megan«, sagt er, leicht außer Atem.

»Guten Morgen, Harley«, erwidere ich und höre selbst das leichte Beben in meiner Stimme.

»Wie geht's?«, fragt er, wobei er sich mit einem Handtuch den Schweiß aus dem Gesicht wischt und auf mich zukommt.

Reflexartig will ich zurückweichen, nicht aus Angst um mich, sondern um meine Selbstbeherrschung. Aber ich zwinge mich, es nicht zu tun, sondern ihm so direkt wie möglich entgegenzuschauen. »Gut«, sage ich.

»Keine Spätfolgen?«

»Was für Spätfolgen?«, mischt sich Luigi ein.

Ich schüttle den Kopf. »Nicht der Rede wert.« Dann lächle ich Harley an – professionell-distanziert, wie ich hoffe. »Nein, alles in Ordnung.«

Keine Ahnung, warum ich ihm nicht von meinem Besuch im Krankenhaus erzähle. Vermutlich, damit er mich nicht für noch schwächer hält, als er es eh schon tut. Doch es ist offenbar nicht so leicht, Harley etwas vorzumachen, denn er sieht mir prüfend in die Augen. Dann scheint er etwas sagen zu wollen, aber Luigi kommt ihm zuvor.

»So, wenn wir das Begrüßungsgeplänkel nun hinter uns haben, können wir zum Geschäftlichen kommen, oder?« Er drückt mir den Vertrag in zweifacher Ausführung in die Hand. »Je schneller du unterschreibst, desto schneller könnt ihr euch an die Arbeit machen, desto eher haben wir ein vernünftiges Marketingkonzept und so weiter, und so fort. Bene?«

Ich nicke ein wenig perplex, noch immer hypnotisiert von Harleys Augen. Dann zwinge ich mich, meine Aufmerksamkeit dem Vertrag zuzuwenden. »Also«, sage ich. »Ich lese das schnell.«

»Tu dir keinen Zwang an«, erwidert Luigi.

»Los, wir machen in der Zeit weiter.« Julio zitiert Harley zurück zum Sandsack, worüber ich alles andere als froh bin, denn als er wieder anfängt, darauf einzuschlagen, kann ich mich kaum auf das Papier in meinen Händen konzentrieren. Zum einen lenkt mich das laute Knallen ab, das jeder einzelne Treffer verursacht und zum anderen ... nun ja, zum anderen wieder Harleys Anblick. Es ist seltsam. Ich bin abgeschreckt, beinahe abgestoßen von der rohen Gewalt seiner Schläge und zugleich könnte ich ihm stundenlang beim Training zusehen.

Leicht schüttle ich den Kopf und wende mich dann etwas ab, um den Vertrag wenigstens zu überfliegen. Ich bekomme eine Probezeit, das ist gut. So werde ich wenigstens keine juristischen Schwierigkeiten haben, wenn ich den Job nach ein paar Wochen doch nicht will. Was ich dann als Grund vorschiebe, wird die Zeit zeigen, aber da fällt mir schon was ein. Ich arbeite mich vor bis zur letzten Seite, dann unterschreibe ich beide Exemplare und gebe Luigi eines wieder.

Mit einem schleimigen Lächeln nimmt er es entgegen. »Vielen Dank. Und was die wöchentliche Zahlung angeht ... kein Problem. Dafür erwarte ich aber auch, dass du etwas tust für dein Geld.«

»Natürlich.« Ich nicke und frage mich zeitgleich, wie viel Harley seinen Leuten erzählt hat. Es muss nämlich nicht halb Chicago wissen, dass ich geschlagen worden bin. »Seine Webseite nehme ich mir zuerst vor, die wird bald in neuem Glanz erstrahlen.«

»Gut. Kümmer dich parallel bitte um Plakate und Flyer für seinen nächsten Kampf. Am Samstag gegen Bobby Stevens. Die Details lasse ich dir noch zukommen.«

Dann tauschen wir Handynummern und ich frage mich, wo ich den Namen Stevens kürzlich gehört habe ... War das nicht gestern, hier? Ist Stevens der Kerl, von dem Harley meinte, dass er ihn nicht zu hart erwischen darf oder so was?

Ich beschließe, später darüber nachzudenken und versichere Luigi, dass ich tun werde, was immer ich kann.

»Davon gehe ich aus«, sagt er und verabschiedet sich dann.

Innerlich gratuliere ich mir schon mal zum erfolgreichen ersten Schritt – jetzt bin ich zumindest offiziell Teil des Teams. Dann mache ich meine Kamera bereit. Ich werde erst mal einfach ein paar Fotos von Harley beim Training schießen. Die kann ich mit Sicherheit für die Webseite gebrauchen. Wie ich es im Internet gelesen habe, versuche ich den Apparat auf die Lichtverhältnisse hier drin einzustellen. Dann nähere ich mich dem boxenden Harley – doch es fällt mir schwerer, als ich gedacht habe. Vorgestern Abend, als uns die Menschenmenge und das Käfiggitter trennten, ging es noch, aber richtig nah an einen Mann heranzugehen, der gerade auf etwas einschlägt – das will mein Körper irgendwie gar nicht bewerkstelligen.

Dank Russell liegt bei mir echt so einiges im Argen. Aber gut, wenn es nicht anders geht, dann bleibe ich eben ein Stück abseits stehen und benutze den Zoom. Ich probiere es auf diese Art aus etwa 5 Metern Entfernung. Sicher, die Qualität wird ein bisschen darunter leiden, aber es geht schon. Ich knipse ein Bild, gehe ein Stückchen um Harley herum, knipse dann noch eins. Und dann scheint Harley zu bemerken was ich tue, denn er hört mit dem Trainieren auf und sieht in meine Richtung.

»Weitermachen, weitermachen«, sagt Julio.

Ich lächle und hoffe erneut, dass es professionell und nicht unsicher aussieht. »Ja, mach einfach weiter. Ich suche mir schon die passenden Ausschnitte.«

»Von da hinten?«, fragt er.

Mist. Dieser Kerl merkt aber auch alles.

»Je mehr auf den Fotos mit drauf ist, desto größer sind meine Auswahlmöglichkeiten beim Bearbeiten«, lüge ich.

Harley schaut mich an. Dann nickt er und wendet sich Julio zu. »Mach eine Pause.«

Sein Trainer sieht ihn ungläubig an. »Schickst du mich jetzt in die ...«

»Komm schon, Julio, wir wollen in Ruhe diese Bilder machen.«

»Du brauchst Training für Samstag«, protestiert der Italiener.

Doch Harley bleibt gelassen. »Das brauche ich nicht, und das weißt du auch.«

Langsam werde ich nervös. »Er kann ruhig bleiben«, sage ich. »Ich nehme ihn nicht mit auf, das funktioniert schon.« Obwohl ich zugeben muss, dass ich bei den bisherigen Bildern gar nicht darauf geachtet habe, ob er im Bild ist oder nicht – so fixiert war ich auf Harley und darauf, ihm bloß nicht zu nahe zu kommen. Und auf gar keinen Fall will ich mit ihm alleine sein.

Aber ich habe Pech, denn Julio lenkt ein.

»Also schön«, sagt er, »ich hole mir drüben bei Dean ein Sandwich. Macht in der Zeit eure Fotos. Aber beeilt euch. Wir haben nicht den ganzen Tag Zeit für so einen Kinderkram.« Während er redet, hält er auf die Tür zu. »Denk an die UFC, Harley. Die brauchen keinen halbgaren Kämpfer.«

Ich sehe Julio nach und mit jedem Schritt, den er Richtung Tür macht, wummert mein Herz ein bisschen schneller. Und als er schließlich weg ist, habe ich das Gefühl, als stünde ich kurz vor dem Infarkt. Mist. So habe ich mir den Morgen nicht vorgestellt.

»Also, Megan«, sagt Harley und kommt auf mich zu.

Ich sehe immer noch zur Tür und bekomme nur aus dem Augenwinkel mit, wie er seine Handschuhe auszieht. Gut, dann plant er zumindest nichts. Oder er hat vor, die bloße Hand zu benutzen? Das wäre –

»Hey«, sagt Harley mit rauer Stimme. Er ist jetzt bei mir, bleibt vor mir stehen, so dicht, dass ich die Hitze spüren kann, die sein Körper abstrahlt. »Was ist los?«

»Nichts, was soll sein?«, erwidere ich schnell und ein bisschen zu schrill.

»Du bist anders als gestern. Was ist passiert?«

Gott, was ist denn mit diesem Kerl los? Warum zur Hölle hat er eine so gute Menschenkenntnis? In diesem Moment wäre es tatsächlich einfacher, wenn er so ein dumpfer Schlägertyp wäre, wie ich anfangs dachte!

»Gar nichts ist passiert«, erwidere ich patziger, als ich will. »Ich möchte hier einfach nur meine Arbeit machen und ich ... bin nervös, dass ich es vermassle, das ist alles!«

Harley antwortet nicht, was mich noch unruhiger werden lässt. Dann hebt er die Hand und dreht sanft mein Gesicht zu sich, vermutlich, damit ich ihn ansehe, anstatt mich mit meinem Blick wieder irgendwo auf dem Boden zu verlieren. Aber obwohl mein Geist sehr wohl versteht, was er tut, reagiert mein Körper ganz eigenständig und ich zucke heftig vor seiner Berührung zurück.

»Megan«, sagt er.

»Entschuldige, ich weiß auch nicht –« Ich rede nicht weiter, denn meine Stimme klingt total hysterisch. Kann ich mich nicht einmal normal verhalten?!

»Meg«, sagt er, und es klingt ganz selbstverständlich, wie er meinen Spitznamen benutzt. Den, bei dem mich meine Freunde nennen. Russell sagte immer Maggie zu mir. »Sieh mich an.«

Eigentlich komme ich mir gerade zu blöd dazu vor. Eigentlich würde ich am allerliebsten nach draußen stürmen und von hier verschwinden. Aber Harleys ruhige, feste Stimme bewirkt, dass ich nichts dergleichen tue. Stattdessen schaffe ich es schließlich, ihm in die Augen zu sehen und entdecke keinen Zorn darin – aber, und darüber bin ich froh, auch kein Mitleid.

»Ich will, dass du etwas verstehst«, sagt er.

Ich zwinge mich zu einem schiefen Grinsen. »Ja ja, ich weiß, nicht auf den Boden gucken, Mister Selbstbewusstseins-Coach.«

Harley bleibt ernst. Lässt nicht zu, dass ich die Situation ins Lächerliche ziehe. »Du hast Recht, aber davon rede ich nicht. Ich will, dass du verstehst, dass ich dich niemals schlagen werde. Ich weiß, was ich hier tue, lässt dich ein anderes Bild von mir sehen. Und ich bestreite gar nicht, dass ich ein anderer Mensch bin, sobald ich im Ring stehe. Aber ich kann das unterscheiden. Verstehst du? Und ich habe in meinem ganzen Leben noch nie eine Frau auch nur angerührt.«

Für einen Moment herrscht ein mehr als angespanntes Schweigen zwischen uns. Ich weiß nicht, was ich sagen soll – tausend Dinge liegen mir auf der Zunge und doch bringe ich keinen einzigen Satz heraus. Noch nicht mal ein Wort.

Dann runzelt Harley leicht die Stirn und sagt, in nicht mehr ganz so überzeugtem Tonfall wie vorhin: »Also, angerührt habe ich natürlich schon mal eine Frau ... mehrere sogar ... aber nicht mit der Faust.«

Erst jetzt verstehe ich, was er da gerade überhaupt für eine Behauptung aufgestellt hat – und sein einigermaßen ungeschickter Versuch, sich da rauszuquatschen, bricht den Bann. Ich lache los und ich kann auch nicht damit aufhören, als ich es versuche, indem ich mir die Hand vor den Mund halte.

Harley mustert mich und kann sich ebenfalls das Grinsen nicht verkneifen. »Du weißt genau, was ich meinte.«

»Ach komm schon, wahrscheinlich lebst du nur für deinen Sport und bist im echten Leben der reinste Chorknabe«, lache ich.

»So ist es nicht«, widerspricht er halb verzweifelt und immer noch schmunzelnd.

»Noch niiie eine Frau auch nur angerührt«, wiederhole ich langgezogen und mit verstellter Stimme. »Darum bist du also so unausgeglichen, dass du dauernd andere Kerle verdreschen musst!«

»Jetzt wirst du frech«, stellt Harley fest.

Ich muss immer noch lachen. »Entschuldige bitte!« Um meine Worte zu unterstreichen, lege ich ihm beschwichtigend eine Hand auf die Brust – und das ist der Moment, in dem es geschieht. Die Berührung sorgt dafür, dass mich ein elektrischer Stoß durchfährt, der meinen ganzen Körper zum Vibrieren bringt. Anstatt zu lachen, sauge ich jetzt scharf die Luft ein.

Harley sieht mich an. Sein Grinsen hat sich verändert. Es wirkt weniger verlegen und mehr gefährlich ... aber auf eine gute Art.

»Ich denke, du hast mich verstanden«, sagt er leise.

»Ja, habe ich«, erwidere ich ebenso leise.

Harley nickt. »Gut.«

Ich sehe ihm immer noch in die Augen, auf einmal fällt es mir ganz leicht. Und dann tue ich etwas, das mich selbst wundert. Ich mache noch einen Schritt auf ihn zu, halte den Blickkontakt und flüstere schließlich: »Ich bin auch nicht so, wie du denkst, Harley Jones. Nicht nur. Ich bin ...« Die nächsten Worte fallen mir schwer und es dauert einen Moment, bis ich sie über die Lippen bringe. »... nicht schwach.«

»Das glaube ich auch nicht«, erwidert Harley. »Aber wenn dieser Kerl dich immer noch bedroht, dann sag es nur. Es ist keine Schande, Hilfe anzunehmen, okay?«

Ich starre ihn einigermaßen überrascht an. Weiß er von der Nachricht ...? Nein, das kann er unmöglich. Und ich möchte ihm auch nicht davon erzählen – trotz seines Angebots nicht. Ich will einfach nicht, dass er nur die geschlagene Frau in mir sieht. »Danke«, sage ich deshalb nur. »Aber ich komme zurecht.« Damit senke ich meinen Blick auf seine Brust und lasse meine Finger langsam über seine Haut gleiten.

Noch immer ist er ein bisschen verschwitzt, aber sein Atem geht jetzt ganz ruhig. Er fühlt sich gut an. Genauso kraftvoll, wie ich es mir ausgemalt habe. Wenn Julio noch eine Weile wegbleibt ...

Ich räuspere mich. »Wir sollten ...«

»Ja«, sagt er und scheint selbst einen Moment zu brauchen, um wieder zurück zu einem normalen Tonfall zu finden. »Aber du musst dafür keine 100 Meter von mir entfernt stehen, alles klar?«

Ich nicke und lächle ihn an, dann lasse ich ihn los und hebe die Kamera. »Also gut, Harley«, sage ich. »Verhalte dich einfach ganz natürlich. Und ich mache davon ein paar Fotos.«

Harley tut glücklicherweise, was ich sage. Erneut widmet er sich dem Sandsack. Ich laufe langsam um ihn herum, diesmal ohne Sicherheitsabstand, und manchmal komme ich sogar so nah, dass er mich gut und gerne erwischen könnte. Macht er aber nicht, und ich bekomme eine Menge guter Fotos zusammen – kein Wunder, er sieht ja auch phänomenal aus.

Am frühen Nachmittag kommt Julio wieder. Kurz darauf taucht Luigi auf und gibt mir Instruktionen für die Flyer und Plakate. Dann schlägt er vor, dass wir im Außenbereich des Studios auch noch ein paar Bilder machen. Es klappt alles und ich spüre kaum, wie die Stunden verfliegen, und ich weiß genau, wem ich es zu verdanken habe, dass ich mich so ungezwungen fühlen kann wie lange nicht mehr – Harley.

Wer hätte das noch vorgestern Abend gedacht?

***

Doch als ich das Gym nach getaner Arbeit verlasse, ist sie schlagartig wieder da. Die Angst, von der ich in den letzten Wochen geglaubt habe, dass ich sie bezwungen habe. Sie lähmt mich und ich bin unfähig, unter dem Vordach hervorzutreten. Für einen Augenblick spiele ich mit dem Gedanken einfach umzudrehen und wieder nach oben zu laufen. Harley und die anderen sind noch da, für ihn steht, wie Julio vorhin gedroht hat, eine weitere Trainingseinheit an. Ich könnte zurück zu ihm gehen. Aber was dann? Ich kann Harley ja schlecht darum bitten, mich an die Hand zu nehmen und nach Hause zu bringen.

Aus brennenden Augen schaue ich in die abendliche Finsternis. Es ist mittlerweile dunkel, dieses Viertel gefällt mir nicht und noch viel weniger gefällt mir der Gedanke, die zwei Blocks bis zur U-Bahn-Haltestelle zu laufen. Außerdem regnet es und … wenn ich noch ein bisschen länger nachdenke, fallen mir bestimmt noch hundert Gründe ein, aus denen es besser wäre, unter dem Vordach des Gyms stehen zu bleiben.

Seufzend hole ich mein Handy hervor und rufe mir ein Taxi. Schlagartig fühle ich mich besser. Trotzdem heißt es weiterhin wachsam bleiben. Ich lehne mich mit dem Rücken an die Tür, die um diese Uhrzeit nur mit einer Mitgliedskarte zu öffnen ist. Ich hätte sie einen Spalt auflassen sollen, sodass ich jeder Zeit wieder nach oben hätte laufen können. Andererseits fühle ich mich inmitten der Bodybuilder auch nicht besser.

Ich lenke mich von meinen Gedanken ab, indem ich mit meiner Arbeit beginne. Zuerst schreibe ich Jasper, dass er mal einen Blick auf Harleys Fotos werfen soll. Vielleicht kann er sie so bearbeiten, dass es aussieht, als wäre ich der absolute Profi in meinem Job. Ich schicke ihm die Bilder und kurz darauf kommt auch schon seine Antwort.

Daraus kann man etwas machen. Gib mir zwei Stunden und ich zaubere dir die perfekten Aufnahmen!

Ich bedanke mich und hänge ein paar Kuss-Smileys an. Dann googele ich nach einem Website-Experten. Ich werde schnell fündig und klicke mich durch eine Reihe von Probeseiten des Designers. Sie sprechen mich an und auch der Preis für seine Arbeit ist moderat. Selbst wenn nicht. Schließlich muss Brad ihn bezahlen und nicht ich.

Meine Finger sind steif von der Kälte und so dauert es ein bisschen, bis ich die Mail mit der Auftragsbeschreibung fertig habe. Als ich gerade auf Senden drücke, fährt mein Taxi vor.

Es rollt langsam näher und ich ermahne mich, darin keine neuerliche Bedrohung zu sehen. Was soll aus mir werden, wenn ich jetzt auch noch eine Angst vor Taxis und ihren Fahrer entwickle?

Kurzerhand stecke ich mein Smartphone ein, stelle den Kragen meines Mantels auf und eile durch den Nieselregen zur hinteren Seite.

Anders als gestern werde ich nicht angeraunzt, sondern von einer Taxifahrerin freundlich begrüßt.

»Ein richtiges Mistwetter, was?«, lacht sie und stellt sogleich die Heizung eine Spur höher.

Ich lege meinen feuchten Mantel ab, schnalle mich an und mache es mir auf der Rückbank bequem. »Oh ja, ich mag den Sommer auch lieber«, stimme ich ihr dann zu und nenne ihr meine Adresse.

»Eine schöne Gegend.« Die Fahrerin fährt los.

Ich blicke aus dem Fenster hinter mir. Es scheint uns niemand zu folgen.

Natürlich folgt uns niemand!

Ich versuche mich zu entspannen, aber diese diffuse Angst, die ich kurz nach der Trennung vom Russell immerzu gespürt habe, ist jetzt wieder zu präsent. Seine Nachricht an Ellie hat mich aus der Bahn geworfen – mehr, als ich gedacht hätte. Das wird sich legen, sobald ich zu Hause bin. Ganz sicher. Ich werde mir einen heißen Tee machen, mich mit einer Decke aufs Sofa legen und ... wahrscheinlich auf jedes Geräusch lauschen wie ein geprügelter Hundewelpe, der sich davor fürchtet, dass sein Herrchen heim kommt. So kann das nicht weitergehen.

Dann kommt mir ein Einfall. Vielleicht sollte ich meine Wohnung einbruchssicher machen. Mit einer Alarmanlage und was es nicht sonst noch so alles gibt. Dann kann ich mich zumindest dort entspannen.

»Können wir einen Umweg fahren?«, frage ich und schaue wieder raus. Ein paar Autos haben sich hinter uns eingereiht.

»Klar. Das ist mein Job. Ich bringe Sie einmal quer durch die Staaten, wenn Sie wollen.«

»Bis zum nächsten Fachmarkt für ...« Tja, wie nennt man das? »Ich brauche einen Türspion, eine Alarmanlage und sowas.«

Die Fahrerin sieht mich durch den Spiegel an. »Wie wäre es mit Walmart? Die haben doch alles.«

»Ich brauch was Gutes.«

»Verstehe.« Die Stimme der Fahrerin wird eine Spur ernster. »Wissen Sie, was da am besten ist?«

Ich schüttle den Kopf. Ich hoffe, sie kommt mir jetzt nicht mit irgendeinem Unsinn.

»Wenn Sie mal bei der Polizei anrufen.«

Ich wusste es doch. Sie hält mich wahrscheinlich für eine hysterische Spinnerin. Ehe ich etwas einwenden kann, fährt sie allerdings schon fort.

»Die bieten so einen Dienst an. Wenn man wissen will, wie man seine Wohnung sicher machen kann, dann schicken die kostenlos einen Experten vorbei, der sich die Sache mal ansieht. Wenn Sie wollen, bringt er direkt brauchbare Alarmanlagen und sowas mit. Sie finden die Nummer im Netz. Eine Freundin von mir hat das mal gemacht. Sie ist ganz begeistert.«

Okay, die Idee ist gar nicht so dumm. Ich lächle und bedanke mich. Eilig suche ich im Internet nach der entsprechenden Nummer und bevor ich es mir wieder anders überlegen kann, rufe ich direkt an.

»Hier ist Megan Clark«, sage ich, nachdem sich ein freundlich klingender Mann gemeldet hat.

»Hallo«, antwortet er und dann scheint er abzuwarten.

Ich schildere ihm mein Problem. Na ja, nicht exakt. Ich lasse Russell und seine Nachricht weg. Zum einen, weil diese Sache weder den Polizisten noch die Taxifahrerin etwas angeht und zum anderen, weil ich mir immer furchtbar schäbig dabei vorkomme, wenn ich anderen erzählen muss, was ich mir jahrelang habe antun lassen.

»Ah ja, in Ordnung«, sagt der Cop, als ich fertig bin mit meiner Schilderung. »Ich bin gerade auf dem Weg zu einer anderen Kundin, aber wenn Sie möchten, kann ich dann direkt zu Ihnen kommen. Sagen wir gegen acht?«

Ich bin überrascht, wie schnell das geht. »Das wäre großartig! Vielen Dank!«

Der Mann am anderen Ende der Leitung lacht leise. »Aber gerne doch.«

Ich nenne ihm meine Adresse und dann verabschieden wir uns. Auch wenn es nur ein Anruf war, fühlt es sich unglaublich gut an, nicht länger untätig zu sein. Es ist ein gutes Gefühl, die Angst zu bekämpfen. Somit sollte zumindest dieser Spuk bald ein Ende haben.

Den Rest der Fahrt kann ich einigermaßen entspannt genießen und ich schaffe es sogar, meine Gedanken von Russell weg und zu Harley zu lenken.

Harley ... Ich denke daran, wie wir uns heute nähergekommen sind. Gefalle ich ihm? Ich denke daran, wie verlegen er geworden ist, nachdem er versehentlich behauptet hatte, dass er noch Jungfrau ist. Und wie er mich danach, als alles geklärt war, angesehen hat. Als würde er ... als würde er mich wollen. Kann das sein? Na ja, vielleicht sieht er mich anders, als ich mich selbst sehe und vielleicht macht es ihn an, eine Angestellte von sich zu verführen ...

Oder er findet mich einfach hübsch. Oder er mag mich. Warum ist das so schwer vorstellbar für mich?

Und damit wandern meine Gedanken auch schon wieder zurück zum leidigen alten Thema.

Nachdem ich bezahlt habe und das Taxi davon gefahren ist, fühle ich mich wieder absolut schutzlos. Hastig schließe ich die Haustür auf und sehe mich dabei immer wieder um. Ich kann weder meinen Ex noch irgendwen anderes entdecken. Ich bin ganz allein. Wenn er jetzt mit dem Wagen vorpreschen und mich einfach schnappen würde ... Ich muss aufhören, mir selber Angst einzujagen. Trotzdem werfe ich die Tür ein wenig zu heftig hinter mir zu und eile die Stufen schneller nach oben, als meiner Verletzung gut tut.

Aus Ellies Wohnung dringt kein Laut und auch sonst ist es im Haus recht still. Sicher, die besinnliche Zeit hat begonnen. Es gibt keine Garten- oder Balkonpartys mehr in lauen Sommernächten. Alles zieht sich zurück und kommt irgendwie zur Ruhe.

Zuerst überlege ich, ob ich bei Ellie klingeln und mit ihr die Wartezeit bis acht Uhr totschlagen soll. Dann fällt mir das Chaos ein, das in meiner Wohnung herrscht und ich beeile mich noch ein bisschen mehr, die Treppe hochzukommen.

Vor meiner Wohnungstür angekommen, nehme ich das Schloss genau unter die Lupe. Es sieht heile aus, also kann ich zumindest davon ausgehen, dass niemand in meiner Abwesenheit eingebrochen ist. Es sieht aber auch nicht sonderlich sicher aus.

Ich schließe auf und ertappe mich dabei, wie ich meine eigene Wohnung nur zögerlich betrete. Es ist absolut irreal, dass ich seit der Nachricht Angst habe. Russell und ich sind jetzt seit März getrennt und seitdem habe ich ihn kein einziges Mal gesehen. Es ist mehr als unwahrscheinlich, dass er ausgerechnet heute hier auftaucht. Kurz, nachdem ich davon erfahren habe, dass er sich überhaupt noch für mich interessiert. Er kann ja nicht einmal wissen, dass Ellie mir die Nachricht erst jetzt gezeigt hat. Logisch betrachtet weiß ich, dass er nicht hier ist. Aber etwas in meinem Inneren lässt alle Alarmglocken schrillen, so als hätte die Nachricht etwas zutage gefördert, das ich nur notdürftig verscharrt hatte.

Um mich selber zu beruhigen, nehme ich jeden Raum unter die Lupe, sehe aus jedem Fenster und spüre dann, dass sich mein Herzschlag langsam beruhigt.

Da mich die Stille im Haus fast verrückt macht, stelle ich das Radio an und beginne damit, aufzuräumen. Zumindest ein bisschen, damit der Cop keinen Schreck bekommt. Die Musik verdrängt meine düsteren Gedanken und mit einem Mal kommt mir die herbstliche Dunkelheit gar nicht mehr so bedrohlich vor.

Als ich fertig bin, ziehe ich mich doch noch mit einem Tee aufs Sofa zurück. Ich starte meinen Laptop und bin überrascht, dass Jasper mir schon die ersten Fotos geschickt hat.

Vor allem das aus dem Park, auf dem Harley lächelt, gefällt mir besonders. Jetzt noch mehr als zuvor. Jasper hat gar nicht so viel verändert und doch sieht das Foto auf einmal aus wie aus einem Hochglanzmagazin. Das Blau in Harleys Augen strahlt mit dem sonnigen Herbsthimmel um die Wette und seine symmetrischen Gesichtszüge machen es unmöglich, ihn nicht anzustarren und vor allem, ihn nicht attraktiv zu finden. Er könnte auch Model sein. Für Cool Water oder Cola Light. Genau diese Sorte Kerl ist er.

Ich schaue mir die nächsten Bilder an. Jasper hat seine Muskeln durch geschickt gesetzte Kontraste noch ein bisschen stärker herausgearbeitet. Er sieht jetzt in der Tat unbesiegbar aus. Mit dem Zeigefinger fahre ich über den Bildschirm, Harley Hals hinunter, über seine Schulter, seinen Oberarm, bis zu seiner bloßen Faust ...

Dass Kraft so attraktiv sein kann.

»Jetzt hör aber auf, du dumme Nuss«, murmle ich, und schalte die anderen Bilder durch. Sie sind ebenfalls gut, Jasper hat ganze Arbeit geleistet. Trotz allem gefällt mir das erste Foto am besten. Dieses Lächeln ... Irgendwie habe ich das Gefühl, ein Stück weit hinter die Fassade von Harley sehen zu können. Dass ich einen Teil von dem Mann sehen kann, den er hinter seinen Eisaugen zu verstecken versucht.

Eine Weile sitze ich einfach so da und lasse sein Gesicht auf mich wirken. Immerzu kreisen meine Gedanken dabei um die Vorstellung, wie es wäre, wenn ich niemals mit Russell zusammen gewesen wäre. Wenn ich mich stattdessen völlig unbefangen auf ein Abenteuer mit Harley einlassen könnte. Vorausgesetzt, er würde genau das auch wollen. Ein Abenteuer oder vielleicht noch mehr ...

Ich habe eine Idee und zücke mein Handy. Ich werde Ellie einen Abzug des Fotos schicken, damit sie ihre negative Meinung über Harley – an der ich alles andere als unschuldig bin – ändert. Als ich mein Display aufleuchten lasse, ist mein Plan allerdings schnell vergessen. Zwei verpasste Anrufe von Harley Jones. Dazu noch eine Reihe von WhatsApp-Nachrichten.

Wie habe ich das nicht mitbekommen können? So laut habe ich nun auch keine Musik gehört!

Unglücklicherweise stelle ich fest, dass ich mein Telefon auf stumm geschaltet habe. Das erklärt so einiges. Ich öffne zuerst die Nachrichten. Vielleicht klärt sich dann auch, warum er versucht hat mich zu erreichen.

Hey, Megan! Ich wollte nur wissen, ob du gut zu Hause angekommen bist. Harley

Die Nachricht ist eine gute Stunde alt und es folgen ein paar weitere.

Sag mir kurz Bescheid, wenn du da bist, okay?

Sorry, aber ich habe gerade ein ganz mieses Gefühl. Geht es dir gut?

Komm schon, geh an dein Telefon, Meg.

Die letzte Nachricht ist zwanzig Minuten alt. Dazu gesellen sich die Anrufe, die ich nicht mitbekommen habe. Harley scheint sich ernsthafte Sorgen zu machen. Warum? Liegt es an meiner vermeintlichen Gehirnerschütterung oder an meiner Russell-Andeutung?

Schnell tippe ich eine Antwort.

Tut mir leid! Mein Handy war lautlos gestellt. Ich bin seit einiger Zeit zu Hause. Danke fürs Fragen und bis morgen. Gute Nacht, Megan

Ich lese mir die Nachricht durch, bevor ich sie versende. Sie kommt mir irgendwie zu unfreundlich vor. Also schreibe ich ›vielen Dank‹ statt ›Danke‹ und füge noch ein Emoji an. Dann bin ich zufrieden und verschicke sie endlich.

Und dann fällt mir ein, dass ich schleunigst mein Profilfoto ändern sollte. Ich rufe es auf und es ist noch schlimmer, als ich es in Erinnerung hatte. Es zeigt Ellie und mich mit langen Zottelhaaren, Dreitagebart und schlechten Zähnen. Wir tragen Unterhemden, haben uns mit Kissen künstliche Bierbäuche gemacht und Brusthaartoupets aufgeklebt. Das Bild stammt von einer dieser Bad-Taste-Partys, die eigentlich längst out sind, die meine Freunde und ich aber in regelmäßigen Abständen immer noch feiern. Die letzte Party war vor vier Wochen und es war einer dieser Abende, an denen ich nach langer Zeit mal wieder richtig Spaß hatte. Da außer Brad bisher nur Freunde und Familie meine Handynummer hatten und Brad selber zeitweise auf der Party anwesend war, habe ich das Foto bedenkenlos eingestellt.

Tja, dabei habe ich wohl nicht damit gerechnet, dass ich irgendwann diesem heißen Kampfsportler begegnen würde und –

Ehe ich den Gedanken zu Ende führen und ein seriöseres Bild einstellen kann, klingelt es an der Tür. Das wird dieser Polizist sein. Ich lege Handy und Laptop auf dem Sofa ab und gehe aufmachen. Keine zwei Minuten später steht ein gutaussehender Cop vor mir, mit gutmütigen Augen und einem warmen Lächeln. Er hat einen dunkelblauen Plastikkoffer dabei und trägt eine Uniform.

»Da muss ich den ersten Tadel aussprechen, Miss Clark«, begrüßt er mich und schüttelt mir die Hand. Dann deutet er auf die Wand neben mir. »Da fehlt eine Sprechanlage. Sie sollten nicht einfach die Tür öffnen, ohne zu wissen, wer davor steht.« Jetzt mustert er meine Wohnungstür. »Und dass ein Türspion fehlt, wissen Sie wahrscheinlich selbst, deshalb hätte es auch ein Blick aus dem Fenster getan.«

»Äh ... nein«, gebe ich zu. » Und der Spion ... Ja, also ... es gibt hier einige Mängel, schätze ich.«

Der Polizist lächelt und winkt ab. »Dafür bin ich ja hier. Ich heiße übrigens Dylan Coleman.«

»Klingt nach einem Country-Sänger«, sage ich und bereue es sofort. Manchmal ist mein Mund einfach eine Spur zu schnell. Doch Dylan Coleman scheint mir den Spruch nicht übelzunehmen.

Er lacht und stimmt mir mit einem Nicken zu. »Meine Brüder hat es noch übler erwischt. Sie heißen Doyle-Rupert und Billy-Bob Coleman.«

Auch ich muss lachen. »Und *Ihr* zweiter Vorname?«

Dylan verzieht das Gesicht. »Die Frage habe ich mir selber zuzuschreiben, was?« Er räuspert sich übertrieben, dann hält er mir nochmal die Hand hin. »Darf ich mich vorstellen? Ich bin Dylan-Elliot Coleman. Der Zweite.«

Während ich den Polizisten in meine Wohnung lasse, muss ich noch mehr lachen.

»Ah, und gleich der nächste Fehler, Miss Clark«, sagt er, als ich die Tür schließe. »Sie hätten nach meinem Ausweis oder meiner Marke verlangen sollen. Aber jetzt ist es egal.«

»Shit, Sie haben Recht.« Echt krass, wie naiv ich mich verhalte. Gut, dass er jetzt hier ist, um mich auf meine Fehler aufmerksam zu machen. »Möchten Sie etwas trinken?«

»Ich sage es nur ungern ...«

»Was ...?« Ich sehe ihn perplex an. »Was habe ich denn jetzt schon wieder verkehrt gemacht?«

»Sie haben immer noch nicht nach meinem Ausweis gefragt. Sie lassen sich ... wie soll ich das sagen? Sie lassen sich totquatschen. Hätte ich irgendwelche bösen Absichten, dann lägen sie jetzt längst gefesselt auf dem Boden.« Dylan lächelt. »Und ja, danke. Ich nehme einen Kaffee.«

Ich wende mich ab und steuere die Küchenzeile an, doch dann bleibe ich stehen und drehe mich wieder um. »Noch mal falle ich aber nicht darauf rein!«, sage ich. »Dürfte ich bitte Ihre Marke sehen?«

Dylan lacht. Er wirkt jetzt zufrieden, zückt seine Marke und ich studiere sie eingehend. Es scheint alles in Ordnung damit und Dylan der zu sein, als der er sich ausgibt.

Mann, die erste Lektion habe ich gelernt. Hoffe ich zumindest.

Dann hole ich endlich Kaffee.

KAPITEL 7

Dylan geht mit mir von Fenster zu Fenster und begutachtete mit mir Haus- und Wohnungstür. Er erklärt mir, dass es eigentlich weniger Hilfsmittel bedarf, um die Wohnung sicher zu kriegen und ich bin erleichtert.

»Ein Balken an der Tür ist zwar teuer, aber effektiv. Falls Sie sich für den auch noch entscheiden, dann muss ich noch mal wiederkommen. Der Einbau dauert ein bisschen. Aber einen Türspion, Fenstersicherungen und eine Kette mit Alarmfunktion kann ich gleich hier vor Ort anbringen.«

Ich nicke dankbar. Das klingt doch alles schon sehr gut. Insgesamt ist Dylan keine fünfzehn Minuten hier und hat in der kurzen Zeit schon so viele Schwachstellen aufgetan, dass ich mich wundere, dass ich überhaupt noch lebe und nicht jeden Tag das Opfer von bewaffneten Raubüberfällen werde.

»Und wir sollten überlegen, ob Sie –« Er bricht ab, als es an der Tür klingelt. »Jetzt bin ich aber mal gespannt, ob Sie schon was gelernt haben.«

Eigentlich mache ich nicht so leichtfertig die Tür auf, wie ich es gerade bei Dylan getan habe – deshalb auch das Klopfzeichen mit Ellie. Ich hatte einfach mit ihm gerechnet und mir keine Gedanken darüber gemacht, dass jemand anderes vor der Tür stehen könnte.

Dumm, ich weiß. Jetzt allerdings, wo ich nicht mit Besuch rechne, klopft mein Herz mit einem Mal wieder wie verrückt.

Russell, schießt es mir durch den Kopf.

Und dann wird mir klar, dass ich sicherer gerade nicht sein könnte – schließlich ist ein Cop bei mir.

Ich gehe zur Tür und höre Dylan die Luft einsaugen. »Was denn?«

Dylan lächelt und schüttelt den Kopf. »Machen Sie erstmal.«

Es ist komisch, so unter Beobachtung zu agieren. Ich komme mir die ganze Zeit vor wie ein kleines Kind, das einen Fehler nach dem anderen begeht und zwinge mich, mich zu konzentrieren. Doch das ist gar nicht so einfach, denn das plötzliche Schellen droht mich gerade wieder vollkommen aus der Bahn zu werfen. Unter anderen Umständen würde ich gar nicht erst öffnen.

Ich nähere mich der Tür und sehe über die Schulter zurück zu Dylan, der mir langsam folgt. »Hätte ich schon eine Sprechanlage, würde ich sie jetzt benutzen.«

»Die haben Sie aber nicht.«

Ich nicke, lege meinen Finger auf den Summer und drücke dann auf, ohne die Tür zu öffnen.

Mein Herz klopft so laut, dass ich die Schritte, die den Flur hochpoltern, erst höre, als sie schon fast mein Stockwerk erreicht haben.

»Wer ist da?«, frage ich, als sie verstummen.

»Megan?«

Ich erkenne Harleys Stimme und das Pochen setzt einen Moment aus, um dann umso heftiger zu werden. Harley Jones. Er ist hier. Ich reiße die Tür auf und sehe ihn ratlos zwischen meiner Tür und der meiner Nachbarin stehen. Er hat mir den Rücken zugekehrt, aber er ist es. Zweifellos. Schnell dreht er sich zu mir um. Sein Gesicht sieht angespannt aus und ist leicht verschwitzt. Aber als er mich sieht, scheint jegliche Anspannung von ihm abzufallen.

»Ich habe versucht dich anzurufen«, sagt er und schüttelt den Kopf. »Ich dachte ...«

»Hallo, Harley.« Dylan ist hinter mich getreten.

Ein irritierter Ausdruck macht sich jetzt in Harleys Gesicht breit. »Dylan?«

»Ihr kennt euch?« Mit einem Mal verstehe ich gar nichts mehr.

»Ziemlich gut sogar«, sagt Harley und klingt dabei irgendwie finster.

»Wir waren mal Kollegen«, sagt Dylan. Dann greift er an mir vorbei und hält Harley die Hand hin. »Gut, dich mal wiederzusehen, Jones.«

Ich habe leichte Probleme, diese neue Information zu verarbeiten. Harley, der Käfigkämpfer, soll mal ein ... *Cop* gewesen sein? Ausgerechnet? Ein rechtschaffener Mann, der sein Geld damit verdient, andere Menschen zu schützen? Das macht überhaupt keinen Sinn. Und dennoch bestreitet Harley Dylans Worte nicht.

Stattdessen schlägt er nach kurzem Zögern ein, dann fragt er, wobei er nicht gerade erfreut klingt: »Was machst du hier?«

»Eine Lady vor finsteren Typen wie dir beschützen«, gibt Dylan zu, und obwohl er nach wie vor hinter mir steht, kann ich sein Grinsen deutlich an seinen Worten hören.

»Ich bin kein finsterer Typ«, knurrt Harley, der immer noch im Flur steht, und mir wird klar, dass ich mich gerade ziemlich unhöflich verhalte.

»Komm ... komm doch rein«, sage ich und trete einen Schritt zurück, wobei dann auch Dylan aus dem Weg geht.

»Woher kennt ihr euch?«, will der Polizist wissen, als ginge ihn das etwas an.

»Er ist mein Boss«, sage ich und schließe die Tür hinter Harley, während ich fasziniert zusehe, wie er meine kleine Wohnung betritt. Er wirkt viel zu groß und breit für mein Apartment, und doch fühlt es sich irgendwie gut an, dass er hier ist. Irgendwie richtig. Außerdem trägt er wieder diese Lederjacke, was es mir fast unmöglich macht, meinen Blick von seinen breiten Schultern zu nehmen.

»Du bist gerade erst eingezogen«, stellt er mit einem Deut auf die vielen Kartons fest.

Toll, jetzt bin ich in einer blöden Situation. Dylan habe ich problemlos die Lüge aufgetischt, dass ich noch nicht lange hier wohne. Aber bei Harley fällt mir das irgendwie schwer – total bescheuert, wenn man bedenkt, dass wir uns nur wegen einer Lüge kennengelernt haben.

»Ja, na ja«, sage ich und komme mir wie ein Idiot vor.

»Sicherheitsmaßnahmen ergriffen hat sie jedenfalls noch keine«, fügt Dylan hinzu, deutlich eloquenter als ich. »Du solltest deine Angestellten darauf schulen, ein bisschen auf sich aufzupassen, alter Freund. Wie läuft es denn so? Mit der Kämpferei, meine ich? Verdienst jetzt deutlich besser als beim CPD, nehm ich an?«

Mit dem CPD meint er das Chicago Police Department. Immer noch unglaublich, dass Harley dort mal gearbeitet haben soll.

Jetzt ist Harley derjenige, der wenig daran interessiert scheint, eine klare Antwort zu geben. »Tja, weißt du, Mann«, sagt er. Und dann fügt er stirnrunzelnd hinzu: »Ich hab ehrlich gesagt immer noch nicht ganz verstanden, was zur Hölle du hier zu suchen hast.«

Moment, höre ich da einen leichten Anflug von Eifersucht in seiner Stimme? Wieso? Denkt er etwa, ... dass Dylan und ich etwas miteinander hätten?

»Das sagte ich doch schon.« Dylan scheint nicht zu bemerken, dass Harley sauer ist, denn er öffnet fröhlich seinen blauen Koffer und holt etwas heraus, das wie ein Metallröhrchen mit zwei gläsernen Enden aussieht und das ich erst auf den zweiten Blick erkenne. Es ist ein Türspion. »Ich bin mittlerweile im Präventivbereich tätig«, erklärt er. »Und deine ... Angestellte hier hat mich angerufen, damit ich ihre Wohnung absichere.«

Einen Moment lang sieht Harley aus, als hätte ihm jemand eine spontane Ohrfeige verpasst. Dann scheint er sich ein wenig zu entspannen, nickt langsam und sagt. »Verstehe.«

Dylan zuckt nur gleichmütig mit den Schultern. »Es ist immer gut, wenn eine allein lebende Frau auf Nummer sicher geht.«

Harleys eisblaue Augen heften sich auf mich. »Du lebst hier allein?«, fragt er.

»Ja, sicher«, erwidere ich und verstehe die Frage nicht ganz. Er sieht doch selbst, wie klein die Wohnung ist.

Harley nickt und scheint ein bisschen beruhigter, aber noch nicht ganz. Er wendet sich Dylan zu und zeigt auf den Türspion. »Okay, lass mir das Zeug einfach da. Ich übernehme das.«

Dylan mustert ihn perplex, dann fängt er breit an zu lächeln, auf eine offene Art, die mich sofort glauben lässt, dass die beiden mal gute Freunde waren. Vielleicht sogar Partner. Noch mehr interessiert mich jetzt, weshalb das nicht mehr so ist. Warum Harley sein Leben so radikal umgekrempelt hat.

»Ist ja wirklich nett von dir, aber du kannst mich nicht einfach so in den Feierabend schicken. Dafür hättest du dich befördern lassen und nicht kündigen müssen.«

»Dein Vorgesetzter muss ja nichts erfahren«, sagt Harley.

Dylan zögert, dann sieht er mich an. »Sind Sie einverstanden, wenn mein ehemaliger Partner diesen Job übernimmt, Miss?«, fragt er und sieht mir tief in die Augen.

Moment, denkt jetzt etwa Dylan, dass mir Harley irgendetwas antun will? So viel Beschützerinstinkt auf einen Haufen ist schon fast zu viel für mich.

»Ja, damit bin ich vollkommen einverstanden. Danke.«

Ich scheine nicht nervös oder eingeschüchtert auf Dylan zu wirken, denn er nickt schließlich. »Ich lasse dir den Spion, Sicherungen für die Fenster und eine Türkette hier. Die Kette ist mit einer Alarmfunktion ausgestattet, vielleicht probiert ihr sie heute Abend nicht mehr aus, die ist nämlich ziemlich laut. Weißt du, wie man ...?«

»Dylan. Ich hatte dieselben Schulungen wie du. Du erinnerst dich?«

Wieder dieses Schmunzeln von Dylan, an dem ich erkenne, dass er sich ernsthaft freut, Harley zu sehen, und jetzt tut es mir irgendwie leid, dass Harley ihn so eilig loszuwerden versucht. Aber ich mische mich da nicht ein, was auch immer da zwischen den beiden läuft, geht mich nichts an. Also warte ich nur, während Dylan die restlichen Sicherheitsutensilien auspackt und seinen Kaffee mit einem großen Schluck leert. Ich bezahle, was er mir hier gelassen hat und er gibt mir seine Karte, die ich mit dem Portemonnaie in meiner Handtasche verschwinden lasse. Er bedankt sich und verabschiedet sich dann höflich von mir.

Anschließend wendet er sich Harley zu. »Ich grüße gern Rosie von dir. Sie wartet zu Hause auf mich.«

»Ihr seid jetzt zusammen?«, knurrt Harley weniger feindselig, als er vermutlich möchte.

»Werdende Eltern. Es hat Gründe, dass ich jetzt diesen Job hier mache, anstatt mich auf der Straße herumzutreiben.«

»Glückwunsch«, erwidert Harley und klingt nun, wenn mich nicht alles täuscht, sogar ein ganz kleines bisschen verlegen.

Dylan nickt und lächelt ein aufrichtiges Lächeln. »Pass auf dich auf, alter Freund«, sagt er. Dann haut er Harley vor die Schulter – und macht sich damit vermutlich zum ersten und einzigen Menschen auf der Welt, der Harley eine verpasst, ohne dafür windelweich geprügelt zu werden. Anschließend schüttelt er mir höflich die Hand.

»In Zukunft immer nach dem Ausweis fragen, wenn ein Polizist vor Ihrer Tür steht.«

»Versprochen«, sage ich.

Dann verlässt Dylan-Elliott Coleman der Zweite meine Wohnung, schließt die Tür hinter sich, und ich bin schon wieder allein mit Harley. Diesmal bei mir.

Mein Puls beschleunigt sich. Ich wende mich ihm langsam zu.

»Das war dann wohl nicht dein gewalttätiger Typ«, sagt Harley, immer noch mit diesem Hauch von Verlegenheit in der Stimme, der mir ziemlich gefällt, weil er so ehrlich wirkt.

»Nein«, sage ich und schüttle den Kopf, ratlos über seinen Auftritt.

»Du lebst nicht mehr mit ihm zusammen«, schließt Harley.

Sofort verstehe ich ein bisschen mehr. »Nein«, beeile ich mich zu sagen. »Nein, schon seit dem Frühjahr nicht mehr.«

Sicher hat Harley geglaubt, ich wohne noch bei ihm und brauche deshalb so dringend Geld. Ist er darum hier aufgetaucht? Hatte er deswegen dieses schlechte Gefühl?

Meine Güte, Meg, warum fragst du ihn nicht einfach?

»Weshalb bist du hier?«, frage ich.

Harley schüttelt den Kopf. »Weil ich aus irgendeinem Grund das Gefühl nicht loswerde, dass du Hilfe brauchen kannst.« Damit wendet er sich von mir ab und marschiert herüber zu meinem runden Fenster, um einen Blick nach draußen zu werfen.

»Kaum zu glauben, dass du mal bei der Polizei warst«, sage ich mit einem nervösen Lachen.

»Warum ist das so schwer vorstellbar?«, will er wissen.

»Na ja, du ... nimm es mir nicht übel, aber was du beruflich machst, lässt dich nicht unbedingt wie den ... Rechtschaffensten aller Männer wirken.«

»Du meinst, weil ich kämpfe, muss ich ein schlechter Mensch sein.« Harley dreht sich zu mir um.

Ich sauge scharf die Luft ein. So habe ich das nicht gemeint, ich wollte nur ... Oder habe ich es vielleicht ganz genau so gemeint? Ich zucke mit den Schultern und bin für einen Moment versucht, den Kopf zu senken, aber ich schaffe es diesmal, es nicht zu tun. Und ich mache sogar einen Schritt auf Harley zu. »Warum hast du bei der Polizei aufgehört?«, frage ich. »Woher dieser Sinneswandel?«

»Das geht dich nichts an«, erwidert er schroff und scheint sich dann gleich eines Besseren zu besinnen. »Es tut mir leid. Höflichkeit ist in meinen Kreisen nicht gerade gefragt. Warum ich den Beruf gewechselt habe, werde ich dir trotzdem nicht erzählen.«

»Weil es mich nichts angeht, ich verstehe schon.« Er hat ja Recht. Und wer weiß? Wahrscheinlich hat er tatsächlich nur aus reiner Geldgier oder Ruhmsucht vom Polizisten zum Schläger umgesattelt, und das würde ihn nicht gerade sympathisch wirken lassen. Gut, soll er sein Geheimnis für sich behalten.

Ich räuspere mich, sehe dann doch noch einen Moment lang weg und sage schließlich: »Ich will nicht unhöflich sein, Harley, aber ... Verrätst du mir, weshalb du noch hier bist? Was du da vor dem Fenster suchst? Ich hatte dir ja eigentlich schon geschrieben, dass ich gut zu Hause angekommen bin.«

»Ja, hattest du«, pflichtet er mir bei, »aber irgendwie werde ich trotzdem das Gefühl nicht los, dass ...« Er schüttelt den Kopf, wendet sich noch mal für einen Moment dem Fenster zu und fährt fort: »Als ich noch beim CPD war, hatte ich einen ziemlich guten Instinkt dafür, wenn irgendwo was nicht stimmte. Ich war beim Drogendezernat und wir hatten es oft mit Gefahrsituationen zu tun. Gangmitglieder, die uns auflauerten, wenn wir drauf und dran waren, sie bei ihren Geschäften zu stören. Wenn wir kurz davor waren, eine Wohnung zu öffnen oder in irgendwelche Geschäftsräume einzudringen, dann wusste ich meistens schon vorher, ob da drin irgendjemand auf uns wartet oder ob es sicher ist. Hier und heute habe ich nicht das Gefühl, dass es sicher ist.«

Seine Worte jagen mir einen unvermittelten, quälend langsamen, eisig kalten Schauer über den Rücken. Ich muss an die Nachricht denken, die Russell Ellie geschickt hat. Hat Harley vielleicht einfach meine Nervosität gespürt und denkt deshalb, dass etwas nicht stimmt? Gott, ich hoffe, dass es nur das ist.

Er dreht sich zu mir um. »Würdest du mir von dem Kerl erzählen?«, fragt er. »Damit ich die Lage besser einschätzen kann?«

»Das geht dich eigentlich nichts an«, gebe ich leise die Worte zurück, die er mir gerade selbst noch entgegengeschleudert hat.

»Ich weiß«, erwidert er. »Du musst mir auch keine Details verraten. Es wäre nur gut, wenn ...« Er spricht nicht weiter, sondern sieht mich einen Moment lang prüfend an. Dann kommt er näher und Bilder blitzen vor meinem inneren Auge auf. Wie er sich an dem Abend im Ivory dem Käfig genähert hat, in dem José Cuevas auf ihn gewartet hat, wie ein Raubtier auf dem Weg zu seiner Beute ...

Jetzt gerade kommt er mir so vollkommen anders vor. Er legt seinen Arm um meine Schulter und führt mich zum Sofa.

»Setzen wir uns«, sagt er.

»Willst du einen Kaffee?«, frage ich ganz automatisch.

»Nein, reden wir erstmal.«

Ich setze mich und sehe ihm zu, wie er neben mir Platz nimmt, dicht genug, dass es sich gut anfühlt. Obwohl es das nicht sollte. Aber der leichte Hauch von seinem Deo oder Aftershave, den ich wahrnehme, vermischt mit seinem männlichen Duft und dem Geruch seiner Lederjacke, lullt mich sofort ein.

»Du verschweigst mir was«, sagt er.

Ich spüre, wie mein Herz einen schmerzhaften Sprung macht. Gott, ja, ich verschweige ihm etwas. Etwas sehr Entscheidendes sogar, wenn man bedenkt, für wen ich eigentlich arbeite und was ich eigentlich vorhabe ... Natürlich meint er das nicht. Dennoch spüre ich einen Anflug schlechten Gewissens, den ich sofort mit aller Macht niederringe.

»Du mir auch«, sage ich dann. »Wie du eben selbst zugegeben hast.«

Harley lächelt, als hätte ich einen Treffer gelandet. »Ja, du hast Recht. Wir müssen auch nicht alles übereinander wissen, aber ...« Er schüttelt den Kopf. »Ich kann dir nicht sagen, wo dieses Gespür herkommt. Aber ich bin mir sicher, dass hier irgendwas nicht stimmt. Und ein paar Infos über deinen ... Exfreund?«

Ich nicke.

»... würden mir wirklich helfen.«

Ich seufze und wische meine schweißfeuchten Hände an meiner Hose ab. Dann lehne ich mich zurück und zucke leicht zusammen, als ich spüre, dass Harleys Arm auf der Lehne hinter mir liegt. Aber ich richte mich nicht wieder auf, denn das hier fühlt sich gar nicht schlecht an, wenn ich ehrlich bin ...

»Also gut, Harley, aber du wirst mit niemandem darüber tratschen.«

»Ich tratsche nicht«, sagt er todernst.

Ich nicke, dann hole ich Luft und überlege, wo ich am besten beginnen soll. Doch sogleich wird mir klar, dass es eigentlich nur eine passende Art zu beginnen gibt. »Russell«, sage ich. »Ich habe ihn vor mittlerweile rund 3 Jahren in einem Club kennengelernt. Ich bin viel und gerne ausgegangen damals. Er war Barkeeper. Sah gut aus, war charmant, hat mir einen nach dem anderen ausgegeben ... Du weißt sicher, wie so was läuft.«

»Ja, bei mir versuchen's die Barkeeper auch immer wieder«, sagt Harley und ich bin froh, dass er mich zum Lachen bringt und die angespannte Atmosphäre damit ein Stück weit auflockert.

»Ich habe mich nicht bei meinem ersten Besuch in diesem Club auf ihn eingelassen, auch nicht beim zweiten, aber dann ... Er hat seine Schicht früher beendet und wir sind ins Gespräch gekommen, und wir hatten so viele Gemeinsamkeiten, dass es schon fast unglaublich war ... und ein paar Tage später waren wir zusammen. Und ein paar Monate darauf bin ich zu ihm gezogen. Es ging alles so schnell mit uns, weil ich überzeugt war, dass er der Eine war, der perfekt zu mir passt.« Ich zucke mit den Schultern und sehe Harley an. »Erst viel später habe ich herausgefunden, dass er mein Facebook nach allen Wünschen und Vorlieben durchsucht hatte, die ich dort irgendwann mal geäußert habe, und sich perfekt daran angepasst hat. Diese Sorte Mann ist Russell.«

»Verstehe«, sagt Harley und ich erkenne eine Mischung aus Erschütterung und kaltem Zorn in seinem Blick, und zum ersten Mal in meinem Leben finde ich einen wütenden Mann wirklich sexy.

»Er war nicht sofort gewalttätig«, erzähle ich weiter. »Sonst wäre ich gar nicht erst mit ihm zusammengezogen. Ich hätte früher nie von mir gedacht, dass ich jemand bin, der mal in eine solche Situation gerät. Mein Vater ist früh gestorben, ich bin schnell erwachsen geworden, stand schon mit 19 auf eigenen Beinen. Hätte mir jemand gesagt, dass ich mich mal verprügeln lassen würde, hätte ich denjenigen ausgelacht.«

Harley nickt. »So ist es meistens.«

Seine Worte beruhigen mich. Ich verstehe langsam, dass er mich wirklich nicht einfach nur für ein Opfer hält.

»Es begann alles eher harmlos. Beim ... beim Sex, verstehst du? Er packte mich mal hier ein bisschen härter an und gab mir da einen Klaps, und ich nahm das alles nicht ernst, es gefiel mir sogar, und dann, als er das erste Mal durchgedreht ist, versetzte er mir eine schallende Ohrfeige und fuhr mich an: ›Was ist? Letzte Nacht hat dir das doch auch gefallen!‹ und ich war so fassungslos, dass ich ... Keine Ahnung. Ich schätze, ich wollte mir nicht eingestehen, dass er eine Grenze übertreten hatte und ich redete mir ein, dass unsere Beziehung eben so wäre. Impulsiv. Leidenschaftlich. Aber am Ende war es immer nur er, der zuschlug. Ich habe mich nicht gewehrt, nicht ein einziges Mal. Das heißt ... doch, ich habe mich gewehrt. Aber nur dagegen, dass Russells Verhalten meine Illusionen von unserer Beziehung nach und nach zerstörte. Ich machte mir selbst was vor. Sagte mir, dass er es im Moment vielleicht ein bisschen übertrieb, aber dass er sich schon wieder einkriegen würde, wenn der Sommer vorbei und der Job weniger stressig wäre. Oder wenn wir erst verheiratet wären und er nicht mehr so besorgt sein müsste, dass ich ihn irgendwann verlasse. Es war ein langsamer, schleichender Prozess ... aber irgendwann war ich überzeugt, dass ich der Grund für seinen Zorn war. Dass er nur aggressiv wurde, wenn ich etwas falsch machte. Das war der einfachere Weg, weißt du? So konnte ich mir immer noch einreden, dass ich einfach nur mich selbst ändern muss, um das Leben zurückzubekommen, das ich am Anfang mit ihm hatte und so unbedingt wollte. Aber dann ...«

Ich höre selbst, wie meine Stimme versagt. Dann räuspere ich mich, aber irgendwie will sie gerade nicht wiederkommen. Das liegt vermutlich daran, dass ich diese Geschichte noch nie jemandem erzählt habe. Zumindest nicht so ausführlich. Brad kennt die Eckdaten, Ellie hat alles hautnah miterlebt. Aber wirklich darüber geredet, habe ich noch nie. Und schon gar nicht mit einem Mann, der mir so gut gefällt wie Harley. Gott, für was für eine dumme Nuss muss er mich jetzt halten?

»Dann ist die Situation irgendwann eskaliert«, sagt er leise, mit sanfterer Stimme, als ich ihm zugetraut hätte.

Ich nicke.

»Es gab wieder einen Streit, aber diesmal war nach zwei oder drei Schlägen nicht Schluss, habe ich Recht?«

»Er war betrunken«, sage ich leise.

»Er hat das letzte bisschen Kontrolle verloren. Du bist – im Krankenhaus gelandet?«

Entgeistert sehe ich ihn an. »Woher weißt du, dass es so gelaufen ist?«

Er erwidert meinen Blick. Noch nie war eine solche Wärme in seinen blauen Augen. Und noch nie eine solche Wut. »Weil es immer so läuft. Irgendwann gerät alles außer Kontrolle. Wenn die Frau Glück hat, überlebt sie.« Damit greift er nach meiner Hand und seine Finger kommen mir unnatürlich warm vor ... bis ich verstehe, dass meine einfach nur eiskalt sind.

»Er hat mich die Treppe in unserem Haus hinuntergestoßen«, finde ich nun endlich die Kraft, um weiterzureden. »Ich hatte einen Schädelbruch, mehrere zertrümmerte Rippen ... Er hat mir keinen Arzt gerufen. Hat mich einfach liegen gelassen und ist abgehauen. Ich habe es mit letzter Kraft geschafft, 911 zu wählen und meine Adresse durchzugeben. Erst drei Tage später wurde ich wach. Russell war da schon verhaftet worden. Sie hatten ihn in einer Bar aufgegriffen. Er saß für eine Weile in U-Haft, sodass ich meine Sachen holen und verschwinden konnte. Mein Boss gab mir ein paar Wochen frei und einen Vorschuss. Ich suchte mir mit der Hilfe meiner besten Freundin eine neue Wohnung, veränderte mein Aussehen, besorgte mir ein neues Handy ...«

»Du hast ihn nicht angezeigt?«, fragt Harley ein bisschen ungläubig.

Ich schüttle den Kopf. »Ich wollte keinen Krieg mit ihm, Harley. Ich wollte nicht vor Gericht, nicht all diese Dinge vor wildfremden Menschen erzählen. Wofür denn auch? Er war damals nicht vorbestraft und hätte maximal Bewährung bekommen. Was hätte mir das geholfen? Gar nichts. Also ließ ich es gut sein. Und das ist meine aktuelle Situation.«

»Dann weißt du nicht, ob dieser Pisser noch hinter dir her ist«, gibt Harley mühsam beherrscht zurück.

Ich lege meine zweite Hand auf seine. Spüre seine innere Anspannung und streichle ganz automatisch über seine Fingerknöchel. Sie fühlen sich vernarbt an. »Gestern habe ich erfahren, dass er bereits hier aufgetaucht ist, sich aber verscheuchen lassen hat, als meine Freundin mit der Polizei drohte ... Doch er schreibt ihr nach wie vor Nachrichten. In denen er mich bedroht. Ich soll mich ruhig sicher fühlen, schreibt er ... er kriegt mich eh.«

»Das wird er nicht«, sagt Harley.

Die kalte Wut, die in seiner Stimme liegt gilt einzig und allein Russell und es fühlt sich an, als würde etwas tief in meinem Inneren einfach ... schmelzen.

»Harley«, sage ich leise. »Beruhig dich.«

Er sieht mich an. Ich erkenne eine Ader, die an seinem Hals pocht, so zornig ist er, und ich weiß, wenn Russell sich mir jemals nähern sollte ... Solange Harley bei mir ist, kann mir nichts passieren. Er könnte mich vor allem schützen. Ich sehe ihm tief in die Augen und er erwidert meinen Blick, und wenn einer von uns bisher noch Zweifel hatte, was die Anziehungskraft zwischen uns angeht, dann muss er spätestens jetzt anerkennen, dass es da nichts zu leugnen gibt. Harley will mich und ich will ihn.

Ich sehe, wie er schluckt, dann zwingt er sich sichtbar, den Blickkontakt zu mir zu unterbrechen – wahrscheinlich, um sich besser konzentrieren zu können.

»Ich sage es dir nicht gern und ich will dir keine Angst machen, aber diese Drohungen solltest du ernst nehmen.«

»Das tue ich«, erwidere ich und deute auf die Sachen, die Dylan hier gelassen hat.

»Er könnte dich immer noch angreifen, wenn du mal allein unterwegs bist.«

»Bin ich aber nicht«, widerspreche ich. Es ist wirklich so, dass ich darauf achte: Zur Arbeit nehme ich öffentliche Verkehrsmittel oder ein Taxi. Wenn ich mal abends unterwegs bin, habe ich Ellie dabei oder lasse mich gleich vor der Tür absetzen. Einsame Orte meide ich generell und ...

Und trotzdem weiß ich eigentlich selbst, dass er einen Weg finden könnte, zuzuschlagen. Wer weiß? Wenn er mal richtig durchdreht, dann macht er vielleicht auch nicht davor Halt, mich in der Öffentlichkeit anzugreifen. Wenn ihm alles egal ist, stößt er mich vielleicht das nächste Mal die Treppe zur U-Bahn hinunter oder direkt auf die Gleise.

»Hey«, sagt Harley und dreht mein Gesicht zu sich. »Wir werden uns wegen diesem Kerl was einfallen lassen. Das verspreche ich dir. Du kannst nicht dein ganzes restliches Leben lang Angst haben.«

»Ich habe schon eine Lösung«, erwidere ich leise. »Ich werde die Stadt verlassen, sobald ich ...« Fast hätte ich ihm von der Stelle an der Westküste erzählt. »Sobald ich genug Geld zusammen habe, gehe ich nach Kalifornien.«

Unerwarteterweise sind mir diese Worte extrem schwer gefallen, und ich denke zuerst, dass es an der neuerlichen Lüge liegt. Aber dann wird mir klar, dass es an ihm liegt, an Harley, dass mein Wegzug natürlich das Ende von dem sein wird, was da gerade – möglicherweise – zwischen uns beginnt. Und ich sehe an seinen Augen, dass er dasselbe denkt. Dass ihm die Vorstellung, dass ich wegziehe, ganz und gar nicht gefällt. Er nickt langsam, und dann passiert etwas Seltsames. Sein Blick verhärtet sich, als hätte er ein Gefühl, das sich einen Moment lang in seinen Augen widergespiegelt hat, jetzt einfach weggeschlossen.

»Verstehe«, sagt er und fügt dann sogleich hinzu: »Das wird das Vernünftigste sein.«

Ich nicke, auch wenn mir die Vorstellung wegzugehen auf einmal selbst gar nicht mehr so himmlisch erscheint. Die ganzen letzten Monate über war der neue Job in Kalifornien für mich so was wie ein Lichtblick, ein sonniger Traum, den ich unbedingt Realität werden lassen wollte. Jetzt kommt mir die Vorstellung, Chicago hinter mir zu lassen, auf einmal vor wie eine verpasste Chance.

Aber noch ist es ja nicht so weit. Ich gebe mir einen Ruck und lächle Harley an. »Willst du jetzt einen Kaffee?«

Er schüttelt den Kopf und scheint sich ebenfalls von seinen finsteren Gedanken loszureißen. »Jetzt sichern wir erst mal deine Wohnung ab«, sagt er. Dann steht er auf und zieht entschlossen seine Lederjacke aus, und ich starre einen Moment lang seine muskulösen Oberarme an, die sein dunkles Shirt einfach freilässt. Seine vielen Tattoos gefallen mir immer besser. So wie eigentlich alles an ihm.

»Hast du Werkzeug?«, fragt er.

»Was? Ähm … nein.«

Harley runzelt die Stirn. »Dann müssen wir Werkzeug von mir besorgen. Ich bin mit dem Auto da, also – «

»Werkzeug? Ich blöde Kuh, natürlich habe ich welches!«, unterbreche ich ihn, verärgert über meine eigene mangelnde Konzentration. Aber er sieht einfach so verflucht gut aus mit seinem perfekt trainierten Körper und dem zerzausten dunklen Haar. Und seit ich weiß, dass er mal ein Cop gewesen ist, kann ich auch nicht mehr anders, als ihn mir in Uniform vorzustellen.

»Und wo?«, will er wissen.

Ich stehe endlich auf. »In einem der Küchenschränke«, sage ich und laufe schnell rüber zur Küchenzeile. Dann fange ich an, die Schränke abzusuchen, denn wenn ich ehrlich bin, habe ich auch nach all den Monaten keine Ahnung, was hier wo ist.

»Interessante Stühle«, sagt Harley und ich muss mich nicht umdrehen um zu wissen, dass er die an meiner Küchentheke gestapelten Kartons meint.

»Designerteile. Du wirst nicht glauben, wie teuer die waren«, sage ich scherzhaft.

Ich höre Harley lachen, leise und schnaubend. Ich mag sein Lachen, auch wenn es immer klingt, als würde er etwas … oder eher jemanden, als würde er den wahren Harley zwanghaft zurückhalten. Ich lächle unmerklich. Vielleicht schaffen wir es ja noch, uns etwas besser kennenzulernen, ehe ich verschwinde. Es wäre schön. Aber wahrscheinlich ist die Vorstellung von uns beiden, die mehr zusammen machen, als Sicherheitsvorkehrungen an meiner Wohnung anzubringen, wieder mal nichts als ein kitschiger Traum.

HARLEY

Es dauert eine gefühlte Stunde, bis Megan ihr Werkzeug gefunden hat, und als sie es mir schließlich hinhält, traue ich meinen Augen nicht: Es ist ein kleiner pinkfarbener Koffer, auf dem in geschwungenen Buchstaben steht: *Who needs a man?*

Als ich den Koffer öffne, entdecke ich darin eine winzige, ebenfalls pinke Bohrmaschine sowie eine gleichfarbige Säge, außerdem einen Schraubenzieher, einen Hammer und eine Zange, deren Griffe mit rosafarbenem Plüsch verziert sind. Und dazu zwei Boxen mit Schrauben und Nägeln – in Pink, versteht sich.

»Wer braucht schon einen Mann«, sage ich, dann sehe ich Megan an. Sie ist feuerrot, scheint sich aber gleichzeitig das Lachen kaum verkneifen zu können. Irgendwie süß, wie verlegen sie ist.

»Das war ein Geschenk«, sagt sie.

»Das will ich doch hoffen«, antworte ich, sehe ihr in die Augen und schaue zu, wie sie noch roter wird.

Ich muss wirklich aufhören, mit ihr zu flirten – das führt nirgendwo hin, und das gleich aus mehreren Gründen. Dennoch schaffe ich es nicht, den Blick von ihr abzuwenden. Wie sie so dasteht, zierlich und doch nicht schwach, mit ihrem schönen Gesicht und all dem Selbstbewusstsein, das sich hinter ihrer ängstlichen Fassade versteckt. Ich erkenne genau, was für ein Mensch sie mal war, und es macht mich wütend, dass ihr Ex, dieser Russell, sie dazu gebracht hat, die eigentliche Megan vor der Außenwelt zu verstecken. Wenn ich den Kerl erwischen würde ...

Hör auf mit dem Mist, sage ich mir. Du bist kein Cop mehr und wirst nie mehr einer sein. Und zum wahrscheinlich hundertsten Mal sage ich mir, dass es falsch war, den Job aufzugeben. Aber ich hatte keine Wahl. So einfach ist das.

»Also«, sage ich und reiße mich damit selbst aus meinen Gedanken. »Dann werde ich dir jetzt mal zeigen, wofür man einen Mann gebrauchen kann.« Noch immer sehe ich ihr dabei in die Augen und an ihrem Blick erkenne ich, dass sie an dasselbe denkt wie ich, und ich würde kaum etwas lieber tun, als sie mir zu schnappen und sie in ihr Schlafzimmer zu bringen, wo –

Rein gar nichts passieren wird. Weil ich es nicht tun werde.

Ich nehme den Bohrer aus dem Koffer und schüttle den Kopf über die winzige Maschine, die wirklich nicht für Männerhände gemacht zu sein scheint.

Megan lacht. »Mit dem Teil in der Hand siehst du aus wie ein Chippendale. Mister Jones, der Handwerker, fertig für den Junggesellinnenabschied!«

»Das hättest du wohl gerne«, sage ich und wende mich der Tür zu.

»Oh nein, überhaupt nicht«, erwidert Megan. »Für Männer, die sich andauernd halbnackt zeigen, beispielsweise, wenn sie in Käfigen kämpfen, habe ich nicht das Geringste übrig.«

»Eher für solche Typen wie die auf deinem WhatsApp-Bild, was?«, gebe ich zurück und beginne mit dem Anbringen der Kette. »Wer sind die Kerle? Freunde von dir?«

Als sie nicht gleich antwortet, sehe ich sie an. Alles an ihr signalisiert, dass sie am liebsten im Erdboden versinken würde.

»Das sind ... zwei vollkommen Fremde. Von der Straße.«

»Klar doch. Aber ein echt komischer Zufall, dass dir der Linke so ähnlich sieht.« Ich wende mich wieder meiner Arbeit zu und kann mir das Lachen kaum verkneifen. Wie verlegen sie ist.

Zwischen zwei Bohrlöchern am Türrahmen höre ich, wie Megans Fotoapparat klickt. Ich drehe mich zu ihr um und sehe sie ungläubig an.

»Deine Fans sollen auch diese Seite von dir kennenlernen«, sagt sie und hebt die Schultern. »Was meinst du, wie viele Anhänger aus der Gay Community du damit gewinnen kannst? Mein bester Freund wird dein größter Fan sein.«

»Du denkst aber auch an alles«, erwidere ich ironisch. Der Spruch war dann wohl die Rache.

»Dafür bin ich da.«

Ich höre, wie Megan auf einem ihrer Kartonstapel Platz nimmt und mache mich wieder an die Arbeit. Dabei spüre ich ziemlich deutlich, dass sie mir die meiste Zeit auf den Hintern starrt. Subtil ist sie ja nicht gerade.

»Stimmt es eigentlich, dass du noch nie verloren hast?«, fragt sie plötzlich.

»Ja«, sage ich routiniert. Diese Frage ist mir schon so oft gestellt worden, dass ich über die Antwort gar nicht mehr nachdenke. Dabei ist sie nicht wahr – wenn man all meine Kämpfe mitzählt und nicht nur die vor Publikum, dann ist es eine reine Lüge. Am Anfang beim Training habe ich so was von aufs Maul bekommen. Und das nicht nur einmal.

»Wo hast du gelernt, so zu kämpfen?«, fragt sie.

Ich denke über meine nächsten Worte nach, aber dann fällt mir kein Grund ein, ihr nicht die Wahrheit zu sagen. »In einem Trainingslager in Italien. Ich hatte schon vorher Erfahrungen mit dem Boxen. Das habe ich nebenher gemacht, seit ich ein Kind war. Alles andere habe ich auf Sizilien gelernt.«

»Wie lange warst du in diesem Lager?«, fragt sie ein wenig verblüfft.

Ich schraube die Halterung der Kette an und spüre dabei, wie ihre Fragen mich in der Zeit ein ganzes Stück zurückwerfen. Auf einmal ist die italienische Hitze wieder da, die salzige, staubige Luft, der Kalkgeruch der schlecht verputzten Trainingshalle. »Ein Jahr«, sage ich dann ganz automatisch und frage mich erst hinterher, ob es klug war, ihr das zu sagen.

Über die Schulter sehe ich Megan an. Sie runzelt die Stirn.

»Ist das nicht ungewöhnlich?«

»Nein«, bediene ich mich einer Notlüge. »Wer Profi werden will, muss hart trainieren, so ist das nun mal.«

»Aber ein Jahr lang? Hast du gar nichts anderes gemacht in der Zeit?«

Ich schüttle den Kopf. Nein, das habe ich tatsächlich nicht. Trainiert und gekämpft, von morgens bis abends. Man wird eben nicht von selbst der *Unbesiegte.*

Megan steht auf und kommt langsam auf mich zu. Ich drehe mich zu ihr um und überlege fieberhaft, wie ich das, was ich ihr eben verraten habe, abschwächen kann, wenn sie ihre nächsten Fragen stellt. Denn die Wahrheit kann ich ihr nicht sagen – unter gar keinen Umständen.

»Warum will man so leben?«, fragt sie und bleibt dicht vor mir stehen, die Kamera immer noch in der Hand.

Ich nehme sie ihr ab und hänge sie kurzerhand an den Garderobenständer gleich neben der Tür. Das hier ist kein Moment für Fotos.

»Ich brauchte einfach eine Veränderung.«

Megan runzelt die Stirn. »Du lügst mich an. Dafür habe *ich* ein Gespür.«

»Weshalb sollte ich?«, frage ich, weil ich nicht zugeben möchte, dass sie Recht hat. Ja, ich lüge. Aber nicht, um ihr zu schaden – sondern um sie zu schützen. Denn wenn sie die Wahrheit auch nur im Ansatz kennen würde ...

»Sag mir die Wahrheit«, fordert sie leise und sieht mich eindringlich an. »Wieso hast du aufgehört für das Gute zu kämpfen und bist dazu übergegangen ... nur noch zu kämpfen?« Sie kommt ein Stück näher, legt mir ihre Hand auf die Brust. Das fühlt sich besser an, als es sollte und ich muss mich zurückhalten, um sie nicht einfach in meine Arme zu ziehen. »Bei dem Kampf gegen José Cuevas«, sagt sie, immer noch leise. »Da kam es mir nicht vor, als würde dir das Spaß machen. Als würdest du es genießen.«

»Da täuschst du dich«, sage ich und wende mich etwas zu ruckartig ab. Natürlich zwinge ich sie so, mich loszulassen – dennoch spüre ich noch den Druck ihrer schlanken Finger auf meinem Oberkörper, während ich die Kette endgültig festschraube. »Ich hab es für das Geld getan«, sage ich. »Und für den Ruhm.«

Ich weiß, dass mich das nicht gerade sympathisch herüberkommen lässt – aber das spielt jetzt keine Rolle. Und ohnehin spielt es wohl kaum eine Rolle, was sie von mir hält, wenn sie sowieso bald die Stadt verlässt, oder? Ich sollte zusehen, dass ich hier fertig werde und wenn ich mich darum gekümmert habe, dass sie hier sicher ist, haue ich ab. Bevor es zu spät ist.

Bevor ich mich ernsthaft in diese Frau ver...

Schritte auf dem Flur. Dann klopft es. Einmal. Zweimal. Dann dreimal schnell hintereinander.

Ich sehe Megan an. Noch einen Moment lang mustert sie mich prüfend und misstrauisch, dann lächelt sie.

»Das ist nur Ellie, meine beste Freundin. Wir haben ein Klopfzeichen vereinbart.«

Nur Ellie, eine Freundin also. Ich lege das Werkzeug weg und gehe zur Seite. Vielleicht war mein schlechtes Gefühl heute Abend doch vollkommen unbegründet.

KAPITEL 8

Harley geht zur Seite und ich überlege mir kurz, wie ich Ellie klarmachen soll, dass sie kein Wort von unserem wahren Job sagen darf – dann öffne ich die Tür.

Und im nächsten Moment sackt all mein Blut in meine Beine, so rapide, dass mir schwindelig wird und ich einen Augenblick lang glaube, dass ich gleich das Bewusstsein verlieren werde.

»Hallo, Liebling«, sagt Russell.

Er sieht furchtbar aus. Um 10 Jahre gealtert und viel massiger als früher. Sind das Muskeln oder ist das Fett? Frisst und säuft er oder nimmt er Anabolika? All diese Gedanken huschen nur am Rande durch mein Hirn, denn der Rest meines Geists ist erfüllt von schierer Panik. Ich erkenne den rasenden Zorn in seinen Augen. Jetzt wird er mich umbringen.

»Russell«, keuche ich.

»Hab ich doch richtig gesehen, he? Bisher ist ja nur diese Schwuchtel von deinem Arbeitskollegen bei dir ein und aus gegangen, aber heute sind's gleich zwei Neue gewesen. Ist das jetzt dein Ding, Maggie? Machst du's hier mit einem nach dem anderen? Brauchst du Geld?« Er macht einen Schritt auf mich zu. »Ich kann dir Geld geben. Geld, ein warmes Zuhause, alles was du brauchst. Du musst nur endlich aufhören, beleidigt zu spielen, dann wird alles wie früher und du wirst es nicht mehr nötig haben, dich durch die ganze Stadt zu bumsen. Hört sich das gut an?«

Ich sage nichts, denn ich kann nicht. Unauffällig sehe ich auf seine schwieligen Hände. Hat er eine Waffe dabei? Gott sei Dank nicht. Aber die wird er auch nicht brauchen. Seine Fäuste reichen. Ich sollte mich nicht widersetzen. Ich sollte ein paar Sachen packen und ...

»Was ist jetzt, du dumme Gans? Antworte mir gefälligst, wenn ich mit dir –«

Weiter kommt er nicht. Jemand zerrt an meinem Arm und ich realisiere nach ein paar Sekunden, dass es nicht Russell ist – es ist Harley, der mich hinter seine breiten Schultern zieht. Meine Panik verschlimmert sich für einen Moment, denn jetzt steht er Russell gegenüber, *Russell!*, und der ist böser und gefährlicher als alle Männer, die ich je kannte.

Dann ertönt ein lautes, volles Klatschen und ich kneife die Augen zu. Mein Verstand ist im Widerstreit mit sich selbst. Da ist meine Erfahrung, die mir sagt, dass es unmöglich ist, sich gegen Russell durchzusetzen, dass gegen ihn nur die Flucht hilft, wenn man denn die Gelegenheit hat zu fliehen.

Und dann sind da die Bilder. Die Bilder aus der Kampfnacht im Ivory. Muskeln im perfekten Zusammenspiel miteinander, Kraft bedingt durch Kraft, gefährlich, aber wunderschön ...

Und im nächsten Augenblick schlägt etwas dumpf auf den Boden auf. Ich öffne die Augen. Harley steht immer noch vor mir, unüberwindbar wie ein Fels. Vorsichtig spähe ich an ihm vorbei und sehe Russell, der sich am Hausflurboden wälzt und sich stöhnend die Nase festhält.

»Steh auf«, fordert Harley.

Der Klang seiner Stimme hat sich verändert. Er klingt jetzt so eiskalt, wie seine Augen manchmal aussehen. Ich erschauere, aber nicht vor Angst, sondern weil meine Panik in sich zusammenschmilzt wie Eis in der Sonne. Ich stehe hinter Harley Jones und ich weiß schlagartig, dass er nicht nur der Unbesiegte ist, sondern dass ihn auch nichts und niemand je besiegen kann – und das fühlt sich so gut an, dass ich am liebsten laut lachen würde. Ich befinde mich keine zwei Meter von Russell entfernt und bin doch in absoluter Sicherheit.

Harley macht einen Schritt nach vorn. »Steh auf!«, fordert er noch mal, jetzt mir größerer Vehemenz.

Irgendwo weiter hinten auf dem Flur wird die Tür eines Nachbarn abgeschlossen. Klar, hier hält sich jeder aus den Angelegenheiten des anderen heraus. Wäre Harley nicht hier, wäre ich verloren.

Aber er ist hier.

Russell rappelt sich stöhnend auf, kommt dann wankend auf die Beine. Seine Nase schwillt bereits an. »Du verdammter Penner ... denkst wohl du kannst ...«

Weiter lässt ihn Harley nicht kommen. »Ich kann«, sagt er. »Und ich werde, wenn du dich auch nur noch ein einziges Mal in Megans Nähe verirrst.«

»Du kannst sie nicht 24 Stunden am Tag –«

Harley reicht es offensichtlich. Er schnellt vor, packt Russell am Kragen und donnert ihn so fest gegen die Wand des Flurs, dass das ganze Haus zu erzittern scheint. Und dann kracht seine Faust in Russells Rippengegend. Etwas knackt.

Ich verziehe das Gesicht, empfinde aber gleichzeitig eine unfassbare Genugtuung. Insgesamt sieben Rippenbrüche hatte ich diesem Kerl in meinem Leben schon zu verdanken.

Russell jault auf. »Du elender Scheißtyp!«

»Das waren zwei Rippen«, sagt Harley ruhig. »Wenn ich dich noch einmal in Megans Nähe sehe, dann werde ich es nicht dabei belassen. Dann breche ich dir was, das du dringender brauchst. Deine Arme vielleicht. Oder deine Beine. Oder beides. Und dann rufe ich die Bullen, zu denen ich zufälligerweise ziemlich gute Kontakte habe, und dann wanderst du in den Knast. Und auch dahin habe ich ziemlich gute Kontakte. Was glaubst du, was meine guten Kontakte im Knast mit dir machen würden, hm? Sie würden dich entweder überhaupt nicht mögen oder ein bisschen zu sehr, und glaub mir, du willst keins von beidem. Also verschwinde und lass dich hier nie wieder blicken. Klar?«

Russell antwortet nicht gleich. Ich kenne ihn. Er ist stur. Aber Harley verfügt über schlagende Argumente. Er holt aus …

Und Russell hebt plötzlich panisch die Hände. »Ich hab's kapiert, ich hab's kapiert!!«, ruft er.

»Das glaube ich dir nicht«, knurrt Harley.

»Ich werde gehen! Wenn es das ist, was Maggie wirklich will, dann werde ich gehen!« Er sieht mich an und mir wird beinahe schlecht bei seinem Blick. Sein Gesichtsausdruck ist eine Karikatur desjenigen, den er immer dann aufgesetzt hat, wenn er früher versucht hat, mich wieder rumzukriegen. Damals ist es ihm gelungen. Ich habe ihm seine Entschuldigungen und Ausflüchte viel zu häufig abgenommen. Aber damit ist es mittlerweile vorbei.

»Mein Name ist Megan«, sage ich. »Und nein, ich möchte nicht, dass du mich in Ruhe lässt.«

Ein Hauch von Triumph blitzt in Russells Augen auf.

Ich gönne ihm die paar Sekunden Hochgefühl. Dann sage ich: »Ich möchte, dass du mir weiter auf die Nerven gehst, damit Harley seine Kollegen anruft und du in den Knast wanderst. Und dann möchte ich, dass du dort an die übelsten Typen gerätst und sie für die nächsten paar Jahre genau das mit dir machen, was du mit mir gemacht hast. Also stell mir ruhig weiter nach. Mach nur. Du wirst schon sehen, was du davon hast.«

Russells Augen spiegeln deutlich seine Gefühle wider. Zorn, Hass, dann Furcht und Fassungslosigkeit. Er versteht, dass er verloren hat, auf ganzer Ebene. Frustriert reißt er sich von Harley los.

»Ich bin der Einzige, der dich je wirklich geliebt hat, Megan!«

Ich lache kurz und hart.

Russell presst sich die Hand auf die Rippen. Beinahe trotzig sieht er Harley an.

»Ich zähle bis 3«, sagt der.

»Du wirst mich nicht wie ein kleines Kind –«

»1.«

Russell starrt ihn an. Dann mich.

»2«, sagt Harley.

Und mein Ex kneift den Schwanz ein wie ein getretener Hund. Mit gesenktem Kopf, die Hand fest auf seine gebrochenen Rippen gedrückt, tritt er den Rückzug an.

Harley blickt ihm hinterher, unbewegt, aber zu allem bereit. Ich stehe in der Tür und kann gar nicht glauben, was ich da sehe. Russell hat verloren. Zum ersten Mal, seit wir uns kennen, ist er derjenige, der verletzt und gedemütigt aus einem Streit herausgeht.

Weder Harley noch ich rühren uns von der Stelle, ehe Russells Schritte im Treppenhaus verklungen sind und sich die Haustür hinter ihm geschlossen hat. Dann fällt die unfassbare Anspannung der letzten Minuten von mir ab und ich spüre, wie mir die Beine wegknicken. Harley ist blitzschnell bei mir und fängt mich auf. Ich sehe ihn an. Da sind sie wieder, die Eisaugen. Dieser Mann ist zu allem fähig und zu vielem bereit – aber er steht auf meiner Seite, und das fühlt sich unfassbar gut an.

»Du zitterst«, sagt er leise.

Ich will etwas erwidern, ihm versichern, dass alles okay ist, dass es mir gut geht, aber ich bringe in diesem Augenblick kein einziges Wort über die Lippen. In meinem Kopf wirbelt alles durcheinander – die Nachwehen des Entsetzens darüber, dass Russell hier aufgetaucht ist und darüber, dass er mich tatsächlich all die Monate beobachtet haben muss. Und die riesengroße Erleichterung darüber, dass diese Begegnung so und nicht anders verlaufen ist.

Aber das wäre sie, wenn Harley nicht hier gewesen wäre.

Dann hätte ich vollkommen arglos die Tür geöffnet, weil ich mit Ellie gerechnet habe und wäre jetzt ... was? Bewusstlos? Tot? Schwer verletzt und Russell hilflos ausgeliefert? Was hätte er mit mir gemacht? Mich in seinem Zorn tatsächlich umgebracht oder mich hier festgehalten und …

»Megan. Hey. Beruhig dich, es ist alles okay.«

Ich sehe Harley an und spüre jetzt auch selbst, wie sehr ich zittere. Kein Wunder, mir ist eiskalt und meine Beine kann ich kaum fühlen. Harley scheint es zu merken, denn er hebt mich mühelos hoch und trägt mich zum Sofa.

»Er ist weg«, sagt er, »und ich bin mir sicher, dass er auch so schnell nicht wiederkommt. Und falls er doch noch mal auftaucht, ehe du wegziehst, dann hast du ab sofort einen Türspion, eine Sicherheitskette und meine Nummer.«

Er setzt mich auf dem Sofa ab und reicht mir die Wolldecke, die zusammengefaltet über der Lehne liegt. Als ich keine Anstalten mache sie zu nehmen, legt er sie kurzerhand selbst über meine Beine und stopft sie ein wenig ruppig an den Seiten fest. Vielleicht ist es diese vollkommen normale Geste, die dafür sorgt, dass sich der Schock in meinem Inneren langsam löst.

Aber nur langsam. Denn das Alternativszenario – das, bei dem Harley nicht hier gewesen wäre – spukt immer noch in meinem Kopf herum.

»Harley«, höre ich mich selbst sagen.

Er sieht mich an, steht noch über mich gebeugt da. Sein Blick ist etwas wärmer als gerade.

»Bleibst … Würde es dir etwas ausmachen, heute Nacht hierzubleiben?«

Harley runzelt die Stirn. Mit dieser Frage scheint er nicht gerechnet zu haben und ich komme mir sogleich blöd vor, dass ich sie gestellt habe. Aber dass er bleibt, will ich trotzdem. »Natürlich nur, wenn du nichts

Wichtiges vorhast und du kannst auch das Bett haben, ich nehme das –«

»Meg.«

Ich verstumme.

Die Andeutung eines Grinsens huscht über Harleys Züge. »Das ist sehr großzügig, aber das Sofa reicht mir vollkommen.«

»Dann bleibst du?«, frage ich.

Er nickt. »Bis ich mit deinem Babywerkzeug die Fenstersicherungen angeschraubt habe, ist es sowieso mitten in der Nacht.«

Trotz meiner Anspannung muss ich lachen. Doch ich werde sogleich wieder ernst. »Danke«, flüstere ich, und wie automatisch hebt sich meine Hand und meine Finger streichen über seine Wange.

Harleys Haut fühlt sich kratzig an. Männlich. Seine Augen richten sich auf meine Hand. Wäre ich nicht so zurückhaltend, würde ich jetzt …

Aber stattdessen lasse ich die Hand sinken und lächle. »Während du dich mit meinem Babywerkzeug abmühst, schmeiße ich uns eine Pizza in den Ofen.«

»Aber verbrenn dir nicht die Finger.« Harley zwinkert mir zu, dann richtet er sich auf und geht zurück zu dem Karton, auf dem er das Werkzeug abgelegt hat.

Ich blicke ihm hinterher. »Schon passiert«, sage ich so leise, dass er es nicht hören kann. Aber ich befürchte, dass er es sowieso weiß.

Ich kenne Harley noch keine Woche und habe mir bereits mächtig die Finger an ihm verbrannt. Und trotzdem würde ich in diesem Moment nichts auf der Welt lieber tun, als ihm noch viel näher zu kommen.

Auch wenn das bedeuten würde, dass ich in dieser Hitze verglühe.

***

Es ist spät, als ich an diesem Abend ins Bett komme. Mitten in der Nacht eigentlich, doch anstatt müde zu sein fühle ich mich immer noch vollkommen aufgewühlt.

Russell war hier. Und Harley hat ihn verjagt ... Gestern noch hätte ich mir kaum vorstellen können, dass mal so etwas passiert. Zum einen, dass Russell tatsächlich hier, vor meiner Tür, auftaucht. Und zum anderen, dass jemand stark genug ist, um gegen ihn anzukommen. Er erschien mir immer so übermenschlich, aber vorhin kam er mir einfach nur armselig vor. Wer weiß, vielleicht habe ich mich all die Zeit in ihm getäuscht. Vielleicht hat er seine Wut nur an mir ausgelassen, weil er gegen einen anderen Mann sowieso nicht angekommen wäre.

Möglicherweise ist Harley aber auch einfach nur zu unmenschlich stark für einen Straßenschläger wie Russell.

Ich mache die Augen zu und erinnere mich daran, wie er meinen Ex niedergeschlagen hat, einfach so, mühelos. Und wie selbstsicher und sexy er dabei war. Der Unbesiegte. Kaum zu fassen, dass dieser Mann mit meinem pinken Werkzeug meine Wohnung abgesichert hat und jetzt auf meinem Sofa schläft.

Oder ist er vielleicht noch wach? Hat ihn der Kampf vielleicht ebenfalls aufgewühlt und er kann nicht schlafen?

Neugierig stehe ich auf und tappe zur Schlafzimmertür, um durchs Schlüsselloch zu schauen. Blöderweise
stolpere ich im Dunkeln über einen herumstehenden
Karton – das ist wieder mal typisch. Ich mache einen
ungelenken Schritt vorwärts und pralle dann mit der
Schulter gegen die Tür, Mist. Was, wenn ihn das jetzt
geweckt hat? Soll ich aus dem Schlafzimmer kommen
und so tun, als wollte ich zur Toilette oder so? Sonst
fällt ihm noch auf, dass ich hier stehe und ihn be-
spanne, und das wäre … na ja, wenig angenehm. Im Moment bin ich einfach nur zur Salzsäule erstarrt, halte
die Luft an und rühre mich kein Stück. Vielleicht habe
ich ja Glück und meine Kollision mit dem Holz war
nicht so heftig wie befürchtet. Scheint so. Zumindest
höre ich aus dem Wohnzimmer nicht den geringsten
Laut.

»Meg?«

Na fein. Ich kneife die Augen fest zu. Das habe ich mir
wohl so gedacht.

HARLEY

»Meg?« Ich stehe auf, dann sehe ich auf die Uhr. Es ist
fast zwei und eigentlich sollte die Wohnung still sein,
aber da war gerade ganz eindeutig ein Geräusch, irgendein Gepolter. Und es hörte sich an, als käme es aus
dem Schlafzimmer.

Sofort spielen sich hundert Szenarien vor meinem inneren Auge ab – so ist das nun einmal, wenn man mal

ein Cop war. Dieser Russell könnte zurückgekommen sein. Sich reingeschlichen haben ... Nein, unmöglich. Die Kette kann er nicht einfach so überwunden haben. Trotzdem kontrolliere ich die Wohnungstür. Alles in Ordnung.

»Megan?«, frage ich noch mal, während ich dasselbe mit dem Fenster tue. Eigentlich unwahrscheinlich, dass er einfach hier hinaufgeklettert kommt, aber Verrückte tun so manche Dinge, die alle anderen für unwahrscheinlich halten. Aber auch hier gibt es keine Auffälligkeiten. Ich gehe herüber zur Küchenzeile und sehe nach, ob sich dort jemand versteckt, nur zur Sicherheit. Wer weiß, ob sich dieser Stalker nicht längst einen Schlüssel hat nachmachen lassen. Damit könnte er, wenn er geschickt genug ist, die Kette durch die halb offene Tür zu lösen, unbemerkt in die Wohnung gekommen sein, sich hier irgendwo versteckt haben. Oder sich längst zu Megan ins Schlafzimmer geschlichen haben.

Ich wende mich der Tür zu, die am anderen Ende des großen Wohnraumes liegt, und bin etwas unschlüssig. Aber dann entscheide ich, dass ich nachsehen werde. Vermutlich schläft sie, sonst hätte sie sicher längst reagiert. Mit ziemlicher Sicherheit ist alles okay und falls nicht, ist es besser, ich finde es rechtzeitig heraus.

Also gut. Ich nähere mich der Schlafzimmertür. Eine Waffe brauche ich nicht, denn falls der Kerl da drin ist, werde ich ihn mit meinen bloßen Händen in Stücke reißen. Ich lausche, aber höre jetzt nichts mehr, nicht das leiseste Geräusch aus dem Zimmer. Das kann ein gutes oder ein schlechtes Zeichen sein.

Ich bleibe vor der Tür stehen, lege meine Hand auf den Griff und überlege, ob ich Megan vorwarnen sollte, dass ich jetzt reinkomme. Aber für den Fall, dass dieser Russell da ist, wäre das extrem unklug. Also drehe ich den Griff, ganz langsam, und dann öffne ich die Tür einen Spalt breit – und im nächsten Moment entdecke ich eine Gestalt keinen Meter von mir entfernt.

Zum Glück habe ich eine schnelle Auffassungsgabe, die mir binnen Sekunden klar macht, dass dieser Russell, wenn er hier wäre, wohl kaum in einem dünnen schwarzen Satinnachthemd auf mich warten würde. Es ist Megan, die da steht, und sie sieht mich an, als hätte ich sie soeben zum Karaoke überredet oder zu sonst einer peinlichen Geschichte.

»Harley«, sagt sie ein wenig gepresst und in einem gespielt überraschten Tonfall. Als wollte sie so tun, als hätte sie vergessen, dass ich hier bin. »Ich wollte mir … nur schnell ein Glas Milch holen … aus dem Kühlschrank«, sagt sie und deutet an mir vorbei. Keine Ahnung, warum sie wirklich hier steht, aber das eben war so ungefähr die schlechteste Schauspieleinlage, die ich je gesehen habe.

»Milch«, wiederhole ich und verschränke die Arme.

Megan nickt schnell, dann verzieht sie das Gesicht zu einem gequälten Lächeln. »Besser, man trinkt Milch, wenn man nicht schlafen kann … als Brandy, hm?«

»Ich trainiere, wenn ich nicht schlafen kann.«

»Oh«, sagt sie, dann sieht sie sich im Schlafzimmer um. »Ich könnte … Na ja, es ist wenig Platz hier. Zählt eine Kissenschlacht?«

Und im nächsten Moment wird sie so rot, als hätte sie jemand in Farbe getaucht. Das kann ich selbst hier im

Halbdunkel gut erkennen, denn etwas Licht scheint von draußen herein. Ich muss lachen, halte mich aber zurück. Vielleicht ist das gemein, aber mir gefallen ihre unbeholfenen Lügen. »Ich weiß ja nicht, Meg, aber wir sollten es vielleicht langsam angehen lassen. Eben bittest du mich noch, auf deinem Sofa zu schlafen und jetzt lädst du mich zu einer Kissenschlacht ein.« Während ich rede, mache ich einen Schritt auf sie zu und lasse die Arme sinken. Ich will nicht bedrohlich auf sie wirken. Davon hatte sie weiß Gott genug.

Sie sieht zu mir auf und etwas in ihren Augen verändert sich. Ihre Verlegenheit weicht ganz langsam etwas anderem. Etwas, das auch viel besser zu dem knappen schwarzen Etwas aus Spitze passt, das sie trägt.

»Oh, okay, wenn dir das zu schnell geht ...«, sagt sie leise und mit nur noch einem Hauch von Amüsement auf ihren roten Lippen. Geht sie geschminkt ins Bett? Ich glaube nicht, dass ich schon mal eine Frau gesehen habe, die von Natur aus so rote Lippen hat.

Ob sie weiß, wie schön sie ist?

»Wenn mir das zu schnell geht, dann was?«, frage ich und komme noch ein Stückchen näher.

Megan weicht nicht zurück. Noch immer sieht sie mich an und noch immer erkenne ich keine Scheu in ihren Augen. »Sag du es mir«, erwidert sie leise.

Ich erwidere ihren Blick. Dann hebe ich die Hände, umfasse ihre schmalen Hüften und ziehe sie an mich. Sie lässt es geschehen und etwas an ihr wirkt, als hätte sie nur darauf gewartet. Ihre Hände landen auf meinen Oberarmen, ihre Finger fahren unter die Ärmel meines Shirts, das ich, genau wie die Jeans, für den Ernstfall beim Schlafen gleich angelassen habe. Ich kenne das.

Die meisten Frauen, denen ich näher komme, haben es auf meinen trainierten Körper abgesehen. Wie oft mir schon vorgeschlagen wurde, dass ich lieber als Stripper anfangen soll, weil die Frauenwelt dann mehr davon hätte, kann ich an zwei Händen nicht mehr abzählen. Dennoch kommt mir die ganze Sache bei Megan anders vor – vielleicht, weil ich weiß, dass ein Mann, der andere in ihre Schranken zu weisen versteht für sie mehr bedeutet als nur einen attraktiven Körper.

»Du fühlst dich gut an«, sagt sie leise.

»Bei dir bin ich mir noch nicht sicher«, erwidere ich scherzhaft, dann lasse ich meine Finger über den glatten Stoff ihres Nachthemds nach hinten wandern, zu ihrem Po. »Ich muss mir das erstmal genauer ansehen ...« Ich streiche hinunter zu ihren Schenkeln, und dann lasse ich meine Finger unter das Satin gleiten, über ihre samtige Haut.

Megan erschauert. »Und ...?«, fragt sie leise und nicht mehr ganz so herausfordernd. »Zufrieden ...?«

Ich gebe ihr keine Antwort, zumindest nicht in Worten. Stattdessen beuge ich mich zu ihr hinunter, meine Lippen finden ihre und ich küsse sie.

Megan erwidert meinen Kuss auf der Stelle und viel leidenschaftlicher, als ich erwartet hatte. Wieder einmal beschleicht mich der Verdacht, dass sich unter ihrer Oberfläche eine ganz andere Frau versteckt. Eine Frau, bei der es lange gedauert hat, bis dieser Pisser von Russell sie gebrochen hatte, und die jetzt langsam wieder zum Vorschein kommt.

Sie bestätigt meinen Verdacht, indem sie meinen Kragen mit beiden Händen packt und mich mit sich zieht, wobei sie ein paar Schritte rückwärts macht. Richtung

Bett. Ich verstehe ziemlich gut, was sie mir damit sagen will und wehre mich nicht, als sie mich mit sich auf die Matratze zieht. Dann ist es aber auch genug damit, dass sie den Ton angibt – zumindest scheint ein Teil von mir es so zu sehen, denn als ich erst über ihr bin, höre ich auf sie zu küssen und wende mich ihrem Körper zu. Ich lasse meine Lippen über ihren Hals gleiten und spüre, wie schnell ihr Puls geht. Ich fahre mit der Zunge über ihr Schlüsselbein, hinab zum Ansatz ihrer Brüste, und spüre ihre tiefen, schweren Atemzüge. Dann halte ich inne und schaue kurz zu ihr auf.

»Du musst nicht vorsichtig sein«, haucht sie.

Ich glaube ihr. Sie wirkt alles andere als ängstlich in diesem Moment. Also greife ich nach dem Saum ihres Nachthemdes und streife es ihr, als sie den Oberkörper leicht anhebt, vom Leib.

Nun liegt sie so gut wie nackt vor mir. Ihr dünner, ebenfalls schwarzer Slip zeigt mehr, als er verhüllt, doch was meinen Blick als Allererstes auf sich zieht, sind ihre nackten, makellosen Brüste. Eine leichte Gänsehaut überzieht sie und ihre Nippel sind bereits hart, recken sich mir erwartungsvoll entgegen. Keine Ahnung, wann ich eine Frau zuletzt so sehr begehrt habe. Megan Clark ist zu einem Zeitpunkt in mein Leben getreten, zu dem ich sie eigentlich gar nicht gebrauchen kann und noch dazu auf eine Art und Weise, mit der ich nie gerechnet hätte. Sie ist kein Groupie. Keine dieser Frauen, die sich etwas beweisen wollen, indem sie mit harten Typen ins Bett gehen. Sie wirkt unglaublich echt, und genau das macht mich an ihr an.

Ich beuge mich über sie, umfasse ihre rechte Brust mit einer Hand und widme mich der linken mit meinen

Lippen. Ich umschließe ihre Brustwarze, sauge sanft daran und spüre, wie sich Megans Körper unter mir leicht aufbäumt. Ich will mehr davon, will deutlicher spüren, wie sie auf mich reagiert und beiße ganz sacht zu. Megan stöhnt leise, ihre Finger krallen sich in mein Haar. Hätte sie mir keine Entwarnung gegeben, hätte ich sie deutlich sanfter behandelt, aber sie scheint es zu mögen, wenn man sie nicht mit Samthandschuhen anfasst. Ich umfasse ihre rechte Brust fester, drücke ein wenig zu, spüre ihre weiche Haut unter meinen Fingern und will sie am liebsten noch viel dichter an mir spüren. Als hätte sie meine Gedanken gelesen, packt sie in diesem Moment mein Shirt und zieht es mir aus. Dann wandern ihre Finger meinen Rücken hinab und gleiten, während ich mich weiter ihren Brüsten widme, unter den Saum meiner Jeans. Ich spüre ein Ziehen in der Leistengegend und kann nicht länger ignorieren, dass ich mehr von ihr will als nur ein bisschen rummachen – viel mehr. Ich lasse meine Zunge um ihre Brustwarze kreisen und massiere ihre Brust auf der anderen Seite, genieße es, wie sie sich unter mir windet und nutze schließlich, kaum dass sie meine Hose geöffnet und ein Stück nach unten geschoben hat, die Gelegenheit, mein Becken zwischen ihre Schenkel zu schieben. Sofort spüre ich ihre feuchte Wärme durch den dünnen Stoff unserer Unterwäsche. Ihre Mitte pulsiert und sie scheint es, genau wie ich, kaum erwarten zu können, dass wir endlich den letzten Schritt gehen.

»Mein Portemonnaie«, sage ich atemlos und hoffe sie versteht, was ich meine.

Eine Sekunde lang sieht sie mich blinzelnd an, dann überzieht ein Grinsen ihre Lippen und sie greift in die

Hintertasche meiner Hose, zieht das Portemonnaie hervor.

»All dein Geld und deine Kreditkarten ist dir das hier also wert ...«, sagt sie und öffnet spielerisch die Fächer.

»Meinen Autoschlüssel kannst du auch noch haben«, erwidere ich und drücke ihr einen Kuss auf den Hals.

Megan lacht leise, dann zieht sie endlich ein Kondom hervor und legt das Portemonnaie dann auf ihren Nachttisch, der wie fast alle Möbel hier aus einem Karton besteht. Sie hält es mir hin und sieht mir dabei direkt in die Augen.

»Wenn wir's tun«, flüstert sie, »dann will ich, dass du die Sache mit Russell vergisst.« Sie beißt sich auf die Lippe und fährt dann fort. »Ich bin nicht aus Zucker, Harley ...«

Sie ahnt gar nicht, welche Wirkung ihre Worte auf mich haben. Das muss sie mir sicher nicht zweimal sagen. Ich nicke, dann beuge ich mich zu ihr hinunter und küsse sie leidenschaftlicher denn je, während ich mir das Gummi überstreife und sie mit einer fahrigen Bewegung nachhilft. Anschließend zieht sie mich enger an sich, wieder zwischen ihre Schenkel, und ich ziehe ihr den Slip herunter. Dann spüre ich, wie sie erwartungsvoll die Luft anhält. Ich packe ihre Beine, drücke sie auseinander, weil ich will, dass sie mich intensiv spüren kann. Dann bin ich derjenige, der ihr fest in die Augen sieht, während ich langsam aber tief in sie eindringe.

Megan scheint Probleme mit dem Luftholen zu haben. Einen Moment lang liegt sie nur mit geöffneten Lippen da, dann stöhnt sie leise, genüsslich und beinahe schmerzhaft. Ich sehe sie immer noch an, während ich mich in ihr zu bewegen beginne. Sie fühlt sich unfassbar gut an, eng, als wäre jeder Muskel in ihrem Unterleib aufs Äußerste gespannt.

Ich stoße sie heftig. Sie erwidert meine Stöße, soweit es ihr möglich ist. Ihre Hände krallen sich in meinen Hintern, scheinen meinen Bewegungen genau nachspüren zu wollen. Wieder küssen wir uns, lange und atemlos, und ich halte Megans Schenkel fest, dicht gegen meine Lenden gepresst, sodass sie keine Chance hat, mir zu entkommen.

Wir spielen dieses Spiel eine Weile, schaukeln uns gegenseitig hoch, bis ich das Gefühl habe, meine gesamte Kraft in jeden meiner Stöße zu legen und ihr damit endlich das zu geben, was sie will. Ihre Nägel graben sich in meine Haut, sie spannt sich unter meinen Händen und um meine Härte herum an. Das gibt mir den Rest. Mit einer Heftigkeit, die ich lange nicht gespürt habe, ergieße ich mich in sie und spüre, wie ihr Leib rhythmisch zu zucken beginnt. Eine ganze Zeitlang rühre ich mich nicht, fühle ihrem Höhepunkt und meinem eigenen nach. Dann sinke ich über ihr zusammen, drehe mich dabei jedoch leicht mit ihr auf die Seite, damit ich sie nicht einfach zerquetsche.

Megan sieht mich an. Ihre Augen sind glasig, ihre Wangen sind rot.

»Das war ...«, sagt sie, aber sie redet nicht weiter.

Und das muss sie auch nicht.

Kapitel 9

Oh mein Gott – das ist mein erster Gedanke, als ich aufwache. Ich spüre Harleys perfekten Körper dicht an meinem, seine Arme, die um mich geschlungen sind und mich festhalten, seine ruhigen, gleichmäßigen Atemzüge.

Die vergangene Nacht war unglaublich, und das empfinde ich nicht nur so, weil ich seit Russell keinen Sex hatte. Der Sex mit Harley war nicht einfach nur das erste Mal seit langem für meinen ausgehungerten Körper, sondern er war fantastisch. Wie nah wir uns waren ... wie echt sich das alles angefühlt hat.

Apropos echt, denke ich und sofort erfasst mich das schlechte Gewissen. Von wegen echt.

Vorsichtig drehe ich mich in Harleys Armen und stelle dabei fest, dass ich immer noch nackt bin, genau wie er. Es blieb nicht bei dem einen Mal Sex vergangene Nacht. Wir sind uns so unfassbar nah gekommen, dass mir allein der Gedanke daran, weshalb wir uns überhaupt so nah kommen konnten, auf einmal die Kehle zuschnürt.

Wegen einer Lüge. Weil Harley denkt, ich wäre seine neue PR-Frau. Weil er keine Ahnung hat, dass ich eigentlich klammheimlich Informationen über ihn sammle.

Was werde ich in meine Reportage schreiben?

Harley Jones ist ein Held, er hat meinen gewalttätigen Ex in die Flucht geschlagen, ohne mit der Wimper zu zucken. Er ist der Fels, hinter dem ich mich im richtigen Moment verstecken konnte. Er hat mich zum Lachen gebracht, als ich glaubte, innerlich zu zerbersten. Und als er nachts in mein Schlafzimmer kam ...

Nein, anders.

Harley Jones ist nicht der Kerl, für den alle Welt ihn hält. Er war mal ein Cop und ich glaube, dass er das im Grunde seines Herzens immer noch ist. Ein anständiger Mann, der einfach nur vom rechten Weg abgekommen ist. Und der zum Teufel noch mal weiß, wie er eine Frau zu behandeln hat – in jeder Hinsicht.

Meine Güte! Mir wird auf einmal ganz schlecht wenn ich daran denke, dass ich über ihn werde schreiben müssen. Doch da ich, wie ich von früher weiß, eine Meisterin der Selbstverleugnung bin, gelingt es mir auch in diesem Moment, die Zukunft einfach von mir zu schieben.

Ich betrachte sein Gesicht. Er sieht selbst nach dieser anstrengenden Nacht einfach unfassbar gut aus. Seine dunklen Brauen, die dichten Wimpern, der trotzige Zug um seine Lippen ...

Wenigstens sind seine eisblauen Augen noch zu, sonst würde ich vermutlich einfach dahinschmelzen.

Ich lächle und hauche ihm einen Kuss auf die Wange, dann winde ich mich behutsam aus seiner Umarmung und stehe auf. Mein Nachthemd entdecke ich auf dem Boden – keine Ahnung mehr, wann und wie genau ich es verloren habe. Ich schnappe mir meinen Bademantel vom Haken an der Tür und ziehe ihn über, dann schlüpfe ich aus dem Schlafzimmer und atme erst einmal tief durch. Einen Morgen wie diesen hatte ich lange nicht mehr – einen Morgen mit einem Mann in meiner Wohnung, einem, der mich nervös macht, und zwar aus ganz anderen Gründen als Russell. Am liebsten würde ich direkt wieder zu ihm ins Bett kriechen, und das gar nicht, um noch mal Sex mit ihm zu haben, sondern um einfach nur mit ihm dazuliegen und seine Nähe zu genießen. Seine Tattoos zum Beispiel, die hätte ich mir endlich aus der Nähe ansehen sollen. Wer weiß, wann ich das nächste Mal die Gelegenheit dazu bekomme? Beim Training kann ich ja wohl kaum auf Tuchfühlung gehen.

Aber ich kann nicht einfach zurück ins Bett. Ich hab was zu tun. Es ist schließlich kein Wochenende, sondern ein Arbeitstag wie jeder andere, und Luigi wird bald die ersten Ergebnisse von mir fordern. Also brühe ich einen starken Kaffee auf, dann setze ich mich an den Schreibtisch und fahre meinen Laptop hoch. Während ich an dem dunklen Gebräu nippe, checke ich meine Mails und stelle erleichtert fest, dass der Webdesigner ziemlich schnell gewesen ist. Er hat mir ein paar Entwürfe zugeschickt und eine Anleitung, wie ich sie öffnen muss. Zwei, drei Downloads, dann baut sich in meinem Browser eine Seite auf, die richtig professionell aussieht. Die Fotos, die ich von Harley gemacht habe, sind perfekt eingearbeitet, halbtransparent im Hintergrund, aber stets so, dass der Blick darauf fällt. Mehrere Unterseiten sind schon fertig – seine Biografie, seine Kampfstatistik, seine nächsten Termine. Ich rufe die Biografie auf. Der Designer hat den Text in einer leicht reißerischen, aber noch gut lesbaren Schrift eingefügt.

Harley Jones wurde am 04. Januar 1982 in Chicago geboren. Mit dem Kampfsport kam er bereits in jungem Alter in Kontakt – durch seinen Vater, einst selbst Stadtmeister im Boxen. Jones erschien eine Karriere als reiner Boxer aber nicht erstrebenswert. Er wollte mehr, von Anfang an. Also …

Ich höre die Schlafzimmertür und erstarre, während sich mein Puls von jetzt auf gleich ins Unermessliche steigert. Was hat dieser Mann nur für eine Wirkung auf mich? Sicher spielt da auch der Kaffee mit rein. Ich sehe in meine Tasse. Noch so gut wie voll – die Ausrede ist also ziemlich lahm.

»Ich hatte woanders mit dir gerechnet«, sagt Harley hinter mir.

Gegen meinen Willen muss ich grinsen. Allein seine Stimme jagt Schauer über meinen Körper. »Im Bett vermutlich«, sage ich.

»Kluges Mädchen.«

Ich beiße mir auf die Lippe. »Weißt du, ich kann ja nicht bis in alle Ewigkeit schlafen …«, sage ich gespielt ahnungslos.

Dann höre ich Harley schnaubend lachen. »Schlafen, klar.«

»Was denn sonst?«, frage ich, drehe mich in meinem Stuhl zu ihm um und stelle halb erschrocken fest, dass er näher gekommen ist. Er kann sich für seine Statur verdammt lautlos bewegen. Ich sehe an ihm hinauf. Er trägt nur seinen Slip. Seine Tätowierungen fallen mir ins Auge. Ich könnte ja jetzt …

»Das hättest du rausfinden können, aber dafür ist es jetzt zu spät.«

Nun bin ich diejenige, die lacht. Von wegen. Als würde er es einfach so gut sein und mich am PC sitzen lassen. So einer ist er nicht, das weiß ich seit letzter Nacht ziemlich genau. Aber es schadet bestimmt nicht, ein bisschen nachzuhelfen.

Also stehe ich auf und lockere den Gürtel meines Morgenmantels ein wenig. »Schade, schade ...«

Harley fackelt nicht lange. Er packt meine Hüften und dreht mich wieder zum Schreibtisch, drängt mich mit dem Becken dagegen und sich ganz dicht hinter mich. »Du wolltest doch arbeiten«, sagt er leise, dann saugt er spielerisch an meinem Hals. »An dieser idiotischen Webseite ...« Seine Lippen wandern hinab zu meiner Halsbeuge.

»Die ist nicht idiotisch«, flüstere ich atemlos. »Die ist über einen Mann, der ...«

»Der?«, fragt er nach und ich spüre, wie seine Härte gegen meinen Hintern drückt.

Du lieber Himmel. Auf einmal fällt es mir schwer, klare Sätze zu bilden. Sätze mit einer anderen Aussage als ›Du kannst mich haben, zu jeder Tageszeit, für immer‹.

Es ist nicht nur die Tatsache, dass er mich so unglaublich anmacht, sondern auch die Art und Weise, wie ich mich bei ihm fühle. Ich habe das Gefühl, in seiner Nähe endlich wieder ich sein zu können, als wäre er ein lange verloren geglaubter Kompass.

Und irgendwie kommt es mir vor, als wäre das bei ihm nicht viel anders. Harley, der Cop. Harley, der anständige Kerl – das ist was anderes als Harley, der Schläger.

Ich drehe mich zu ihm um und küsse ihn, lange und voller Leidenschaft und ich hoffe, er spürt, dass – egal, was die Zukunft bringt – dieser Kuss alles andere als Show, als eine Lüge ist. Ich hoffe, er versteht einfach, was ich ihm damit zu sagen versuche. Ich löse meine Lippen von seinen, lehne meine Stirn an seine, mache die Augen zu.

»Harley ...«

Keine Ahnung, was ich weiter sagen soll. Wie ich ihm erklären soll, was ich in diesem Augenblick empfinde, ohne zu viel zu verraten.

»Ich weiß«, sagt er leise, ehe ich auch nur den Mund aufmache. »Schon okay.«

Und ich weiß, dass er mir die Wahrheit sagt, dass es ihm genauso geht wie mir, und nichts auf der Welt könnte sich in diesem Moment besser anfühlen.

»Ich muss bald zum Training«, sagt Harley und küsst mich dann ein weiteres Mal. »Kann ich bei dir duschen?«

Ich nicke, vergrabe meine Hand in seinem Haar und habe nicht vor, ihn so bald gehen zu lassen. Und Harley scheint die Sache ähnlich zu sehen.

»Gut«, sagt er leise, dann hebt er mich mühelos hoch und trägt mich Richtung Badezimmer.

Ein heftiges Kribbeln durchfährt meinen gesamten Körper und ich leiste nicht das geringste bisschen Widerstand. Er kann mich mit sich nehmen, wohin auch

immer er will ... und mit mir machen, was immer er
will.

Und genau das tut er, kaum dass das Wasser aus dem
Duschkopf auf uns herunterprasselt.

***

Die Treppen hoch zum Büro erscheinen mir heute
viel kürzer als sonst. Sie fallen mir, obwohl ich noch immer ein wenig angeschlagen bin, leichter. Sowieso
scheint heute alles einfacher zu sein. Der Erinnerungen
an Russell ist nicht so düster und der Gedanke an seinen Besuch nicht so furchteinflößend. Alles wird über-
lagert von Harley, von seinen Küssen und seinem Lächeln. Ich habe das Gefühl, dass mir mit ihm an meiner
Seite einfach nichts mehr passieren kann.

Ich strahle ein bisschen zu sehr, als ich das Groß-
raumbüro betrete und jeden Kollegen, dessen Box auf
dem Weg zu meiner liegt, einzeln begrüße. Es fühlt sich
an, als würde ich durch die Reihen schweben. In meinem Abteil angekommen, erwartet mich Ellie bereits.
Ihr Gesichtsausdruck ist finster und raubt mir sogleich
etwas von meiner guten Laune.

»Wir müssen reden«, verlangt sie.

»Ist was passiert?« Ich lehne mich an die riesige Fensterfront und spüre sie eisig in meinem Rücken.

»Ich hab dich gestern Abend beobachtet.«

Ich muss lachen. »Das macht doch nichts. Ich –«

»Ich hab auch nicht vor, mich dafür zu entschuldigen.« Wie ein Mafiapate legt sie die Fingerspitzen anei-
nander und mustert mich. »Du hattest Polizeibesuch.«

Plötzlich bekomme ich das Gefühl mich rechtfertigen zu müssen. Als wären wir hier wirklich bei der Mafia. »Ich habe meine Wohnung sichern lassen. Gegen Einbrüche, weil ich dachte –«

»Ich weiß. Ich habe einen riesigen Schreck gekriegt, als ich den Cop gesehen habe, und bin sofort zu dir rauf. Durch die Tür habe ich dann aber gehört, wie er dir nur erklärt, dass du ein Sicherheitsschloss brauchst und ich war erstmal beruhigt.« Ihr Gesichtsausdruck straft ihre Worte Lügen. Sie wirkt alles andere als beruhigt. Als sie weiterspricht, verstehe ich auch, wieso. »Bis dieser andere Kerl bei dir aufgetaucht ist.«

»Harley«, sage ich und alleine beim Klang seines Namens macht sich ein warmes Gefühl in mir breit.

»Der Käfigschläger.«

»Er ist ...«

»Er ist nicht wieder gegangen gestern. Sein Auto stand heute Morgen noch vor der Tür.« Ellie schüttelt den Kopf, ihre Stimme wird ein bisschen weicher. »Sorry, Meg, ich bin nicht deine Mom. Es steht mir nicht zu dich zu kontrollieren oder dir Vorhaltungen zu machen, aber ich tu es trotzdem. Weil ich mir Sorgen um dich mache. Ich weiß nicht, in was du da gerade reingerätst, aber ich möchte, dass damit Schluss ist. Du musst dir nichts beweisen. Weder dir noch Brad, deinen Eltern, uns oder sonst wem. Wir wissen alle, was du durchgemacht hast und es wird nicht besser dadurch, dass du dir den ... den nächsten Mann nimmst, der nicht gut für dich ist.«

Ich schlucke hart. Und ich schweige. Denn alles, was ich jetzt sagen könnte, würde sowieso nur nach Ausreden und Schutzbehauptungen klingen.

»Ich will nicht, dass du unglücklich bist, Megan. Und ich glaube, dieser Harley könnte dich sehr, sehr unglücklich machen.«

»Er ist anders.« Ich sehe sie an.

»Natürlich ist er anders. Er ist schlimmer!« Ellie steht auf und kommt ein paar Schritte auf mich zu. »Megan ...«

»Er ist ... Er ist wirklich so ganz anders als Russell. Er ist selbstbewusst, ohne diese überspielten Selbstzweifel, die Russell immer mit sich rumgeschleppt hat. Er ist sich seiner Stärke und Überlegenheit bewusst, ohne sie mir am eigenen Leib demonstrieren zu müssen. Er kann über sich selbst lachen und er beschützt mich, ohne diese besitzergreifende, krankhafte Eifersucht. Er ...«

»Meg.« Ellie legt mir die Hände auf die Schultern und schüttelt mich. »Hörst du dir eigentlich selbst zu? Was soll das zwischen euch werden? Die große Liebe auf Zeit? Ein kurzes Wintermärchen? Wenn ich dich richtig verstehe, dann willst du bald die Stadt verlassen. Oder ist das hinfällig, weil du jetzt einen stärkeren Schläger an deiner Seite hast als zuvor? Einen, der den anderen Schläger locker umhauen kann? Vorgestern noch bist du beim Lesen einer einfachen Nachricht in Ohnmacht gefallen! Und jetzt willst du es plötzlich mit einem MMA-Fighter versuchen?!«

Oh Mann. So wie sie es sagt, klingt das alles vollkommen verrückt. Wenn sie doch nur in mich reinschauen könnte. Meine Gefühle ... Nein. Sie hat Recht. Ich sollte keine Gefühle für ihn haben.

Tz, sagt meine boshafte innere Stimme, als hättest du das nicht längst! Denk an diesen Kuss vorhin ...

Aber war das nicht schon eine Art Abschiedskuss? Ein Kuss, bei dem mir vollkommen klar war, dass das mit uns nichts Dauerhaftes sein kann? Und wenn mir diese Vorstellung schon jetzt Bauchschmerzen bereitet, wie soll es dann in eine paar Wochen sein? Wenn ich mich erst mal ernsthaft in Harley verliebe, dann wird es die Hölle werden, diese Reportage zu veröffentlichen und dann einfach abzuhauen.

Also muss ich mich zusammenreißen. Ab sofort.

»Wir haben nur unseren Spaß, Ellie, mehr nicht. Ich empfinde nichts für ihn – nicht mehr als Schwärmerei – und ich glaube, dass es ihm ähnlich geht. Das gestern Abend hat sich so ergeben und es war nicht besonders professionell, aber es war auch nichts weiter dabei.« Ich spiele meinen letzten Trumpf aus, auch wenn ich mir mies dabei vorkomme. »Außerdem solltest du froh sein, dass Harley gestern da war, denn Russell ist auch noch aufgetaucht.«

Ellie öffnet den Mund, klappt ihn dann aber wortlos wieder zu. Sie schüttelt den Kopf und wirkt fassungslos. »Wieso habe ich ihn nicht ...?«, beginnt sie schließlich, unterbricht sich aber sofort wieder selber.

»Es war spät und du kannst nicht immer auf mich aufpassen, Ellie. Das verlange ich doch auch gar nicht. Harley hat ihn erwischt und ... na ja. Ich glaube, so schnell taucht Russell nicht mehr bei mir auf.«

»Habt ihr die Polizei gerufen?«

Ich schüttle den Kopf.

»Megan!«

»Was hätten wir denn sage sollen? Dass er vor meiner Tür stand? Das ist doch nicht verboten. So wie Harley ihn zugerichtet hat, hätte er nur Ärger bekommen und

Russell hätte womöglich auch noch Schmerzensgeld gekriegt. Harley wäre vielleicht seine Zulassung losgeworden und ...«

»Wie das alles klingt.« Ellie macht ein paar Schritte durch den Raum, sie wirkt erschüttert. »Süße«, sagt sie schließlich und sieht mich an. »Es kann nicht sein, dass du Russell weiterhin schützt. Du musst ihn anzeigen für das, was er dir angetan hat.«

»Das ist jetzt zu spät. Ich hab doch gar keine Beweise.«

Ellie schüttelt wieder den Kopf. »Ein Albtraum. Ich dachte, dein Ex blufft nur. Dass er wirklich bei dir auftaucht.« Sie wischt sich mit den Händen durchs Gesicht. »Also schön«, seufzt sie. »Dieser Harley soll von mir aus weiterhin deinen Bodyguard spielen, bis du den Job in San Diego hast. Aber versprich mir, wenn Russell das nächste Mal auftaucht, dann ruft ihr die Polizei. Und wenn Harley sich auch nur irgendwie seltsam benimmt, dann rufst du erst die Polizei und dann mich an.«

Ich versuche ein Lächeln. »Abgemacht.«

Ellie hält mir die Hand hin und ich schlage ein.

Ich kann nur hoffen, dass ich hier keinen ganz großen Fehler mache. Dass Harley wirklich der ist, für den ich ihn halte und dass ich unverfänglichen Spaß haben kann und mich dann, wenn ich den neuen Job habe, problemlos von ihm werde trennen können.

Seit ich das Büro verlassen habe, kreisen meine Gedanken nur noch um Harley. Doch anders als vorhin sind es keine schönen Gedanken. Das hat nichts mit Ellies kleinem Vortrag zu tun, eher im Gegenteil. Ich halte Harley, anders als sie, nicht für einen schlechten Kerl und genau das ist das Problem.

Was ist, wenn er eben nicht nur auf unverfängliche Spaß aus ist, sondern auf mehr?

Ich setze mich im Park vor der Redaktion auf eine Bank, doch anders als sonst in meinen Pausen habe ich keinen Blick für die Leute um mich herum, die bunten Herbstblätter und die herumtollenden Hunde.

Wieso muss es so kompliziert sein?

Wenn ich ehrlich bin, dann hat der Sex alles nur noch schlimmer gemacht. Mit einem Mal hat mich mein schlechtes Gewissen überrollt wie eine Welle. Dieser Mann – dieser *Traummann* – scheint mich zu mögen, zu begehren, er scheint mir zu vertrauen. Und was mache ich? Hintergehe ihn für meine Karriere.

Nein, nicht für meine Karriere, zumindest nicht, wenn man genauer hinsieht. Eigentlich tue ich es für meine Sicherheit. Für ein neues Leben, weit weg von hier. Weit weg von Russell.

Wenn man genauer hinsieht, dann ist es so. Wenn man allerdings nur die offensichtlichen Tatsachen betrachtet, dann hintergehe ich Harley und spioniere ihn für den perfekten Artikel aus. Wenn er das erfährt …

Mein Magen zieht sich zusammen, als würde ich mit 100 Stundenkilometern den Berg der steilsten Achterbahn der Welt hinunter rasen.

Er darf es nie, niemals erfahren! Es würde ihm das Herz brechen und er würde sicher unheimlich wütend werden und –

Schluss.

Du bist zu theatralisch, Megan. Wieso sollte ihm die Wahrheit das Herz brechen? Hast du Ellie nicht gerade eben noch erklärt, dass ihr zwei nur unverfänglichen Spaß hattet?

Doch, genau das habe ich. Um sie zu beruhigen – wird mir jetzt klar. Ich wollte ihr damit klarmachen, dass ich genau weiß, was ich tue. Dass ich gefestigt bin und nicht verletzt werden kann. Dass ich die Konsequenzen kenne. Aber kenne ich sie wirklich? Eigentlich stolpere ich da gerade blindlings in etwas hinein, das keine Zukunft hat. Bald bin ich an der Westküste und dann werde ich Harley nie wiedersehen. Wie soll ich diese Sache, die gerade mal zwischen uns beginnt, beenden?

Schmerzhaft wird mir klar, dass ich das wohl nicht werde tun müssen. Sobald er den Artikel liest, mit meinem Namen darunter, wird ihm alles klar werden. Und dann? Das ›und dann‹ kann mir egal sein, denn wenn er alles erfährt, bin ich hoffentlich schon weit weg und muss mich der Situation nicht mehr stellen.

Das ist so feige.

Aber was ist die Alternative?

Mich mein restliches Leben lang von Russell terrorisieren lassen und in Angst leben? Harleys Attacke wird ihn nicht für immer von mir fernhalten.

Nein. Harley ist die Alternative, wird mir sofort klar. Er gibt mir Sicherheit und er wird niemals zulassen, dass mir etwas passiert. Der Gedanke daran lässt Russell gleich viel weniger gefährlich wirken. Vielleicht gibt es für mich doch eine Möglichkeit, in Chicago zu leben.

Aber dafür müsste ich Harley die Wahrheit sagen. Es würde peinlich werden, doch er würde es verstehen, da bin ich mir sicher. Noch ist nicht viel passiert. Ich habe keine intimen Details veröffentlicht, habe lediglich ein paar Fotos im Gym geschossen. Er würde vielleicht schockiert sein, vielleicht enttäuscht, aber er würde meine Entscheidung nachvollziehen können und meine Ehrlichkeit honorieren. Nachdem seine erste Wut verraucht wäre, würde er mir verzeihen und dann würde alles gut werden. Ich müsste ihm nur alles gestehen und –

Wieder grätschen meine negativen Gedanken in diesen Hoffnungsschimmer. Was ist, wenn ich mit meiner kleinen Ausrede Recht habe und das zwischen uns wirklich nicht mehr als nur unverfänglicher Spaß war?

Dann würde ich ihm offenbaren, dass mich mein Boss auf ihn angesetzt hat und würde ihm von meinen Gefühlen erzählen und davon, dass ich auf eine Zukunft mit ihm hoffe. Und er würde mich auslachen und mir erklären, dass ich da etwas gründlich falsch verstanden habe.

Und dann würde ich da stehen. Ohne Harley. Ohne neuen Job. Ohne Aussicht auf ein Leben in Sicherheit. Wenn es ganz hart kommt, dann wirft Cooper mich raus und ich lande auf der Straße.

Harley die Wahrheit sagen fällt also schon mal komplett raus. Am besten ich stehe auf und renne. Renne ganz weit weg. Bis in die Wüste am besten und dort vergrabe ich mich dann im Sand.

Ha ha. Deine Ideen sind wirklich die Besten, Meg.

Wie auf ein Zeichen schellt in diesem Augenblick mein Handy. Hektisch krame ich es aus der Tasche und hätte es beinahe vor lauter Schreck fallen lassen, als ich sehe, dass die Nachricht von Harley ist.

Doch dann macht mein Herz vor Freude einen Satz. Mit zittrigen Fingern rufe ich die Nachricht auf.

Ich lese die Nachricht drei, vier, fünf Mal, bis ich ihren Inhalt erfasst habe. Harley will mich wiedersehen. Zwar in seinem Gym, aber es klingt nach einer privaten Verabredung.

Dann haben wir Ruhe ...

Ich freue mich wahnsinnig darauf, ihn wiederzusehen.

Aber Kampftraining? Vielleicht interpretiere ich in die Nachricht gleich wieder zu viel rein und er will mich nur treffen, um mich im Kampf zu schulen, damit ich ihn in Zukunft nicht mehr brauche, um mich gegen Russell zu wehren. Mist. Ich sollte nicht immer so negativ sein. Andererseits, so ist mir ja gerade klar geworden, hat es keinen Sinn, sich irgendwelche Hoffnungen zu machen. Die Situation zwischen Harley und mir ist aussichtslos und ich sollte versuchen, keine Gefühle zu investieren. Ganz so, wie ich es Ellie gesagt habe. Wir zwei haben ein bisschen Spaß, dann erscheint mein Artikel und ich ziehe um. Harley, der ebenfalls keine Gefühle investiert hat, ist natürlich nicht erfreut über die Reportage, aber für ihn bricht auch keine Welt zusammen. Russell kann mich in Chicago suchen, bis er schwarz wird und alles ist gut.

Das klingt alles soweit nach einem halbwegs sauberen Abschluss.

Trotzdem fühle ich mich hundeelend, als ich am Ende meiner Mittagspause zurück ins Büro gehe, um den ersten groben Entwurf der Reportage aufs Papier zu bringen.

***

Ich trödele.

Das wird mir selbst erst so richtig klar, als ich mir den zweiten Coffee-to-Go kaufe und ihn dann nicht einmal im Gehen trinke.

Ich habe eine riesige Starbucks-Filiale gewählt, in der um diese Zeit immer viel los ist, um mir einen Kaffee zu kaufen. Es gibt mehrere Kassen und Menschenschlangen, die fast bis nach draußen führen. Ich habe die langsamste Kassiererin gewählt und als ich endlich dran bin, fällt es mir schwer, mich für eine Sorte zu entscheiden.

Pumpkin Spice Latte, passend zur Jahreszeit? Einen Cupcake-Crème-Frappuccino oder einen White-Chocolate-Mocha?

Da die Verkäuferin es auch nicht eilig zu haben scheint, wähle ich in Ruhe aus. Ich entscheide mich für einen Caramel-Waffle-Cone-Crème-Frappuccino – ich glaube, das war der Kaffee mit dem längsten Namen auf der Karte. Es ist ein Ungetüm von einem Getränk und mit so viel Sahne oben drauf, dass ich mich entscheide, ihn direkt bei Starbucks zu trinken und nicht mit in die Bahn zum Gym zu nehmen.

Auch Dunkin Donuts wird einer meiner Zwischenstopps und als ich schließlich am Gym ankomme, ist es Viertel vor sieben.

Bevor ich die Stufen erklimme, atme ich noch einmal tief durch.

Bloß nichts anmerken lassen.

Ich entriegle die Tür, die um diese Zeit verschlossen ist, mit der Mitgliedskarte, die mir Luigi gegeben hat und laufe hoch, nehme den Schweißgeruch aus dem Gym nur am Rande wahr und steuere mit gesenktem Kopf Harleys Bereich an. Ich klopfe und warte.

»Komm rein.« Harleys Stimme klingt amüsiert.

Der warme Ton jagt mir einen Schauer über den Rücken und die Bilder von gestern Abend rasen ungehindert durch meinen Kopf. Seine Küsse auf meiner Haut, seine Hände an meinen Hüften, seine Männlichkeit tief in mir. Ich kann mich nicht rühren, so sehr übermannen mich meine Gefühle in diesem Augenblick.

»Megan?«

Bevor ich meine Sprache wiederfinden kann, öffnet sich die Tür.

Harley steht vor mir und sieht so umwerfend aus, dass mir das Herz fast stehenbleibt. Er hat die Arme vor der breiten Brust verschränkt und grinst. Sein Oberkörper steckt in einem engen dunkelgrauen Muscleshirt, auf dem sich leichte Schweißflecken abzeichnen, und sein Haar ist ein bisschen feucht.

»Da bist du ja.« Ohne zu zögern zieht er mich in seine Arme. Als ich nicht reagiere, drückt er mich ein Stück von sich und betrachtet mich mit einer Mischung aus Misstrauen und Besorgnis. »Alles okay? Geht es dir gut?«

Ich lächle, denn ich möchte nicht, dass er sich Sorgen macht oder auch nur den leisesten Verdacht schöpft.

»Es war viel zu tun im ... Ich hatte mit den Plakaten und
so ...«

Scheiße. Jetzt gerate ich ins Stammeln.

Ich versuche es mit einer wegwerfenden Handbewe-
gung, von der ich hoffe, dass sie cool und lässig aussieht. »Viel Arbeit. Aber jetzt bin ich ja da.« Im letzten
Moment kann ich mich davon abhalten, ihm auch
noch den erhobenen Daumen zu zeigen und ihm zuzu-
zwinkern.

Himmel! Was ist denn los mit mir?

Harley lacht, nimmt mich am Arm mit rein und
schließt die Tür hinter uns. »Hier war bis gerade auch
die Hölle los. Es war gar nicht so einfach, Luigi und die
anderen loszuwerden. Sie haben Kampfvideos von
Bobby Stevens angeschleppt.« Er spricht nicht weiter.

Ich blicke in Harleys blaue Augen. Sie scheinen eine
Spur dunkler zu werden, als er schließlich doch noch
weiterredet.

»... Die Bänder haben mir nur gezeigt, dass der Kerl
nicht die reinste Chance hat gegen mich.« Für einen
Moment scheint er in seinen Gedanken zu versinken,
dann schüttelt er den Kopf und lächelt mich an. »Weshalb du hier bist«, sagt er gespielt feierlich, »ist, weil du
die Ehre hast, vom Unbesiegten persönlich ein paar Pri-
vatstunden zu bekommen.«

Für den Bruchteil einer Sekunde hoffe ich, dass es um
Sex geht. Um Spaß ohne Gefühle ... Dann, als Harley mir
ein paar dünne Handschuhe zuwirft, wird mir klar,
dass er es absolut ernst meint. Er will mich trainieren.
Warum? Weil er sich Sorgen um mich macht? Weil er
im Endeffekt doch mehr für mich empfindet ...?

Oder weil es ist, wie ich eben schon befürchtet habe und er mich bald loswerden will, ohne sich Sorgen um mich machen zu müssen?

Ich frage natürlich nicht nach, sondern ziehe mir stattdessen die Handschuhe an.

»Das war schon mal gar nicht schlecht«, urteilt Harley. »Wenn du jetzt noch den Mantel ausziehst ...«

Oh, klar. Wir können ja schlecht Sport machen, wenn ich eingepackt bin, als wollte ich in den Skiurlaub. Wo ist nur mein Verstand hin?

»He he«, mache ich und ziehe den Mantel aus.

Harley nimmt ihn mir ab und legt ihn dann auf eine Bank am Rand des Trainingsraumes.

»Und jetzt?«, frage ich.

»Aufwärmen«, sagt Harley. »Zehn Runden laufen.«

Ich lache. Dann wird mir klar, dass er nicht scherzt. »Du willst, dass ich ...«

»Dass du super im Joggen bist, habe ich ja neulich im Park schon gesehen.« Er verschränkt die Arme vor der Brust und amüsiert sich sichtlich über meine ungläubige Miene.

»Drei Runden!«, sage ich.

»Acht.«

»Fünf.«

»Deal. Und jetzt los.«

Ich kann es immer noch nicht ganz fassen, aber ich tue, was er verlangt und laufe los. Zum Glück trage ich keine High Heels, sondern Sneakers, sonst würde es jetzt ziemlich blöd für mich werden.

Nach einer Runde kann ich nicht mehr. Ich suche Harleys Blick. Er steht in der Mitte des Raums, hat die

Arme vor der muskulösen Brust verschränkt und sieht seiner neuen Schülerin zufrieden zu.

»Harley ...«, sage ich atemlos.

Er lacht. »Guck mich nicht so traurig an, sondern lauf weiter.«

»Aber ich ...«

»Rauchst du?«

Ich schüttle den Kopf.

»Dann hast du auch keine Ausrede.«

Natürlich habe ich eine Ausrede: Ich mache keinen Sport. Nicht mal ein bisschen.

Aber ich jammere nicht länger herum. Stattdessen packe ich meinen dünnen Strickpullover und ziehe ihn aus. Ich trage ein Unterhemd darunter, mit breiten Trägern, ähnlich wie Harleys Tank Top. Es ist ein bisschen transparent und mein BH darunter mit feiner Spitze versehen. Unauffällig schaue ich zu Harley. Er schluckt sichtlich. Tja, das hat er jetzt davon.

Unmerklich schmunzelnd laufe ich weiter. Runde 3 fällt mir etwas leichter. Langsam scheinen meine Muskeln warm zu werden und auch meine Lunge fühlt sich nicht mehr an, als wollte sie gleich explodieren. »Weißt du eigentlich ... dass ich mal Hockey gespielt habe ...?«

»Du?«, fragt Harley ungläubig. »Das klingt so bescheuert, als hätte ich mal Ballett gemacht!«

Ich lache und verschweige ihm meine eigenen Balletterfahrungen lieber. Bei welcher Runde bin ich jetzt eigentlich? Egal, ich laufe einfach weiter, bis er mir sagt, dass ich aufhören kann. Er wird schon sehen, dass ich so unfit gar nicht bin.

»Gut, das reicht«, sagt Harley schließlich.

Ich bleibe stehen, stütze meine Hände auf den Oberschenkeln ab und nehme mir einen Moment.

»Bist du warm?«, fragt Harley und kommt auf mich zu.

»Mir ist warm. Ist das dasselbe?«

»Nein«, sagt er, zieht dann sein Shirt über den Kopf und lässt es einfach zu Boden fallen. »Wie sieht es jetzt aus?«, fragt er dann. »Warm?«

Woh, okay. Rache folgt bei diesem Kerl offenbar auf dem Fuß. Ich starre auf seinen verschwitzt glänzenden Oberkörper. Jetzt ist mir noch wärmer.

Ich sehe in sein Gesicht und auf das leichte Grinsen, das seine Lippen überzieht. Geht es hier vielleicht doch um Sex?

»Kannst ... willst ...«, stammle ich.

»Ich will«, erwidert Harley und tritt noch etwas näher an mich heran. Dann hebt er etwas, das auf den ersten Blick wie ein dickes rotes Kissen aussieht – und sich auf den zweiten auch als so etwas in der Art entpuppt. »... dass du hier gegen schlägst. So fest du kannst.«

Oha, es ist ihm also immer noch ernst. Ich mustere das Kissen, es sieht aus wie mit brüchigem Leder bezogen.

»Das ist eine Pratze«, erklärt Harley. »Die verspürt keinerlei Schmerzen. Also tu dir keinen Zwang an.«

Ich zögere. Harley tritt einen Schritt zurück, hält die Pratze auf Brusthöhe und sieht mich erwartungsvoll an. Allein die Idee, da jetzt gegenzuschlagen, fühlt sich irgendwie komisch an. Aber wenn er meint ...

Ich hebe die Hände, balle sie zu Fäusten.

»Nicht so«, kritisiert Harley. »Der Daumen kommt nach außen, sonst brichst du ihn dir.«

»Als könnte ich so fest zuschlagen«, lache ich.

»Jeder kann fest zuschlagen. Man muss sich nur trauen. Und jetzt los.«

Ich hole aus, dann lasse ich meine Faust gegen das dicke rote Kissen krachen und es passiert … gar nichts. Nur ein leises Geräusch, als hätte weit entfernt jemand in die Hände geklatscht. Man sieht noch nicht mal eine Delle im Leder. Enttäuscht lasse ich die Fäuste sinken.

Harley lacht. »Was hattest du erwartet, he? Dass du mich direkt wegfegst?«

»Na ja, etwas mehr schon. Vor allem, nachdem du gesagt hast, dass jeder fest zuschlagen kann.«

»Wenn er sich traut«, wiederholt Harley. »Und du traust dich nicht.«

»Aber ich hab doch zugeschlagen!«, protestiere ich.

»Aber nicht mit Kraft, sondern nur, um deine Aufgabe zu erfüllen. Du hast Angst, dir selber wehzutun. Oder mir. Aber beides wird nicht passieren. Du trägst Handschuhe und zwischen dir und mir ist die Pratze. Das Schlimmste, was geschehen kann ist, dass deine Fäuste hinterher ein bisschen brennen. Aber wenn du noch mal in einen echten Kampf gerätst, sind schmerzende Hände dein geringstes Problem. Verstehst du?«

Ich nicke und freue mich gleichzeitig, dass er *Kampf* gesagt hat. Die Situationen, die es zwischen Russell und mir gab, als Kämpfe zu betrachten, die ich einfach nur verloren habe, fühlt sich viel angenehmer an, als mich selbst als wehrloses Opfer zu sehen.

»Dann noch mal«, sagt Harley. »Mit voller Kraft.«

Wieder hält er mir die Pratze entgegen und ich versuche es erneut. Diesmal ist das Klatschen schon viel lauter. Ich bin überrascht.

»Gut gemacht.« Harley nickt. »Einen Vierjährigen könntest du jetzt ausknocken.«

»Ha ha.«

Harley zwinkert mir zu, dann legt er die Pratze weg. »Schlag mich«, sagt er.

Ich sehe ihn erstaunt an. »Deinen ... *Körper*?«

»Na, meinen Geist wirst du schwer treffen können.«

Da hat er auch wieder Recht. Ich sehe auf seine Brust. Dann fällt mir etwas ins Auge, ein tätowiertes Motiv auf seinem Arm. Eine Gitarre. »Spielst du?«, frage ich.

»Nicht ablenken. Zuschlagen.«

»Ist ja schon gut.« Ich konzentriere mich auf seine Brust. Wo soll ich denn hinschlagen? Das Herz sitzt mittig links, dort will ich ihn keinesfalls treffen, denn ich hab mal gelesen, dass schwere Erschütterungen im Ernstfall einen Infarkt auslösen können. Darunter befindet sich der Solarplexus. Schläge dorthin können ebenfalls tödlich enden.

»Megan. Schlag zu.«

Ach, verdammt. Warum will er so was von mir? Ich hebe die Fäuste, schüttle den Kopf. Fokussiere seine rechte Brust. Dann hole ich aus und ...

»Nicht ausholen«, sagt Harley. »Der Schlag kommt aus der Hüfte. So.« Er schlägt zu, blitzschnell, und ich spüre den Luftstoß, als seine Faust an mir vorbei schnellt.

Mann, wenn er wüsste, wie sexy er ist. Aber ich schätze, das weiß er. Ich räuspere mich. »Verstanden.«

»Gut.«

Ich verändere meinen Stand ein wenig, setze einen Fuß leicht vor den anderen. Harleys zufriedenes Lächeln verrät mir, dass das richtig ist. Dann hebe ich wieder die Fäuste und versuche, meine Hüfte nur ein ganz kleines Stück zur Seite zu drehen. Dann schnelle ich vor – und stoppe einen kurzen Moment, bevor ich Harleys Brust treffe.

»Ach, komm schon!«, sagt er.

»Ich will dir nicht wehtun.«

»Du *kannst* mir nicht wehtun.« Harley nimmt meine Hand und legt sie auf seine Brust – alles unter meinen Fingern fühlt sich an, als bestünde es aus purem Stahl. Erinnerungen an letzte Nacht steigen in mir auf und ich fühle, wie ein ganz leichter elektrischer Stoß durch meinen ganzen Körper zischt. Wenn ich daran denke, wie er mich genommen hat, und wie er mich angesehen hat, und wie er mich geküsst hat ...

Ganz automatisch fahren meine Finger über seine warme Haut. Auch wenn ich weiß, dass es falsch ist, will ich ihm wieder derart nah sein. Will für mehr als nur eine Nacht ganz ihm gehören.

Harley sieht hinunter auf meine Finger. Sein Blick verrät mir, dass er genau dasselbe denkt wie ich, und dass auch ihn die Bilder unserer gemeinsamen Nacht überschwemmen, während ich meine Hand hinunter zu seinen Rippen gleiten lasse, dann über sein definiertes Sixpack ...

Doch dann hält er mein Handgelenk fest. »Dafür haben wir noch genug Zeit«, sagt er sanft. »Aber jetzt will ich erst mal, dass du lernst, dich zu verteidigen.«

Klar. Sicher. Dafür bin ich hergekommen. »Okay«, sage ich leise.

»Okay«, wiederholt Harley, legt mir eine Hand unters Kinn und küsst mich auf dieselbe sinnliche Art wie vergangene Nacht. Es dauert, bis sich unsere Lippen voneinander lösen, doch kaum haben sie es getan, wiederholt er seine Forderung: »Jetzt schlag mich.«

Ich versuche, die Benommenheit abzuschütteln, die sein Kuss bei mir ausgelöst hat, und trete einen Schritt zurück. Gehe wieder in dieselbe Position wie eben, hebe die Fäuste. Ich fixiere seine Brust und stelle mir ganz einfach vor, er wäre nicht Harley. Auch nicht Russell, sondern ... irgendwer. Ein Dummy, der sowieso nichts spürt und noch dazu aus weichem Schaumstoff besteht, sodass ich mir daran ebenfalls nicht wehtun kann. Das ist gut. Ich steigere mich hinein. Dann schlage ich zu.

»Au, verdammt!!«, höre ich im nächsten Augenblick jemanden rufen. Es ist nicht Harley. Ich bin es selbst. Ich umfasse meine Schlaghand mit der anderen, wende mich ab und kneife die Augen zu. Mann, tut das weh! Meine Finger fühlen sich an, als hätte ich sie mit voller Wucht gegen eine Betonwand gerammt!

»Das wird gleich besser«, sagt Harley. »Es ist nur im ersten Moment so schlimm.«

»Wie können dich Leute freiwillig schlagen?«, presse ich durch meine zusammengebissenen Zähne hervor. »Du bestehst aus Titan!«

»Niemand besteht aus Titan«, sagt Harley und ich höre, dass er amüsiert klingt. Dieser Mistkerl.

Aber irgendwie muss ich auch zugeben, dass die Schmerzen in meiner Faust tatsächlich schon ein bisschen besser werden, und dann empfinde ich plötzlich Stolz, weil ich überhaupt so hart zugeschlagen habe.

»Sieh her«, sagt Harley.

Ich richte mich auf, blinzle die Tränen aus meinen Augen und betaste vorsichtig meine Knöchel. Dabei sehe ich, dass Harley auf seine eigene Brust deutet und kann kaum glauben, was ich dort entdecke – einen Abdruck, zwar nur hellrot, aber deutlich erkennbar.

»Ich hab dich geschlagen.« Ungläubig sehe ich ihn an. »Hat das wehgetan?«

»Nein, aber ich bin auch auf so was geschult. Russell aber nicht. Und die meisten anderen auch nicht. So ein Schlag ...« Er tippt wieder auf seine Brust. »... kann dir genug Zeit verschaffen, um abzuhauen. Die Bullen zu rufen. Dein Pfefferspray rauszuholen oder, wenn dir gar nichts anderes übrig bleibt, einen weiteren Angriff zu starten. Ramm ihm die Finger in die Augen, tritt ihm zwischen die Beine, all die alten Tricks kannst du viel besser anbringen, wenn dein Gegner damit beschäftigt ist, Schmerzen zu haben.«

Ich nicke eifrig. Er hat Recht. So ein Schlag kann mir möglicherweise das Leben retten, schmerzende Faust hin oder her.

»Geht's wieder?«, fragt er und deutet auf meine Finger.

Ich bewege sie prüfend. Dann nicke ich. »Alles bestens.«

»Na wunderbar. Dann üben wir das jetzt.«

»Was genau?«

»Zuschlagen und wegrennen. Zuschlagen und das Handy rausholen. Zuschlagen und einen Folgeangriff starten. Oder das Pfefferspray ziehen. Ich greife dich an, du entscheidest spontan. Wie im echten Leben.«

Ich verziehe das Gesicht. »Ich hab kein Pfefferspray«, gebe ich dann zu. Der Grund sind unsere undurchsichtigen Waffengesetze: In ganz Illinois darf man Pfefferspray mit sich führen – aber in Chicago blickt irgendwie keiner so richtig durch. Mal heißt es, man darf, mal heißt es, man darf nicht, dann wieder nur draußen, aber nicht in geschlossenen Räumen, dann wieder nur für den Hausgebrauch. Ich will mich nicht strafbar machen. Harley hingegen scheinen die Gesetze total egal zu sein.

»Jetzt schon«, sagt er und zieht eine kleine silberne Dose hervor. Er wirft sie mir zu und ich fange sie hektisch auf.

Dann werfe ich einen Blick darauf. Tatsächlich. Es ist Pfefferspray. »Aber ist das nicht illegal?«, frage ich.

»Und wenn schon. Wann hat dich zuletzt ein Cop auf der Straße angehalten, um deine Handtasche zu durchsuchen, hm? Eben. Ob du das mit dir herumträgst oder nicht, interessiert niemanden. Aber im Ernstfall kann es den entscheidenden Unterschied machen.«

Ich sehe noch einen Moment auf die silberrote Dose, dann lächle ich, als hätte Harley mir einen Strauß Rosen überreicht. »Danke«, sage ich, aber ich spüre sogleich, dass ich eigentlich noch viel mehr sagen will. »Am Anfang dachte ich, du bist …«

»Ein mieser Schläger«, vervollständigt Harley für mich.

Ich nicke und sehe ihm ein wenig schuldbewusst in die Augen. »Aber das bist du nicht. Du bist vermutlich der anständigste Kerl, dem ich seit langem begegnet bin.« Ich lächle, dann reiße ich mich los und gehe das Spray in meiner Handtasche verstauen.

»Guter Plan«, sagt Harley nach einem Moment, den er wohl selbst brauchte, bis er meine Worte verkraftet hatte. Keine Ahnung, wie er sich selbst sieht, aber ich hoffe, nicht als miesen Schläger. »Zieh deinen Mantel an und bring die Tasche mit. Wir trainieren jetzt unter realistischen Bedingungen«

Ich hole meinen Mantel und streife ihn über. Das Spray verstaue ich im Handyfach meiner Tasche, sodass ich es gut erreichen kann. »Ich bin bereit«, sage ich und sehe mich nach Harley um.

Ich kann ihn nirgends entdecken.

Was zur ... Wo ist er denn jetzt hin? Hat er sich in Luft aufgelöst oder was?

Langsam und ratlos drehe ich mich um mich selbst. »Harley?«

Habe ich was überhört? Hat er vielleicht gesagt, dass er kurz raus muss oder so? Vielleicht sollte ich –

Noch ehe ich den Gedanken beenden kann, schließt sich auf einmal ein Arm um meinen Hals.

Das gibt's doch nicht! Er hat sich wieder einmal angeschlichen, vollkommen lautlos.

»Wehr dich«, zischt er mir zu.

Mein Puls beschleunigt sich leicht, denn damit hatte ich nicht gerechnet. Ich spüre seinen massiven, halbnackten Körper dicht an meinem und versuche gleichzeitig, fokussiert zu bleiben. Mit meinem extra eingeübten Schlag komme ich jetzt nicht weit. Wie wehrt man sich gegen jemanden, der von hinten angreift?

Ich zögere, doch dann habe ich eine Idee. Ich hole mit dem Ellbogen aus und ramme ihn Harley in die Seite – mit voller Wucht, denn er hat ja gesagt, dass ich nicht aufpassen muss.

»Gut so!«

Sein Griff lockert sich, nicht ganz, aber weit genug, dass ich mich umdrehen kann. Noch währenddessen ziehe ich das Spray aus meiner Tasche und halte es ihm vors Gesicht. »Hab dich.«

Harley sieht mich an, offenbar überrascht über meine Schnelligkeit. Ich spüre selbst, dass ich ein kleines bisschen außer Atem bin.

»Sieh mal einer an«, sagt er. »Du hast Reflexe.«

»Instinkte«, korrigiere ich ihn. »Das eben war mein Killerinstinkt.«

Harley lächelt mich an. Er wirkt ziemlich zufrieden und sogar ein bisschen stolz. Dann schiebt er meine Hand mit dem Spray zur Seite und küsst mich ziemlich leidenschaftlich, und ich kann nicht anders, als in seine Arme zu sinken. Mein Puls geht schnell und ich fühle mich fantastisch, so lebendig und zugleich so selbstbestimmt wie lange nicht. Das hier ist der absolut richtige Weg – ich tue das Richtige mit dem richtigen Mann an meiner Seite und ich wünschte, es könnte so weitergehen. Ich wünschte, ich könnte die starke Frau an seiner Seite werden, am besten für den Rest meines Lebens ...

Aber daraus wird nichts, und das weiß ich.

Ich löse mich von ihm. »Noch mal«, sage ich. »Greif mich noch mal an.«

»Da hat wohl jemand Blut geleckt.«

Ich lache und stecke das Pfefferspray wieder ein, und kurz darauf startet er die nächste Attacke. Dann noch eine. Mal kommt er von vorn, mal von hinten, mal reißt er mich direkt mit sich zu Boden. Mal schaffe ich es, mich aus seiner Umklammerung zu winden oder ihn sogar abzuwehren, mal unterliege ich. Mir ist dabei vollkommen klar, dass ich in einem echten Kampf nicht den Hauch einer Chance gegen einen Mann wie ihn hätte. Aber ich spüre, dass ich von Angriff zu Angriff weniger Hemmungen habe mich zu wehren, und das ist gut.

Wenn es so weitergeht, werde ich irgendwann nicht mehr vor Angst erstarren, sobald ich Russell erblicke.

Und ich glaube, genau darauf zielt Harley ab. Er will, dass ich in Sicherheit bin. Nicht mehr und nicht weniger. Und ich kann gar nicht sagen, wie sehr ich ihn dafür schätze, dass er mir das auf diese Art klarmacht. Indem er mir zeigt, dass ich alles andere als wehrlos bin.

Kapitel 10

Abends nach dem Training nehme ich Harley mit nach Hause. Er fährt mich in seinem Wagen zu mir und ich fühle mich wie ein schüchterner Teenager, als ich ihn frage, ob er noch mit hochkommen möchte.

»Noch irgendwelche Sicherungen anzubringen? Mit deinem pinken Mädchenwerkzeug?«

Ich bemühe mich, ganz ernst zu bleiben und verziehe das Gesicht. »Leider nicht.«

Harley seufzt. »Wenn man sich gerade an das Zeug gewöhnt hat ...«

Lachend schlage ich ihm vor die Schulter, dann steige ich aus und bin mir sicher, dass er mir schon folgen wird, auch wenn es nichts zu reparieren für ihn gibt. Provozierend langsam gehe ich auf meine Haustür zu und bin nicht überrascht, als ich nach ein paar Sekunden Harleys Autotür höre. Ich grinse leicht, als ich seine Schritte vernehme und ein wohliger Schauer überläuft mich, als er seinen Arm um meine Schulter legt und mich sanft an sich zieht, noch ehe ich die Tür aufschließen kann.

»Wie's aussieht, hast du doch nicht nur Interesse an meinem pinken Werkzeug«, sage ich und sehe zu ihm auf.

Harley lächelt mich an und es verschlägt mir wieder einmal die Sprache, wie attraktiv er ist. »So sieht es aus«, bestätigt er.

»Gut zu wissen.« Ich erwidere sein Lächeln, dann schließe ich die Tür auf.

Wir schaffen es noch den Hausflur hinauf, doch kaum haben wir meine Wohnung betreten, zieht er mich an sich und küsst mich leidenschaftlich. Ich schlinge die Arme um seine schlanken Hüften und erwidere seinen Kuss, und als er mich mühelos hochhebt, um mich zum Sofa zu bringen, leiste ich nicht das geringste bisschen Widerstand.

Harley lässt mich auf die Sitzfläche sinken und ich halte ihn fest, sodass er sich nicht wieder aufrichten kann. Das scheint er jedoch auch gar nicht vorzuhaben. Er zieht mir das Shirt über den Kopf und beginnt, meinen Oberkörper mit Küssen zu übersäen – ein heftiger, aber schöner Kontrast zu unserem Training vorhin. Ich greife ihm ins Haar, lasse ihn gewähren und genieße seinen kleinen Überfall auf mich in vollen Zügen, auch wenn ich es nicht vermeiden kann, dass meine Gedanken zumindest am Rande wieder einmal zu Russell wandern.

Der Sex mit ihm war das Einzige, das bis zuletzt noch gut gewesen ist. Wenn wir miteinander schliefen, dann kam es mir vor, als würde seine Wut für den Moment verrauchen und als wäre er wieder der Mann, den ich einst kennengelernt habe. Am Ende habe ich mich geschämt, weil ich diese intimen Momente noch genossen habe, trotz allem, was ich mir ansonsten von ihm habe antun lassen. Aber irgendwann habe ich verstanden, dass ich deswegen keine Schlampe war und auch keine *Hure*, wie er mich so oft genannt hat. Ich habe einfach nur versucht, etwas zu retten, das nicht mehr zu retten war ... und mich wenn nötig auch in eine Traumwelt geflüchtet. In den Momenten, wenn Russell und ich uns nahe waren, kam sie mir echt vor.

Aber tust du jetzt gerade nicht wieder dasselbe?, fragt die boshafte kleine Stimme in meinem Inneren.

Ich ignoriere sie. Ich will mir diesen Moment nicht verderben lassen. Dass das mit Harley und mir nicht von Dauer sein kann, muss doch nicht bedeuten, dass es jetzt gerade nicht vollkommen echt ist. Dass es nicht das ist, was wir beide gerade mehr als alles andere auf der Welt wollen.

Also greife ich nach Harleys Shirt und ziehe es ihm ebenfalls über den Kopf, und dann lasse ich meine Hände über seinen perfekten Körper gleiten, über seine breiten Schultern, seinen durchtrainierten Rücken, hinab zu seinen Seiten, und dann unter seinen Gürtel, in seine Jeans, wo ich mit den Fingern über seinen stahlharten Po fahre. Harleys Zunge wandert dabei weiter über meinen Oberkörper, und als er schließlich die Körbchen meines BHs hinunterzieht, um sich mit seinen Lippen ausgiebig meinen Brüsten zu widmen, würde ich ihn am liebsten auf der Stelle wieder in mir spüren.

Aber Harley lässt sich Zeit. Während er meine Brustwarzen sanft mit seiner Zunge umkreist, gleiten seine Finger über meine Rippen, meinen Bauch, dann hinunter zu meiner Leiste. Schon als er mich dort berührt, macht sich ein Kribbeln in meinem Unterleib breit, aber Harley denkt gar nicht daran, sich dieser Partie meines Körpers schon zu widmen. Er öffnet meine

Hose und zieht sie mir herunter, dann streicheln seine kraftvollen Finger meine Schenkel. Außen, anschließend die Innenseiten, und das Kribbeln verstärkt sich.

Ich recke mich Harley leicht entgegen, aber er lässt sich immer noch Zeit und ich lasse ihn gewähren, lehne mich zurück, schließe die Augen und konzentriere mich ganz auf seine Berührungen.

Harley lässt sich schließlich ein Stück hinunterrutschen, nimmt meinen Slip gleich mit sich und drückt meine Schenkel dann sanft, aber bestimmt auseinander. Ich empfinde keine Scham, nur Lust bei dem Gedanken daran, dass ich jetzt vollkommen entblößt bin. Einen Augenblick lang scheint Harley einfach gar nichts zu tun, dann spüre ich seinen Atem an meiner empfindlichsten Stelle und kralle überrascht meine Finger ins Polster.

Als ich einen Moment darauf schließlich fühle, wie seine Zunge zwischen meine Schamlippen gleitet, kann ich nicht mehr anders, als zu stöhnen. Mit einer Hand greife ich in sein kurzes Haar, während er beginnt, mich nach allen Regeln der Kunst zu verwöhnen. Himmel, wie kann ein solcher Mann Single sein?! Glaubte ich vor einem Moment noch, dass es kein besseres Gefühl geben könnte, als ihn in mir zu spüren, weiß ich jetzt, dass es zumindest eines gibt, das genauso gut ist.

Harleys Hände legen sich um meine Schenkel, drücken meine Beine noch ein bisschen weiter auseinander, sodass ich ihn noch intensiver spüren kann, und es raubt mir halb den Verstand. Ich drehe den Kopf zur Seite, stöhne in eines der Sofakissen und spüre, wie es zwischen meinen Beinen zu pochen beginnt, als Harley seine Zunge schließlich in mich gleiten lässt. Sekunden später komme ich mit einer Heftigkeit, die ich so bisher nicht gekannt habe. Alles dreht sich, ich kriege kaum Luft und mir wird tatsächlich kurz schwarz vor Augen.

Als ich wieder atmen kann und vorsichtig die Augen öffne, hat sich Harley kein Stück von der Stelle gerührt. Seine Hand liegt auf meinem Bauch, seine Lippen hauchen einen Kuss auf mein Schambein und in seinen Augen liegt ein halb amüsiertes, halb liebevolles Glitzern.

»Komm her«, flüstere ich.

»Nein, du kommst her«, erwidert Harley, kaum lauter als ich, und das lasse ich mir nicht zweimal sagen.

Wenige Minuten später haben wir uns all unserer Kleider entledigt und lieben uns auf meinem Wohnzimmerteppich, und es könnte mich in diesem Moment kaum weniger interessieren, wie und warum wir uns kennengelernt haben und wohin unser gemeinsamer Weg führt oder nicht führt. Alles, was zählt, ist dieser Augenblick und das Gefühl, dass Harley mir so nah wie nur möglich ist.

Als wir schließlich erschöpft und verschwitzt daliegen, mein Kopf auf seiner Brust, ist es mitten in der Nacht und ich fühle mich so ausgelaugt, aber auch so glücklich wie lange nicht mehr. Ich streichle über Harleys Brust, spüre, wie sich sein Atem langsam beruhigt und sehe verstohlen auf zu seinem makellosen Gesicht.

Harley bemerkt meinen Blick. Seine blauen Augen heften sich auf mich und wirken in diesem Moment so gar nicht kalt.

»Was ist?«, fragt er leise, als ich leicht den Kopf schüttle.

Ich lache heiser. »Hätte nicht gedacht, dass wir zwei uns mal so nah kommen würden ... Am Anfang zumindest nicht ... Du sahst so fies aus mit der frisch genähten Wunde und allem.« Ich fahre mit den Fingern über die Stelle an seinem Oberkörper, wo noch immer ein kleines Pflaster klebt.

»Fies«, wiederholt er und ich nicke.

»Wie der übelste Kerl überhaupt. Einer, von dem man sich besser fernhält ...«

Harley lacht leise und mein Blick wandert weiter zu seinem tätowierten Arm. Zum ersten Mal sehe ich mir die Motive darauf genauer an. Die Gitarre habe ich ja schon bemerkt, aber es gibt auch ... eine Art Totenkopf mit einer Krone auf dem Kopf.

»Was bedeutet das?«, frage ich leise und streiche mit dem Finger darüber.

Harley antwortet nicht gleich. »Über allem steht der Schmerz«, sagt er dann.

»Ist das so?«, frage ich leise.

»Für einen Fighter schon.«

Sicher, aus seiner Perspektive macht das Sinn. Und damit macht auch dieser Totenkopf Sinn. Ein anderes Motiv jedoch will sich mir so gar nicht erschließen – es stellt ein altes Doppeldeckerflugzeug dar und zieht sich bis auf seine Schulter. »Was ist damit?«

Harley zögert erneut, diesmal länger. »Mein Bruder hat immer davon geträumt, so ein Teil mal zu fliegen«, sagt er dann.

Zuerst verstehe ich gar nichts. Dann sehe ich überrascht zu ihm auf. »Du hast einen Bruder?«

»Ich hatte«, erwidert Harley und sieht dabei an die Decke. »Er ist gestorben.«

Ein kalter Schauer überläuft meinen nackten Körper. Ich schlinge die Arme um Harley, so gut das im Liegen geht. »Was ist passiert?«, frage ich leise.

»Das erzähle ich dir ein anderes Mal. Es ist eine unschöne Geschichte.« Harley hebt den Kopf, um mir einen Kuss aufs Haar zu hauchen und ich sehe an seinen Augen, dass ihm das Thema gerade überhaupt nicht gefällt. Klar. Der Tod seines Bruders muss eine Tragödie für ihn gewesen sein.

»Die Gitarre ... Hat die auch mit deinem Bruder zu tun?«

»Die meisten Motive«, bestätigt Harley. »In dem Trainingscamp in Italien ... Einer der anderen Jungs dort war Tätowierer. War ein guter Ausgleich zum Training.«

Mehr sagt er nicht und ich spüre, dass er das jetzt gerade auch nicht will. Aber wer weiß, vielleicht bekomme ich noch die Gelegenheit, die Geschichte hinter all seinen Tattoos zu erfahren.

In sucum et sanguinem.

Ich sehe Harley vor mir, wie er mit grimmigem Gesicht dasitzt, an einem italienischen Abend, und sich diese Worte für immer in die Haut stechen lässt ...

Ich schmiege mich enger an ihn, lausche dem ruhigen Schlag seines Herzens und habe das Gefühl, dass ich den echten Harley Jones heute ein ganzes Stück besser kennengelernt habe.

***

Kopf hoch, Schultern gerade, Blick nach vorne.

Ich versuche, Harleys Anweisungen zu verinnerlichen und gehe die Stufen zum Gym hoch. Die Plakate für Samstag habe ich zusammengerollt und trage sie locker unter dem Arm – nicht verkrampft vor der Brust. Wenn Harley mich so sehen würde, wäre er sicher ein bisschen stolz auf mich. Ich zumindest bin es.

Oben angekommen dringt mir das typische Hantelgeklapper entgegen und der Schweißgeruch übermannt mich wie jeden Tag. Doch beides wirkt mittlerweile irgendwie schon vertraut auf mich. Vor einigen Wochen hätte ich jeden ausgelacht, der mir erzählt hätte, dass ich bald in einem Fitnessstudio mit Kampfkäfig bei einem MMA-Fighter als PR-Frau angestellt sein würde. Aber gut. Das Leben hält halt immer wieder Überraschungen für einen bereit.

Trotz meiner anfänglichen Probleme fühle ich mich zwischen Harley und seinem Team erstaunlich wohl. Vor allem bei Harley. Ganz besonders bei ihm.

Aber genug geträumt. Jetzt heißt es arbeiten.

Ich trete in die Trainingshalle und spüre wieder, dass alle Augen auf mich gerichtet sind – wie jeden Tag. Doch heute senke ich nicht den Kopf und eile zu Harleys separatem Trainingsbereich, sondern gehe langsam und erwidere die Blicke. Auch wenn ich mich etwas unwohl fühle, halte ich das Blickduell zwischen mir und den Männern aus, bis ich an Harleys Tür angekommen bin.

Das wäre geschafft.

Mit einem Lächeln auf den Lippen klopfe ich und trete ein.

»Guten Morgen«, grüße ich in die Runde – zumindest glaube ich das. Doch statt Harley und dem Rest des Teams ist nur Luigi hier.

Er telefoniert und hebt unwirsch die Hand, um mich zum Schweigen zu bringen.

»Was soll das heißen?!«, bellt er in sein Handy und ich kann die Stimme seines Gegenübers hören, aber leider kein Wort verstehen.

Ich gehe herüber zum Ringboden und breite schon mal die Plakate darauf aus. Es sind drei verschiedene Motive und sie alle machen nicht nur Werbung für den Kampf, sondern für Harley als Kämpfer.

›Der Unbesiegte‹ steht in eisblauen Lettern über Harleys Kopf, darunter befindet sich sein echter Name. Er selber ist in schwarz-weiß gehalten und in drei verschiedenen Kampfpositionen zu sehen – nur seine Augen hat Jasper für mich koloriert. Sie stechen strahlend blau hervor. Auf der Unterseite stehen die wichtigsten Angaben zum Kampf, sowie Harleys Website und Kontaktdaten zu seinem Management. Ich habe die Plakate bewusst minimalistisch gestaltet und finde, dass seine Eisaugen ausreichen, um jeden wissen zu lassen, was für ein knallharter Kämpfer er ist.

»Das kann er nicht machen!«, brüllt Luigi und ich sehe zu ihm herüber. »Er weiß das ganz genau! Wir haben eine Vereinbarung, wenn er gegen die verstößt – Nein! Nein, das sehe ich nicht so wie er! Und wenn schon ...«

Ich sehe weg und lausche nun unauffälliger. Dabei schiebe ich die Plakate von links nach rechts und tue so, als wäre ich extrem beschäftigt. In Wirklichkeit höre ich ganz genau zu. Offenbar ist etwas vorgefallen.

Wie es scheint, macht jemand irgendwelche Probleme. Etwa Harley? Hoffentlich ist er nicht verletzt.

Luigis Stimme droht sich zu überschlagen, als er fortfährt. »Ich verlange von dir, dass du zu ihm fährst und ihm diesen Unsinn austreibst! Andernfalls werde ich Konsequenzen ziehen und die werden ihm ganz sicher nicht gefallen!«

Konsequenzen, die Harley nicht gefallen? Nein, das kann ich mir nicht vorstellen. Er ist der Mann, der in den Käfig steigt und die anderen hier arbeiten für ihn, nicht umgekehrt. Ich kann mir kaum vorstellen, dass Luigi Harley mit irgendwelchen Konsequenzen drohen könnte.

Trotzdem verstehe ich gar nichts mehr.

Wenn er verletzt ist, dann kann er nichts dafür, das steht fest. Ob er dann Konsequenzen vom Veranstalter zu befürchten hat? Eine Geldstrafe für seinen Ausfall vielleicht?

»Gut. Dann tu das.« Luigi scheint sich zu etwas mehr Ruhe zu zwingen, denn er atmet tief durch, bevor er weiter redet. »Halt mich auf dem Laufenden. Bis später.« Damit legt er auf. Doch anders als erwartet dreht er sich noch nicht zu mir um, sondern fährt sich mit beiden Händen durchs Gesicht und seufzt tief.

»Ich wollte ... die Plakate vorbeibringen. Für Samstag«, sage ich, weil Luigi noch immer schweigt.

Er fährt zu mir herum und sieht mich an, als hätte er vollkommen vergessen, dass ich hier bin. »... Megan.«

Ich nicke und deute auf den Boden des *Oktagons*. Harley hat mir erklärt, dass man den Kampfkäfig in Fachkreisen so nennt. »Ich habe drei verschiedene Versionen gemacht. Natürlich könnt ihr euch eine aussuchen, aber ich wäre dafür, sie alle zu nehmen. Der Wiedererkennungswert ist schon durch das Design hoch genug, deshalb denke ich, dass unterschiedliche Motive –«

»Megan«, sagt Luigi wieder und ich verstumme. Sehe ihn an. Ihm in die Augen.

Nicht den Blick senken, Meg.

»Das wird nichts.« Langsam kommt Luigi auf mich zu.

Das wird nichts? Er hat sich die Plakate noch nicht einmal angesehen!

»Doch, ich denke schon«, protestiere ich deshalb. »Wenn ich die PR-Arbeit machen soll, dann müsst ihr mir schon ein bisschen vertrauen.«

»Darum geht es nicht.« Luigi schüttelt den Kopf und bleibt zwei Meter vor mir entfernt stehen. »Wie es aussieht, hast du dir die ganze Arbeit umsonst gemacht. Harley wird nicht kämpfen. Zumindest nicht gegen diesen Gegner.«

»Wird er nicht?« Jetzt verstehe ich noch weniger. Was ist geschehen? Wieso sagt er den Kampf gegen Stevens so spontan ab?

»Tja.« Luigi lacht kurz und trocken. »So wie du habe ich vermutlich auch geguckt, als ich das erfahren habe.«

Ich möchte eine Erklärung, möchte wissen, was vorgefallen ist und ob überhaupt, aber ich bin zu perplex, um nachzufragen. Irgendwas stimmt hier nicht, das ist klar. Aber ich kann mir keinen Reim auf die ganze Sache machen.

»Deine Arbeit war umsonst, Megan. Wenn wir Harley nicht dazu kriegen –« Sein Handy klingelt und er hebt entschuldigend die Hand. Dann sieht er aufs Display und scheint etwas zu lesen. Sein Gesichtsausdruck verfinstert sich erneut.

Ich versuche von meiner Position aus zu erkennen, was auf seinem Display steht, aber ich stehe zu weit weg, um die kleinen Buchstaben zu entziffern.

Luigi starrt einen Moment reglos auf das Telefon. Dann verändert sich seine Miene. Sie wird noch eine Spur düsterer, richtig zornig. Er packt das Handy so fest, dass das Gehäuse knarrt und ich fürchte, dass er es jeden Moment gegen die Wand werfen wird. Aber er tut nichts dergleichen. »Da hast du es.« Luigi dreht sein Display langsam zu mir. »Schwarz auf weiß.«

Ich trete näher und lese. Es ist eine WhatsApp-Nachricht. Kurz und knapp.

Hör auf, mir deine Bluthunde auf den Hals zu hetzen. Die werden mich auch nicht umstimmen. Ich mache den Kampf nicht, kapier's. Harley

Ich nicke langsam. »Okay ...«

»Nein, gar nichts ist okay! Wenn Harley sich weigert ...« Er redet nicht weiter, aber sein Blick spricht Bände.

Konsequenzen, die Harley nicht gefallen.

Der Satzfetzen halt in meinem Kopf wider. Immer und immer wieder.

Ich möchte nicht, dass Harley irgendwelche Konsequenzen dafür tragen muss, dass er sich weigert, einen anderen Mann zu verprügeln. Oder sich verprügeln zu lassen. Ob er Angst hat?

Der Gedanke erscheint mir absurd. Auch wenn ich Harley noch nicht besonders gut kenne, habe ich das Gefühl, dass er vor gar nichts Angst hat. Dann wird mir gleich klar, wie unsinnig dieser Gedanke ist. Niemand hat vor gar nichts Angst. Aber trotzdem spüre ich, dass die Schmerzen und die Schläge, die er einstecken könnte, nicht der Grund für seine Kampfabsage sind.

»Ich rede mit ihm«, höre ich mich sagen.

»Du?!«

»Na ja, ich bin keiner von deinen … Bluthunden, oder?«

Luigi scheint die Idee zuerst abwegig zu finden, sich dann aber direkt selber umzustimmen. »Na, von mir aus. Ihr scheint euch ja irgendwie näher zu stehen, als es gut wäre.«

Ich sage nichts dazu. Was auch? Dass unser Verhältnis nicht gerade professionell ist, weiß ich selber.

»Mach ihm klar, dass er gerade seine ganze Karriere aufs Spiel setzt. Sein Leben, wenn du so willst.«

Das erscheint mir doch ein wenig theatralisch, aber ich nicke. Für Luigi scheint eine Welt unterzugehen, wenn Harley sich weigert zu kämpfen. Es wäre sinnlos, mit ihm darüber zu diskutieren. »Ich kriege das schon hin«, sage ich lächelnd und bin wirklich so zuversichtlich, wie ich mich gebe.

Dass Harley den Kampf absagen will, hat sicher einfach mit mir zu tun. Vielleicht will er vor mir nicht weiter als Schläger dastehen. Ich werde ihn schon überzeugen, dass ich mittlerweile ganz gut zwischen seiner Person und seinem Job unterscheiden kann.

»Das will ich hoffen.« Luigi verschränkt die Arme. Er wirkt auf mich irgendwie mitleiderregend. Wer weiß, was für ihn alles von diesem Kampf abhängt. Was es für ein schlechtes Licht auf ihn wirft, wenn Harley – sein Schützling, wenn man so will – einfach hinwirft.

»Sieh du dir in der Zeit schon mal die Plakate an. Die werden wir brauchen.« Ich bin überzeugt davon, dass ich Harley werde umstimmen können.

Luigi macht demonstrativ ein paar Schritte auf den Ring zu. »Okay. Aber beeil dich. Und sag ihm, er soll sofort herkommen. Er muss noch trainieren.«

Ich nicke, schnappe mir meine Tasche und mache mich auf den Weg.

Das wäre doch gelacht, wenn ich Harley nicht dazu kriege, seinen Job zu machen.

***

Eine gute Stunde später erreiche ich die Navy Pier. Die Brücke, die etwa einen Kilometer weit in den Lake Michigan führt, ist die größte Touristenattraktion meiner Heimatstadt und das Riesenrad, das in ihrer Mitte thront, dreht sich gefühlt das ganze Jahr pausenlos. Es gibt hier auch ein Kino, Restaurants und ganz vorn einen atemberaubenden Blick auf den riesigen See. Hier fühlt man sich stets, als wäre man am Meer und ich habe diesen Ort als Kind geliebt. Darum überkommt mich auch eine unterschwellige Freude, als ich die Pier betrete, und für einen Moment denke ich an die vielen Ausflüge, die ich mit Dad hierher unternommen habe. Er war immer ein beschäftigter Mann, doch wenn er mal Zeit für mich hatte, ließ er mich stets aussuchen, wo ich hinwollte, und meine Antwort lautete immer gleich: »Zum Riesenrad!«

Ich lächle, aber dann überwiegt meine Nervosität. Harley hat eingewilligt, mich zu treffen, was schon mal gut ist. Dieser Ort hier war seine Idee, was ich nicht ganz verstehe. Ich habe ihm angeboten, zu ihm nach Hause zu kommen, doch das wollte er nicht.

Ob er vielleicht eine Familie hat, von der ich nichts weiß?

Beim Gedanken daran wird mir ganz flau im Magen, aber ich schiebe ihn direkt fort. So ein Mann ist er nicht. Niemals würde er mich dermaßen belügen.

Also straffe ich die Schultern und beschleunige meine Schritte, spaziere über die Promenade an der Grand Avenue und ziehe meinen Mantel enger um meine Schultern, als der Wind auffrischt. Heute ist wieder ein sonniger Tag, aber es ist kalt. Möwen lassen sich von den Böen über die Köpfe der Besucher hinweg tragen, was das Gefühl, am Meer zu sein, noch verstärkt. Ich versuche, mich nicht von dieser Freizeitstimmung erfassen zu lassen. Mich zu fokussieren. Und dann erreiche ich den vorderen Bereich der Pier, den um diese Jahrszeit fast leeren Biergarten. Schnell lasse ich den Blick über die Tische wandern, aber Harley ist nicht da. Ich wende mich also der Seeterrasse zu, dem schmiedeeisernen Geländer, das die Brücke vom Wasser trennt. Bänke sind dort aufgereiht, die meisten davon trotz der Kälte besetzt. Menschen machen Fotos von sich selbst, voneinander oder vom See. Es ist ziemlich windig hier und ich streiche mir das wehende Haar hinter die Ohren. Und dann entdecke ich Harley. Er steht ein Stück abseits und telefoniert. Ich muss seine Worte nicht verstehen, um zu wissen, dass er aufgebracht ist – seine ganze Körperhaltung verrät es und er sieht in seiner Lederjacke ganz allgemein aus wie ein Kerl, mit dem man besser keinen Ärger anfängt.

Ich nähere mich ihm, die Tasche rutscht mir von der Schulter und ich schiebe sie wieder an ihren Platz. Angestrengt lausche ich darauf, ob irgendwelche Wortfetzen von seinem Telefonat zu mir herübergetragen werden, doch Fehlanzeige. Mist. Aber na ja, er wird mir schon verraten, was Sache ist.

Endlich entdeckt er mich auch, hält inne, sagt dann noch etwas und beendet schließlich sein Telefonat.

»Megan«, sagt er, als ich vor ihm stehen bleibe.

»Da bin ich«, erwidere ich ziemlich sinnentleert und gebe mir gleich darauf einen Ruck. »Luigi hat mir erzählt, dass du nicht antreten willst.«

»Ja, das sagtest du am Telefon schon.«

Ich zögere. Warte darauf, dass er mir irgendeine Erklärung liefert, doch das tut er nicht. Stattdessen steht er nur da, in seiner Körperhaltung genauso fest und unnachgiebig wie – das spüre ich deutlich – in seiner Entscheidung.

Ratlos zucke ich mit den Schultern. »Was ist denn passiert? Hat es ... hat es irgendwas mit uns zu tun, dass du nicht gegen diesen Stevens kämpfen willst? Denn wenn es das ist, dann kann ich dich beruhigen. Ich weiß, dass ...«

»Was?«, unterbricht er mich. »Was weißt du, Megan? Du weißt gar nichts.« Damit wendet er sich ab, stützt sich mit den Armen auf der Brüstung ab und sieht über den See.

Jetzt fühle ich mich noch ratloser. Meine Vermutung war also falsch, denn wenn er den Kampf abgesagt hätte, weil er will, dass ich eine bessere Meinung von ihm habe, dann würde er das wohl einfach sagen.

»Erklär's mir«, fordere ich.

»Das kann ich nicht.«

»Warum nicht?«

Harley schüttelt den Kopf. »Ich will dich da nicht mit reinziehen. Ich will nicht, dass du …«

Er spricht nicht weiter, aber ich finde, dass *mit reinziehen* nicht gut klingt. Es klingt nach, wie sagen wir im Journalistenjargon? *Machenschaften.*

Sicheren Quellen nach zu urteilen war der bekannte MMA-Kämpfer Harley Jones in kriminelle Machenschaften verwickelt und musste daher seinen geplanten Kampf gegen Bobby Stevens absagen.

Mann, ich muss mein Reporterradar in solchen Situationen abstellen. Sicher reagiere ich nur über. Harley kann alles Mögliche meinen, wenn er sagt, dass er mich nicht mit reinziehen will. Zum Beispiel …

»Dass ich was?«, frage ich nach.

»Lass es gut sein, Meg. Ich mache den Kampf nicht und fertig.«

»Und das siehst du jetzt ganz plötzlich so?«

Harley zögert, ehe er mir antwortet. Dann sieht er mich an und ich erschauere. Da ist ein Ausdruck in seinen Augen, den ich nur schwer deuten kann, der mir aber durch und durch geht. Eine tiefe Verzweiflung, mit der ich so nicht gerechnet hatte.

»Gestern«, sagt er schließlich. »Du hast gesagt, du hältst mich für einen anständigen Menschen und …«

Wieder zögert er. Die Worte scheinen ihm schwerzufallen. Ich kann mir gut vorstellen, dass Harley Jones ein Mann ist, der nicht gerade oft über seine Gefühle spricht. Gern würde ich die Situation ein bisschen auflockern, aber ich habe keine Ahnung, wie ich das machen soll. Also sehe ich ihn an, schweige und warte.

Er räuspert sich. »Ich habe dir ja schon erzählt, dass Bobby Stevens nicht die geringste Chance gegen mich hat.«

Ich nicke. »Gut.« Trotzdem verstehe ich jetzt eher noch weniger. Wenn es nicht die Angst vor einer Niederlage ist, was ihm von dem Kampf abhält – was ist es dann?

Schnell sieht er mich an. »Nein, das ist eben nicht gut. Kannst du dir vorstellen ...« Er schüttelt den Kopf. »Ich werde ihn fertigmachen, Meg. Richtig fertig. Gut möglich, dass ich ihn ins Koma prügle oder ihn totschlage. Der Kerl hat zwar Muskelmasse, aber er ist langsam und von so was wie 'ner vernünftigen Deckung hat er vermutlich in seinem ganzen Leben noch nichts gehört. Ich könnte natürlich versuchen aufzupassen, dass ich ihn nicht zu hart anpacke, aber ich habe keine Ahnung, wie ich das machen soll. Ich bin es gewöhnt, gnadenlos zuzuschlagen. Und ich habe wirklich keine Lust, einen anderen Kämpfer zum Krüppel zu machen.«

Seine Worte erreichen mich gleich auf mehreren Ebenen. Zum einen machen sie mich gleichermaßen betroffen und fassungslos. Und zum anderen flüstert eine Stimme in meinem Inneren, dass ich ihn gefunden habe – meinen Zugangspunkt zu einer wirklich heißen Story.

Energisch bringe ich die Stimme zum Schweigen. Harley ist gerade dabei, seine Karriere zu versauen. Da sollte ich nun wirklich nicht an meine denken.

»Hör mal«, sage ich, »sicher stellst du dir das alles schlimmer vor, als es am Ende wird. Dieser Stevens wird doch für den Kampf gegen dich trainiert haben. Deine Trainer werden nicht das Risiko eingehen, dass du jemanden totschlägst. Und seine Trainer werden auch nicht riskieren, dass so was passiert.«

Harley sieht mich an und seine Augen sind voll hartem Spott. »Glaubst du nicht?«

Ich weiß nicht so richtig, was ich darauf antworten soll. Ich kenne die Szene natürlich nicht so gut wie er. Aber es würde ja keinen Sinn machen, seinen Kämpfer wissentlich gegen jemanden in den Käfig zu schicken, gegen den er nicht die geringste Chance hat.

»Stevens' Trainer«, sagt Harley und wendet sich mir endlich wieder zu, wobei er sich kurz umsieht – leicht paranoid, wie es mir scheint. »Die wollen nur eine Sache: Geld verdienen, ganz genau wie meine. Zu jedem Kampf, der im Ivory stattfindet, gibt es Wetten, offizielle und inoffizielle. Und dreimal darfst du raten, auf wen am Samstag beide Lager setzen werden.«

Ich erwidere seinen Blick und spüre selbst, wie meine Augen etwas weiter werden. »Du meinst ... Stevens' Leute werden gegen ihn setzen?«

»Wenn sie klug sind«, sagt Harley kühl.

»Aber das wäre ... Ist das überhaupt legal?«

Harley lacht trocken und mustert mich, als wäre ich der naivste Mensch, den er je gesehen hat. »Abseits der UFC ist vieles nicht so richtig legal. Was glaubst du, weshalb ich es kaum erwarten kann, endlich dort kämpfen zu dürfen?«

Ich nicke langsam. Jetzt verstehe ich, weshalb er sich gegen diesen Fight sträubt. Man muss sich vor Augen halten, dass er mal Polizist war, und was mit diesem Bobby Stevens geplant ist, ist zutiefst ungerecht. Und er soll Teil des Ganzen sein.

Aber wenn er nicht antritt, dann ist seine Karriere im Eimer. Die Fans werden sich von ihm abwenden. Und die UFC wird jemanden, der sich derart unzuverlässig verhält, ganz sicher auch nicht aufnehmen.

»Wir brauchen eine Lösung«, sage ich.

»Die habe ich doch schon. Ich mach's nicht und fertig.«

Täusche ich mich oder wirkt er bei diesen Worten ziemlich nervös? Klar. Was auch immer ihn dazu bewogen hat, als Fighter anzufangen – sicher ist es nicht einfach für ihn, das jetzt alles wegzuwerfen. Die ganzen Siege, die ganzen Kämpfe, das viele Training. Ein ganzes Jahr in Italien. Ich sehe auf seine Hände, seine vernarbten Fingerknöchel. Dann greife ich nach seiner Hand und streichle mit meinem Daumen darüber.

»Das ist keine Lösung«, sage ich leise. »Ein Ausweg, aber keine Lösung. Und das weißt du selbst.«

Harley erwidert nichts, aber ich sehe deutlich, wie es in ihm arbeitet.

»Keine Ahnung, weshalb du diesen Job gewählt hast«, fahre ich fort, »aber er bedeutet dir etwas, das spüre ich. Also solltest du ihn nicht einfach so hinwerfen.«

»Sondern?«, fragt er leise.

Ich überlege. Fieberhaft. Dann kommt mir tatsächlich eine Idee. Sie ist absurd, aber irgendwie auch gut. Ich spüre, wie ein Lächeln meine Lippen überzieht.

»Was?«, fragt Harley erneut und kneift die dunklen Brauen zusammen.

»Du brauchst einen ... wie nennt man das bei euch? Sparringspartner?«

Harley nickt knapp. »Ich habe einen«, sagt er dann. »Aber der –«

Ich hebe die Hand. »Lass mich ausreden. Du brauchst jemanden, der körperlich viel schwächer ist als du. Jemanden, bei dem du Hemmungen hast, ihn zu fest anzupacken. Mit so jemandem kannst du dich perfekt auf Stevens vorbereiten.«

Für einen Moment flammt so etwas wie Hoffnung in Harleys Augen auf. »So schnell wird das nichts mehr«, sagt er dann. »Der Kampf ist in 3 Tagen.«

»Ich wüsste da jemanden.«

Harley mustert mich skeptisch. Ich sehe ihn an und deute mit beiden Daumen auf mich selbst.

Sein Blick verändert sich. Er sieht mich jetzt an, als hätte ich ihm soeben weiszumachen versucht, dass ich vom Mars stamme. »Auf gar keinen Fall!«, sagt er.

Ich lasse die Hände sinken. »Aber das ist die Idee! Du willst mir nicht wehtun, also wirst du vorsichtig sein!«

»Und wenn mir das nicht gelingt? Wenn du doch einen Treffer kassierst?« Ein wenig wütend schüttelt er den Kopf. »Vergiss es, Meg.«

So schnell gebe ich nicht auf. »Wir können mich polstern wie ein Michelinmännchen. Du gibst mir so einen Mundschutz und einen dieser Schaumstoffhelme und was weiß ich nicht alles. Du wirst immer noch Hemmungen haben, mich zu schlagen und mich genauso anpacken, wie du es mit Bobby Stevens machen kannst, ohne ihn zu töten! Verdammt, Harley, meine Idee ist gut!«

»Ich werd trotzdem nicht mit einer Frau in den Käfig steigen, die von ihrem Ex verprügelt worden ist. Das ist doch krank!«

Keine Ahnung, warum ich es so empfinde – aber seine Worte verletzen mich. Vielleicht, weil er jetzt doch noch genau das tut, was ich bei ihm bisher nicht so empfunden habe: Er reduziert mich auf das, was Russell mit mir gemacht hat.

»Vorletzte Nacht«, sage ich leise. »Und letzte Nacht. Hattest du da das Gefühl, dass ich nur eine geschlagene Frau bin, der man nichts zumuten kann?«

»Das kannst du doch nicht vergleichen!«, fährt er mich an.

»Doch, kann ich.« Ich lasse mich von seinem zornigen Blick nicht abschrecken. »Wäre das mit Russell nicht gewesen, dann hättest du schon eingewilligt. Ich will wieder so leben, wie ich es vor ihm konnte. Und dazu gehört auch, dass man mich nicht in Watte packt!«

Harley mustert mich. Lange. Dann wendet er sich wieder dem See zu, über dem sich die kreischenden Möwen Wettrennen im Wind liefern. »Oh, ich werde dich in Watte packen, verlass dich drauf«, knurrt er schließlich. »So viel Watte, wie du in deinem ganzen Leben noch nicht gesehen hast.«

Ich muss lachen und fühle mich, auch wenn das vielleicht absurd ist, richtig erleichtert. Er wird es also versuchen. Er wird seine Karriere nicht einfach so wegwerfen, sondern kämpfen. Und ich werde ihm und mir beweisen können, dass ich nicht in Ohnmacht falle, wenn eine Faust auf mich zuschnellt. Das kann nur gut für mich sein, und für Harley ist das hier sowieso gut, und irgendwie fühlt es sich an, als hätte ich gerade eben begonnen, einen Teil meines baldigen Verrats wiedergutzumachen.

***

Ich sehe in den Spiegel und erkenne mich kaum wieder. Mein Körper ist komplett mit Schaumstoff gepolstert und mit Klebeband umwickelt. Meine Schienbeine stecken zusätzlich in royalblauen Beinschonern und auch meine Füße haben komische Polster bekommen. Ich hebe die Arme. Immerhin das geht noch, wenn auch nicht besonders weit. Ungelenk mache ich ein paar Schritte und muss lachen. Vorhin fand ich meine Idee noch genial. Jetzt glaube ich, dass ich der leichteste Gegner sein werde, den Harley jemals hatte, denn ich kann nicht einmal weglaufen – selbst wenn ich es wollte. Rollen könnte ich vielleicht. Genau. Im Zweifel werfe ich mich einfach hin und kugle davon.

Harley Jones' Gegner kugelt aus dem Oktagon und lässt den Unbesiegten verdutzt zurück.

Na, das wäre ja mal eine Schlagzeile.

Noch immer schmunzelnd nehme ich den roten Helm von der Bank, den Harley mir gegeben hat, und setze ihn auf. Ich schnalle ihn fest und lächle mich im Spiegel an.

»Sexy, Megan«, flüstere ich und drehe mich ein Stück, versuche verschiedene Posen.

Die Tür öffnet sich, als ich gerade auf mein Spiegelbild zuschreite, als wäre ich auf dem Catwalk.

»Trainierst du schon fleißig?« Harley lehnt sich an den Türrahmen und sieht mir zu. In den Händen hält er weitere Schutzkleidung.

Ich zeige ihm eine besonders gelungene Modelpose. »America's next Marshmallow. Meinst du, ich gewinne?«

Harley mustert mich kritisch, dann schüttelt er den Kopf. »Nee. Viel zu dünn.«

Ich schaue ihn empört an, aber er lässt sich nicht beirren.

»Du brauchst noch ein bisschen was.« Er nähert sich mir mit einer Weste, die irgendwie kugelsicher aussieht.

»Willst du im Käfig auf mich schießen oder was?«

Harley bleibt hinter mir stehen und sieht mich durch den Spiegel an. »Das ist eine einfache Schutzweste.«

»Ich habe einen Körperumfang von mindestens fünf Metern, da passt keine Weste mehr drüber.«

»Das ist eine Weste für Superschwergewichte. Die kriegen wir locker da drüber. Heb mal die Arme.«

Ich hebe meine Arme, so weit es geht und muss schon wieder lachen. »Athletisch, was?«

Auch Harley lacht. Es gefällt mir, dass sein Lachen nicht fies klingt. Nicht, wie man es von einem rauen Kerl seines Kalibers erwarten würde. »Sagen wir so: Ballerina solltest du nicht werden, Baymax!«

Ich boxe nach seiner Schulter und sein Lachen wird noch eine Spur ausgelassener.

»Autsch! Wenn du so weitermachst, nehm ich dir deine Polsterung gleich wieder weg und leg sie mir selber an. Stillhalten jetzt.«

Schwerfällig hebe ich die Arme wieder über den Kopf. Ich schwitze jetzt schon wie verrückt unter dem ganzen Schaumstoff und nun soll ich darüber auch noch eine Weste tragen? »K.o. durch Hitzschlag in der 1. Runde«, sage ich, während Harley die Weste zuschnürt.

»Das hättest du wohl gerne. Als mein Sparringspartner gibt es kein K.o. für dich. Du kämpfst bis zum bitteren Ende.«

»Aye.« Ich beobachte Harley durch den Spiegel, wie er mich fachmännisch einschnürt, als wäre ich ein besonders wertvolles Paket. Nachdem er meinen Oberkörper sicher verpackt hat, macht er sich an meinen Armen zu schaffen, doch ich protestiere. »Das reicht jetzt wirklich. Ich kann mich kaum noch rühren und ich glaube, dass ich ganz sicher auch nichts mehr spüre.«

Harley scheint nicht überzeugt. Nur langsam lässt er die übrig gebliebenen Polster sinken, wobei er mich weiter beobachtet. »Aber du versprichst mir, dass du sofort sagst, wenn du doch etwas merkst. Wenn ich dir weh tue oder es zu viel wird, dann sag es mir oder gib mir ein Zeichen oder tritt mir in die Eier. Wir machen das hier nur, damit ich im Kampf vorsichtiger werde. Das hier werden keine realen Bedingungen. Ich werde nicht gegen deinen Kopf schlagen und ich werde dich auch –«

»Hey, ist schon gut.« Ich drehe mich zu ihm um und lege ihm die Hände an die Oberarme. Ich liebe es, wie er sich anfühlt. »Ich erwarte von dir keinen Knockout, okay? Ich bin ja nicht lebensmüde. Ich will dir nur zeigen, dass du keine Killermaschine bist. Du hast dich ganz gut im Griff, das wirst du schon sehen. Und am Samstag wirst du ein paar gut platzierte, nicht weiter gefährliche Schläge gegen Stevens einsetzen und dann ist die Sache auch schon erledigt.«

Harley sieht zu mir runter. In seinen Augen liegen immer noch Zweifel.

»Vertrau mir«, flüstere ich und es versetzt mir sogleich einen Stich. »Wir schaffen das.«

»Danke, Meg.« Der Ausdruck, der in seinen Augen liegt, ist noch immer ernst, doch seine Lippen verziehen sich zu einem Lächeln. »Sollte ich nicht reagieren, auf dich irgendwie abwesend wirken oder so ...« Er deutet auf seinen Schritt. »Ein Schlag oder Tritt und ich –«

»Geht klar, aber ich wette, so weit kommt es nicht.«

Harley nickt. Er wirkt nervös.

Ich sehe ihm in die Augen und er erwidert meinen Blick. »Dann wollen wir mal, hm?« Am liebsten würde ich Harley küssen und ich spüre, dass es ihm genauso geht. Doch dafür sind wir nicht hier.

»Ja, Moment. Eins noch.« Er kramt in seiner Hosentasche und holt eine kleine Plastikschachtel hervor. »Mund auf.«

»Aber –« Weiter komme ich nicht, denn Harley schiebt mir einen Mundschutz zwischen die Lippen. »Hey, so war dasch aber nischt geplant«, nuschle ich.

»Pscht, Baymax. Reg dich nicht auf.« Grinsend nimmt Harley meine Hand und zieht mich mit aus der Kabine in den Trainingsraum.

Ich stolpere ihm hinterher wie ein betrunkenes Maskottchen bei einem Baseballspiel.

Gleich werde ich mit dem Unbesiegten in den Ring steigen. Und auch wenn ich weiß, dass das hier nicht ernst ist und er vorsichtig sein wird, steigt auch meine Nervosität so langsam. Aber ich freue mich auch. Freue mich auf die neue Erfahrung und darauf, dass dieser

Trainingskampf ein Stück weiter in die richtige Richtung führen wird. Weg von dem eingeschüchterten Ich, das Russell geschaffen hat und hin zu der Megan, die ich früher war.

Wir betreten den Käfig. Harley schließt die Tür hinter uns und ich bin überrascht, wie eng es mir hier auf einmal vorkommt. Aber dieser Eindruck entspringt natürlich nur meiner Einbildung – eben weil die Tür zu ist und weil Harley so massiv ist und ich bewegungsunfähig bin.

»Stell dich in die Mitte«, sagt Harley.

Ich gehorche und mache ein paar schwerfällige Schritte zu dem Punkt, den ich für die ungefähre Ringmitte halte.

»Und jetzt?«, frage ich. »Soll ich dich einfach fertigmachen oder dich ein wenig zappeln lassen?«

Harley lacht. »Du weißt aber schon, dass man mich den Unbesiegten nennt?« Er klingt kein bisschen arrogant, sondern eher so, als würde er seinen eigenen Spitznamen nicht ganz ernst nehmen.

»Du musst nicht glauben, dass mich das beeindruckt.«

»Ich weiß dich anders zu beeindrucken.« Harley, der mittlerweile vor mir steht, zieht sich in einer einzigen fließenden Bewegung das Shirt über den Kopf. Schön. Er hat also bereits klar und deutlich mitbekommen, wie sein Körper auf mich wirkt. Tja, es ist wohl auch nicht gerade subtil, wie ich ihn immer anstarre.

»Das ist ziemlich unfair«, gebe ich zurück. »Ich stell mich ja auch nicht oben ohne vor dich, oder?«

»Kannst du jederzeit gerne tun.« Harley zwinkert mir zu, dann wird er ein wenig ernster. »Nur jetzt nicht. Denn das wäre ziemlich gefährlich für dich.«

Ich sehe, wie sich etwas in seiner Körperhaltung verändert, nur ganz leicht, wie er fast übergangslos in einen anderen Modus wechselt. Von Harley zum Unbesiegten. Er sieht konzentrierter aus, seine Schultern wirken noch breiter, seine Haltung kommt mir noch aufrechter vor.

Ich räuspere mich. »Was soll ich tun?«

»Du greifst mich an. Im Rahmen deiner Möglichkeiten. Versuch mich zu treffen. Ruhig mit der flachen Hand, nicht mit der Faust. Klatsch mich einfach nur ab, so tust du dir weniger weh.«

»Was ist mit der Deckung?«

»Bobby Stevens hat keine, also brauchst du auch keine.«

Ich nicke, dann gehe ich in eine leicht seitliche Stellung, ganz wie Harley es mir gezeigt hat. Dann hebe ich die Hände und beginne, genau wie er, leicht auf der Stelle zu tänzeln. Ich sehe ihm in die Augen und er mir genauso, und ich warte auf den perfekten Moment, um meine Hand vorschnellen zu lassen ... doch als ich es zum ersten Mal versuche, weicht Harley mir blitzschnell aus und als Antwort auf meine Attacke landet seine Faust in meiner Seite. Nicht fest, das nicht, aber so schnell, dass ich sie noch nicht einmal kommen sehe. Ich taumle zurück und muss über meine eigene Unbeholfenheit lachen.

»Weiter«, sagt Harley.

Ich konzentriere mich wieder, nähere mich, und diesmal versuche ich es anders. Harley scheint auf meine obere Körperhälfte fixiert, also werde ich ihm in den Magen schlagen. Vielleicht sieht er mich dann nicht kommen. Ich hole aus, schlage zu ... und treffe nur die

Luft. Ich versuche es ein weiteres Mal, diesmal vor seine Brust, und tatsächlich streife ich seine Haut. Aber keine Sekunde darauf knallt seine Faust gegen meine dick gepolsterte Schulter und ich falle zurück auf den Ringboden.

»Bist du okay?!«, will Harley sofort wissen und hilft mir hoch.

»Alles in Ordnung, ich hab nicht das Geringste gespürt«, beruhige ich ihn.

Harley mustert mich kritisch von oben bis unten.

»Hey«, sage ich und hebe mühevoll die Arme, um sein Gesicht in meine Hände zu nehmen. »Du hast mich verpackt, als wolltest du mich nach Übersee verschiffen. Sei nicht so zaghaft. Solange du nicht mit voller Wucht zuschlägst, spüre ich gar nichts.«

Harley sieht mich einen Moment lang prüfend an, dann nickt er, und als wir uns voneinander lösen, um zu einem dritten Versuch anzusetzen, sieht die Sache schon anders aus. Ich bin fasziniert. Seine Körperspannung, seine blitzschnellen Bewegungen und die Kraft, mit der seine Faust gegen meine Panzerung kracht, obwohl er sich schon zurückhält ... Ich bin mir absolut sicher, dass dieser Mann tatsächlich unbesiegbar ist.

***

Abends verlassen wir das Gym gemeinsam. Zwischenzeitlich hat Luigi angerufen – vollkommen glückselig darüber, dass es sich Harley tatsächlich anders überlegt hat. Trainer Julio hat uns einen Besuch abgestattet, aber Harley hat ihn sogleich abgewimmelt und ihm weisgemacht, dass er heute allein trainieren will.

Zeit für sich braucht. Keine Ahnung, warum er ein Geheimnis aus unserem gemeinsamen Training macht. Vielleicht ist unsere Methode einfach zu unorthodox.

Ich war derweil wirklich verblüfft davon, wie bedrohlich er ist, wenn man ihm erst im Käfig gegenübersteht. Außerhalb des Oktagons ist er ein Mann, den ich mittlerweile mehr als nur mag. Doch auf dem beengten Raum der Kampffläche kommt er mir immer noch wie ein Raubtier vor. Wie er mich angesehen hat, die Augen vollkommen kalt. Er hat den Blick keine Sekunde lang von mir genommen, so als wäre ich – sein Gegner – alles, was für ihn von Bedeutung ist. Und dann sind seine Fäuste vorgeschnellt, so rasant, dass ich sie teilweise gar nicht kommen sehen habe. Der Luftzug. Harleys männlicher Geruch. Ich war vollkommen eingelullt von ihm und dem Hauch der Gefahr, den er verströmte und den ich trotz meiner dicken Polsterung noch bestens wahrgenommen habe. Kein Wunder, dass es noch nie jemand geschafft hat, ihn zu besiegen.

Als wir nach dem Training, als es längst dunkel ist, gemeinsam über die New Orleans Street schlendern, ist er jedoch wieder voll und ganz der Harley, den ich kenne. Ein Mann, an dessen Seite ich mich sicher fühle, und nicht nur das. Ich fühle mich auch selbstsicher.

Meine Hand liegt in seiner und ich lächle unmerklich.

»Hast du Hunger?«, fragt er.

»Wie ein Bär.« Mein Herz macht einen Hüpfer, als ich mir vorstelle, mit ihm gemeinsam was essen zu gehen. Doch dann fällt mir siedend heiß ein, dass ich wohl so langsam an Glaubwürdigkeit verliere, wenn ich mich so gar nicht mehr um meinen ›Job‹ kümmere, und das will ich auf keinen Fall. Ich will nicht, dass Harley mir jemals auf die Schliche kommt. Auch wenn das zwischen uns nicht von Dauer sein kann, will ich nicht, dass er … ja, dass er was? Mein wahres Gesicht sieht? Das trifft es nicht ganz, hoffe ich. Ich bin doch eigentlich keine falsche Schlange, die andere ausspioniert und das Wissen dann zu ihrem Vorteil nutzt. So war ich nie. Ich bin da in was reingeraten, das …

Nein. Ich wollte doch kein Opfer mehr sein, also sollte ich auch Verantwortung für meine Entscheidungen übernehmen. Aber die Entscheidung, dieser Reportage zuzusagen, war definitiv falsch. Doch wer hätte denn ahnen können, dass ich mich in ihren Protagonisten verliebe?

Verliebe? Bin ich wirklich in Harley verliebt?

Verstohlen schaue ich zu ihm herüber und stelle überrascht fest, dass er mich ein wenig verwundert mustert.

»Noch da?«, fragt er.

Oh, Shit. Hat er was zu mir gesagt, während ich in Gedanken war?

»Äh, ich … hab nur gerade drüber nachgedacht, dass Luigi bestimmt bald eine fertige Homepage von mir erwartet, also sollte ich den Abend wohl noch zum Arbeiten nutzen.«

Harley winkt ab. »Für Luigi bist du jetzt so was wie eine Heilige, weil du mich überredet hast, den Kampf doch zu machen. Mach dir wegen dem also keine Sorgen.«

Ich lächle. »Dann würde ich gern mit dir was essen gehen. Das wolltest du doch fragen, oder?«

»Das hab ich dich längst gefragt, du taube Nuss.«

Ups. Ich spüre, wie eine leichte Röte meine Wangen überzieht. »Äh, na dann ... Kennst du ein Restaurant hier in der Nähe?«

»Dutzende. Kämpfen macht hungrig. Stehst du auf Italienisch?«

»Ich steh eigentlich auf alles, was man essen kann.«

Harley lacht. »Das ist gut.«

»Bei dir allerdings hätte ich erwartet, dass du kein Italienisch mehr sehen kannst, wenn du schon ein Jahr lang in Italien warst.«

Er grinst schief. »Da gab's kein Italienisch. Nur Haferflocken und Powershakes, Reis und Hühnchen ...«

»Das war ja ein richtiges Bootcamp.«

Sein Grinsen gefriert ein wenig. »Ja, so in der Art.«

Während Harley mich mit in eine Seitenstraße nimmt, stelle ich eine Frage, die mir jetzt schon eine Weile unter den Nägeln brennt. »Wie ist das eigentlich gekommen? Dass du überhaupt erst mit dem Kämpfen angefangen hast?«

Kurz befürchte ich, dass ich wieder keine ehrliche Antwort bekomme – wie, als ich gefragt habe, weshalb er bei der Polizei aufgehört hat.

Doch nach einem Moment sagt Harley: »Eigentlich habe ich nie wirklich damit angefangen. Unser Vater war Boxer, zuerst Profi und dann hobbymäßig, und er hat uns mit ins Gym genommen, wann immer es ging. Darum befinden sich auch heute noch so viele Boxelemente in meinem Kampfstil.«

Als er ›uns‹ sagt, muss ich gleich wieder an seinen Bruder denken, von dem er mir ja schon erzählt hat. Liebend gerne würde ich jetzt nachfragen, endlich mehr über dessen Todesumstände erfahren. Nicht aus journalistischem Interesse, sondern weil mir Harley wichtig ist. Aber er hat gesagt, dass er mir die Geschichte irgendwann erzählen wird und ich vertraue darauf, dass er es tut, wenn er so weit ist.

Also lasse ich nur seine Hand los und lege stattdessen meinen Arm um seine Hüfte, und nach einem Moment legt er den Arm um meine Schultern. Sein männlicher Geruch hüllt mich ein und ich könnte mich gar nicht besser fühlen, auch wenn meine Gedanken jetzt zu kreisen begonnen haben. Was ist seinem Bruder zugestoßen? Ein Unfall? Irgendein anderes Unglück? Vielleicht war er Berufsboxer und ist bei einem Kampf gestorben? Aber dann wäre Harley doch nicht so unvorsichtig, selbst einen ganz ähnlichen Job auszuüben …

»Da vorne ist es«, sagt Harley und deutet in eine Gasse.

Verborgen hinter dünnem Herbstnebel erkenne ich auf der linken Seite das Neonschild eines Restaurants. Warmes orangefarbenes Licht dringt durch die Fenster nach draußen und ich empfinde plötzlich eine riesige Vorfreude. Dass ich das letzte Mal mit einem Mann essen war, ist ewig her. Russell und ich waren nie in Restaurants, es gab wenn dann mal einen Burger im Pub um die Ecke. Anderswo als in schäbigen Kneipen schien er sich stets unwohl zu fühlen, wahrscheinlich wegen der Minderwertigkeitskomplexe, die er insgeheim mit sich herumschleppte.

»Dann arbeiten wir mal daran, dass ich bald auch ohne Polsterung gegen dich in den Käfig steigen kann«, erkläre ich. »Ich hab nämlich vor, die ganze Karte zu verschlingen.«

»Die Karte? Bestell dir doch lieber was zu essen.«

Lachend schlage ich Harley mit der freien Hand gegen die Brust und er drückt mir grinsend einen Kuss aufs Haar.

Verdammt, warum fühlt sich das hier nur so gut an?

Wir erreichen das kleine italienische Restaurant, gedämpfte Musik schallt aus dem Inneren und wir wollen gerade eintreten, als auf einmal ein Handy klingelt. Es ist Harleys, nicht meins.

Er zieht es hervor und wirft einen Blick aufs Display. »Warte kurz.« Damit lässt er mich los und wendet sich ab, um ranzugehen. »Ja? … Hi, Sally. … Nein, ist okay. … Was Ernstes? Hat er sich verletzt? … Sally, er ist 12, da macht man so was. … Gut, verstehe. Ich bin gleich da. Ich werde jemanden mitbringen, in Ordnung? … Okay. Bis gleich.«

Während ich so tue, als würde ich die Karte neben der Tür studieren und dabei angestrengt zuhöre, wird mir ein wenig flau im Magen. Wer ist Sally? Eine Ex? Mit der er vielleicht sogar ein Kind hat? Ich rechne nach. Wenn Harley mit Anfang 20 Vater geworden ist, dann könnte das durchaus hinkommen. Eifersucht durchfährt mich beim Gedanken daran, dass er einen Sohn mit einer anderen haben könnte. Auch wenn das natürlich kindisch und blöd ist. Viele Menschen haben Kinder aus früheren Beziehungen. Aber ein Kind bedeutet auch eine ewige Verbindung zu dem Menschen, mit dem man damals zusammen war. Wenn er noch Gefühle für diese Sally hat …

»Meg?« Harley wendet sich mir zu.

»Ja?« Ich sehe ihn an, ringe mir ein Lächeln ab.

»Würde es dir was ausmachen, wenn wir vor dem Essen kurz bei meiner Schwägerin vorbeifahren? Mein

Neffe hatte Ärger und sie weiß nicht, an wen sie sich sonst wenden soll.«

Schwägerin, Neffe ... Es dauert einen Moment, bis ich verstehe, dass es sich bei dieser Sally offenbar um die Frau seines verstorbenen Bruders handelt, und sofort überkommt mich das schlechte Gewissen. »Das ist gar kein Problem!«, beeile ich mich zu sagen.

Und auch wenn mich die Vorstellung, die Witwe von seinem Bruder kennenzulernen, ein bisschen traurig stimmt, freue ich mich auch, dass er mich mit zu seiner Familie nimmt.

Dann realisiere ich, dass das ein Vertrauensbeweis ist – und fühle mich miserabler denn je.

HARLEY

Keine 10 Minuten nach Sallys Anruf sitzen wir in meinem Wagen. Es fühlt sich komisch an, Megan mit zu meiner Familie zu nehmen. Zwar kennen Luigi und der Rest der Bande Sally auch, das ließ sich nicht vermeiden, dennoch versuche ich, die beiden Welten – den ganzen MMA-Zirkus und das, was von meinem Privatleben übrig ist – eigentlich so streng wie möglich zu trennen. Aber Megan gehört irgendwie zu beidem.

Während ich das Auto durch die Straßen Chicagos steuere, sehe ich zu ihr herüber. Sie wirkt verändert. Nicht mehr wie das schüchterne Mädchen im Glitzerkleid, das am letzten Kampfabend zu mir in die Kabine kam und aussah, als würde sie am liebsten rückwärts wieder rausgehen. Stattdessen hat sie jetzt eine gewisse Zuversicht an sich, die ihr viel besser steht. Ich hoffe nur, dass das eine dauerhafte Veränderung ist und dass sie sich nicht wieder zurückverwandelt, wenn ...

Ja, wenn was? Mir wird auf einmal klar, dass ich mir Gedanken um die Zukunft mache, und das ist etwas, das ich ewig nicht getan habe.

Wird das mit uns beiden weitergehen? Und wenn ja, wie? Wird etwas Ernstes daraus werden und wie soll das funktionieren? Ich darf nicht vergessen, dass sich mein Leben nicht ändern wird, nur weil ich sie jetzt kenne.

Du bist keine Killermaschine ...

Sie hat eine viel zu gute Meinung von mir. Und ich möchte aus ziemlich egoistischen Gründen, dass es auch dabei bleibt – und weiß zugleich, dass das nicht geht. Es gibt gewisse Dinge, die ich ihr nicht erzählen werde, niemals, denn das würde sie in viel zu große Gefahr bringen. Aber wie soll das mit uns funktionieren, wenn ich Geheimnisse vor ihr habe? Außerdem würde sie mich erpressbar machen. Noch erpressbarer, als ich eh schon bin.

Aber was ist die Alternative? Das Ganze sein zu lassen, einen Rückzieher zu machen? Das wäre feige. Und dumm. Es ist ja nicht so, dass es hier um irgendeine Affäre geht, sondern um eine Frau, die mir etwas bedeutet, und zwar ziemlich ernsthaft. Als ihr Ex vor ihrer Tür aufgetaucht ist, hätte ich ihn am liebsten totgeschlagen. Und ich weiß, dass ein gewisser Teil von mir durchaus dazu in der Lage gewesen wäre. Der Teil, der in Italien darauf trainiert worden ist, unbesiegbar zu sein. Unbesiegt.

»Hast du ein enges Verhältnis zu deinem Neffen?«, fragt in diesem Moment Megan und reißt mich aus meinen Gedanken.

Ich brauche einen Moment, um ihre Frage zu erfassen. »Ja«, sage ich dann. »Zwar kann ich nicht so häufig vorbeischauen, wie ich gern würde, aber nach dem Tod seines Vaters hat er sich mich glaube ich als männliche Bezugsperson ausgesucht. Oder generell als Bezugsperson. Sally arbeitet Vollzeit im Krankenhaus und hat viel weniger Zeit für ihn, als sie gern hätte.«

»Was ist mit euren Eltern?«, will sie wissen.

»Was soll mit denen sein?«

»Na ja, wie ist da das Verhältnis?«

Ich schüttle den Kopf, wäge wieder ab, wie viel ich ihr erzählen kann. Aber über meine Eltern zu reden ist eigentlich kein Problem. Niemand wird etwas dagegen haben. »Unser Vater lebt seit Jahren im Heim. Boxerdemenz. Der erkennt niemanden mehr. Unsere Mutter hat wieder geheiratet und wohnt jetzt in Florida.«

Megan runzelt die Stirn und sieht auf einmal alarmiert aus. »Boxerdemenz? Was soll das sein?«

»Das ist wie Alzheimer, nur dass es durch zu viele Schläge gegen den Kopf ausgelöst wird«, erkläre ich.

Die kleinen Falten auf ihrer Stirn werden noch tiefer.

»Keine Sorge, dagegen gibt es ein einfaches Mittel«, beschwichtige ich sie.

»Und welches?«

»Man darf sich eben nicht vor den Kopf treffen lassen.«

Megan mustert mich noch einen Moment lang sorgenvoll, dann lehnt sie sich seufzend in ihrem Sitz zurück. Etwas scheint sie zu beschäftigen. Ein bisschen mehr als die Angst, dass ich irgendwann dement werden könnte.

»Was ist los?«, frage ich.

»Versprich mir was.«

»Und was?«

Sie sieht mich an. Ihr Blick hat sich verfinstert. »Wenn du irgendwann merkst, dass du nicht mehr so gut bist wie jetzt, dann hör mit dem Kämpfen auf. Hör damit auf, bevor es zu spät ist.«

Tja, das ist jetzt ein schwieriges Thema. Nicht, weil ich nicht damit aufhören wollte. Ich bin nicht besessen von diesem Sport, so wie manch andere. Hätte ich die Wahl, wäre ich immer noch Cop. Es gab für mich nie was Besseres als Streife zu fahren und zu versuchen, die bösen Jungs zu schnappen. Aber ich hatte nun einmal keine Wahl und ich werde auch keine haben, wenn meine Karriere dem Ende zugeht. Es werden sich einfach nur die Wetteinsätze ändern. Die Wetten werden dann gegen mich stehen.

»Harley.« Megan dreht sich halb zu mir herum. »Versprich es.«

»Das kann ich nicht«, gebe ich ehrlich zu.

»Sei doch kein Idiot!«, erwidert sie in beschwörendem Tonfall.

Ich greife nach ihrer Hand. »Ich werde dir das alles erklären. Irgendwann. Aber nicht heute.«

Damit wende ich mich wieder der Straße zu und Megan fragt glücklicherweise nicht weiter nach.

KAPITEL 11

Harleys Schwägerin lebt in der Vorstadt, in einem Häuschen, das einen neuen Anstrich gebrauchen könnte, aber gerade deswegen schon von außen einen mehr als gemütlichen Eindruck macht. Es gibt eine kleine Veranda und aus einem Schornstein auf dem Dach kräuselt sich Rauch. Warmes Flackern hinter den Fenstern verrät, dass es hier einen Kamin gibt und ich freue mich, ins Warme zu kommen, denn hier draußen ist es mittlerweile ziemlich frisch geworden. Klar, es geht mit großen Schritten auf den Winter zu und die Vorweihnachtszeit geht auch bald in die heiße Phase.

Und wer weiß, vielleicht wird sie für mich viel romantischer als gedacht ...

Klar. Hör auf zu träumen, Meg.

Hand in Hand gehen Harley und ich die Verandastufen hinauf, dann klopft er an. Ich spüre, dass ich nervös bin. Es ist mir wichtig, dass diese Sally mich sympathisch findet. Ich hoffe, ich tue nichts Blödes und sage nichts Taktloses.

Schritte aus dem Inneren des Hauses, dann wird die Tür geöffnet und ich bin überrascht: Ich kenne die Frau, die da vor mir steht! Es ist die Ärztin, die nach dem Kampf gegen Cuevas die Wunde auf Harleys Brust genäht hat!

Sie ist dunkelhaarig, hat ihr dickes Haar seitlich zu einem Zopf geflochten und ein sehr warmes Lächeln, das jedoch die Sorge in ihrem Blick nicht verschleiern kann. »Da seid ihr ja«, sagt sie.

»Sally«, erwidert Harley, »das ist Megan. Sie ist …«

»Wir haben uns schon kurz kennengelernt«, unterbreche ich ihn und halte Sally die Hand hin. »Ich bin die neue …«

»Ist mir total egal. Ich bin froh, dass Harley überhaupt mal wieder eine Frau anschleppt.« Ihr Lächeln wird zu einem Grinsen, dann drückt sie mich zur Begrüßung an sich. »Schön, dich kennenzulernen, Megan.«

Ich bin ein wenig überrumpelt, erwidere ihre Umarmung aber dann. Sie scheint ein sehr herzlicher Mensch zu sein und erinnert mich ein bisschen an Ellie, nur dass sie weniger sarkastisch und auf Krawall gebürstet ist als meine beste Freundin.

»Kommt rein, es ist ja eiskalt hier draußen!«

Wir folgen ihr ins Innere und landen in einer kleinen Diele mit zierlichen weißen Möbeln, die herbstlich dekoriert sind. Auf einer Kommode steht noch ein kunstvoll geschnitzter Halloween-Kürbis.

»Dale erlaubt mir einfach nicht, das Ding wegzuwerfen«, schmunzelt Sally, die meinen Blick bemerkt zu haben scheint. »Er hat ihn in der Schule mit seinen Freunden geschnitzt und ist mächtig stolz.«

Ich sehe mir den Kürbis genauer an. Er macht einen ziemlich fiesen Eindruck mit seinem zackigen Gebiss und den schmalen Augenschlitzen. Und noch ein Detail fällt mir auf: Mit Edding ist etwas auf die linke und rechte Seite des Kürbisses gemalt worden, das ich zuerst einfach nur für schwarze Flecken halte. Dann erkenne ich an der Form, dass die Flecken etwas anderes darstellen – Boxhandschuhe. Und das macht mich noch betroffener. Der Junge vermisst seinen Vater sicher sehr. Ob er schon so lange tot ist, dass er sich kaum noch an ihn erinnert? Oder ob sich die Wunden noch frisch anfühlen?

»Ich rede am besten gleich mit ihm«, sagt Harley und will die Treppe hinauf in den ersten Stock gehen, aber Sally hält ihn am Arm zurück.

»Warte. Er schmollt noch. Setzen wir uns in die Küche und warten ab. Wenn er deine Stimme hört, wird er schon von selbst kommen.« Sie lächelt zu mir herüber. »Seid ihr zwei hungrig? Ich habe Kürbissuppe im Angebot. Von einem frischeren Exemplar als dem da drüben.«

»Das klingt wunderbar!«, sage ich, ehe Harley dazu kommt, ihr abzusagen, weil er mir das italienische Essen versprochen hat. Auf einmal finde ich die Vorstellung, eine Weile hier zu bleiben, auch viel schöner. Wer weiß, vielleicht erfahre ich ja von Sally ein bisschen mehr über Harley.

Sie nimmt uns je an einer Schulter und führt uns in eine große Wohnküche, wo es einen massiven Esstisch, Kinderzeichnungen an der Kühlschranktür und eine Menge herumstehenden Geschirrs gibt. Sally scheint das Chaos nicht unangenehm zu sein, und das finde ich schon wieder sehr sympathisch von ihr.

»Setzt euch, ich tu schnell was auf. Das Essen ist seit einer Stunde warm, aber *Monsieur* da oben spielt ja lieber beleidigt. Hast du Kinder, Megan?«

»Ich?« Blöde Frage, ich bin wohl die einzige Megan hier. »Nein. Nein, hab ich nicht.«

»Merk dir eines für den Fall, dass du mal welche bekommst: Wenn sie Hunger haben, geben sie klein bei. Wie eine belagerte Stadt im Mittelalter.«

Ich muss lachen. »Okay, das merk ich mir! Ich werde Burger und Pizza zubereiten und den Geruch irgendwie ins Kinderzimmer leiten.«

»Das musst du gar nicht. Essen wittern die auch aus 10 Kilometern Entfernung.«

Ich setze mich auf einen der Stühle am Esstisch und Harley setzt sich über Eck. Er wirkt ein wenig befangen und ich glaube Sally aufs Wort, dass er lange keine Frau mit zu seiner Familie gebracht hat. Gut. Aber was befürchtet er jetzt? Ein Album mit peinlichen Kinderfotos wird seine Schwägerin wohl kaum hervorkramen. Außerdem muss er auch als Kind schon phänomenal ausgesehen haben, da gibt es sicherlich kein einziges peinliches Bild.

Sally setzt uns die Teller vor und nimmt dann ebenfalls Platz.

»Also.« Harley greift nach seinem Löffel. »Was hat er angestellt?«

»Hat einem anderen Kind in seiner Klasse die Nase gebrochen.«

Ein wenig ungläubig sehe ich sie an. Wie soll denn ein 12-Jähriger derart fest zuschlagen?

Sally sieht jetzt noch besorgter aus als gerade. »Jetzt hat er einen einwöchigen Verweis, was angesichts seiner Noten eine ziemliche Katastrophe ist. Keine Ahnung, wie er den Stoff wieder aufholen soll.«

»Was hat der andere Junge gemacht?«, will Harley wissen.

In Sallys Blick tritt eine leichte Verärgerung. »Das ist doch völlig egal, Harley. Gleichgültig, was das andere Kind getan hat, er kann nicht einfach zuschlagen.«

Harley scheint zu merken, dass der Kämpfer in ihm gerade den Cop Harley Jones überwogen hat, und das scheint ihm nicht gerade zu gefallen. Er sagt einen Moment lang nichts und Sally fordert mich, jetzt wieder lächelnd, auf, die Suppe zu kosten.

Ich nehme einen Löffel und muss mich beherrschen, nicht gleich einen weiteren nachzuschieben. Dieses Essen ist köstlich.

»Hast du schon versucht mit ihm zu sprechen?«

»Ja, aber er sieht seinen Fehler gar nicht ein. Er versteht nicht, warum er nicht zuschlagen darf, wenn Grandpa es durfte und Onkel Harley es sogar vor Leuten macht, die dafür bezahlen.«

»Ist klar, dass er das nicht versteht«, sagt Harley. »Aber ich werde versuchen, es ihm zu erklären.«

»Hat Ihr Mann denn auch geboxt?«, frage ich. Und dann wird mir klar, dass ich jetzt tatsächlich etwas Taktloses gesagt habe.

Aber Sally reagiert nicht komisch oder pikiert auf die Frage. »Ja«, sagt sie stattdessen, »als er jung war. Aber er war nie sehr gut. Hat sich dann einen Trainingsraum im Keller eingerichtet, an der Wand ein großes Bild von seinem einzigen Sieg. Den hat er allerdings gegen einen Kontrahenten errungen, der am Tag zuvor einen Trainingsunfall hatte und unter starken Schmerzmitteln stand, also ...« Sie lacht leise. »... zählt er eigentlich nicht.

Und das wusste Scott auch. Aber er hat sich in manchen Dingen einfach gern selbst was vorgemacht. War ein Träumer. Er erzählte mir dauernd, dass wir irgendwann in einem größeren Haus leben würden und dass er Dale nach Harvard schicken würde und ... Ach, jetzt gerate ich ins Plappern. Entschuldigung.«

Ich lächle. »Nein, ich höre gern zu.«

»Ja, Sie haben so eine Art an sich, die einen zum Reden bringt.«

Ein eisiger Schauer läuft mir bei ihren Worten über den Rücken – nicht, dass sie mich jetzt als Reporterin enttarnt.

»Vielleicht hättest du zur Polizei gehen sollen«, scherzt Harley.

Stimmt, die Cops sind auch bekannt dafür, dass sie andere zum Reden bringen. Gut. Offenbar denkt hier niemand an Reporter.

»Die Suppe ist wirklich richtig lecker«, lenke ich ab.

Sally bedankt sich und dann sind auf einmal Schritte auf der Treppe zu hören. Keine fünf Sekunden später kommt ein schmächtiger Junge in die Küche gerannt, dem ich im Leben nicht zutrauen würde, dass er einem anderen Kind die Nase bricht.

»Onkel Harley!«, ruft das Kind und fällt ihm um den Hals. Harley kann gerade noch rechtzeitig seinen Löffel weglegen.

»Na, Großer!« Er schließt den Jungen in die Arme.

Sally sieht mich an als wolle sie sagen: »Wusst ich's doch.«

Ich lache leise. Ihre Belagerungstaktik in Verbindung mit einem Besuch von Dales Lieblingsonkel ist wohl

aufgegangen. Sofort fängt der Junge an, auf Harley einzureden und es dauert keine zwei Minuten, bis er ihn
bittet, mit nach oben zu kommen, weil er ihm seine
neuen Action-Man-Figuren zeigen wolle.

Harley sieht mich entschuldigend an.

»Geh nur.« Es gefällt mir, wie er sich um das Kind
kümmert, das ja noch nicht einmal seins ist. Das zeigt,
dass er ein anständiger Mann ist – wie ich von Anfang
an dachte.

Sally und ich bleiben in der Küche zurück und während ich weiter meine Suppe löffle, nimmt sie auf einmal die Polizistenrolle ein und mich ins Kreuzverhör.

»Harley scheint dich sehr zu mögen.«

»Das hoffe ich«, antworte ich ganz automatisch.

»Sonst hätte er dich nicht hergebracht.« Sie zögert,
dann fragt sie: »Weißt du Bescheid?«

»Über was?«, hake ich nach.

Sally mustert mich einen Moment, dann schüttelt sie
den Kopf. »Schon gut.« Ein kurzes Lächeln, dann wird
sie übergangslos wieder ernst. »Ohne Harley«, sagt sie,
»hätten Dale und ich das hier nicht mehr. Keine Ahnung, ob wir überhaupt noch in der Stadt wären oder
…« Sie räuspert sich. »Was ich eigentlich sagen will: Ich
bin froh, dass er dich mit hergebracht hat und ich
würde mich freuen, wenn das zwischen euch das ist,
wonach es aussieht. Das wäre … für uns alle ein großer
Schritt in die richtige Richtung.« Einen Moment lang
geht ihr Blick ins Leere, in irgendeine Vergangenheit,
die ich nicht kenne. Dann blinzelt sie und deutet auf
meinen Teller. »Noch Suppe?«

Ich nicke dankbar und wir unterhalten uns noch eine
ganze Weile. Ich erfahre, dass Sallys verstorbener

Mann ein relativ erfolgreicher Boxpromoter war, bis es einen Skandal um einen seiner Kämpfer gab, der über lange Zeit systematisch gedopt haben soll. Dann ging alles den Bach runter und am Ende …

»Sein Tod kam für uns alle überraschend und war das Furchtbarste, das hätte passieren können.«

»Das glaube ich gern.« Ich mache eine Pause und weiß nicht, ob ich weiter nachfragen soll. Aber Sally wirkt nicht, als würde sie jeden Moment in Tränen ausbrechen, also wage ich es: »Wie ist es passiert?«

Sie sieht mich an, holt tief Luft. »Es war ein Autounfall«, sagt sie dann. »Ein anderer Wagen hat ihn auf der Wells Street Bridge erwischt. Er hat die Leitplanke durchbrochen und ist im Fluss gelandet. Sie haben gesagt, dass ihn der Aufprall schon getötet hat.« Sally schluckt. »Zumindest ist er nicht ertrunken.«

Ich sehe diesen Unfall bildlich vor mir und kann gar nicht beschreiben, wie grauenhaft ich das alles finde. Aber ich glaube, an Beileidsbekundungen hat Sally auch genug gehört. Also strecke ich nur den Arm aus und lege ihr meine Hand auf den Arm. Sie seufzt tief und ihr Blick fällt auf etwas auf einem der Küchenregale. Ich drehe den Kopf und sehe ein Foto dort stehen. Es ist schwarz-weiß und sieht allein schon deshalb aus, als zeige es einen Menschen, der lange nicht mehr da ist. Aber auch die extrem große Ähnlichkeit, die der Mann auf dem Foto mit Harley hat, lässt mich verstehen, dass es sich bei ihm um Scott handeln muss. Sein Gesicht ist etwas weicher als Harleys und anstelle der hellen Eisaugen hat er dunkle. Dennoch muss auch ich jetzt schlucken. Scott sieht nett aus und ich bin mir sicher, dass er ein guter Vater war und ein guter Mann.

Manchmal ist das Leben einfach so unfair.

Sally und ich reden noch ein bisschen, bis Harley irgendwann wieder nach unten kommt – gemeinsam mit Dale, der sich ein wenig kleinlaut bei seiner Mom entschuldigt und sich mir dann sogar artig vorstellt.

Ich sehe Harley an. Er zwinkert mir zu. Mein Herz explodiert fast in meiner Brust und mir wird klar, dass ich mich allerspätestens heute Abend wirklich verdammt ernsthaft in diesen Mann verliebt habe.

***

Am nächsten Tag trainieren wir weiter. Es scheint Harley immer noch schwerzufallen, seine Kraft zu kontrollieren, aber ich lande immer seltener auf meinem dick gepolsterten Hintern und schaffe es stattdessen, seine Schläge und Tritte abzufangen. Würde ich nicht in meinem Marshmallow-Anzug stecken, wären sie sicher immer noch schmerzhaft genug, um mich K.o. gehen zu lassen. Das ist gut. Eine gute Entwicklung. Jetzt muss Harley nur noch aufhören, mich Baymax zu nennen, dann bin ich zufrieden, denn wenn er es zu oft tut, gewöhnt er sich noch daran und fängt an, mich auch außerhalb der Trainingshalle bei diesem Namen zu rufen. Und das wäre seltsam.

Nachdem er mich trotz meiner standhaften Gegenwehr noch ungefähr zwanzig Mal auf die Matte geschickt hat und ich echt fiesen Muskelkater bekomme, machen wir Schluss und schaffen es heute sogar zu dem Italiener. Es ist unheimlich schön, einfach mit Harley dort zu sitzen. Es gibt zwar kein Kerzenlicht und keinen Geigenspieler an unseren Tisch, aber ich glaube, auf so etwas ist auch keiner von uns aus.

»Morgen ist es so weit«, sage ich zu Harley nach der Hälfte meiner riesigen hauchdünnen Steinofen-Pizza. »Machen wir noch ein Abschlusstraining?«

Harley schüttelt den Kopf. »Morgen muss ich noch mal gegen meinen eigentlichen Sparringspartner ran und sehen, ob unsere Übungen was gebracht haben. Und für dich steht jede Menge Promotion an.«

Mir wird heiß und kalt. Ach. Ja. Ich bin ja die PR-Frau. »Was ... was muss ich genau machen?«, hake ich nach. »Plakate kleben oder ...«

»Nein, die hängen längst. Aber es stehen ein paar Pressetermine an, um die müsstest du dich kümmern. So kurz bevor die UFC mich kämpfen lässt, haben sich die ganzen Magazine angemeldet ... und ein paar Chicagoer Zeitungen.« Er grinst schief. »Das Gute ist, dass ich der Unbesiegte bin und keine Interviews geben muss. Das machst du für mich.«

Ich gefriere innerlich zu Eis. Zeitungen? Reporter? Ich kann auf keinen Fall mit denen reden, die kennen mich doch alle!

»Aber ... aber du würdest viel sympathischer rüberkommen, wenn du diese Interviews selbst gibst!«

»Möglich, aber mir ist es ziemlich egal, ob ich sympathisch rüberkomme oder nicht.«

»Du hast gesagt, dass du wegen dem Ruhm Kämpfer geworden bist.«

Harley sieht mich ernst an. »Das war nicht ganz die Wahrheit, Meg. Ich sagte ja, ich werde dir das alles irgendwann erklären. Aber im Moment ...« Er mustert mich und ein verschmitztes Lächeln erscheint auf seinen Lippen. »Was ist? Bist du zu schüchtern oder was?«

»Nein, ich bin überhaupt nicht schüchtern, ich ...« Ich bin nur eine miese Lügnerin, die gerade panische Angst hat, aufzufliegen. Denn auch wenn Harley offenbar ebenfalls Geheimnisse vor mir hat, wiegen meine doch um einiges schwerer. Trotzdem zwinge ich mich zu einem Lächeln. »Ich hab das nur noch nie gemacht, also ...«

»Wo warst du denn vorher angestellt?«

Scheiße. Es hätte vielleicht Sinn gemacht, mir in der vergangenen Zeit mal eine glaubhafte Geschichte zu überlegen, anstatt meine Gedanken nur um Harley kreisen zu lassen.

»Ich war ...« Ich stochere in meiner Pizza herum, auch wenn das eigentlich gar nicht geht. »Ich war bei einer Werbeagentur. Habe mich dort in erster Linie um Grafikkram gekümmert. So was wie deine Plakate beispielsweise. Und eben Webdesign. Aber ich hatte jetzt nie den großen Kontakt zu Kunden oder zur Presse.«

»Das ist nicht schwer. Die stellen alle dieselben Fragen. Bisher hat sich Luigi darum gekümmert, aber es werden langsam einfach zu viele.«

Viele Reporter. Oh Gott. Das wird furchtbar.

»Du kriegst das schon hin«, sagt Harley. »Da hab ich überhaupt keine Zweifel. Alles klar?«

Es rührt mich, dass er an mich glaubt, aber gleichzeitig wird mein schlechtes Gewissen immer schlimmer, und meine Angst genauso. Es kann eigentlich gar nicht sein, dass niemand auftaucht, den ich kenne ... oder? Vielleicht schicken sie nur Leute aus den Sport-Ressorts. Aber selbst davon kenne ich einige. So ein Mist.

Ich muss etwas tun. Irgendwie reagieren. Irgendwie dafür sorgen, dass der Tag morgen keine totale Katastrophe wird. »Ja, weißt du, das eigentliche Problem ist ...«, sage ich zu Harley, und auf einmal habe ich eine Idee. »... Dass ich morgen noch einen Friseurtermin habe. Ich wollte zu deinem Kampf so richtig gut aussehen. Und jetzt habe ich ein bisschen Angst, dass die Frisur nichts wird und ich wie ein Idiot vor diesen ganzen Reportern stehe.«

Harley runzelt die Stirn und scheint meine Sorge nicht so ganz zu verstehen. »Na ja, dann lass halt nichts Großartiges machen. Du musst ja nicht mit rosa Spikes kommen, was?«

Ich lache leise. Verdammt, sogar jetzt, wo ich mich hundsmiserabel fühle, bringt er mich noch zum Lachen. »Eine kleine Veränderung wollte ich schon.«

»Nicht, dass du sie nötig hättest.«

Harley sieht mir tief in die Augen und ich schmelze dahin – mein Gott, was ist das nur für ein Gefühlschaos?! Am liebsten möchte ich ihm um den Hals fallen und mich für immer in seinen Armen verkriechen. Aber das geht nicht. Dafür habe ich mich schon viel zu tief reingeritten.

»Also, wann geht's denn dann morgen los?«, frage ich schließlich und senke die Lider, um unter seinem Blick nicht dunkelrot zu werden.

»Am Nachmittag. Gegen 4 im Ivory. Die Adresse hast du noch?«

Ich nicke, und dann ist das Thema erledigt. Harley scheint nicht sonderlich nervös wegen diesem Kampf zu sein – sicher, es ist ja auch schon ziemlich klar, dass er gewinnen wird. Ich hingegen sehe nach dem Essen ziemlich schnell zu, dass ich mich verabschiede. Ich brauche jetzt dringend ein Gespräch mit Ellie.

Harley bietet an, mich nach Hause zu fahren, doch ich versichere ihm, dass es mir nichts ausmacht, ein Taxi zu nehmen und berufe mich darauf, dass er sich sicher noch ausführlich auf morgen vorbereiten muss.

»Wir sehen uns dann im Ivory ... und mach dir keine Sorgen. Es wird alles so klappen, wie wir es geplant haben.« Als sich mein Wagen nähert, schlinge ich die Arme um Harleys Hüften und wünsche mir nichts dringender, als ihn einfach mit nach Hause nehmen zu können.

Er erwidert meinen Blick und ich spüre, wie sich seine Arme um meine Taille schließen. »Falls ich's morgen vergesse, Meg ... Danke.«

Ich spüre, wie sich ein Kloß in meinem Hals bildet. Warum fühlt sich das hier nach einem Abschied an? Nach einem richtigen Abschied?

Oh nein, Meg. Jetzt bloß nicht heulen. Einen Moment lang kämpfe ich tatsächlich mit den Tränen, aber dann legt Harley seine Hand unter mein Kinn und küsst mich leidenschaftlich, und ich erlaube mir, mich ganz in dem Sturm aus Glückshormonen zu verlieren, die dieser Kuss in mir entfacht.

Dann ist das Taxi da.

Ich sehe Harley an und bin so kurz davor, drei kleine Worte auszusprechen, für die es verdammt noch mal viel zu früh ist. »Ich mag dich ... ziemlich«, bringe ich stattdessen hervor.

Harley lacht leise. Kurz senkt er den Blick, dann drückt er mir einen Abschiedskuss auf die Stirn. Dann öffnet er mir die Autotür und ich muss wohl oder übel einsteigen.

Als wir losfahren, bin ich erfüllt von einer wüsten Mischung aus Erleichterung und tiefer Trauer. Erleichterung, weil er noch nichts weiß. Weil ich mich heute nicht selbst verraten habe. Und Trauer, weil ich vermutlich morgen auffliegen werde.

Ich lehne mich in meinem Sitz zurück und versuche, nicht weiter nachzudenken, bis ich zu Hause bin. Ellie wird wissen, was zu tun ist. Das weiß sie immer.

Kapitel 12

»Ich weiß gar nicht, wo das Problem ist, Meg. Du beendest jetzt diesen Job, schreibst einen großartigen Artikel und erreichst das, wovon du so lange geträumt hast. Zwar finde ich die Idee, dass du wegziehst, immer noch nicht berauschend, aber ...«

»Ellie.« Ich sehe zu ihr auf. Sie tigert vor dem Sofa auf und ab und wirkt energiegeladen wie eh und je. »Hast du mir nicht zugehört? Ich habe Gefühle für ihn. Ernsthafte.«

Sie bleibt stehen und sieht mich mit verschränkten Armen an. »Aber du hast mir versprochen, dass du keine investierst! Weil dir von Anfang an klar war, dass diese Sache keine Zukunft hat! Darüber haben wir doch längst geredet!«

»Ich weiß«, gebe ich schuldbewusst zu und verziehe das Gesicht. »Aber das hilft mir jetzt auch nicht, okay?«

»Nein, nicht okay, Meg!« Ellie lässt sich zu mir aufs Sofa fallen und mustert mich ziemlich verzweifelt. Sie wickelt sich eine Strähne ihres roten Haars um den Finger, dann schüttelt sie den Kopf. »Ich hab dir gesagt, verlieb dich nicht.«

»Ich hab mir das auch nicht ausgesucht.«

»Ich weiß.« Sie sieht mich immer noch an. »Die Sache ist nur, dass du aus der Nummer jetzt nicht mehr rauskommst. Du wirst ihm nicht ewig die PR-Frau vorspielen können.«

»Ich hab schon überlegt, ob ich ihm alles beichte …«

»Klar, und was dann? Glaubst du, der Typ kooperiert freiwillig weiter mit dir? Wenn du alles beichtest, dann verlierst du den Auftrag und mit ziemlicher Sicherheit auch den Mann.«

Sicher, den Gedanken hatte ich ja auch schon. Aber es ist einfach so schwer, ihm noch länger was vorzumachen …

»Megan.« Ellie legt ihre Hand auf meine. »Du musst das so sehen: Du verlierst den Kerl so oder so, denn du ziehst auf die andere Seite der Staaten. Aber bis es so weit ist, kannst du die Zeit mit ihm noch genießen. Und das solltest du. Denn du hast es dir verdient.«

Ich seufze tief. Das sind zwei Dinge, für die ich Ellie bewundere: Ihre Kaltblütigkeit und ihre Selbstgefälligkeit. Zwar sind das eher schlechte Eigenschaften, aber sie kommt bestens damit klar, wie ihre On-Off-Beziehung zu Brad zeigt. Ich hingegen schäme mich einfach nur und fühle mich wie das hinterletzte Biest aus irgendeiner Soap.

»Und morgen? Wenn mich da jemand erkennt, dann ist alles im Eimer.«

»Melde dich eben krank.«

»Das geht doch nicht, Ellie! Harley setzt auf mich. Und überhaupt. Ich bin noch in der Probezeit.«

»Aber deine Idee mit der neuen Frisur ist ziemlich riskant.«

»Das weiß ich. Aber vielleicht reicht das. Es muss einfach reichen.«

Ellie mustert mich skeptisch. »Lass dich dazu noch professionell schminken. Das kann Wunder wirken.«

Ich runzle die Stirn. Soll ich das wirklich machen? Dann werde ich doch wie die totale Tussi wirken. Ich war noch nie bei einem richtigen Visagisten, wer weiß, was dort aus meinem Gesicht gemacht wird ...

»Süße.« Ellie sieht mich fest an. »Du machst dir schon wieder viel zu viele Gedanken. Pass auf, ich nehm mir morgen früh einen Krankenschein und dann begleite ich dich. Wir verkleiden dich so gut wie möglich. In Ordnung?«

Ich nicke und fühle mich gleich etwas zuversichtlicher. Zu zweit lässt sich so ein Trick bestimmt viel einfacher realisieren. Wenn Ellie jetzt noch meinen Platz in Harleys Team übernehmen könnte ... Aber na ja, man kann nicht alles haben.

Ich werde einfach sehen müssen, was der Tag morgen bringt. Und hoffen, dass nicht das schlimmstmögliche Szenario eintritt.

***

Ich zittere, so nervös bin ich, und das aus gleich mehreren Gründen. Zum einen will ich nicht erkannt werden, zum anderen will ich Harley gefallen. Er soll meinen neuen Look mögen – nicht auszudenken, wenn er mich sieht und mich auf einmal nicht mehr will.

Wobei ich stark bezweifle, dass es nur mein Aussehen ist, was ihn anzieht. Da spielt sicher auch noch mein makelloser Charakter mit hinein, denke ich ironisch.

»Wie lange dauert es noch?«, frage ich.

»Nun sei mal nicht so ungeduldig!«, schimpft Ellie.

Sie und der Friseur haben mir die Entscheidung, was mit meinen Haaren passieren soll, kurzerhand abgenommen, nachdem ich ungefähr eine Stunde lang unschlüssig in den Frisurenmagazinen geblättert hatte, die er mir gereicht hat. Wieder ein richtiger Kurzhaarschnitt? Nein, danke. Ein Bob? Ich weiß nicht. Eine gänzlich andere Farbe, blond oder rot wie bei Ellie? Auch nicht das Richtige.

Schließlich habe ich mich einfach zurückgelehnt und die beiden machen lassen. Auch der Visagist ist schon seit einer Weile an meinem Gesicht zugange und ich werde immer nervöser. Zwar weiß ich, dass dies hier ein guter Salon ist – ich habe ihn vorher extra gegooglet und die Bewertungen gelesen – aber aufgeregt bin ich trotzdem.

»Den Mund zu«, sagt der Visagist mit ruhiger Stimme.

Ich gehorche und er pinselt Farbe auf meine Lippen. Gerade hat er mir glaube ich schon falsche Wimpern angeklebt. Oh Gott, wie soll das nur enden?

»Zauberhaft«, sagt er und auch der Friseur scheint sein Werk bald beendet zu haben, denn er sprüht mir jetzt großflächig Haarspray auf den Kopf.

»So, wir können sie dann zum Spiegel drehen.«

Ellie kichert. »Bist du bereit?«

»Nein«, sage ich wahrheitsgemäß.

»Nun sei nicht so ein Schisser!«

Friseur und Visagist treten zur Seite und Ellie greift nach meinem Stuhl. Ich atme tief ein und zeige ihr den erhobenen Daumen. Dann dreht sie den Stuhl herum … und ich erblicke mich selbst im Spiegel.

Oder auch nicht mich selbst.

Die Frau dort sieht zwar irgendwie noch aus wie ich, aber ... wie ich vor vielen Jahren. Das Haar liegt mir in sanften Wellen bis weit über die Schultern. Wow, mit Extensions hatte ich nicht gerechnet. Meine Augen sind dezent geschminkt und wirken durch die künstlichen Wimpern viel größer. Meine Wangen sind rosig, meine Lippen sehen durch den zartroten Lippenstift und etwas Gloss viel voller aus.

Ich sehe aus wie eine Tussi. Aber nicht wie eine billige Tussi.

»Das ... das ist wirklich schön geworden«, stammle ich.

»Nicht das. Du!«, korrigiert Ellie.

Der Friseur, ein älterer Mann mit sehr gepflegtem Bart, lächelt. »Sie werden jeden Mann von sich überzeugen, so wie Sie jetzt aussehen.«

Ich erwidere sein Lächeln und hoffe, dass ich viel eher jeden Menschen von meinem eigentlichen Aussehen ablenken werde.

Aber es macht sich so langsam eine zarte Zuversicht in mir breit. Ich sehe gut aus. Frisch. Und selbstbewusst. Und es ist ja gar nicht gesagt, dass Leute kommen, die ich kenne. Und selbst wenn, dann werden sie es jetzt deutlich schwerer haben, mich auch zu erkennen. Na also. Das wird doch so schlimm gar nicht werden.

»Jetzt finden wir noch ein perfektes Outfit für dich und dann kannst du dich auf den Weg ins Ivory machen«, bestimmt Ellie.

»Das Ivory?«, fragt der Visagist mit näselnder Stimme und stemmt die Hände in die Hüften. »Was ist denn da heute?«

»Nichts für dich, Schätzchen, glaub mir«, erwidert Ellie bestimmt.

Ich vermute, da hat sie Recht.

Wir verlassen den Friseursalon und ich stelle fest, dass sich meine neuen langen Haare ganz schön schwer anfühlen. Als ich mit Russell zusammen war, habe ich sie die meiste Zeit knapp schulterlang getragen, weil ich einfach keinen Nerv auf aufwendiges Styling hatte. Danach kam dann der Kurzhaarschnitt. Aber so wie jetzt sahen sie ewig nicht aus.

»Was soll ich denn nur anziehen?«, frage ich Ellie, kaum dass wir in ihren altersschwachen, aber gepflegten Ford gestiegen sind. »Ein Kleid? Oder wäre das zu viel? Was businessmäßiges? Oder Joggingsachen?«

Ellie lacht mich aus, während sie den Wagen aus der Parklücke auf eine von Chicagos vielen breiten und ständig vollen Straßen steuert. »Joggingsachen, genau. Am besten mit Pumps. Und Diamantschmuck. So deckst du alles ab.«

»Lustig«, erwidere ich und schnalle mich an. »Im Ernst, was würdest du anziehen?«

»Mich würden keine 10 Pferde auf so eine Veranstaltung kriegen. Schwitzende Kerle, die einander zusammenschlagen? Da sehe ich mir lieber Fight Club an und erfreu mich wenigstens noch an Brad Pitt.«

»Brad Pitt, genau – stell dir den in noch mal so gutaussehend vor und du hast Harley Jones.«

»Süße.« Ellie bremst ruckartig an einer roten Ampel. »Ich habe mir dein Sweetheart doch längst angesehen, gibt ja genug Bilder im Netz. Was soll ich sagen? Klar sieht der gut aus. Ziemlich sogar. Aber das ist nicht alles und das weißt du besser als die meisten anderen.«

»Er ist auch ein toller Mensch. Wie er mit seinem Neffen umgeht oder ...«

»Warum macht er diese Kämpfe?«

Ich sehe zu ihr herüber.

Ellie zuckt mit den Schultern. »Wenn er so ein toller Mensch ist, weshalb braucht er das dann, andere zu verprügeln?«

»Er hat gesagt, er erklärt mir das irgendwann«, gebe ich zurück und weiß selbst, dass das kein allzu starkes Argument ist.

Ellie lacht dementsprechend trocken. »Sicher.«

»Er hält sein Wort«, versichere ich ihr. »Er ist nicht so ein Kerl, der ...«

»Du kennst ihn doch überhaupt nicht. Er könnte dir sonst was vorspielen – so wie du ihm. Und solange du nichts hinterfragst und brav und gefällig bist, wird er wahrscheinlich auch der tollste Mann auf Erden sein. Aber er ist Profikämpfer und als solcher mit Sicherheit kein frommes Lamm. Und wenn du irgendwann nicht mehr so gefällig bist, landet seine Faust in *deinem* Gesicht.«

»Du wirst es ja sehen!« So langsam macht sie mich ein bisschen sauer, aber ich will mich nicht auch noch mit ihr streiten, der Tag wird hart genug.

»Hoffentlich nicht. Weil diese unsägliche Geschichte bald ein Ende hat.«

Einen Moment lang schweigen wir beide, während wir uns dem Water Tower Place nähern.

Dann legt Ellie ihre Hand auf meine Schulter, und auf einmal klingt sie versöhnlicher. »Süße. Du weißt, dass ich mir nur Sorgen mache.«

Komischerweise besänftigen mich ihre Worte diesmal nicht so wie sonst. Dennoch bemühe ich mich, ruhig und sachlich zu sprechen. »Klar. Aber ich bin 28 Jahre alt und kann meine Entscheidungen in gewissem Maße selber treffen. Und im Moment habe ich mich für Harley Jones entschieden.«

Eine ganze Weile spüre ich Ellies Blick auf mir ruhen. Dann nickt sie. »Du musst es wissen, Meg.«

Ja, das müsste ich wohl. Unglücklicherweise weiß ich jedoch weit weniger, als ich Ellie entgegen gerade durchblicken lasse.

Ich schiebe das Thema trotzdem oder gerade deswegen fort, als wir in die Tiefgarage fahren. Und wenige Minuten später haben wir dann endlich die Mall erreicht. Der Water Tower Place verfügt über 8 Stockwerke mit Geschäften und befindet sich in einem noch weit höheren Wolkenkratzer. Es gibt gläserne Aufzüge, kleine Blumenbeete und alles von Designer- bis Outletware.

»Also, wenn du mich fragst«, sagt Ellie, während wir in einem der Aufzüge stehen, »kaufst du dir jetzt erst mal richtig knackige Jeans.«

»Jeans?« Mit zusammengekniffenen Augenbrauen sehe ich sie an. »Aber die trage ich doch so schon oft genug.«

»Du trägst oft Jeans, aber keine knackigen«, gibt sie zu bedenken und grinst, als sie meinen Gesichtsausdruck bemerkt. »Du hast einen Hintern. Den kannst du ruhig auch zeigen.«

Ich willige ein und kurz darauf befinden wir uns in einem der größten Hosengeschäfte, das ich je gesehen habe. Und ich werde von einer streng aussehenden Verkäuferin vermessen.

»Für Ihre schmale Taille ist Ihr Hintern etwas überproportioniert«, sagt sie, »und die Schenkel sind dann etwas zu dünn. Das macht die Sache kompliziert.« Damit verschwindet sie aus der Umkleide.

Fassungslos sehe ich Ellie an. »Hat die ... hat die gerade gesagt, dass ich einen dicken Po habe?«

»Nein, Quatsch!«, erwidert Ellie sofort, kann sich das Lachen dabei aber sichtlich kaum verkneifen.

»Hat sie wohl!«

»Nein, ach wo. Sie hat nur gemeint, dass ...«

»Es gibt Schlimmeres für eine Frau als einen leicht überdimensionierten Hintern«, sagt die Verkäuferin kühl, als sie wieder in die Kabine kommt. »Ich hatte hier schon Kundinnen ganz ohne Po. Denen mussten wir Watte in den Schlüpfer stopfen, um eine Jeans anpassen zu können.«

Wir lachen, beide leicht peinlich berührt, weil sie gehört hat, dass wir über sie geredet haben.

»Das war kein Scherz«, sagt die Verkäuferin trocken. »Wir haben immer Watte vorrätig.«

Jetzt bin ich tatsächlich froh, dass ich eher zum anderen Extrem zu neigen scheine, denn es gestaltet sich doch gar nicht so schwer, die richtige Hose für mich zu finden: Keine 10 Minuten später drehe ich mich vor dem Spiegel in einem tiefblauen Exemplar, das aussieht, als wäre es nur für mich gemacht worden.

»Schon eine Idee, wo die Reise obenrum hingehen soll?«, fragt die strenge Verkäuferin.

»Äh«, sage ich.

»Sie geht gleich auf ein Event. Einen MMA-Kampf. Und sie ist die Pressefrau von einem der Kämpfer.«

Zum ersten Mal, seit wir hier sind, huscht etwas anderes als kühles Desinteresse über das Gesicht der Verkäuferin – der Anflug eines schlangenhaften Lächelns. »Von wem denn? Dem Unbesiegten oder dem, der heute verlieren wird?«

Ich muss grinsen. »Ich arbeite für den Unbesiegten.«

Die Verkäuferin nickt. »Dann warte hier. Ich hab das perfekte Outfit für dich.«

Ich sehe Ellie an.

»Da hat sich wohl noch ein Fan gefunden«, sagt sie wenig begeistert.

»Oder noch jemand, der erkannt hat, dass ein Mann wie Harley Jones kein Monster sein muss.«

»Stimmt, diese Frau wirkt gar nicht, als würde sie von Bad Boys angezogen.«

»Wenn, dann werden Bad Boys von mir angezogen«, sagt die Verkäuferin, die schon wieder wie aus dem Nichts erscheint, diesmal mit mehreren bügeln voller Oberteile. »Was denn?«, fragt sie, als sie unsere erschrockenen Blicke bemerkt. »Ich verkaufe Klamotten. Da zieht man Männer an.«

Auch wenn dieser Scherz wegen ihrer unterkühlten Art leicht unbeholfen wirkt, bricht er das Eis – auch zwischen Ellie und mir. Wir müssen beide lachen und die nächste halbe Stunde, während derer ich Tops, Blusen und Blazer anprobiere, wird ziemlich lustig. Dann habe ich tatsächlich das perfekte Outfit gefunden ... zumindest glaube ich das, bis Ellie und ich mit den dazu passenden Pumps aus dem Schuhgeschäft kommen.

»Ist das jetzt nicht overdressed?«, frage ich.

»Mit Jeans ist man doch nie overdressed.«

»Dann vielleicht underdressed?« Ich seufze. »Ach Ellie, vielleicht sollte ich mich doch krank melden.«

»Zu spät!« Kaum sind wir in den Aufzug gestiegen, packt sie mich bei den Schultern. »Du wirst das jetzt durchziehen und du wirst es meistern! Du siehst toll aus. Mach dir nicht zu viele Sorgen.«

Ich nicke und sage mir, dass es ehrlich keinen Grund gibt, mir so viele Gedanken zu machen. Es wird schon alles hinhauen. Ich sehe jetzt wirklich ziemlich anders aus als normalerweise und sollte einer meiner Kollegen von den Daily News kommen, wird er eingeweiht sein und sicher kein verräterisches Wort sagen.

Ellie bietet mir netterweise an, mich noch zum Ivory zu fahren. Also schön. Dann geht es jetzt wohl los.

KAPITEL 13

Es ist ein eher dunkler Tag, der Himmel hängt tief und der typische Chicagoer Wind fegt das Laub durch die Straßen. Die Neonbeleuchtung des Ivory ist bereits eingeschaltet und auch wenn es zu früh ist für eine Besucherschlange vor der Tür, machen die Raucher links und rechts vom Eingang klar, dass der Club geöffnet hat.

Ich verabschiede mich von Ellie, dann steige ich aus und sehe prüfend an mir herunter. Das Haar liegt immer noch in leichten Wellen über meine Schultern, die Jeans sitzen, genau wie die schwarzen Pumps. Obenrum trage ich jetzt eine halbtransparente schwarze Bluse mit einem Top darunter. Auf die Bluse aufgedruckt sind viele kleine Totenköpfe. Die Verkäuferin hat mir versichert, dass ich damit auf genau so ein Event passe. Ich hoffe, sie hat Recht.

Ehe ich reingehe, krame ich in meiner Tasche und tue etwas, wofür ich normalerweise zu eitel bin: Ich setze meine Brille auf. Sie ist nicht stark und ich brauche sie eigentlich nur für die Arbeit, aber selbst da habe ich sie kaum jemals auf. Heute jedoch wird sie mir gute Dienste leisten. Sie ist eckig und hat ein schwarzes Gestell und passt perfekt zum Rest meiner Verkleidung.

Also gut. Dann bin ich jetzt so weit. Ich schultere meine Tasche, dann nähere ich mich dem Eingang. Derselbe Türsteher wie bei meinem letzten Besuch sieht mir gelangweilt entgegen.

»Reporterin?«, fragt er, als ich vor der Tür stehen bleibe.

Argh! Sieht man mir das so deutlich an?!

»Nein«, sage ich. »Ich bin Mister Jones' PR-Expertin. Er erwartet mich bereits.«

Jetzt kann mich der Kerl gar nicht mehr schnell genug durchlassen – na, immerhin. Ich betrete den Club, gehe die Treppe runter und bin gleich wie erschlagen, denn es sind echt ziemlich viele Leute hier. Noch keine Gäste, dafür ist es zu früh – dafür eine Menge Presseleute, die ich auf Anhieb an ihre kleinen Diktiergeräten, eiligen Blicken und Kaffeebechern erkenne. Dazu gibt es zwei, drei Stände, die aussehen, als hätten sie irgendwelche Sponsoren aufgebaut. Sportmarken, die ich nicht oder kaum kenne. Das hier ist so was von nicht die Welt, die ich gewöhnt bin. Und doch fühlt sie sich gut an, weil sie sich nach dem Mann anfühlt, den ich ... in den ich zumindest sehr verliebt bin.

Mit gesenktem Kopf kämpfe ich mich durch die Leute, schnappe dabei Gesprächsfetzen auf. Alle freuen sich auf den Kampf, sind gespannt, diskutieren Wettquoten und manche hoffen, dass es ›blutig‹ wird oder ›dass nicht schon in der ersten Runde alles vorbei ist‹. Und das sind nur die Berichterstatter, noch nicht einmal die Fans!

Auf einmal ist dieses leichte Unwohlsein wieder da, das ich am ersten Abend verspürt habe – einfach, weil mir diese ganze Szene so brutal vorkommt. Als würde man unter Gewalt hier nichts anderes verstehen als Spaß und Entertainment. Hätte ich Harley nicht kennengelernt – besser kennengelernt – würde mir das alles hier ziemlich monströs erscheinen. Und es würde mich noch nicht einmal wundern, wenn ich am Abend Russell unter den Zuschauern sähe. Es gibt eben mehrere Arten, sich an Gewalt zu berauschen.

Ich schiebe den Gedanken an ihn fort und bin froh, als ich den Backstagebereich erreiche. Dort erwartet mich kein Türsteher, sondern Luigi, der mich erst erkennt, als ich ihn anspreche. Dann jedoch scheint er sich nicht weiter für mein Aussehen zu interessieren: Während er mich zu Harleys Kabine führt, redet er unentwegt auf mich ein. »Das ist der absolute Wahnsinn heute. Allein 12 Interviews stehen an. Weißt du genug über Harley, um die Fragen alle beantworten zu können? Hast du dich ein wenig eingelesen? Wenn sie Fotos wollen, dann bekommen sie deine, die sind ziemlich gut geworden. Wir haben auch Autogrammkarten damit drucken lassen. Nachher kannst du ein paar davon unters Volk bringen, da werden sich die Fans freuen. Fans muss man immer gut behandeln, so werden sie uns auch in der UFC die Treue halten.«

Na klasse. Eine wirklich tolle Vorstellung ist das, zwischen diesen gewaltberauschten Kerlen umherzuirren und ihnen Autogrammkarten anzudrehen. Ich hoffe stark, dass ich Harleys Selbstverteidigungstipps dabei nicht brauchen werde.

Ich sollte wohl nicht gleich den Teufel an die Wand malen. Stattdessen konzentriere ich mich auf das, was jetzt erst mal vor mir liegt: Meine erste Begegnung mit Harley an diesem Tag.

Mein Herz schlägt ein bisschen schneller, als Luigi die Kabinentür öffnet. Es sind wieder die üblichen Verdächtigen aus dem Team da. Julio, der Boss des Ivory, dessen Namen ich schon vergessen habe. Sally, die ein paar medizinische Utensilien aufbaut.

Und eben Harley.

Er macht Liegestütze.

Ich starre ihn an. Wie immer, wenn er trainiert, trägt er kein Shirt. Unter seinen dunklen Tattoos malen sich die kräftigen Muskeln an seinem Oberarm ab. Er macht die Liegestütze nicht auf den Händen, sondern den Fäusten. Ach du meine Güte.

»Wer ist das denn?«, raunzt Julio in Luigis Richtung.

Harley sieht in meine Richtung, dann hört er auf mit seinem Training, steht auf und mustert mich stirnrunzelnd. »Megan?«

Ach ja, stimmt. Meinen neuen Look hatte ich für einen Moment fast vergessen.

»Hi«, sage ich und lächle. »Bin ich zu spät oder ...?«

Julio kneift die Augen zusammen, dann zerrt er eine altmodische Brille aus der Tasche seiner Trainingsjacke und setzt sie auf. »Ah, mio Dio!«, sagt er, was, soweit ich weiß, »Mein Gott« heißt.

Ich sehe von ihm zu Harley und wieder zurück.

»Du ... siehst ziemlich anders aus«, sagt Harley dann und kommt auf mich zu.

»Ja, ich hab doch gesagt, ich will zum Friseur.« Immer noch lächle ich, aber es fühlt sich nicht echt an. Auf einmal bin ich mir noch viel unsicherer, was mein Outfit angeht. »Jetzt war ich eben dort.«

»Ja, das sehe ich.« Harley bleibt vor mir stehen und mustert mein professionell geschminktes Gesicht.

»Sie sieht doch phänomenal aus!«, ergreift Luigi für mich Partei, obwohl ja eigentlich überhaupt niemand etwas gegen mich gesagt hat.

»Klar tut sie das«, sagt Harley, aber sein Blick bleibt skeptisch, und dann bohrt er sich forschend in meinen. »Können wir kurz reden?«

Unsicher willige ich ein. Das Herz schlägt mir bis zum Hals. Was will er denn jetzt nur?

Harley legt den Arm um meine Taille und nimmt mich mit nach draußen, und ich fühle mich wie in einem engen Tunnel, während er mich in einen anderen Raum führt. Das Getränkelager.

Er weiß es, zischt eine Stimme in meinem Inneren. Er weiß es. Er weiß alles. Auf einmal habe ich Angst. Ellies Worte schießen mir durch den Kopf. Ist er sehr sauer? Wird er ...

Harley schließt die Tür hinter uns und dreht sich zu mir um. »Hör auf, Angst zu haben«, sagt er dann.

»Ich habe keine Angst«, lüge ich und höre dabei selbst, wie brüchig meine Stimme klingt.

»Doch, hast du.« Harley kommt einen Schritt auf mich zu, gibt dabei wie zufällig die Tür frei, sodass ich, wenn ich wollte, jeden Moment rauslaufen könnte. »Ich will, dass du verstehst, dass ich dir nie etwas tun würde. Niemals.«

»Das weiß ich«, sage ich ein wenig heiser. Trotzdem merke ich selbst, dass ich in Abwehrhaltung gegangen bin, die Arme vor der Brust verschränkt.

»Gut. Dann sorg bitte dafür, dass du es auch endlich glaubst. Und jetzt sag mir, was los ist.«

»Was meinst du?« Ich zwinge mich, ihn anzusehen, auch wenn es mir schwerfällt.

Harley deutet an mir hinunter. »Wieso verkleidest du dich?«

Mein Herz pocht schmerzhaft gegen meine Rippen. Es ist ihm also aufgefallen.

Natürlich ist es ihm aufgefallen, verdammt noch mal. Was habe ich denn geglaubt? Dass er sich nicht wundert, wenn ich plötzlich mit langen Haaren und einem komplett überschminkten Gesicht sowie total aufgetakelt hier ankomme?

»Ich wollte heute Abend nur besonders gut aussehen, das ist –«

»Lüg mich bitte nicht an. Irgendwas stimmt nicht mit dir.« Harley sieht mich eindringlich an. »War wieder irgendwas mit deinem Ex? Hat er dich bedroht? Hat er gesagt, dass er heute Abend herkommt?«

Russell? Auf die Idee, dass er ahnen könnte, dass ich heute hier bin, komme ich erst jetzt. Aber ich glaube auch nicht, dass er aufkreuzt, nach dem, was Harley mit ihm angestellt hat. Gott, nein, Russell ist gerade wirklich mein kleinstes Problem.

»Das ist es nicht«, sage ich, auch wenn es wohl einfach wäre, mein Verhalten auf meine Angst vor Russell abzuwälzen. Doch ich will nicht, dass Harley sich am Tag seines Kampfes wegen ihm Gedanken machen muss.

Eigentlich will ich auch nicht, dass er sich wegen mir Gedanken machen muss.

»Was ist es dann?«, fragt er.

Ich hole Luft. Jetzt wäre wohl der richtige Augenblick, die Wahrheit zu sagen ... Aber allein der Gedanke daran zerreißt mir förmlich das Herz. Wer weiß denn schon, ob Harley mir verzeihen würde? Oder ob ihn die ganze Geschichte nicht so aus der Bahn werfen würde, dass er nachher doch noch gegen Bobby Stevens verliert? Ich kann es einfach nicht.

»Es ist …« Mir bleibt fast die Stimme weg. »Es ist etwas, das ich … dir irgendwann erklären werde. Aber nicht heute.« Wieder zwinge ich mich, ihn direkt anzuschauen.

Tausend Fragezeichen stehen in Harleys blauen Augen.

Ich zucke mit den Schultern. »Du hast dein Geheimnis und ich habe meins. Wir reden darüber. Zum passenden Zeitpunkt. Versprochen.«

Harley sieht mich noch einen Moment lang schweigend an, dann fragt er: »Muss ich mir Sorgen um dich machen?«

Ich schüttle heftig den Kopf. »Gott, nein! So ein Geheimnis ist das nicht, Harley. Es ist alles okay. Du kannst dich ganz auf den Kampf konzentrieren. Aber es gibt einfach Gründe, aus denen ich mich heute wohler fühle, wenn ich etwas anders aussehe als sonst.«

Harley sieht mich wieder prüfend an, und ich halte es jetzt nicht mehr aus. Ich mache einen Schritt auf ihn zu, dann schlinge ich die Arme um seinen Hals und küsse ihn. Tausend Gefühle stürmen auf mich ein: Obwohl ich eigentlich weiß, dass er diesen Kampf nur gewinnen kann, mache ich mir Sorgen. Was, wenn er doch zu fest zuschlägt und diesem Stevens was Ernstes antut? Was, wenn dieser Stevens stärker ist als gedacht?

»Mach dir keine Gedanken«, flüstere ich. »Wirklich nicht. Konzentrier dich nur auf diesen Kampf. Ich will, dass das heute Abend gut ausgeht, alles klar?«

»Es wird gut ausgehen«, erwidert Harley und scheint für den Moment beruhigt, denn er legt endlich die Arme um meine Hüften und zieht mich an sich, und dann küssen wir uns ein weiteres Mal.

»Versprich's mir«, fordere ich.

»Versprochen«, sagt Harley.

Ich lehne den Kopf an seine Brust. Spüre den kräftigen Schlag seines Herzens und weiß, dass ich mich auf sein Wort zu 100 Prozent verlassen kann. Ich schließe die Augen. Atme ein paar Mal tief durch und danke irgendeiner höheren Macht – welche auch immer von dort oben auf uns herabblicken mag – dass er mich nicht enttarnt hat. Noch nicht. Ich brauche ihn einfach. Eigentlich für immer, aber da ich weiß, dass das nicht drin ist, wenigstens so lange es geht.

***

Ich habe Glück: Weil sich so viele Reporter angekündigt haben, übernimmt Luigi einen Teil der Interviews, sonst werden wir bis zum Kampf gar nicht fertig. Ich muss also doch nicht so vielen Kollegen wie befürchtet unter die Augen treten.

Während Harley im Backstagebereich sein Abschlusstraining absolviert, werden Luigi und ich in einen Bereich des Clubs geführt, der extra abgetrennt worden ist. Eine Art Lounge mit zwei Sesseln, einem Pappaufsteller als Trennwand und dann noch mal zwei Sesseln. Ich setze mich. Wenn ich mich nach hinten beuge, dann kann ich Luigi sehen, doch die Pappe sorgt dafür, dass sein jeweiliger Gesprächspartner mich nicht sehen kann. Gut.

Trotz allem bin ich jedoch ziemlich nervös, als die Securitys des Clubs den ersten Reporter zu mir durchlassen. Er kommt mir nicht bekannt vor – na wenigstens. Einen kann ich schon mal abhaken.

»Hi«, sagt er und hält mir die Hand hin. »Gordon Price vom Sports Magazine.«

»Hi, ich bin …« Moment. Megan Clark könnte er durchaus schon mal unter irgendeinem Artikel gelesen haben. Zwar schert sich kaum jemand um die Namen der Verfasser in den Berichten seiner jeweiligen Tageszeitung, aber ein Kollege möglicherweise doch. »Ich bin Meg«, sage ich daher nur und lächle, so nett und offen ich kann.

»Meg. Freut mich, dich kennenzulernen.« Dieser Gordon, der blond ist und ein kantiges Gesicht hat, scheint mein Lächeln und die Tatsache, dass ich mich ihm gleich mit Vornamen vorstelle, als eine Art Flirt aufzufassen.

Mist. Das ist ja so was von unprofessionell! Sofort mache ich ein ernsteres Gesicht. »Dann legen Sie mal los, Gordon.«

Gordon lehnt sich in seinem Sessel zurück und taxiert mich von oben bis unten. »Meine erste Frage bezieht sich auf deine Telefonnummer. Wäre die wohl zu bekommen?«

Oh, na klar. Das darf doch wohl nicht wahr sein. Kaum stylt man sich mal ein bisschen auf, hat man direkt den übelsten Schmierlappen am Hals.

»Ich glaube, das würde mein Freund nicht so gutheißen«, sage ich, so charmant es geht. »Aber wie steht es denn um Ihre Fragen zu Harley Jones?«

Ein wenig pikiert zieht Gordon die Brauen in die Höhe, ehe er seine Sitzposition verändert und plötzlich deutlich distanzierter wirkt. »Harley Jones, ja. Der Unbesiegte. Frauen wollen ihn und Männer wollen sein wie er, was?«

Da ist wohl jemand ziemlich neidisch auf Harley. Dabei ist dieser Gordon ja kein schlecht aussehender Kerl. Aber wo Harley verwegen wirkt, wirkt er wie ein Lackaffe. Wie von Mami feingemacht. Dennoch glaube ich, dass es eine Menge Frauen gibt, die auf genau diesen Typ Mann abfahren. Nur ich gehöre nun einmal nicht dazu.

»Ist das eine ernst gemeinte Frage?«, hake ich nach.

Gordon lacht aufgesetzt. »Nein. Nein, ist es nicht. Meine erste ernst gemeinte Frage wäre, weshalb sich ein Fighter wie Harley Jones ausgerechnet einen Gegner sucht, der erst 5 Profikämpfe gemacht und 2 davon verloren hat.«

Autsch. Großes Autsch. Das ist eine miese Frage. Innerlich spüre ich Zorn auf Harleys Management, denn es ist tatsächlich nicht gerade cool, so ungeschickt einen viel schwächeren Gegner auszuwählen. Aber das hilft mir jetzt auch nicht weiter.

»Wer sagt denn, dass sich Mister Jones um diesen Kampf gerissen hat? Ich darf zwar keine vertraglichen Details verraten, aber es kann doch genauso gut sein, dass Mister Stevens darum gebeten hat – um sich zu beweisen. Um sich mit einem wirklich Großen zu messen.«

»Apropos groß«, hakt Gordon ein. »Zwar befinden sich Jones und Stevens in derselben Gewichtsklasse, jedoch ist Mister Stevens gute 15 Zentimeter kleiner als sein Kontrahent. Halten Sie das für fair?«

»Ich kann nur wiederholen: Es gibt gute Gründe, aus denen dieser Kampf angesetzt worden ist.«

»Ist einer dieser Gründe vielleicht, dass sich Harley Jones seine Vormachtstellung als der Unbesiegte um jeden Preis sichern will?«

»Glauben Sie mir: Mister Jones könnte es auch problemlos mit einem größeren und stärkeren Gegner aufnehmen.«

»Warum tut er das dann nicht?«

Scheiße. Dass ich hier derart ins Bockshorn gejagt werde, hätte ich nicht gedacht. Ich habe keine Ahnung, was ich jetzt machen soll – normalerweise sitze ich ja eher auf der anderen Seite und bin für die unbequemen Fragen zuständig, nicht für die eloquenten Antworten.

»Sehen Sie ...« Ich nehme mir einen Moment Zeit, setze mich aufrechter hin. »Wenn Sie sich mit MMA auskennen, dann wissen Sie, dass es außerhalb der UFC gar nicht so viele Kämpfer gibt, die als wirklich seriöse Gegner infrage kommen. Es gibt Dopinggerüchte, es gibt Vorfälle aus der Vergangenheit ... Das Team um Mister Jones ist hochprofessionell und wählt sorgsam aus, wer infrage kommt und wer nicht. Und da Mister Jones im letzten Jahr bereits sehr viele Kämpfe absolviert hat, bleiben einfach nicht mehr so viele Gegner übrig. Mister Stevens wollte diesen Kampf und hat sich qualifiziert – darum wird er heute gegen Mister Jones im Käfig stehen. Aus keinem anderen Grund, denn der Unbesiegte kann es auch mit jedem anderen Gegner aufnehmen. Wie Sie sehen werden, wenn er erst in der UFC kämpft.«

Ich sehe Gordon Price erwartungsvoll an und verspüre einen leisen Triumph, als er darauf tatsächlich erst mal nichts Schlagfertiges zu antworten weiß. Ha! So einfach lasse ich mich nicht übertrumpfen.

»Mit anderen Worten denken Sie, dass Harley Jones jeden anderen MMA-Kämpfer besiegen kann.«

»Ja«, sage ich ohne zu zögern.

»Jeden.«

Ich weiß, was er jetzt versucht – er will mich auf diese Aussage festnageln, um dann in seinem Magazin so etwas titeln zu können wie:

GROSSSPURIG UND ARROGANT – HARLEY JONES HÄLT SICH FÜR UNBESIEGBAR!

Nur, dass das zufälligerweise ganz genau zu dem Image passt, das Harley und sein Team ja sowieso aufzubauen versuchen.

»Interessant«, sagt Price.

»Interessant, aber wahr«, schiebe ich nach. »Harley Jones, der Unbesiegte, hat bisher jeden seiner Gegner bezwungen. Und er wird auch in Zukunft jeden Gegner bezwingen. Das dürfen Sie gern so drucken.«

Damit ist das Interview mit Gordon Price beendet und der nächste Reporter kommt rein. Ich bin froh, dass mir auch dieser Kerl nicht bekannt vorkommt. Er ist etwas netter und stellt auch nicht so fiese Fragen. Reporter 3 ist eine Frau – sie schwärmt die meiste Zeit selbst von Harley und fragt daher nur sehr wenig. Nummer 4 versetzt mir dann einen kleinen Schock, denn es handelt sich bei ihm um Andy Stewart, jemanden, den ich kenne. Wir hatten nie viel miteinander zu tun, das nicht, aber auf dem Presseball hat er mich einmal gefragt, ob ich mit ihm tanzen will. Wie hatte ich die Haare damals? Welche Farbe hatte mein Kleid? Scheiße, ich kann mich nicht mehr erinnern.

Als er sich setzt, mustert er mich und runzelt dann die Stirn. »Kennen wir uns nicht?«

So ein Mist. »Nicht, dass ich wüsste«, erwidere ich so ruhig ich kann.

»Doch, doch, ich bin mir ziemlich sicher. Ich bin Andy und du?«

»Meg«, sage ich ungern. »Ich bin die …«

»Megan Clark!« Er zeigt auf mich. »Na klar, du bist doch beim … Daily Herald? Daily Star?«

Mist. Mist. Verdammter Mist. Das ist das Worst Case Scenario. »Nein, bin ich nicht«, sage ich schnell.

»Doch, bist du!« Er lacht. »Kannst es ruhig zugeben. Ich frage dich auch nicht noch einmal nach einem Tanz!«

Okay, Megan, jetzt rette die Situation.

Ich beuge mich zu ihm vor und sage leise: »Hör zu, du hast Recht, aber ich wäre sehr froh, wenn das unter uns bliebe. Ich arbeite jetzt in der PR-Branche. Habe neu angefangen und wäre sehr froh, wenn mich meine neuen Arbeitgeber nicht mit der Journalistin Megan Clark in Verbindung bringen würden. Alles klar?«

Andy scheint mein Problem nicht ganz zu verstehen. Gleichzeitig scheint er sich aber auch vorzukommen wie ein Geheimagent, denn er nickt verschwörerisch und sagt dann, etwas lauter als nötig: »Okay, PR-Frau Meg. Dann stelle ich mal meine Fragen!«

Unauffällig sehe ich hinüber zu Luigi. Er ist ins Gespräch vertieft und scheint nichts von meiner kleinen Unterhaltung mit Andy bemerkt zu haben. Puh! Das ist gerade noch mal gut gegangen.

Die restlichen Gespräche über bin ich trotzdem irre nervös, doch so direkt spricht mich niemand mehr auf meine wahre Identität an. Vielleicht habe ich Glück und mich erkennt wirklich keiner, vielleicht interessiert es aber auch nur niemanden groß, dass ich die Branche gewechselt habe. Tja, Megan, da hast du wohl wieder mal ganz umsonst Panik geschoben.

Halb verärgert über mich selbst, halb erleichtert stehe ich auf, als die Interviews endlich beendet sind.

»Wie ist es gelaufen?«, will Luigi von mir wissen.

Ich zeige ihm die erhobenen Daumen.

Er lächelt. »Manche von denen sind ganz schön frech, was?«

»Ich komme mit euch klar, also komme ich auch mit denen klar.«

Luigi lacht schallend. »Mädchen, ich fange langsam aber sicher an, dich zu mögen!«

***

Anders als beim letzten Mal gibt es diesmal noch einen Vorkampf. Zwei Gegner, die sich schlagen, um den Zuschauern einzuheizen. Es sind zwei junge Männer, die beide weniger kräftig aussehen als Harley. Mittelgewichte hat er sie glaube ich genannt.

Ich sehe einen Moment lang zu, wie die beiden aufeinander eindreschen. Die Menge tobt. Das erste Blut spritzt und ich wende mich ab. Ich kann diesem Sport noch immer nichts abgewinnen. Rohe Gewalt zur Belustigung anderer. Als das Johlen und Grölen der Massen noch lauter wird, schiebe ich mich Richtung Backstagebereich. Ich möchte Harley noch einmal viel Glück wünschen, bevor er sich seinem modernen Gladiatorenkampf widmet. Hoffentlich läuft alles so, wie wir geplant haben. Hoffentlich gelingt es ihm, Stevens nicht so hart anzupacken. Und hoffentlich sieht es realistisch aus, was er gleich tut. Ich möchte mir nicht ausmalen, wie unangenehm einige der Männer werden können, die Wetten für den Kampf abgegeben haben, wenn sie sehen, dass Harley nicht alles gibt. Der Gedanke kommt mir erst jetzt – reichlich spät. Was ist, wenn Harley sich dadurch, dass er Stevens verschont, auf andere Art unglücklich macht?

Szenen, aus Gangsterfilmen jagen durch meinen Kopf. Harley, wie er im Lake Michigan versenkt werden soll, wie er gefesselt auf Eisenbahnschienen liegt oder nur am Kragen seines Shirts aus einem Hochhausfenster baumelt. Typen, in schwarzen Anzügen, mit Krawatten und gebrochenen Akzenten sagen ihm, dass er sich mit den Falschen angelegt hat. Und dann –

»Megan?« Eine Hand legt sich auf meine Schulter und ich fahre erschrocken herum.

Jetzt bin ich enttarnt worden, schießt es mir durch den Kopf. Doch es ist nur Luigi.

Er ringt sich ein typisch falsches Luigi-Lächeln ab. »Harley würde dich gerne nochmal sehen.«

Ich nicke. »Ich wollte sowieso gerade zu ihm.« Bevor meine Fantasie mit mir durchgegangen ist und mir grässliche Bilder ins Hirn projiziert hat.

»Gut.« Er sieht herüber zum Käfig und nickt. »Ein bisschen habt ihr noch. So schnell werden die beiden da drin nicht fertig.«

Ich verkneife mir jeden weiteren Blick zum Ring und steuere nun wirklich den hinteren Bereich des Clubs an. Ich klopfe an Harleys Kabine, warte aber nicht auf eine Antwort, sondern trete sofort ein. Er ist alleine. Sitzt konzentriert auf einer Bank und scheint mich erst zu bemerken, als ich direkt vor ihm stehe.

Er hebt den Kopf und lächelt. »Hey.«

»Hey.« Ich hocke mich vor die Bank und nehme seine Hände. »Du wolltest mich sehen?«

»Klar. Nochmal ein hübsches Gesicht sehen, bevor ich den hässlichen Fratzen da draußen gegenübertrete.«

»Verschönere Bobby Stevens nicht zu sehr, okay?« Ich drücke seine Hände.

Harleys Blick gleitet über mich hinweg und ein finsterer Ausdruck tritt in seine Augen. »Wir haben das geübt, es wird schon schiefgehen.«

»Aber sicher.« Ich streichle seine Finger, die bereits schwarz bandagiert sind. »Bist du nervös?«

Harley schüttelt den Kopf.

Ich mustere ihn. Er atmet ganz ruhig, er sitzt ganz still, er spricht völlig unaufgeregt. Und trotzdem glaube ich, eine innere Anspannung bei ihm zu spüren.

»Hey«, sage ich wieder, weil mir irgendwie die Worte fehlen. Ich rutsche neben ihn auf die Bank und schließe ihn fest in die Arme.

Er erwidert meine Umarmung und ich mache die Augen zu, genieße seine Nähe. Seine Haut ist leicht feucht, wahrscheinlich hat er schon sein Aufwärmtraining hinter sich. Er riecht nach Aftershave. Ich bleibe einfach so bei ihm sitzen und er sagt nichts mehr. Ich auch nicht.

Die Zeit vergeht viel zu schnell, denn bereits nach wenigen Sekunden geht die Tür auf und sein Team kommt herein.

»So, los geht's!« Luigi klatscht zweimal in die Hände, dann kommt er zu uns und zieht mich ein wenig zu unvorsichtig von Harley weg. »Genug damit.« Er wendet sich Harley zu, der sich schwerfällig erhebt und mir einen bedauernden Blick zuwirft.

Hektik bricht aus und alle zerren irgendwie an Harley herum. Einer schmiert ihm Vaseline ins Gesicht, der Nächste schnürt ihm die Stiefel noch einmal neu. Ein Mann, den ich nicht kenne – vielleicht ist er vom gegnerischen Team –, besteht darauf, dass die Bandagen neu gebunden werden. Und zwar vor seinen Augen. Ich werde immer mehr ins Abseits gedrängt, während das Chaos um Harley zunimmt. Ich kann mir nicht vorstellen, dass die Aufregung, die hier gerade herrscht, gut ist für seine Konzentration.

»So, Megan, du kannst dich schon mal am Käfig aufstellen. Such dir einen guten Platz, damit dir die Wahnsinns-Show nicht entgeht.«

Zuerst kann ich nicht richtig einordnen, wer da zu mir gesprochen hat, so viel wird durcheinander geredet, dann sehe ich Luigis Grinsen und weiß, dass er es war. Er freut sich richtig auf den Kampf und das damit verbundene Geld. Geld, das fließt, wenn Harley Stevens so richtig schön den Garaus macht.

»Ist gut.« Ich versuche noch einmal Harleys Blick zu erhaschen, aber er ist in ein Gespräch mit dem Fremden vertieft.

Ich öffne die Tür und will mich gerade auf den Weg raus machen, als ich nochmal meinen Namen höre. Ich drehe mich um.

Harley sieht mich an. »Danke«, sagt er dann. Nur dieses eine Wort.

Mein Herz macht einen Satz und ich lächle. »Viel Glück.« Damit wende ich mich ab und suche mir einen guten Platz am Käfig.

***

Mein Herz rast, mein Magen ist flau und ich habe das Gefühl, dass das Hämmern der Bässe meinen gesamten Kopf zum Beben bringt. Die Musik ist wie schon bei Harleys erstem Kampf aggressiv und das Licht hat einen roten, unheilvollen Schein. Die Menge um mich herum tobt noch mehr, als bei dem Warm-Up-Kampf zuvor und das, obwohl weder Harley noch Bobby Stevens zu sehen sind.

Dann endlich flammt ein Scheinwerfer auf, gleitet suchend durch den Club und bleibt dann bei dem Moderator hängen, der wieder auf seiner Empore steht und die Menge überblickt. Wie der Anheizer bei einem Konzert ruft er: »Seid ihr gut drauf?!«

Die Zuschauer grölen, einige werfen mit Bier gefüllt Pappbecher in die Luft, andere wackeln an den Käfiggittern, als könnten sie es kaum erwarten, dass es losgeht.

»Seid ihr wirklich gut drauf?!«, fragt der Kerl nochmal und schafft es tatsächlich, dass die Menge noch ein bisschen lauter wird.

Ich steh ganz vorne am Oktagon und halte nach Harley Ausschau. Noch ist er nirgends zu sehen.

»Seid ihr bereit für den Kampf des Abends?! Bobby Stevens gegen Harley …«

»Jones!«, brüllt die Menge im Chor und ich ertappe mich dabei, dass meine Lippen sich ebenfalls bewegen.

»Das Biest gegen den Unbesiegten!«

Das Biest. Ich habe Stevens' Bilder gesehen. Er ist alles andere als ein Biest. Er hat braune liebe Augen und scheint es selbst auf seinen Kampffotos nicht zu schaffen, jemals ganz ernst zu schauen. Oder gar böse.

Eine andere Musik setzt ein und dann geht es auch schon los. Ein weiterer Scheinwerfer flammt auf und zeigt Stevens, der locker hin und her tänzelt. Er trägt leuchtend rote Kampfkleidung und hat das braune Haar kurz rasiert. Immerhin lässt ihn diese Frisur ein bisschen mehr zu seinem Kampfnamen passen als der Sidecut, den er auf den PR-Fotos getragen hat, die ich bekommen habe. Jemand, vermutlich sein Trainer oder Manager, haut ihm auf die Schulter und Stevens startet in Richtung Ring.

Anders als Cuevas zuvor, scheint er ein paar Fans im Club zu haben, denn ihm werden einige Hände entgegengestreckt und Blitzlicht flackert. Doch der Großteil der Menschen buht.

Ich finde das unfair, fand ich schon immer – egal um welche Sportart es ging. Doch gerade bei Kämpfen ist es besonders ungerecht, jemandem Buhrufe entgegen zu schleudern. All die Leute scheinen nicht zu wissen, wie schmerzhaft es ist, Schläge einzustecken und wie mutig es ist, sich freiwillig so einer Situation auszusetzen. Würden sie es wissen, würden sie diesen Sport vielleicht gar nicht so feiern, wie sie es hier gerade tun.

»Bobby, Bobby«, rufen zwei Mädchen neben mir.

Scheinbar bin ich in der falschen Ecke gelandet.

Bobby Stevens betritt den Käfig und sieht sich erst mal um. Es hat auf mich den Anschein, als hätte er noch nie darin gestanden. Vielleicht überwältigt es ihn aber auch einfach nur, wie sehr die Menge tobt.

Während er den Mundschutz zwischen die Lippen geschoben bekommt, wendet sich alle Aufmerksamkeit wieder dem Gang zu, durch den Stevens gerade gekommen ist.

Die Musik ändert sich erneut und Harley tritt in den Lichtkegel.

»Harleyyyy«, kreischen die Mädchen neben mir jetzt und ich bin mir nicht mehr sicher, ob ich mich wirklich auf der falschen Seite befinde.

Harley hält den Kopf gesenkt und steht ganz still da. Hinter ihm befinden sich Luigi und Julio. Doch anders als Stevens braucht Harley keinen Anstoß. Er setzt sich von alleine in Bewegung.

Es zucken jetzt noch mehr Kamerablitze durch die Disco, einige Mädchen versuchen Selfies von sich und Harley zu schießen, Notizblöcke werden ihm entgegengestreckt. Ich spüre eine leichte Eifersucht in mir aufflammen und bin froh, dass Harley nicht stehen bleibt und sich mit einer der jungen Frauen fotografieren lässt.

Das Geschrei ist ohrenbetäubend und ich frage mich, mit wie vielen dieser Frauen Harley schon mal etwas hatte. Es muss leicht sein für jemanden wie ihn. Die Mädchen liegen ihm zu Füßen und ich denke, dass er nur mit dem Finger auf eine zeigen muss und sie ihm bereitwillig nach Hause folgt.

Ob er sich nach diesem Kampf auch eine aussucht?

Die kleine Blonde da drüben vielleicht? Sie hat große blaue Augen und sieht ihm mit glänzendem Blick hinterher.

Oder die Rothaarige mit den großen Brüsten und dem ledernen Minirock?

Mit einem Mal komme ich mir trotz meiner Kostümierung unscheinbar vor. Harley könnte all diese Models haben. Wieso lässt er ausgerechnet mich näher an sich heran? Es könnte alles so einfach sein, warum ist es nur so schrecklich kompliziert?

Ein Hauch von Harleys Duft weht zu mir herüber, als er vor mir in den Ring steigt. Dieser Mann bringt mich noch völlig um den Verstand.

Ich beobachte, wie Harley in seine Ecke des Käfigs geht und die Schultern lockert. Wieder einmal bin ich vom perfekten Zusammenspiel seiner Muskeln fasziniert. Sein Körper ist so makellos und gleichzeitig so gefährlich.

Bobby und Harley treten einander gegenüber.

Bobby Stevens wirkt nicht halb so eingeschüchtert, wie ich erwartet hätte. Er sucht Harleys Blick, aber dieser sieht unbeirrt zu Boden.

Ich darf dem Typen nur nicht in die Augen sehen, dann setzt bei mir was aus.

Ich erinnere mich nur allzu deutlich an Harleys Worte und frage mich nach wie vor, woran das liegt. Was reizt ihn daran so, wenn ihm ein Kerl in die Augen sieht? Sicher, sein Gegner versucht ihn dadurch zu provozieren und aus der Reserve zu locken, aber das weiß Harley doch. Kann er da dann nicht einfach drüber stehen?

Der gleiche Mann wie letztes Mal erläutert den beiden leise die Regeln.

Ich kenne sie mittlerweile auswendig.

Keine Griffe in Augen, Mund und Nase.

Kein Beißen und an den Haaren ziehen.

Kein unsportliches Verhalten und keine Beschimpfungen.

Aber auch Wegdrehen und Weglaufen ist verboten.

Tritte und Kniestöße –

Es geht los und augenblicklich kann ich meine Gedanken nicht mehr ordnen.

Alles geht auf einmal so schnell. Kaum hat der Kampf begonnen, springt Stevens auf Harley und reißt ihn mit sich zu Boden. Er platziert bereits zwei Schläge mitten in seinem Gesicht, bevor Harley es schafft, seine Deckung hochzunehmen.

Ich kann kaum fassen, was ich da gerade sehe.

Haben mir nicht alle gesagt, dass Stevens ein Schwächling wäre? Ein Can, der nur dazu da ist, um sich fertigmachen und andere in der Rangliste aufsteigen zu lassen?

Was ich da sehe, ist ein wahres Biest und Harley hat alle Schwierigkeiten, sich zur Wehr zu setzen. Er verpasst Stevens einen Schlag in die Rippen, den dieser gar nicht zu spüren scheint. Noch immer hockt er auf Harleys Brust und lässt Schläge auf ihn einregnen.

Ich schlage die Hände vor den Mund, als Blut spritzt.

Harley deckt seinen Kopf mit einer Faust, während er Stevens mit der anderen wieder gegen die Rippen schlägt. Sicher, so haben wir es geübt, aber das hier ist etwas völlig anderes, als im Probetraining. Stevens ist kein Schwächling, er ist gefährlich.

»Wehr dich, verdammt«, flüstere ich. Aber Harley scheint gar nicht dran zu denken. Er steckt nur weiter Schläge ein und ich sehe ihn schon vor meinem inneren Auge in der ersten Runde K.o. gehen.

Die Menge scheint genauso fassungslos wie ich. Es herrscht gespenstische Stille, die es nur noch schlimmer macht, denn das Klatschen eines jeden Schlags ist zu hören.

»Wehr dich«, will ich rufen, aber ich bringe wieder nur ein Flüstern zustande.

Bobby steht nun auf.

Harley dreht sich zur Seite, um auf die Füße zu kommen, aber Bobby Stevens ist schneller. Er springt in die Höhe und lässt sich wie eine Bombe auf Harley fallen. Etwas knackt und ich hoffe, dass es keine Knochen sind. Harley schreit schmerzhaft auf und das scheint den Bann zu brechen.

Die Menge beginnt den Unbesiegten anzufeuern, nur ich kann nichts sagen. Meine Hände zittern und ich möchte, dass diese Runde endlich vorbei geht. Nein, noch lieber möchte ich, dass Harley sich einfach tot stellt und Stevens durch K.o. in der ersten Runde gewinnt. Dann hat dieser grausame Kampf wenigstens ein Ende.

Ein paar Schläge später ertönt endlich das Signal und die Runde ist zu Ende.

Harley steht auf und erst jetzt sehe ich, wie schlimm er zugerichtet ist. Er hat mehrere Cuts und sein Oberkörper ist von roten Flecken übersät.

Der Moderator sagt irgendwas, aber ich höre gar nicht hin. Hastig zwänge ich mich durch die Menschen hindurch zu Harleys Ecke. Luigi und die anderen stehen bereits dort und brüllen durcheinander auf ihn ein. Sie wirken wütend. Die Einzige, die ruhig bleibt, ist Sally, die Harley das Blut entfernt und seine Wunden verklebt.

»Geht mal zur Seite«, rufe ich, als ich beim Team angekommen bin.

»Was willst du denn?«, zischt mich Luigi an und versucht mich beiseite zu schieben.

Doch diesmal lasse ich mich nicht herumschubsen, sondern leiste Widerstand und quetsche mich bis zu Harley durch.

»Harley!«, rufe ich und erlange seine Aufmerksamkeit.

Er sieht mich an. Sein rechtes Auge schwillt bereits zu. »Hey, Baymax.«

Ich schüttle den Kopf und komme, so nah es die Käfiggitter zulassen, an ihn heran. »Was ist denn da drinnen los?«

»Stevens muss trainiert haben.« Harley grinst schief und ich kann erkennen, dass seine Lippen bereits ein wenig anzuschwellen beginnen. Er hat richtig einstecken müssen. Es tut mir weh zu sehen, wie der Unbesiegte zusammengeschlagen wird.

»Harley, du musst dich wehren«, zische ich ihm durch das Käfiggitter entgegen.

»Natürlich muss er sich wehren!« Luigi will mich wieder zur Seite drängen, aber ich hake meine Finger ins Gitter und lasse mich nicht vertreiben. »Keine Ahnung was mit dem los ist«, sagt er an mich gewandt, dann zu Harley: »Ist das deine Art der Verweigerung, du Schwachkopf!? Weil du diesen Kampf kämpfen sollst, aber eigentlich gar nicht willst?«

Harley schüttelt nur müde den Kopf und sieht mich an.

»Vergiss alles, was wir geübt haben. Dieser Typ ist kein Schwächling, im Gegenteil. Du musst ihn nicht schonen, verstehst du?«, versuche ich es jetzt an Luigis Stelle.

»Und wenn das nur Glückstreffer waren?«, fragt Harley und bekommt von irgendwem seinen Zahnschutz in den Mund geschoben. Anscheinend geht es gleich weiter. »Dann bringe ich ihn womöglich doch noch um«, nuschelt er jetzt.

»Das wäre verdammt nochmal nur richtig!« Luigi lässt seine Fäuste gegen den Käfig donnern. »Du musst den Penner fertigmachen!!«

Harley beachtet seinen Manager nicht weiter, sondern sieht nur mich an.

Obwohl ich Luigi sonst ungerne Recht gebe, bin ich jetzt seiner Meinung. Naja, zumindest fast. Natürlich will ich nicht, dass er Stevens umbringt. »Du kannst dich nicht verprügeln lassen. Besieg ihn, du schaffst das.«

Meine letzten Worte gehen in Gejohle unter, als die nächste Runde eingeläutet wird.

Doch ich glaube, dass Harley verstanden hat. Während er aufsteht, hat er mich weiter fest im Blick seiner stahlfarbenen Augen. Er nickt mir zu und ich zeige ihm den erhobenen Daumen.

»Du darfst hier nicht stehen!« Wieder zerrt Luigi an mir und diesmal gebe ich nach. Doch zurück zu meinem Platz komme ich auch nicht. Ich sehe vom Rand aus zu, aber das reicht auch, um zu sehen, dass Harley diesmal ganz anders an die Sache rangeht. Er stürzt sich mit dem Ertönen des Signals bereits auf Stevens und knallt mit ihm so hart gegen die Gitter, dass der ganze Käfig bebt.

Die Menge quittiert diese Aktion mit Geschrei und ich spüre, wie sich ein Lächeln auf meine Lippen stiehlt. So muss es nur weitergehen.

Harley platziert ein paar Schläge in Stevens' Rippengegend, höher kommt er jedoch nicht, da dieser seine Arme in irgendeinem Klammergriff hält, dessen Name mir entfallen ist. Das spielt auch keine Rolle.

»Befrei dich!«, rufe ich und reihe mich somit in die Gruppe von Leuten ein, die von den Zuschauerrängen aus Ersatztrainer spielen. »Mach dich los!«

Um mich herum werden ebenfalls gute Ratschläge gebrüllt.

Harley scheint genau zu wissen, was zu tun ist, aber Stevens' Umklammerung sitzt bombenfest. Ich glaube nicht, dass es sich um einen dieser Griffe handelt, die Schmerzen auf ein bestimmtes Körperteil oder Gelenk ausüben wie es beim MMA üblich ist. Vielmehr wirkt er einfach so, als hätte er Harley umarmt und wäre dann zu Stein erstarrt. Stevens rührt sich kein Stück und auch sein Gesicht ist eine unbewegte Maske. Harley wirkt irritiert.

Ob Stevens das mit seiner unkonventionellen Aktion beabsichtig? Seinen Gegner zu verwirren? Ob er überhaupt weiß, was er da tut? Seine sonst sanften braunen Augen sind so leer, als wären sie Glasmurmeln. Das Biest scheint irgendwie in andren Sphären unterwegs zu sein. Harley versucht es noch einmal mit einem Hebelgriff, dann lässt er sich kurzerhand zu Boden fallen und reißt Stevens mit sich. Sofort ändert dieser seine Taktik. Unkontrollierte Schläge prasseln auf Harley ein. Aber anders als vorhin lässt er das nicht mit sich machen. Er windet sich aus der Gefahrenzone und springt wieder auf die Beine.

Ich weiß aus meiner Recherche, dass viele MMA-Fights mit Würgegriffen auf dem Boden beendet werden, aber das hat Harley offenbar nicht vor. Er tänzelt um seinen Gegner herum, bis dieser ebenfalls steht.

Doch ein fairer Kampf scheint auch diesmal nicht machbar zu sein.

Bobby Stevens nimmt Anlauf, um sich wieder auf Harley zu stürzen, der ihn mit einem gezielten Kick gegen die Brust auf Abstand hält. Doch anders als erwartet scheint Stevens auch diesen wirklich heftigen Tritt nicht zu spüren. Als wäre er lediglich gegen eine unsichtbare Wand getaumelt, startet er den nächsten Versuch.

Ich sehe, dass Harley sein Verhalten mehr und mehr irritiert. Dann scheint ihm ein Licht aufzugehen. Für einen Moment sehe ich so etwas wie Erkenntnis in seinen Augen, dann verfinstert sich sein Blick und er erwartet Stevens' nächsten Angriff mit einer Kombination aus verschiedenen Schlägen und einem abschließenden Kick. Ich kann nur über die Eleganz und die

Kraft, die gleichermaßen in dieser Aktion liegen, staunen.

Stevens fällt auf ein Knie und schüttelt den Kopf wie ein gereizter Stier – wahrscheinlich, um die Benommenheit loszuwerden. Harley holt aus, doch dazu, seinen Gegner zu finishen, wie es heißt, kommt er nicht mehr, da die Runde vorüber ist.

Es wird gejubelt.

Ich juble nicht, sondern nutze den Moment, mich wieder zu Harleys Ecke durchzuzwängen.

»Das war klasse!«, rufe ich.

Luigi sieht mich entnervt an, dann sagt er an Harley gewandt: »Was ist denn los?!«

»Ich glaube, Stevens ist gedopt.« Harley sieht erst Luigi, dann den Rest des Teams an. »Er spürt keine Schmerzen und ist übermenschlich stark.«

Gedopt?!

Ich falle aus allen Wolken.

»Aber ist ... ist das denn erlaubt?«, frage ich perplex.

Luigi lacht mich aus. »Natürlich ist das nicht erlaubt!«

»... Dann brecht den Kampf doch ab.«

»Und dann ist er doch nicht gedopt und alle Welt denkt, dass Harley ein Feigling ist und wir –«

»Das geht nicht«, erklärt mir Harley viel ruhiger als sein Manager. »Wir müssen den Fight zu Ende bringen. Es ist ja nur eine Vermutung, dass er etwas genommen hat. Wir können nicht einfach auf gut Glück abbrechen, sondern nur später eine Dopingkontrolle fordern.«

»Das verstehe ich nicht«, gebe ich zu.

»Wenn jeder, der im Kampf unterliegt, immer abbrechen würde, mit der Äußerung, dass er bei seinem Gegner Doping vermutet, dann würden ja nie mehr anständige Fights zustande kommen. Es liegt nicht in unserem Ermessen, das zu entscheiden, verstehst du?«

»Und wenn er dich besiegt?«

Harley zuckt mit den Schultern. »Wenn er siegt und bei der Blutkontrolle etwas festgestellt wird, dann wird ihm der Titel aberkannt und ich bleibe weiter unbesiegt.« Er zwinkert mir zu.

»Aber so weit wird es nicht kommen, richtig?«, mischt sich jetzt Luigi wieder ein.

»Ich will es nicht hoffen.«

Mir schwirren noch so viele Fragen durch den Kopf, aber die nächste Runde beginnt.

Was ist, wenn Bobby ›Das Biest‹ Stevens Harley nicht nur besiegt, sondern ihm ernsthaft schadet? Dann nützt es ihm im Nachhinein auch nichts mehr, wenn Stevens der Sieg aberkannt wird. Und was ist, wenn er Harley nicht nur K.o. sondern tot schlägt? So wie Harley zuvor gefürchtet hat, es mit Stevens zu tun?

Wenn er ihn umbringt ...

Auf einmal habe ich schrecklich Angst um Harley. Am liebsten würde ich in den Ring steigen, ihn an der Hand nehmen und hier wegbringen. Weit weg. Weg von diesem Käfig, weg vom Ivory und den ganzen blutgierigen Menschen, weg von Luigi, Cooper, Russell und allen, die uns irgendwie im Weg stehen könnten.

Ich male mir einen Neuanfang aus. Nur wir beide ... Harley würde wieder bei der Polizei arbeiten. Er würde den bösen Jungs nachjagen und sein Glück darin finden. Ich würde ein Buch schreiben. Keine Artikel mehr, in die ich so viel Herzblut stecke und die dann einfach von meinem Chef zusammengestrichen werden, als hätte ich nicht tagelange Arbeit investiert. Ich würde mich mit einem richtig großen Projekt befassen und –

Ein dumpfes Klatschen aus dem Ring und ich mag gar nicht hinsehen.

Was ist, wenn Stevens ihn umbringt? Er wirkt so unberechenbar …

Vielleicht könnte ich irgendwie dazwischen gehen, den Ringrichter zum Abbruch auffordern. Wenn ich doch nur –

Stöhnen und schmerzhafte Schreie dringen an mein Ohr und ich sehe nun doch vorsichtig, ganz vorsichtig herüber zum Oktagon.

Stevens liegt auf dem Boden und ich spüre Erleichterung in mir aufsteigen, als ich sehe, dass Harley einen sogenannten Kimura-Armlock bei ihm anwendet. Ein schmerzhafter Griff, der Gegner eigentlich zur Aufgabe zwingen soll. Aber das Biest denkt gar nicht daran. Harley verlagert ein Gewicht und versucht ihn so zum Abklopfen zu zwingen. Sollte Stevens nicht aufgeben, dann könnte Harley ihm die Schulter auskugeln oder sogar brechen.

»Gib auf!«, höre ich ihn rufen.

Die Menge feuert Harley an.

Sein Gesicht ist vor Anstrengung verzerrt. Er übt noch mehr Druck auf Stevens' Arm aus. Nur noch wenige Millimeter und das unschöne Krachen, mit dem die Schulter bricht oder aus ihrem Gelenk springt, wird zu hören sein.

»Warum gibst du nicht auf?«, flüstere ich. Kann ein Mensch so stark gedopt sein, dass er selbst diese Art von Schmerz nicht mehr spürt?

Ich starre auf Stevens' Hand, die auf der Matte liegt und einfach nur abklopfen müsste. Aber das tut sie nicht. Im Gegenteil. Stevens bäumt sich in Harleys Griff auf und sorgt somit selber dafür, dass seine Schulter ausgekugelt wird. Es sieht unnatürlich aus und ein schmerzhaftes Aufstöhnen geht durch die Zuschauermenge. Aber Stevens scheint auch diesen Schmerz auszublenden. Stattdessen gräbt er jetzt seine Zähne tief in Harleys Oberarm.

Harley schreit auf und dann geht alles ganz schnell.

Der Ringrichter und ein paar andere Männer stürmen in den Käfig und zerren Stevens und Harley auseinander. Blut tropft aus Stevens' Mund und ich muss mich wegdrehen, um mich nicht zu übergeben. Mir ist schwindelig, ich kann nicht glauben, was ich da gerade gesehen habe.

Dieser Stevens benimmt sich wie ein wildes Tier!

Ich nehme nur am Rande wahr, dass der Kampf abgebrochen wird. Harley hat gewonnen, der Fight ist wegen unfairen Verhaltens von Bobby Stevens beendet worden.

»Meine Güte«, murmle ich und begebe mich langsam Richtung Backstagebereich. Ich blende alles um mich herum aus. Hatte ich anfangs – teils aus Unwissenheit, teils wegen meiner eigenen Vorgeschichte – Vorurteile gegen diesen Sport, wird mir jetzt erst richtig klar, was MMA bedeutet. Es kann ein normaler Sport sein, so wie der Box-Sport, der mittlerweile auch gesellschaftlich anerkannt ist, es kann aber unter den falschen Umständen auch um Leben und Tod gehen.

Diesem Stevens waren offenbar alle Mittel recht, um im Käfig zu bestehen. Er ist bewusst vollgepumpt mit irgendwelchen Medikamenten in den Ring gestiegen und er hat in Kauf genommen, dass er Harley schlimmen Schaden zufügt.

Mit einem Mal spüre ich Wut in mir aufsteigen. Wut auf Stevens, aber noch viel mehr auf mich und Harley, dass wir Rücksicht auf ihn nehmen wollten. Ich bin wütend, weil Harley so ein gutes Herz hat und andere das schamlos ausnutzen. Für den Sieg, den kurzen Ruhm im Käfig.

Ich merke erst als ich davor stehe, dass ich bereits bei Harleys Kabine bin, und trete ein. Sie ist leer. Wahrscheinlich wird Harley noch gefeiert. Sicher schreibt er noch irgendwelche Autogramme und lässt sich von seinen Fans fotografieren.

Das alles ist mir egal. Die Eifersucht ist gerade nicht spürbar, so groß ist der Drang, mit Harley einfach fernab von all dem Wahnsinn neu anzufangen. Wenn ich ihn nur dazu kriegen könnte, mit dem Kämpfen aufzuhören ...

Eine Weile, ich weiß nicht wie lange, sitze ich einfach nur da und bin in meinen Gedanken versunken.

Dann geht die Tür auf und Harley und sein Team kommen rein.

Luigi und die anderen wirken ausgelassen, Harley nur erschöpft. Ich springe auf und falle ihm in die Arme.

»Du hast es geschafft«, wispere ich.

Harley umarmt mich fest. Ich höre seinen Puls rasen und spüre seine heftigen Atemzüge. »Hey, ist schon gut, ist schon gut ...« Sanft hebt er mein Kinn an und wischt mir über die Wangen. »Es ist alles gut ...«

Erst jetzt merke ich, dass mir Tränen über das Gesicht laufen. Ich bin unfähig etwas zu sagen.

»Wir haben es doch geschafft, Meg.«

»Ja, diesmal«, versuche ich so fest wie möglich zu sagen, bringe aber nur ein Schluchzen zustande. »Beim nächsten Mal ... nächstes Mal ...«

»Sssh.« Harley drückt mich an sich und streichelt mir durchs Haar. »Beruhig dich, bitte. Es ist doch nichts passiert ...«

Am liebsten würde ich ihn hier und jetzt dazu überreden, einfach alles hinzuwerfen und mit mir neu anzufangen. Er ist der Mann, den ich will. Der Mann, mit dem ich mir mein Leben vorstellen kann. Das ist mir gerade klar geworden, als ich Angst hatte, ihn zu verlieren. Was sind schon Karriere und Geld, wenn man die ganz große Liebe gefunden hat?

Aber ich weiß auch, dass ich dieses Gespräch hier vor den anderen nicht beginnen kann. Sie würden auf Harley einreden und mich womöglich direkt rauswerfen.

»Meg ...«, dringt Harleys samtige Stimme zu mir durch. »Was ist denn los? Willst du es mir nicht sagen?«

Ich hebe den Kopf und sehe Harley in die blutunterlaufenen Augen. »Ich dachte, du stirbst.« Schluchzend vergrabe ich das Gesicht wieder an seiner Schulter.

Harley atmet tief durch. Noch immer streicheln seine Finger sanft durch mein Haar. »Du solltest dir das beim nächsten Mal nicht ansehen«, sagt er schließlich.

Ich protestiere nicht, weihe ihn aber auch nicht ein, dass es, wenn es nach mir geht, kein nächstes Mal geben wird.

»Pressefrau? Pressefrau??«, ruft Luigi und ich sehe auf. Er irrt gespielt suchend durch den Raum »Wo ist denn unsere PR-Frau? Ach daaa!« Scheinbar überrascht schlägt er die Hände vors Gesicht, als er mich bei Harley ›entdeckt‹. »In den Armen unseres großen Stars! Was macht sie denn da? Sollte sie nicht draußen sein und Interviewfragen beantworten?!«

»Luigi ...« Harley schüttelt abwehrend den Kopf.

»Ist schon gut.« Ich löse mich aus seiner Umarmung, wische mir die Tränen weg und straffe die Schultern. »Ich geh dann mal meinen Job machen.«

»Richtig. *Deinen* Job. Nicht unseren.« Luigi fixiert mich und sein Blick ist stechend. »Wenn ich noch einmal mitkriege, dass du mit Harley trainierst und versuchst, ihn zu einer sanften Lusche zu machen, die am liebsten nur noch mit Watte um sich schmeißen würde, dann bist du raus. Die Sache mit Stevens gerade war mehr als knapp. Dafür kannst du dir auf die Schulter klopfen, PR-Frau. Und jetzt geh und mach deine Arbeit.«

Ich verschwinde aus der Kabine und höre, dass Harley etwas Wütendes sagt, nachdem die Tür zugefallen ist. Gleichzeitig frage ich mich, woher Luigi von unserem Training weiß – wahrscheinlich hat er aus unserem Gespräch in der Ringecke einfach die richtigen Schlüsse gezogen. Und irgendwie glaube ich, dass ich da gerade zum allerersten Mal Luigis wahres Gesicht gesehen habe. Jähzornig. Gefährlich. Aber mich stört es nicht weiter. Soll Luigi mit mir umspringen, wie er will.

Wenn alles gut geht, werfen Harley und ich bald das Handtuch. Dann können diese Möchtegern-Mafiosi sehen, wo sie bleiben.

***

Es gibt gar nicht so viele Leute hier draußen, die noch Fragen an mich haben, und in mir wächst der Verdacht, dass Luigi mich nur aus der Kabine haben wollte, um Harley ordentlich zusammenzufalten. Dieser Blödmann.

Ein paar Minuten, nachdem ich rausgelaufen bin, eilt eine besorgt aussehende Sally an mir vorbei – sicher um den Biss zu nähen, den Bobby Stevens Harley zugefügt hat. Ich hoffe, Harley ist geimpft. Und ich hoffe, dieser Blödmann wurde gleich zur Dopingkontrolle abgeholt.

Ich stelle mich an den Rand des Clubs, in die Nähe des Backstagebereichs, beobachte die ausgelassene Menge und male mir, während ich auf Harley warte, unsere Zukunft aus.

Wo werden wir hingehen? Wie werden wir leben? Vielleicht können wir uns ein kleines Haus mieten, so eines, wie Russell und ich hatten. Nur, dass es diesmal nicht mit Angst und Aggression gefüllt sein wird. Vielleicht können wir schon diese Weihnachten ...

»Hey.«

Über die Musik hinweg erkenne ich seine Stimme sofort. Er ist neben mir aufgetaucht und ich drehe mich langsam zu ihm um. Sein Gesicht sieht ganz schön mitgenommen aus. Pflaster bedecken seine Cuts. Er trägt frische Kleidung, aber an seinem Oberarm erkenne ich einen dicken Verband. »Tut es sehr weh?«, frage ich.

Harley schüttelt den Kopf. Sein Haar ist noch feucht vom Duschen und er sieht trotz der Blessuren zum Anbeißen aus. Kann ich ihn küssen? Ihn umarmen? Oder sollen seine Fans nichts von uns wissen?

Harley beantwortet meine Frage stumm, indem er nach meiner Hand greift. »Es ist alles okay«, versichert er mir ein weiteres Mal. »Nur ein paar Kratzer, die in ein paar Tagen wieder verschwunden sind. Alles klar?«

Ich nicke stumm.

Er lächelt leicht. »Wollen wir was trinken?«

Wieder nicke ich. Und gleichzeitig fasse ich Mut. »Danach würde ich ... Ich würde gern mit dir reden, Harley.«

Er kneift die Brauen zusammen. »Was Ernstes?«

»Was wegen uns«, sage ich und lächle – auch wenn es tatsächlich ein sehr ernstes Gespräch werden wird. Denn zu unserem Neuanfang gehört, dass ich ihm die Wahrheit sage. Die ganze Wahrheit.

Harley lächelt mich an und nickt. »Einverstanden.«

Mich fasziniert es, dass sein Gesicht trotz der Blessuren aus dem Kampf immer noch so makellos auf mich wirkt. Ich hebe die Hand und streiche mit den Fingern über seine Wange. Dann lasse ich mich mit in Richtung Bar nehmen.

Ich sehe mich unauffällig um. Es scheinen nur noch Fans hier zu sein, keine Reporter oder Fotografen mehr. Gut. Das bedeutet, mich wird niemand mehr enttarnen, ehe ich es selbst tue. Ich werde mich ihm erklären und ihm versichern, dass ich nie vorhatte, ihn in dem Artikel auf irgendeine Art bloßzustellen.

Na ja, zumindest nicht mehr, nachdem ich ihn kennengelernt hatte und meine anfänglichen Vorurteile gegen die Szene in sich zusammengeschmolzen waren. Nein, nicht gegen die Szene. Aber gegen ihn.

Wir erreichen die Bar und ein paar Leute fragen Harley sofort nach Autogrammen.

»Was willst du trinken?«, flüstere ich ihm grinsend ins Ohr. »Bier?«

Er nickt mir dankbar zu, dann macht er sich daran, Poster und T-Shirts zu signieren. Ich sehe da lieber nicht so genau hin, denn sicher muss er seine Unterschrift auch auf dem einen oder anderen Dekolleté verewigen.

Stattdessen reihe ich mich in diejenigen ein, die an der Bar warten und bleibe dabei in Harleys Nähe, weil ich mich unter all den Gewaltfreunden bei ihm immer noch am sichersten fühle.

Es dauert eine Weile, bis ich drankomme. Der Club ist nach wie vor ziemlich voll, die Musik ist hart und rau und alle wirken noch aufgeputscht vom Fight. Ich lache leise. Wer hätte gedacht, dass ich mal in so einen Etablissement landen würde? Ich, der Oberschisser Megan?

Vielleicht habe ich mich echt ein bisschen zu sehr zurückgezogen wegen Russell. Möglicherweise habe ich die Welt um mich herum eine ganze Weile für viel zu böse gehalten. Ich sehe mich um, und ein korpulenter MMA-Fan mit ergrauendem Haar lächelt mich an, ohne dass es anzüglich wirkt. Ich lächle ganz automatisch zurück. Kann es sein, dass es vielleicht sogar nette Menschen in dieser Szene gibt?

»Hey, das ist doch unsere verklemmte Zeitungsmaus«, sagt auf einmal eine weibliche Stimme, und mir gefriert auf der Stelle das Blut in den Adern. Schlimmer noch als vorhin bei den Interviews. Denn jetzt bin ich nicht vorbereitet.

Langsam, ganz langsam drehe ich den Kopf und sehe ins Gesicht der grünhaarigen Barkeeperin vom ersten Abend. Sie lächelt mich breit an.

»Ein bisschen angepasster, aber immer noch deutlich an den Rehaugen zu erkennen.« Sie zwinkert mir zu. »Und, hast du dich mittlerweile bei uns eingelebt? Was wird's denn? Wieder mal ein Schmähbericht oder ausnahmsweise mal was Positives?«

Nein. Oh nein. Die soll doch bitte die Klappe halten! Ich spüre ganz deutlich, wie mir die Situation entgleitet, und das gefällt mir so gar nicht.

»Ich weiß nicht ... Ich weiß wirklich nicht, wovon Sie reden.«

Die Barkeeperin zieht beide Brauen in die Höhe. »Weißt du nicht? Hat dich der Rum das Gedächtnis gekostet oder was? Na, meins ist jedenfalls vollkommen in Ordnung. Du warst mit diesem anzugtragenden Schmiertypen da, der sich erst bei dir eingeschleimt und dich dann vollgelabert hat mit irgendeinem Auftrag. Der vermutlich mit diesem Club hier zu tun hat. Sonst wärst du jetzt nicht schon wieder hier.«

Langsam verstehe ich. Ihr leicht aggressiver Tonfall, ihr stechender Blick – diese Frau denkt, dass ich irgendwelche düsteren Geheimnisse über diesen Club, über das Ivory, aufdecken will, und deswegen hat sie mich jetzt auf dem Kieker. Das ist wirklich so ziemlich das Beschissenste, das hätte passieren können, und ich muss jetzt ganz dringend Schadensbegrenzung betreiben.

»Hören Sie. Sie verwechseln mich.«

»Das glaube ich kaum. Sie heißen Megan und hatten beim letzten Mal ein kurzes blaues Kleid mit einem tiefen Rückenausschnitt an. Sie haben drei dreifache Rum bestellt und ungefähr 10 Minuten mit diesem Typen gequatscht. Bla bla, du bist die beste Reporterin, die ich kenne, bla bla, ich will all die kleinen schmutzigen Geheimnisse.« Mit einem siegessicheren Lächeln stemmt sie die Hände in die Hüften und sieht mich erwartungsvoll an.

Ich erwidere ihren Blick, suche fieberhaft nach Ausreden.

Dann jedoch huschen ihre Augen auf einmal weg von mir und ihr Lächeln verändert sich, wird echter, fast bewundernd, und in diesem Moment weiß ich ... Ich weiß es einfach.

Ganz langsam drehe ich mich um. Harley steht vor mir und sieht mich an. Sieht mich einfach nur an, und in seinem Blick flammt kalter Zorn.

»Harley, ich ... das stimmt doch nicht!«, bringe ich heiser hervor.

»Warum kennt sie dann deinen Namen?«

»Ich weiß nicht, ich ...«

»Darum die Verkleidung, was? Damit deine Reporterkollegen dich heute nicht erkennen.«

»Nein!« Ich schüttle heftig den Kopf.

»Du hast dich bei mir eingeschlichen und wolltest nicht so schnell auffliegen, habe ich Recht? Jetzt, wo du es gerade geschafft hast, so richtig schön glaubhaft zu sein!«

Ich will wieder verneinen, aber ich bringe es einfach nicht über mich, denn ich wollte ja sowieso alles zugeben und er hat auch noch Recht mit seinen Vermutungen ... bis auf eine.

»Das mit uns, Harley ...«

»Komm mir jetzt nicht so.«

»Aber es ist wahr! Ich habe dir nie etwas vorgespielt, ich ...«

»Also hattest du nie vor, einen Artikel über mich zu schreiben?«

Ich presse die Lippen aufeinander. Was soll ich denn jetzt nur sagen? Ich will nicht wieder lügen, aber die Wahrheit ist einfach zu ... Er wird mich hassen.

»Doch«, sage ich schließlich, so leise, dass er es bei dem Lärm hier drin vermutlich gar nicht hören kann. »Aber ich kann dir das erklären! Das alles! Ich schwöre dir, dass ...«

Harley schüttelt den Kopf. »Du musst mir nichts erklären.«

Für einen Moment glaube ich, dass er es gut sein lässt. Dass ich ihm nichts erklären muss, weil er weiß, wie tief und echt meine Gefühle sind und weil er mir verzeiht und vertraut und mich nicht verlassen will, auch dann nicht, wenn ich ihn belogen habe.

Aber das hier ist kein Disneyfilm.

»Du solltest jetzt verschwinden«, sagt Harley darum nur.

»Was?«

»Du verschwindest jetzt, oder ich lasse dich rauswerfen und dir Hausverbot erteilen.«

Bitte? Das meint er doch nicht ernst!

»Das kannst du nicht machen.«

Harley wendet sich ab und sieht sich um. Als er einen Sicherheitsmann entdeckt, will er sich in Bewegung setzen, aber ich halte ihn am Arm fest.

Sofort macht er sich los.

»Ist schon gut.« Ich hebe die Hände. »Schon gut. Ich gehe.«

Einen Moment lang warte ich darauf, dass er mich aufhält, aber er tut nichts dergleichen. Ich schleiche mich an ihm vorbei Richtung Backstagebereich, um meine Tasche zu holen, lasse mir extra Zeit, aber er folgt mir nicht. Ich kann meine Tränen kaum noch zurückhalten, als ich durch den Gang stolpere und schließlich seine Umkleide erreiche. Kaum habe ich die Tür geöffnet, fange ich dann tatsächlich an zu weinen und wische mir hektisch über die Augen. Er soll meine Tränen nicht sehen, wenn ich den Club gleich ein weiteres Mal durchqueren muss. Zumindest so weit will ich mein Gesicht wahren.

»Megan?«

Ich schrecke auf und stelle fest, dass Sally noch hier ist. Sie packt gerade ihre Sanitätssachen zusammen und mustert mich ziemlich verwirrt.

»Was ist denn los?«, will sie wissen.

Ich schüttle den Kopf und versuche den Kloß in meinem Hals hinunterzuschlucken. Ich kann ihr nicht die Wahrheit sagen. Sie war so nett und vertrauensvoll ... Ich kann es einfach nicht. »Bitte ... bitte sag Harley«, schluchze ich, »dass ich ihn nie bloßstellen wollte und ... dass ich in diesen blöden Artikel nicht eingewilligt hätte, wenn ich gewusst hätte, dass ... ich mich in ihn ...«

Weiter komme ich nicht. Durch einen Tränenschleier sehe ich, wie sich Sallys Blick verfinstert.

»Du bist Reporterin«, sagt sie.

»Ja, aber ...«

»Das hätte ich mir ja denken können!« Wütend knallt sie ein paar Verbände in ihre Tasche.

»Aber es ist nicht so, wie du denkst. Ich wollte nicht ...«

»Mir ist egal, was du wolltest!« Sie richtet sich auf und sieht mich an. »Willst du wissen, wie mein Ehemann gestorben ist?«

Was? Das ... das weiß ich doch. Ich habe keine Ahnung, wie ich darauf jetzt reagieren soll.

Aber Sally scheint auch keine Reaktion von mir zu erwarten. »Der Unfall, von dem ich dir erzählt habe. Der ist nicht einfach so passiert. Nach der Dopingaffäre hat die Presse Scott das Leben zur Hölle gemacht. Zur Hölle! Er hätte den Boxsport beschmutzt, er solle sich rechtfertigen und öffentlich Buße tun! An diesem Abend, da wollte er einfach nur zu uns, zu seiner Familie, nach Hause, aber diese Schweine von der Zeitung haben ihn kaum aus dem Parkhaus gelassen, und dann haben sie sich an seine Fersen geheftet. Er hat mich aus dem Auto angerufen. Er hat sich beeilt, hat versucht sie abzuhängen, weil er nicht wollte, dass wir auch noch unter dieser Sache zu leiden haben. Ich habe ihn beschworen, vorsichtig zu fahren. Wir haben aufgelegt. Und dann, eine knappe Stunde später, standen die Polizisten vor meiner Tür. Die haben ihn in den Tod gehetzt, Megan! Leute wie du! Ihr seid das Letzte! Ihr macht Leben kaputt und ihr schreckt vor nichts zurück, nur für eure perfekte Story. Jetzt verpiss dich aus meiner Familie und lass dich nie wieder hier blicken!«

Ich will etwas sagen, irgendwas, aber es gibt keine Worte, die die Situation jetzt besser machen könnten.

Scott Jones' Tod läuft wie ein Film vor meinem inneren
Auge ab und ich spüre die tiefe Trauer, die seine Familie danach erfasst hat, nur allzu deutlich. Ich bin so ein
Idiot. Ich hätte diesen Job nie annehmen dürfen. Aber
für solche Gedanken ist es jetzt zu spät.

»Tut mir leid«, flüstere ich und weiß im selben Moment, dass ich genauso gut gar nichts hätte sagen können.

Dann verschwinde ich aus der Umkleide, aus dem
Ivory, aus Harleys Welt.

HARLEY

Es ist spät, als ich nach Hause komme, und ich habe
irgendwie Probleme, es durch den Türrahmen zu schaffen. Verdammt, ich hätte nicht trinken sollen. Schon
gar nicht so viel. Aber die Sache mit Megan ...

Nein, das war keine *Sache*. Sie hat mich verarscht,
von vorne bis hinten. Hat sich in mein Team und in
mein Leben geschlichen, weil sie sich davon die ganz
große Story erhofft hat. Und ich Idiot hätte ihr beinahe
alles gesagt. Ein paar Mal war ich so kurz davor, ihr die
ganze Wahrheit über Scotts Tod, Italien und alles, was
darauf folgte, zu erzählen. Zum Glück habe ich nicht –
nicht auszudenken, was es für eine Lawine ins Rollen
gebracht hätte, wenn sie das alles in der Zeitung ausgebreitet hätte.

Ich lasse die Tür hinter mir ins Schloss fallen und
schaffe es mit Mühe und Not zum Sofa. Schwer lasse

ich mich darauf sinken. Schon jetzt habe ich Kopfschmerzen. Normalerweise trinke ich kaum, das lässt das Training nicht zu. Nach einem Kampf mit ein paar Kopftreffern ist es schon gar nicht klug, sich volllaufen zu lassen. Aber verflucht, was ist schon klug?

Sich auf Megan Clark einzulassen? Sicher nicht.

Ich ziehe mein Handy hervor und lasse es fast fallen, aber dann schaffe ich es, es irgendwie zu entsperren und google nach ihrem Namen. Megan Clark. Es gibt eine Menge Megan Clarks in Amerika. Und eine ziemlich berühmte australische Forscherin. Aber im unteren Bereich der zweiten Seite finde ich tatsächlich etwas sehr Aufschlussreiches:

Daily News Chicago – Megan Clark, Redakteurin im Ressort Lifestyle

Lifestyle, tz. Ich rufe die Seite auf. Kein Foto von Megan, aber eine leere Box, in der wohl normalerweise ein Foto von ihr zu sehen wäre. Ich klicke weiter auf die Seite eines anderen, x-beliebigen Mitarbeiters der Zeitung. In der Box ist ein Foto.

Scheiße, das ist fast lustig. Die haben sich noch nicht einmal wirklich Mühe gegeben, sondern einfach nur das Offensichtliche entfernt. Halten mich vermutlich für blöd. Aber wie es aussieht, bin ich wohl auch ziemlich blöd. Denn ich bin voll reingefallen.

Mit einem mittelmäßig gezielten Wurf befördere ich das Handy auf den Tisch, dann lehne ich mich zurück und bemühe mich, die ganze Sache zu kapieren. Sie war also nie wirklich PR-Frau. Sie hat von Anfang an nur versucht, Informationen zu sammeln. Klar. Die meisten Leute halten MMA für ein zwielichtiges Geschäft und sie hat wahrscheinlich gehofft, dass sie etwas über gefakte Wetten oder sadistische Trainingsmethoden oder Doping herausfindet.

Doping. Ich muss an Scott denken, an damals. Ich war noch bei der Polizei, hatte aber nichts mit der Untersuchung zu tun. Scott hat mir versichert, dass er nicht wusste, dass sein bester Mann dopt, und ich habe ihm geglaubt. Habe ihm sogar geraten, ein Statement rauszugeben, sich von dem Typen zu distanzieren, seine Weste weiß zu waschen. Aber Scott wollte das nicht. So war er nun mal.

Ich hab den Kerl unter Vertrag genommen, als er ein Niemand war, ein Straßenkind. Ich lass ihn jetzt nicht einfach fallen.

Das war anständig von ihm. Und es hat ihn das Leben gekostet. Diese dreckigen Bluthunde von der Zeitung! Kaum zu glauben, dass Megan eine von denen ist. Und dass sie sich auch noch genauso schäbig verhält, ohne mit der Wimper zu zucken. Diese ganze Maskerade heute! Ich wusste doch, dass da etwas nicht stimmt.

Ich war eben ein Idiot. Habe mich blenden lassen. Wer weiß, wahrscheinlich war alles von vorne bis hinten nur ein großes Schauspiel. Auch die Sache mit diesem Russell. Vermutlich haben sie und ihre Redaktion geglaubt, dass ich mich eher auf eine Frau einlasse, wenn sie meinen Beschützerinstinkt weckt. Na, zumindest habe ich dem Russell-Darsteller wirklich die Rippen gebrochen!

Aber Genugtuung verschafft mir das irgendwie auch nicht. Ganz im Gegenteil. Das mit Megan ... Ich habe es ernst gemeint. Wirklich ernst. Und ich könnte mich dafür ohrfeigen, dass mir ihre Lügen nicht eher aufgefallen sind. Bevor Gefühle im Spiel waren. Aber das lässt sich jetzt nicht mehr ändern. Ich muss nach vorne blicken. Nüchtern werden. Weitermachen. Und dann werde ich sie vergessen, als wäre sie nie in ihrem blauen Glitzerkleid in mein Leben getreten.

KAPITEL 14

Der nächste Morgen beginnt scheußlich. Ich konnte keine Minute lang schlafen, habe abwechselnd an Sallys Worte und an den kalten Zorn in Harleys Augen gedacht. Und jetzt fühle ich mich wirklich wie das Letzte.

»Es war ein Job«, sagt Ellie, die ich gleich nach dem Aufstehen gebeten habe, herzukommen. »Ein J-O-B. Als solchen hättest du die ganze Sache auch sehen sollen. Von Anfang an.«

»Man sucht sich doch nicht aus, in wen man sich verliebt«, widerspreche ich und ziehe die Beine an. Sie stecken in einer dicken, hässlichen Pyjamahose, doch für wen soll ich gut aussehen? Gedankenverloren nestle ich an den Ärmeln herum.

»Nein, aber man kann sich immer entscheiden, ob man sich darauf einlässt oder nicht. Wir Menschen sind ja keine willenlosen Sklaven unserer Gefühle. Was glaubst du, wie oft ich einen Mann schon toll fand, aber mir die Sache einfach verboten habe, weil er beispielsweise verheiratet war oder zu weit weg lebte oder Republikaner war? Ich meine das jetzt nicht böse, Meg, aber du musst echt mal aufhören, dich immer als Spielball der Umstände zu betrachten. Du hast dein Leben selbst in der Hand!«

Ich lasse meinen Kopf auf die Platte der Küchentheke sinken. Verdammt, das weiß ich doch! Ich weiß, dass sie Recht hat und ich war ja, seit ich Harley hatte, eigentlich auch auf einem guten Weg. Aber jetzt? Jetzt ist das Einzige, was ich noch in die Hand nehmen möchte, eine Schaufel, um mich im Erdboden zu vergraben!

Ellie setzt sich neben mich und ich erkenne am Geräusch sowie am Geruch, dass sie mir eine Tasse Kaffee vorsetzt. »Hast du denn genug zusammen, um was draus zu machen?«, fragt sie.

Ich runzle die Stirn und sehe langsam auf. »Was meinst du?«

»Na, ob du genug Material für deine Reportage zusammen hast.«

Ungläubig blicke ich sie an. »Ich werde diese Reportage nicht schreiben. Ellie!«

Sie zieht eine Augenbraue in die Höhe. »Auf einmal nicht mehr? Ich meine, versteh mich nicht falsch, aber bevor du aufgeflogen bist, wolltest du noch und jetzt, wo eh alles egal ist, willst du nicht mehr?«

»Ich kann das nicht machen«, beharre ich. »Nicht nach dem, was ich gestern über Harleys Bruder erfahren habe. Er und seine Familie sollen ihre Ruhe haben.«

»Er hat sich doch selbst ins Rampenlicht begeben. Glaubst du nicht, ihm war klar, dass es da auch Berichterstattung über ihn geben würde?«

Herrgott! Ich liebe Ellie, aber manchmal ist sie furchtbar. Immer dann, wenn sie privat die Reporterin raushängen lässt und mir die unbequemen Fragen stellt, die ich mir noch nicht einmal selbst stelle.

»Ich kann das trotzdem nicht«, sage ich. »Lass es bitte einfach gut sein.«

»Und du denkst, das hilft dir?« Sie nippt an ihrem Kaffee, ehe sie weiterspricht. »Überleg doch mal. Wenn du

Brad jetzt sagst, dass du den Job nicht machst, dann wird er dich feuern.«

»Vielleicht lässt er ja auch mit sich reden und ...«

Ellie seufzt tief. »Nein, Schätzchen. Glaub mir bitte. Er wird dich feuern.«

Ich runzle die Stirn. Ihre Worte klingen nicht nach einer Vermutung, sondern als wüsste sie mehr. Aber weshalb ist das so? »Ellie ...!«, sage ich.

Sie presst die rot geschminkten Lippen aufeinander. Keine Frage, jetzt ist sie diejenige, die nicht reden will. Aber diesmal lasse ich nicht zu, dass sie schweigt.

»Du hilfst mir nicht, indem du immer alles vor mir fernhältst, Ellen!«

»Aber ich helfe dir auch nicht, wenn –«

»Du sollst mir jetzt gerade auch gar nicht helfen, du sollst mir einfach nur die Wahrheit sagen.«

Das zieht endlich. Ellie sieht mich an und redet, auch wenn es ihr sichtlich schwerfällt. »Du hattest kein leichtes Jahr bei der Zeitung. Du warst ständig krank, nicht bei der Sache, deine letzten Artikel waren ... na ja.«

»Sie waren scheiße«, sage ich unverblümt. »Und was hat das jetzt mit der aktuellen Situation zu tun?«

»Brad wollte ... Er wollte sich das einfach nicht mehr länger mit ansehen, verstehst du? Als du den Artikel über diesen Spendenskandal geschrieben hast, da hat er einen ganzen Haufen Beschwerdemails bekommen, weil einige Daten einfach nicht stimmten. Er war sauer. Und ... Herrgott, Megan! Er wollte dich feuern. Zufrieden?«

Ein wenig ungläubig sehe ich sie an. Brad wollte mich feuern? Ich dachte ... Er hat doch gesagt, dass er an mich glaubt und viel von mir hält und so was. Ich kneife die Augen zusammen. »Du hast ihn überredet, mir noch eine Chance zu geben«, vermute ich.

»Hätte ich geahnt, auf welches Thema er dich ansetzt, hätte ich es nicht getan«, erwidert sie.

Ich falle innerlich zum zweiten Mal innerhalb weniger Stunden aus allen Wolken. Es ist nicht so schlimm wie bei Harley. Gott, an ihn, an seinen Blick, als er die Wahrheit über mich erfahren hat, darf ich gar nicht denken ...

Aber es ist trotzdem schlimm.

Denn es bedeutet, dass Ellie Recht hat: Wenn ich die Reportage versaue oder den Job jetzt einfach hinwerfe, dann fliege ich raus. Und dann habe ich gar nichts mehr.

»Ich hab ihn angefleht, die Sache zurückzuziehen und dir einen anderen Auftrag zu geben. Tagelang. Aber er hat nicht mit sich reden lassen. Er sieht das Ganze als Test, Megan. Wenn du eine gute Journalistin bist, dann kannst du über alles schreiben. Ungeachtet der Umstände.«

»Mist«, sage ich leise.

»Ja«, erwidert Ellie schlicht.

Gott, ich muss nachdenken. Klar denken.

Ich trinke einen großen Schluck Kaffee. »Dann fliege ich eben raus«, sage ich. »Ich ziehe einfach trotzdem nach Kalifornien und suche mir was Neues.«

»Klar, wo Reporterinnen in Zeiten des Social Web ja auch so dringend gebraucht werden.«

»Ich finde schon was.«

»Hast du Rücklagen?«

Ich schüttle den Kopf. Die Wohnung hier frisst einen Großteil meines Gehaltes auf. Meine Dauerkarte für die U-Bahn. Fertigessen. Nein, gespart habe ich eigentlich nichts.

»Deine Familie?«, hakt Ellie nach. »Dein Vater war doch ganz wohlhabend.«

»Ich hab mich die letzten Jahre über kaum bei meiner Mutter gemeldet. Hab mich zu sehr geschämt wegen Russell. Da wäre es komisch, wenn ich sie jetzt anrufe und um Geld bitte..«

»Mist. Ich würd dir ja was leihen, Süße, aber ...«

Ich hebe die Hand. »Ellie, bitte. Du hast schon mehr als genug für mich getan.« Kopfschüttelnd trinke ich einen weiteren Schluck Kaffee. »Ich könnte was anderes machen. Putzen von mir aus.«

»Wenn du glaubst, dass du dir ein Leben in Kalifornien durch einen Putzjob finanzieren kannst ...«

Sie hat Recht. Das würde nicht hinhauen. Ich würde ganz ohne Geld dastehen, ohne vernünftigen Job und ohne irgendwen, an den ich mich wenden kann. Vielleicht ist es ja an der Zeit, meinen Traum mit der Westküste endlich abzuhaken.

Ich könnte in Chicago bleiben. Und für den Rest meines Lebens darauf warten, dass Russell zurückkommt. Dass er zu Ende bringt, was er angefangen hat.

Oder ich könnte woanders hin ziehen. Wo ist es billig? Aufs Land? Irgendwo im Umland von Chicago dürfte es für Russell schwierig sein, mich zu finden und ich könnte immer noch von Zeit zu Zeit herkommen, um Ellie und Jasper zu besuchen ... und mir vielleicht den einen oder anderen Kampf des Unbesiegten –

Autsch. Nicht an ihn denken. Das tut mehr weh als ein Schlag ins Gesicht.

»Schreib die Reportage, Meg«, sagt Ellie eindringlich.

»Auf keinen Fall.«

Ellie öffnet den Mund, um noch etwas zu erwidern, doch dann klingelt es auf einmal an der Tür und ich springe so schnell auf, dass ich mir das Knie schmerzhaft an der Theke anstoße. Vielleicht ist er es. Vielleicht verzeiht er mir. Weil seine Gefühle einfach stärker sind als sein Hass auf Reporter!

Ich renne zur Tür, drücke auf und warte. Schritte. Ellie sagt irgendwas, aber mein Herz pocht so laut, dass ich es nicht verstehe. Er muss es sein. Er muss es einfach sein! Doch als ich erkenne, wer die Treppen hinauf kommt, macht sich für einen Moment tiefe Enttäuschung in mir breit. Es ist nur Jasper.

»Ich will kein Gejammer hören!«, kündigt er gleich an.

Stirnrunzelnd sehe ich auf den dicken Packen Papier in seinen Händen. »Was hast du da?«

Jasper schiebt sich an mir vorbei in die Wohnung. »Informationen, fein säuberlich aussortiert. Allgemeines über die MMA-Szene und alles, was ich im Netz über den Unbesiegten und seinen Dunstkreis finden konnte.«

Ich mache die Tür zu und lehne mich mit verschränkten Armen daran. »Ich hab es schon Ellie erklärt. Ich kann diese Reportage nicht schreiben.«

»Doch, du kannst«, sagt er, »hier steht alles drin, was du dafür brauchst.« Er legt den Stapel auf meinem Schreibtisch ab, dann winkt er Ellie zu sich. »Und wir zwei Hübschen gehen jetzt auch.«

»Was? Wieso?«

Zögerlich steht Ellie auf.

»Weil du den Arsch nicht hochkriegen wirst, solange wir hier sind, um dich zu trösten«, sagt Jasper bestimmt. »So wie damals bei Russell. Wie oft haben wir stundenlang auf dich eingeredet – aber bist du vernünftig geworden? Nein. Er musste dich erst halb totschlagen. Diesmal halten wir nicht Händchen, während du in die Katastrophe schlitterst. Wir gehen jetzt. Und du setzt dich an deine Reportage.«

Ich fühle mich wie vor den Kopf geschlagen, als meine zwei besten Freunde meine Wohnung verlassen und es auf einmal totenstill hier drin wird. Aber irgendwie weiß ich auch, dass sie Recht haben. Ich muss jetzt wirklich etwas tun. Etwas Selbstbestimmtes. In eine Richtung gehen, in die mich niemand schubst oder mitzieht.

Seufzend nehme ich mir noch einen Kaffee und trete dann ans Fenster. In den umliegenden Häusern haben jetzt fast alle ihre Weihnachtsdekoration angebracht. Blinkende Lichterketten, Schneemänner, Rentierschlitten. Unten auf der Straße sind die Cafés und Geschäfte festlich beleuchtet. Weihnachten naht ... und ich bin zum zweiten Mal innerhalb eines einzigen Jahres an einem absoluten Tiefpunkt angekommen.

Aber diesmal gibt es keinen Russell, dem ich die Schuld geben kann. Ich wusste, worauf ich mich einlasse, von Anfang an, und ich bin verdammt noch mal selbst dafür verantwortlich.

Doch was mache ich jetzt?

Ich trinke einen Schluck Kaffee, dann setze ich mich an den Schreibtisch und blättere zögerlich durch den

Stapel Papier, den Jasper mitgebracht hat. Es kann ja nicht schaden, wenn ich mal hineinsehe …

***

Es wird Mittag. Dann Nachmittag. Dann Abend. Mein Kaffee wird kalt und ich vergesse zu essen, aber Hunger habe ich ohnehin keinen. Zweimal schellt mein Handy, zweimal ist es nicht Harley, sondern Brad.

Beim zweiten Mal gehe ich ran. »Ja?«

»Meg? Ich wollte nur mal hören, wie es läuft.«

»Bestens«, lüge ich ohne jeden Enthusiasmus.

»Hast du die Schlagzeilen von gestern schon gesehen? *Die Blutschlacht von Chicago* wird der Kampf genannt. Großartig! Binde das bitte irgendwie mit ein. Warum hat sich Jones am Anfang so fertigmachen lassen? Das wirst du doch sicher wissen.«

»Ja.«

»Und?«

»Du kannst es lesen, wenn es fertig ist.«

Brad lacht. »So mag ich meine Reporter! Der Text geht über alles, nicht wahr? Selbst über die Wünsche des Chefs.«

»Ganz genau.«

»Also dann …« Meine Einsilbigkeit scheint ihn zu verwirren.

»Ich melde mich wieder, Brad. Ich muss jetzt auflegen.«

Damit drücke ich den Anruf weg und starre auf das Bild, das im warmen Licht meiner Schreibtischlampe vor mir auf dem Tisch liegt. Ich starre schon so lange darauf, dass meine Augen trocken sind und brennen.

Es ist ein Foto, aus einem Forum kopiert, und das Foto zeigt Harley. In Uniform. Es ist ein altes Bild, das wohl gemacht worden sein muss, als er von der Polizeischule kam. Er sieht so ... anders darauf aus.

Ich zwinge mich, endlich aufzusehen und schalte meinen Laptop ein, der aufgeklappt auf dem Tisch steht. Dann öffne ich die Bildsuche und gebe *Die Blutschlacht von Chicago* ein.

Die Fotos, die daraufhin auf dem Bildschirm erscheinen, sind grausam – zumindest für mich. Auch wenn ich längst weiß, wie der Fight gestern ausgegangen ist, tut es mir weh, Harley am Boden zu sehen. Ich vergrößere trotzdem eines der Bilder, es zeigt Harleys Gesicht in Nahaufnahme. Er richtet sich gerade auf, Blut läuft aus einem Cut an seiner Braue über sein ganzes Gesicht. So viel Rot – nur seine eisblauen Augen stechen hervor. Ich sehe mir dieses Foto an, seinen kalten Blick. Dann sehe ich mir das alte Bild an. Der Mann darauf ist jünger als der Harley, den ich kenne, schon klar, aber er strahlt auch etwas anderes aus. Dasselbe Selbstbewusstsein wie jetzt, aber mehr Optimismus, mehr Zuversicht. Etwas absolut Positives, das ich an Harley nun nicht mehr spüren kann.

Mehr denn je wühlt die altbekannte Frage in meinem Inneren: Warum hat er sich in diese Branche begeben? Warum ist er Kämpfer geworden, wenn er doch eigentlich gegen Gewalt kämpfen wollte?

Ich weiß es nicht. Es geht auch nicht aus den Infos hervor, die Jasper mir hiergelassen hat. Aber etwas anderes habe ich darin durchaus gefunden – eine Chronologie der Ereignisse.

Am 3. Oktober 2014 flog auf, dass Rick Black, ein Boxer aus dem Stall seines Bruders, in großem Ausmaß gedopt hatte.

Am 11. Oktober 2014 starb Scott – genannt Scottie Jones – bei einem Autounfall.

Am 7. November 2014 quittierte Harley Jones den Dienst bei der Polizei.

Am 15. Januar 2016, etwas mehr als ein Jahr darauf, erschien der Unbesiegte auf der Bildfläche.

Harley hat gesagt, dass er ein Jahr lang in Italien gewesen ist. Also hat er nur 26 Tage nach dem Tod seines Bruders bemerkt, dass er lieber MMA-Kämpfer als Polizist sein will und dem Job gewechselt? Das macht für mich irgendwie keinen Sinn. Wenn es die Polizei gewesen wäre, die den Dopingskandal aufgedeckt hätte, okay, aber so war es ja nicht. Nein, es muss etwas anderes dahinterstecken, und ich werde das Gefühl nicht los, dass dieses andere damit zu tun hat, dass aus dem Polizisten Harley Jones der Fighter Harley Jones geworden ist. Dass der Optimismus aus seinem Blick verschwunden und dieser kalten Leere gewichen ist.

Ich lehne mich auf meinem Stuhl zurück und denke daran, wie er sich gestern vor dem Kampf bei mir bedankt hat. Und wie er mich festgehalten hat, als wir allein in der Kabine waren ... In dem Moment hatte ich das Gefühl, dass er mit mir überall anders lieber als dort gewesen wäre. Er hat sich nicht auf den Fight gefreut. Er hatte nicht den geringsten Drang danach, Bobby Stevens zu verprügeln. Und nach allem, was ich mittlerweile weiß, stehen drei Dinge für mich fest: Harley Jones will nicht der Unbesiegte sein.

Er ist da in eine Sache hineingeraten, die er eigentlich gar nicht möchte.

Und ich kann ihn nicht einfach hängen lassen – nicht, wenn ich ihn wirklich liebe.

Was ich tue.

»Okay«, sage ich leise zu mir selbst und mein Herz schlägt etwas schneller, als mir klar wird, dass ich eine Entscheidung getroffen habe. Auch wenn er und Sally mir mehr als eindringlich klargemacht haben, dass ich aus ihrem Leben verschwinden soll, werde ich nichts dergleichen tun. Ich muss zu Harley zurück. Muss herausfinden, was mit ihm los ist und ihm da raus helfen. Ihm beweisen, dass er mir wirklich etwas bedeutet und ich ihn nicht nur für meine Story benutzt habe. Ich werde ihm zeigen, dass ich ihn liebe und dass er mir eine Million Mal wichtiger ist als mein Job. Und darum werde ich auch keinen Artikel veröffentlichen – was immer ich jetzt noch herausfinde, werde ich nur dafür nutzen, Harley aus dieser Sache herauszuholen. Und wenn das erledigt ist – dann werde ich bei den Daily News kündigen und Brad sagen, dass es meine Reportage nie geben wird. Aber solange es nötig ist, werde ich meinen Presseausweis, meinen Journalistenstatus und auch mein Festgehalt, das ich im November ja noch bekomme, behalten.

Ich stehe auf und fühle mich gleich besser. Viel besser. Ich treffe eigene Entscheidungen. Ich tue, was ich für richtig halte. Ich bin niemandes Spielball mehr!

***

330

Als ich am nächsten Morgen die New Orleans Street erreiche, ist es eiskalt und die ersten zaghaften Schneeflocken treiben durch die Straßen. Trotzdem bin ich vor lauter Nervosität nass geschwitzt. Genau wie an meinem ersten Tag bleibe ich vor dem Gym stehen. Prüfend sehe ich an mir hinunter. Ich trage keine Verkleidung mehr. Okay, gut, die knackigen Jeans, aber sie sitzen einfach zu perfekt. Dazu trage ich unter meinem Mantel einen feinen olivfarbenen Strickpulli, Sneakers, und die aufwendigen Clip-Extensions habe ich auch entfernt. Nicht, weil mir die langen Haare nicht gefallen hätten – aber ich will nicht, dass Harley, wenn er mich sieht, gleich an vorgestern Abend erinnert wird.

Harley, oh Gott. Muss ich ihm wirklich unter die Augen treten?

Ja, ich muss. Klar, ich könnte auch anrufen, aber das wäre feige und irgendwie nicht dasselbe.

Wenn wenigstens Luigi und Julio nicht dabei wären …

Aber Harleys Privatadresse habe ich nicht, und ich konnte sie auch nirgends finden.

Also gut. Ich straffe die Schultern, atme tief durch, dann stoße ich die Tür auf und haste, immer zwei Stufen auf einmal nehmend, die Treppe hinauf. Dann betrete ich das Studio und mir strömt der mittlerweile gewohnte Geruch von Schweiß und Metall und Magnesium entgegen. Dazu läuft wieder gedämpfte Musik, und es ist sogar wieder einmal Rihanna – aber diesmal mit *Umbrella*! Na, wenn das kein gutes Omen ist.

Ich stürme direkt ins Innere des Studios und auf die Tür zum *Fight Club* zu, wobei ich die Blicke der Bodybuilder total ignoriere.

Dann sagt eine Stimme hinter mir »Hey, Mädchen!«

Ich erkenne sofort, wem sie gehört – dem gelben Sam! Verfluchter Mist, was will der denn jetzt?

Mir egal. Ich beschleunige meine Schritte und werde auch nicht langsamer, als er ein weiteres Mal »Hey, Mädchen!« sagt.

Erst als ich ihn ganz dicht hinter mir spüre, fahre ich herum. »Hör zu, du notgeiler Affe! Ich habe wirklich keine Ahnung, was du von mir willst oder weswegen du glaubst, dass du das Recht hast, mich dauernd blöd von der Seite anzumachen! Vielleicht bist du zu selbstverliebt oder einfach zu dumm es zu kapieren, darum sag ich es dir jetzt noch mal ganz langsam: Ich hab kein Interesse. Hatte nie welches. Und werde auch nie welches haben. Denn ich stehe auf echte Männer und nicht auf Loser, die sich männlich vorkommen müssen, indem sie Frauen in die Ecke drängen und sexuell belästigen! Haben wir uns da jetzt verstanden?!«

Der gelbe Sam, der heute gar kein Gelb trägt, sieht mich an, blinzelt, und ich glaube regelrecht erkennen zu können, wie seine schwarzen Gellocken traurig in sich zusammenfallen. »Ich weiß«, sagt er dann. »Wie ich mich beim letzten Mal verhalten hab, war nicht richtig. Ich wär fast aus dem Studio geflogen wegen dieser Nummer. Die Jungs haben alle eine Woche kein Wort mit mir geredet. Und ich wollte mich wirklich, wirklich entschuldigen.«

Die Jungs haben ...? Ich glaube, ich verstehe nicht ganz. Zweifelnd sehe ich in Richtung der trainierenden Männer. Alle Anwesenden haben ihre Aufmerksamkeit auf uns gerichtet – und jetzt nicken sie mir zu.

Moment, was? Ich habe geglaubt, die Kerle hier wären alle wie dieser Sam, Muskelpakete mit null Respekt für Frauen. Stattdessen haben sie ihn wegen mir in die Mangel genommen. Harleys Auftritt muss wohl Eindruck auf sie gemacht haben. Immer noch verblüfft erwidere ich ihr Nicken, dann wende ich mich wieder Sam zu.

»Einmal«, sage ich und hebe den Finger, wobei er richtig zusammenzuckt. »Einmal lasse ich dir das durchgehen. Beim nächsten Mal werde ich mich mit dafür einsetzen, dass du doch noch rausfliegst. Klar?«

»Es wird kein nächstes Mal geben«, erwidert er kleinlaut.

»Hand drauf«, sage ich und halte dieser Kante von Mann doch tatsächlich meine eigene Hand hin.

Mehr als vorsichtig drückt er meine Finger. »Ach, übrigens«, sagt er dann und deutet auf Harleys Trainingsraum. »Da wirst du heute niemanden antreffen. Regenerationsphase.«

Ach, Mist! Ich muss das Studio also unverrichteter Dinge wieder verlassen. Und trotzdem habe ich, als ich die Stufen wieder hinuntergehe, nicht das Gefühl, dass ich ganz umsonst hier gewesen bin.

Ich trete wieder raus auf die Straße und kann immer noch nicht so richtig glauben, was hier gerade passiert ist. Sam, der mich noch vor ein paar Tagen in schiere Todesangst versetzt hat, hat sich kleinlaut bei mir entschuldigt. Was mein eigentliches Gefühl angeht, bin ich jetzt aber leider immer noch nicht weiter. Im Gegenteil.

Wo finde ich Harley?

Gerade denke ich darüber nach, bei Sally vorbeizufahren, als mich das Hupen eines Wagens auf einmal aufschrecken lässt. Schnell sehe ich mich um und entdecke eine edle schwarze Limousine nur ein paar Meter entfernt am Straßenrand. Luigis Mercedes.

Zögernd gehe ich darauf zu, als der Motor abgestellt wird. Dann steigt Harleys Manager aus.

»Du«, sagt er und zeigt auf mich. »Keine Ahnung, was du hier suchst, aber gut, dass du da bist! Du kriegst schließlich noch dein Gehalt für die letzte Woche!«

Bitte was? Luigi will mich doch nicht tatsächlich auch noch bezahlen? Ich würde total verstehen, wenn er es nicht täte, schließlich habe ich mich eingeschlichen und alle belogen.

Zögernd komme ich näher. »Das ist wirklich nicht nötig.«

»Kleine!«, sagt er und sieht mich leicht angesäuert an. »Sehe ich aus, als könnte ich mir die 350 Mücken nicht erlauben? He?«

Nein, das tut er selbstverständlich nicht. Trotzdem würde ich mich wohler fühlen, wenn ich das Geld nicht annehmen müsste. Und außerdem verstehe ich gar nicht, dass Luigi nicht wütend wirkt. Er müsste doch außer sich sein, weil sich jemand von der Presse bei ihm eingeschlichen hat.

Zögernd komme ich näher. »Wo ist Harley?«, frage ich. »Ich würde gern mit ihm reden.«

»Zu Hause vermutlich.« Luigi zuckt mit den Schultern und zieht dann ein paar Scheine aus seinem Portemonnaie. »Regenerationsphase. Mir wäre es allerdings lieber, wir könnten gleich wieder ins Training starten. Der nächste Kampf darf nicht wieder so eine Bobby-Stevens-Nummer werden.«

Am liebsten würde ich ihm eine knallen, weil er nur an seine blöden Kämpfe denkt. Aber ich beherrsche mich und nehme das Geld entgegen, das er mir hinhält. Na ja. Wenn ich bald bei der Zeitung kündige, dann werde ich es wohl wirklich gut gebrauchen können.

»Danke.« Ich rolle die Scheine zusammen. »Würdest du mir noch Harleys Adresse verraten?«

Luigi mustert mich abschätzig von oben bis unten. »Wozu? Ich dachte, du bist ausgestiegen. Die Szene ist dir zu hart und bla, bla, bla.«

Jetzt verstehe ich. Harley hat ihm eine Lüge aufgetischt. Hat ihm nicht verraten, dass ich von der Zeitung bin.

Ich lächle nervös. »Wir sind auf etwas unschöne Art auseinandergegangen vorgestern Abend. Ich würde das gern geradebiegen.«

»Geradebiegen«, knurrt Luigi. »So, so. Na schön, von mir aus.« Er zieht eine Visitenkarte aus der Innentasche seines Jacketts und kritzelt mit einem schwarzgoldenen Kugelschreiber etwas auf die Rückseite. »Aber eins muss klar sein: Ich werde nicht akzeptieren, dass Harley weiter seinen Job vernachlässigt – was auch immer es da zwischen euch geradezubiegen gibt, hat gefälligst nicht Überhand zu nehmen. Ist das klar?«

»Total klar.«

»Gut. Dann zisch ab. Und sag Harley, ich erwarte ihn morgen wieder im Gym. Leichtes Training wird ja wohl drin sein.«

Damit schließt er seinen Wagen ab, lässt mich stehen und verschwindet im Studio.

Ich blicke auf das kleine Kärtchen in meiner Hand. Peoria Street, Englewood. Verwirrt runzle ich die Stirn.

Hat er mir da tatsächlich die richtige Adresse gegeben?
Nun, das werde ich wohl herausfinden müssen. Ich stecke die Karte und das Geld ein, dann haste ich zurück
zur U-Bahn-Station.

KAPITEL 15

Wolkenkratzer gibt es überall in Chicago, und auch hier kann man die typische Chicagoer Bauweise deutlich erkennen: eckig, schmal, dem Himmel zustrebend. Aber hier in Englewood sind die Gebäude nicht so hoch wie Downtown, als hätte man sie spätestens beim 10. Stockwerk einfach abgeschnitten. Die Fassaden sind schmuddelig, die Fenster trüb, und dort, wo ich Weihnachtsbeleuchtung entdecke, fehlen meist ein paar Lämpchen.

Ich werfe erneut einen Blick auf die Karte von Luigi. Hausnummer 64. Ich bin jetzt bei 59. Weit kann es nicht mehr sein, dennoch kann ich mir kaum vorstellen, dass Harley Jones ausgerechnet hier draußen lebt. Englewood ist einer der schwierigsten Stadtteile von Chicago. Hier kommt normalerweise nur her, wer so arm ist, dass er von Coupons und Essensmarken lebt und sich bei der Fürsorge einkleidet. Mit dem Geld, das Harley bei seinen Kämpfen verdient, müsste er sich doch locker ein kleines Häuschen irgendwo in den Vororten leisten können. Oder zumindest ein Apartment in der Innenstadt, so wie ich.

Ich bleibe stehen. Hausnummer 64 – hier ist es. Unsicher schaue ich mich um. Sogar der Bürgersteig wirkt schmuddelig. Es weht Zeitungspapier umher, mit dem sich vergangene Nacht wahrscheinlich noch irgendein

Obdachloser zugedeckt hat. Auf der anderen Straßenseite gibt es einen Fast-Food-Laden, aus dem Gerüche ziehen, die schon von weitem ›Achtung, Lebensmittelvergiftung!‹ schreien. Das muss alles ein großer Irrtum sein – unmöglich, dass Harley hier lebt.

Um mich vollends zu überzeugen, trete ich vor und werfe einen Blick aufs Klingelschild. Sofort fühle ich mich bestätigt: Harleys Name steht nirgendwo. Ein weiteres Mal sehe ich auf die Karte. Ganz oben, hat Luigi geschrieben. Ich sehe noch mal auf die Klingeltafel. Ganz oben steht gar kein Name, stattdessen in verblichener Schrift das Wort *Hausmeister*.

Ich lache leise. Harley wird hier sicher nicht nebenbei als Hausmeister arbeiten! Ich bin schon drauf und dran, wieder zu gehen, als mir auffällt, dass ich dann ganz ohne Alternative dastehe. Sally wird mir seine Adresse nicht verraten. Von Julio habe ich überhaupt keine Kontaktdaten. Also bleibt mir eigentlich nur, es hier zu versuchen.

Okay. Was habe ich zu verlieren? Ich spreche mir selber Mut zu, dann klingle ich an.

Nichts geschieht. Ich höre ein Auto vorbeibrausen. Dann aus der Ferne das Lachen eines Kindes. Und dann wird die Tür aufgedrückt.

Mein Herz schlägt schneller, auch wenn es natürlich nach wie vor vollkommen unmöglich ist, dass ich Harley hier antreffen werde. Ich betrete den dunklen Hausflur, in dem es nach kaltem Rauch und Urin riecht, dann entdecke ich den Aufzug. Er ist mit Graffiti beschmiert und macht nicht gerade den vertrauenswürdigsten Eindruck. Aber ich kann wohl kaum rauf in den 10. Stock laufen.

Als ich die winzige Kabine betrete, muss ich mich korrigieren: Das Haus hier hat sogar 14 Stockwerke. Ich drücke auf den obersten Knopf und spüre, wie meine Hände schwitzig werden, als sich die Tür rumpelnd schließt. Dann geht es aufwärts und ich höre die ganze Zeit über ein schleifendes Geräusch, das mir so gar nicht gefällt. Fast rechne ich damit, dass irgendeine wichtige Leitung im nächsten Moment einfach vor Zerschlissenheit nachgibt und ich ungebremst in die Tiefe sause.

Aber ich erreiche das 14. Stockwerk heil. Also steige ich aus, sehe mich um. Es gibt hier drei dunkelgrüne Türen und in der linken Ecke eine schmale Treppe, die noch weiter hoch führt.

Klar. Ganz oben.

Ich nehme die Treppe in Angriff und halte genau auf eine weitere Tür zu, die nicht grün, sondern grau ist. Und sie ist nur angelehnt.

Okay. Er ist mit Sicherheit nicht in dieser Wohnung. Aber warum rast mein Herz dann so dermaßen?

Die letzten zwei Stufen. Dann lege ich die Hand ans kühle Holz der Tür. »Harley?«, frage ich unsicher.

Schritte im Inneren. Dann wird die Tür mit einer ruppigen Bewegung ein Stück weiter geöffnet. Und dann erscheint er im Türrahmen – Harley, in Jeans und einem dieser Tank Tops, die seine Muskeln perfekt in Szene setzen. Er hat ein paar Blutergüsse, sein Gesicht ist immer noch übel zugerichtet, das rechte Auge blau umschattet. Und er sieht wütend aus.

»Was machst du hier?«

»Ich wollte ...«

Jetzt nicht einschüchtern lassen. Ich habe mir einen Plan zurechtgelegt, und zwar Satz für Satz. Eine weitere Lüge, wie ich leider zugeben muss. Aber diesmal dient sie einem guten Zweck. Einem *wirklich* guten Zweck.

»Lass mich reinkommen. Lass uns reden.«

»Verschwinde«, sagt Harley kühl. »Und lass dich hier nicht noch mal blicken.«

Ich verschränke die Arme. »Hier gibt es keinen Sicherheitsdienst. Was willst du machen, mich mit Gewalt nach draußen schleifen?«

Ein leichter Schauer überläuft meinen Rücken, als ich mir klarmache, dass er es könnte. Genau das. Mühelos. Körperlich gesehen habe ich nicht die geringste Chance gegen ihn und noch vor 2 Wochen hätte mich allein dieses Wissen Reißaus nehmen lassen. Aber die Dinge haben sich geändert. Ich habe mich geändert.

Harley steht noch immer im Türrahmen, groß und breit, ich kann keinen Zentimeter an ihm vorbei ins Innere seiner Bleibe schauen. »Ich könnte die Bullen rufen.«

»Das ist nicht dein Ernst!«

»Lass es nicht drauf ankommen.«

»Harley!« Eindringlich sehe ich ihn an, versuche, etwas anderes als Ablehnung in seinem Blick zu entdecken. »Hör zu. Ich weiß, was mit deinem Bruder passiert ist. Sally hat es mir erzählt. Aber das war nicht ich, okay? Ich saß in keinem der Autos, die ihn verfolgt haben.«

»Sicher, du bist nicht wie die anderen, was? Du bist so was wie der Samariter unter den Reportern, und darum hast du dich auch bei mir eingeschlichen, um –«

»Ja, das war falsch!«, unterbreche ich ihn, »aber das macht mich noch nicht zu einem schlechten Menschen. An diesem Abend im Ivory … Ich war angewidert, okay? Von der Gewalt. Von der Begeisterung dafür. Und als mir mein Boss den Auftrag erteilt hat, mich bei dir einzuschleichen und die ganze Wahrheit über den *Unbesiegten* herauszufinden, da hat mir das nichts ausgemacht, weil ich nicht das Geringste von Männern wie dir gehalten habe!«

»Männern wie mir«, wiederholt er zynisch.

»Ich weiß. Ich habe mich getäuscht. Aber als ich das erkannt habe, da war es schon zu spät.«

»Du hättest deinem Boss absagen können.«

»Und du denkst, das ist so einfach? Wenn ich ihm absage, dann werde ich gefeuert, und wenn das passiert, dann …« Ich atme tief durch. »Das ist doch bescheuert, Harley! Darf ich bitte reinkommen? Können wir uns in Ruhe unterhalten? Bitte?«

Ein weiteres Mal sehe ich ihm in die Augen, und wie durch ein Wunder ändert sich endlich etwas darin. Nur ganz minimal. Aber was immer ich in ihm anspreche, reicht, dass er einen Schritt zurück macht und endlich die Tür freigibt.

Mit klopfendem Herzen trete ich ein und bin … schockiert. Ich kann es nicht anders sagen. Die Journalistin in mir flüstert mir bereits fertige Formulierungen ins Ohr: *ein Zimmer, kaum größer als eine Gefängniszelle. Nur das Nötigste zum Leben. Eine karge Küchenzeile, die vor 30 Jahren modern gewesen sein mag und jetzt nur noch Trostlosigkeit ausstrahlt. Die Dusche klein wie ein Käfig mitten im Raum, eine zum Bett umgewandelte Couch, ein Tisch, ein Röhrenfernseher, mehr* nicht. Keine Ausweichmöglichkeit. Noch nicht einmal ein Fenster. Kein Fluchtpunkt.

Ich sehe Harley an.

»Was?«, fragt er gereizt. »Nicht ganz das, was du erwartet hattest?«

»Ich hatte gar nichts erwartet«, sage ich heiser, nur um gleich darauf zu fragen: »Warum um alles in der Welt lebst du so?«

»Das geht dich und deine Zeitung einen Dreck an.«

Klar. Er wird mir gar nichts mehr über sich erzählen. Diese Nähe zu ihm habe ich verspielt. Ich lasse trotzdem nicht locker. »Du musst doch Geld verdienen bei diesen Kämpfen.«

»Bist du jetzt hier, um mich auszufragen? Ich dachte, du wolltest mir erklären, weshalb du mich verarscht hast.«

Ich presse die Lippen aufeinander. Dann setze ich mich auf Harleys Bett, auch wenn er mir keinen Platz angeboten hat. »Ich habe dich nie verarschen wollen. Diesen ... Mann, als den ich mir den Unbesiegten vorgestellt habe. Aber nicht dich.«

»Das macht keinen Unterschied.«

»Doch, macht es! Und du solltest wissen, dass ... Ich will mich nicht rausreden. Aber es hat noch einen weiteren Grund, dass ich diesen Job angenommen habe.«

»Welchen?«

»Russell.« Ich sehe ihn an. »Für den Fall, dass ich die Reportage schreibe und sie gut wird, hat mir mein Boss eine Stelle als Korrespondentin an der Westküste angeboten. In San Diego. Weit weg von Chicago. Kannst du dir vorstellen, wie mir diese Aussicht zu dem Zeitpunkt vorkam? Ehe ich gesehen habe, dass Russell nicht ... unantastbar ist? Wie ein Geschenk. Wie ein Ausweg. Ich hatte so lange Angst vor ihm und dieser neue Job erschien mir wie die Lösung all meiner Probleme. Hätte ... Hätte mein Boss mir gesagt, dass ich dafür nackt, geteert und gefedert durch die Straßen laufen soll, hätte ich vermutlich auch das getan!«

Für den Bruchteil einer Sekunde glaube ich so etwas wie Amüsement in Harleys Blick auszumachen, aber es ist sogleich wieder verschwunden. Dennoch sehen seine Augen nicht mehr ganz so kalt aus wie gerade. Ich wusste es. Ich habe gewusst, dass ich ihn wenn dann über seinen Beschützerinstinkt kriege. Wenn ich ihm verraten würde, dass ich vorhabe, ihn da rauszuholen – aus dem Leben, in das er sich aus was für Gründen auch immer manövriert hat – dann würde er sich nicht darauf einlassen. Harte Kerle wie er kommen allein klar, zumindest glauben sie das. Aber wenn ich es aussehen lasse, als bräuchte ich ihn für meine eigene Rettung, dann beißt er vielleicht an. Lässt mich wieder in sein Leben. Dorthin, wo ich hin muss. Und will. Und gehöre.

Ich senke den Blick. »Verstehst du mich jetzt? Mir ging es nie darum, dir zu schaden, Harley. Ich wollte nur weg. Nur raus. Diese Reportage hätte mein Ticket bedeutet.«

»Tja. Dann tut es mir leid, dass ich dir da nicht weiterhelfen kann.«

Mist. So leicht ist er wohl doch nicht zu kriegen. Okay, macht nichts. Ich hab noch mehr Asse im Ärmel. »Doch, kannst du«, sage ich.

Harley lacht abschätzig. »Du gibst wohl nie auf.«

Mein Blick fällt auf ein halb aufgetautes Coolpack, das auf dem Tisch liegt. Sicher hat er noch Schmerzen vom Kampf gegen Bobby vorgestern. Ich sollte ihn in Ruhe lassen. Aber ich kann nicht. »Du sollst morgen wieder zum Training kommen, sagt Luigi.«

Auf einmal klingt Harley alarmiert. »Du hast mit Luigi gesprochen?!«

Ich schaue zu ihm auf. »Keine Sorge. Ich hab rechtzeitig verstanden, dass du dichtgehalten hast. ... Warum hast du das getan?«

Harley erwidert meinen Blick. Dann geht er ein paar Schritte, lehnt sich an die Küchenzeile. Sie wirkt so marode, dass ich fast befürchte, sie wird jeden Moment unter seinem Gewicht zusammenbrechen. »Luigi und die anderen sind knallharte Geschäftsleute. Die würden dich in Grund und Boden klagen.«

Irgendwie habe ich das Gefühl, dass er mir nicht die ganze Wahrheit sagt. Aber gut, wie er möchte. Dann wiegt meine neuerliche Lüge, dass ich immer noch vorhabe, etwas über ihn zu schreiben, wenigstens nicht ganz so schwer. »Danke«, sage ich.

»Was willst du noch hier, Megan?«

Ich sehe, dass er beim Reden leicht das Gesicht verzieht. Dieser Blödmann. Soll doch einfach zugeben, dass er Schmerzen hat. Ich werfe ihm das Coolpack herüber. Er zögert, aber dann drückt er es leicht resigniert gegen seine Schläfe.

»Warst du bei einem Arzt? Bei jemand anderem als Sally? Vielleicht solltest du dich röntgen lassen oder –«

»Lenk nicht ab. Ich hab dich gefragt, was du willst.«

Okay. Jetzt oder nie. Fest sehe ich ihn an. »Ich will dir einen Deal vorschlagen.«

Harley zieht stumm eine Braue in die Höhe.

»Ich muss diese Reportage schreiben, verstehst du? Russell wird nicht für immer eingeschüchtert sein. Aber ich kann sie nicht so schreiben, wie sie ursprünglich gedacht war. Das bringe ich nicht über mich. Also werde ich einen anderen Aufhänger wählen. Ich grabe nicht nach deinen schmutzigen Geheimnissen, nach Vorstrafen oder Dopingvorfällen oder sonst irgendwas. Ich stelle dich als genau das hin, wofür deine Fans dich halten. Als Übermensch. Als Legende. Als jemanden, der als Cop in den Straßen Chicagos so viel Unrecht gesehen hat, dass er irgendwann beschlossen hat, von nun an den bösen Jungs aufs Maul zu hauen. Als Held aus dem Untergrund, der sich nach oben kämpft, um anderen als leuchtendes Vorbild zu dienen. Der Unbesiegte. Der Superman unter den –«

»Schluss damit.« Harley stößt sich von der Küchenzeile ab, wendet sich ab. Mist. Ich hab zu dick aufgetragen. »Ich will nicht, dass du über mich schreibst. Ich hab keine Lust auf die ganze Aufmerksamkeit. Und schon gar nicht will ich für irgendwen ein Vorbild sein.«

»Wenn du willst, übertreib ich auch nicht ganz so, aber die Leute mögen nun einmal Heldengeschichten. Dein Management würde so viel Publicity sicher freuen. Und du würdest ... Du würdest mir wirklich das Leben retten, Harley.«

Er steht am offenen Kühlschrank, ohne dort wirklich etwas zu suchen. Nach einem Moment legt er das Coolpack ins Eisfach und dreht sich schließlich zu mir um. Er sieht mich an. Lange. Und das Herz klopft mir bis zum Hals. Es ist hart, dass die Zuneigung, die während der vergangenen Tage mehr und mehr in seinen Augen sichtbar wurde, jetzt gänzlich daraus verschwunden ist. Aber darum geht es jetzt nicht. Es geht nicht um mich und meine Gefühle. Es geht darum, dass ich für ihn da sein will.

»Wenn du deine Geschichte veröffentlicht hast«, sagt Harley schließlich, »dann verlässt du Chicago und lässt dich hier nie wieder blicken, richtig?«

Ich nicke langsam. Auch wenn es mir einen Stich versetzt, dass Harley mein Verschwinden als Pluspunkt an der ganzen Sache zu sehen scheint, bleibe ich standhaft und lasse auch nicht zu, dass mir Tränen in die Augen steigen. »Du siehst mich nie wieder.«

»Gut. Dann tu mir noch einen weiteren Gefallen.«

»Jeden.« Ich sehe ihn immer noch an.

»Wenn du oben in Kalifornien bist, dann lässt du deinen Nachnamen ändern.«

»Wegen Luigi und so?«, frage ich zögernd.

»Tu einfach, was ich dir sage.«

Ich nicke. »Versprochen«, sage ich leise und habe jetzt doch Probleme, meine Stimme zu kontrollieren. Dass er so dermaßen kalt zu mir sein kann ...

Harley mustert mich noch eine Weile. »Okay«, sagt er schließlich. »Ich werde Luigi sagen, dass du es dir anders überlegt hast. Er war ziemlich begeistert von den Plakaten und der Webseite und all dem Mist, also hältst du dir denjenigen, der das für dich zusammengebastelt hat, besser warm. Du kriegst eine Woche von mir. In der Zeit bekommst du die Infos, die du brauchst. Wenn du deine Geschichte geschrieben hast, dann werde ich sie lesen, und zwar als Allererster. Wenn sie mir nicht passt, schreibst du sie neu. Wenn ich mein Okay gebe, kannst du sie an deinen Boss weiterleiten. Und dann packst du deine Sachen und zischst ab. Verstanden?«

Oh je. So langsam bröckelt meine Fassade ernsthaft. Diese kühle Geschäftsmäßigkeit lässt ihn so vollkommen anders herüberkommen, als ich ihn während der vergangenen Tage erlebt habe, so vollkommen gleichgültig, und es bildet sich ein dicker Kloß in meinem Hals. Aber ich darf mich jetzt nicht gehen lassen. »Verstanden«, sage ich.

»Dann haben wir einen Deal«, erwidert Harley und hält mir die Hand hin, macht dabei aber keine Anstalten, auch nur einen Schritt auf mich zuzukommen.

Ich stehe auf. Komme ihm wie ferngesteuert entgegen. Dann ergreife ich seine kräftigen Finger. Sofort spüre ich die Tiefe meiner Zuneigung zu ihm und will ihm am liebsten noch viel näher kommen, aber ich beherrsche mich.

»Deal«, sage ich.

Harley nickt, dann lässt er mich los und verschränkt die Arme vor der Brust. Ich blicke auf seine Tätowierungen.

»Sei morgen um 10 im Gym«, bestätigt er meine Vermutung, dass ich jetzt besser gehen sollte.

Ich schaue zu ihm auf. »Du solltest wirklich noch nicht wieder trainieren. Vielleicht –«

»Morgen um 10«, wiederholt er und ich weiß, dass er nicht mit mir diskutieren wird.

Also nicke ich und sage: »Mach's gut.«

Dann wende ich mich ab, um seine Wohnung zu verlassen. Bis ich die Tür erreiche, hoffe ich bei jedem Schritt, dass er etwas sagen, mich zurückhalten wird. Aber Harley denkt gar nicht daran. Er lässt mich gehen.

Ich sollte froh sein. Mein Ziel habe ich immerhin erreicht. Dennoch komme ich mir schäbig vor, als ich die Tür hinter mir schließe. Und es fühlt sich irgendwie an, als hätte ich Harley Jones gerade zum zweiten Mal verloren.

HARLEY

Während ich durch die eisige, spätherbstliche Nacht laufe, bin ich mit den Gedanken genau dort, wo ich auf keinen Fall sein sollte – bei ihr.

Ich verscheuche ihr Bild. Erinnere mich an das, was ich gelernt habe: Über allem steht der Schmerz.

Sie haben sich ein bisschen pathetisch ausgedrückt, die Leute in dem Trainingslager in Italien. Aber im Grunde genommen hatten sie Recht. Wenn man etwas vergessen will, etwas aus seinem Kopf verscheuchen will, dann schafft man das am besten durch Schmerz, und dabei ist es vollkommen gleichgültig, ob man ihn anderen zufügt oder ob er einem selbst zugefügt wird.

Es war eine seltsame Zeit in Italien. Eine Zeit, die mich verändert hat. Ich war schon vorher Sportler und alles andere als ein Schwächling, aber in den ersten Wochen dort gab es mehr als genug Momente, in denen ich mir sicher war, dass ich das Ganze nicht durchhalten würde. Wenn man im Morgengrauen geweckt wird, um in der ersten Sonne des Tages einen 5-Kilometer-Lauf zu absolvieren. Wenn man 100 oder 200 Klimmzüge machen soll, während man von einem anderen

Absolventen mit Faustschlägen eingedeckt wird. Ich war noch nie jemand, der sich viel gefallen lassen hat und ich habe so oft meine Tasche gepackt, um zu gehen, dass ich irgendwann aufgehört habe zu zählen.

Aber jedes Mal habe ich mich zurückgehalten, indem ich an Sally und Dale dachte, und dann kam die Sache mit Scott wieder hoch und ich wusste, dass ich bleiben muss. Und dann, nach 2 oder 3 Monaten, hat sich etwas verändert. Ich begann zu akzeptieren, dass ich sowieso nicht gehen würde. Nicht gehen konnte. Und ich fing an, das anzunehmen, was sie mir beibringen wollten. Schmerz verursachen, Schmerz ertragen. Wer beides kann, wird unbesiegbar.

Ich lache trocken und spüre, wie meine Lungen brennen. Schon seit mehr als einer Stunde bin ich unterwegs. Das Joggen ist auch für meine Kopfschmerzen nicht gerade zuträglich, aber zumindest hilft es, mich wenigstens zeitweise von Megan abzulenken.

Megan, verdammt. Wieso hat sie sich nicht einfach fernhalten können?

Ich frage mich, ob ich dann zufrieden gewesen wäre. Ob ich wirklich wollte, dass sie nie wieder in meiner Nähe auftaucht. Und es fällt mir nicht schwer, diese Frage für mich zu beantworten. Ich wollte sie wiedersehen. Natürlich wollte ich. Weil ich, was sie angeht, ein hoffnungsloser Fall bin.

Eigentlich läuft das mit den Gefühlen bei mir auf einer ziemlich simplen Schiene. Wenn es ans Berufliche geht, ans Kämpfen, dann schalte ich sie aus. Einfach so. Auch das habe ich in Italien gelernt. Du kannst nur richtig zuschlagen, richtig erbarmungslos kämpfen, wenn du kein Mitleid empfindest und auch sonst nichts für deinen Gegner, seine Familie, alle drum herum. Das ist es, was jedes Mal passiert, wenn ich meinem Kontrahenten in die Augen sehe. Ich erkenne seinen Wunsch, mich zu besiegen, darin und dann macht es bei mir Klick und ich fühle nichts mehr. Nichts.

Bis zu einem gewissen Grad kann ich das auch außerhalb des Käfigs. Aber was Megan angeht? Am liebsten würde ich auf der Stelle zu ihr fahren, ihr den ganzen Mist verzeihen, sie in mein Auto setzen und einfach mit ihr abhauen. Scheiße. Wer hätte gedacht, dass ich so ein verdammter Romantiker bin?

»Reiß dich zusammen«, zische ich mir selbst zu und laufe schneller. Ich darf mir solche Gedanken einfach nicht erlauben. Meine Lebensumstände lassen das nicht zu, und selbst wenn es anders wäre, dürfte ich nicht vergessen, dass sie eine von ihnen ist. Eine von denen, die Scotties Tod zu verantworten haben.

Mir ist klar, dass ich es mir damit ein bisschen leicht mache. Natürlich hat sie persönlich nichts mit seinem Tod zu tun. Aber wenn ich mir nur lange genug einrede, dass alle Reporter gleich sind, dann werde ich es, so hoffe ich zumindest, irgendwann selbst glauben, und dann werde ich aufhören, bei ihr sein zu wollen. Mit ihr zusammen sein zu wollen.

Ich denke erneut an Sally und Dale. Dann an Luigi, Julio und die anderen. Dann an das, was mir bevorsteht. Zwei Kämpfe noch, dann geht es in die UFC. Dann kommt endlich das richtig große Geld. Dort führt mein Weg hin. Nicht zu Megan, und schon gar nicht mit ihr gemeinsam weg von hier. Mit diesen Träumereien muss Schluss sein, die lenken mich nur vom Wesentlichen ab, und das kann ich absolut nicht gebrauchen.

Ich werde sie mir aus dem Kopf schlagen, das nehme ich mir fest vor. Notfalls mit Gewalt.

KAPITEL 16

Morgens fühle ich mich gut. Fit. Bereit. Vorbereitet. Und wie eine knallharte Reporterin, jetzt allerdings nicht mehr in schäbiger Mission. Prüfend blicke ich in den Spiegel. Meine Haare lassen sich jetzt zu einem vernünftigen Zopf zusammenfassen, was mich seriös wirken lässt. Ich trage Jeans, T-Shirt und Blazer. Harley soll nicht das Gefühl haben, dass ich ihn anmachen will, aber er soll auch nicht glauben, dass mich sein gestriges Auftreten eingeschüchtert hat. Ich denke, so funktioniert das.

Schnell schütte ich meinen Kaffee hinunter, dann schreibe ich Ellie per WhatsApp:

Ich bin wieder im Spiel. Erkläre dir später alles. Danke fürs Kopf zurechtrücken – auch an Jasper! Sehen uns heute Abend. Meg

Damit lasse ich mein Handy in meiner Tasche verschwinden und mache mich auf zum Gym. Als ich heute die Halle mit den Maschinen durchquere, werde ich vom gelben Sam freundlich gegrüßt. Ein paar der anderen Männer nicken mir wieder zu. Ich erwidere ihren Gruß freundlich. Verblüffend, immer noch.

Dann betrete ich Harleys Bereich ohne anzuklopfen ... und wundere mich, denn außer mir ist niemand hier.

Ich sehe auf die Uhr. Fünf Minuten vor zehn. Ich bin wohl die Erste. Ein wenig ratlos sehe ich mich um, dann entdecke ich auf einer Bank an der Wand der Halle eine Jacke. Leder, aber nicht schwarz, sondern braun und abgewetzt. Ich erkenne sie. Sie gehört Julio. Ich zögere, schaue zur Tür. Dann gehe ich schnellen Schrittes auf die Jacke zu. Schließlich bin ich aus einem Grund hier, den darf ich während der Woche, die Harley mir gewährt hat, keinesfalls aus den Augen verlieren. Ich werde die Machenschaften, in die Julio und Luigi verwickelt sind, aufdecken. Ich werde sie anzeigen und Harley von ihnen befreien. Aber dafür muss ich jetzt Mut beweisen.

Also schön. Ich nehme die Jacke von der Bank und taste die Taschen ab. Und in einer fühle ich – Volltreffer! – etwas Schmales, Eckiges. Ein Handy. Ich ziehe es hervor, drücke den Homebutton ... und Ernüchterung erfasst mich. Auf dem Bildschirm erscheinen diese Punkte, die man bei manchen Smartphones auf bestimmte Weise verbinden muss, um sie zu entsperren. Mist! Wie soll ich Julios Code denn jetzt so schnell entziffern?

Ich versuche es mit einer M-Form. Dann mit einem Z. Viele Menschen setzen ja auf so simple Muster. Julio offenbar nicht, beide Male liege ich falsch. Als ich gerade zu einem dritten Versuch starten will, höre ich allerdings Schritte und tue dann etwas nicht sehr Überlegtes: Ich lege die Jacke zurück – und lasse das Telefon in meiner Handtasche verschwinden.

Dann öffnet sich die Tür und Julio kommt herein und mir wird eiskalt beim Gedanken daran, was ich da gerade getan habe. Oh Gott. Was mache ich denn jetzt, wenn es zu klingeln anfängt?

»Megan«, sagt Julio im selben unfreundlichen Tonfall wie immer. »Die Frau, die sich nicht entscheiden kann, he?«

»Diese Szene und das ganze Umfeld sind eben neu für mich«, sage ich viel zu schnell und kann dabei nur an das Handy in meiner Tasche denken. Das gestohlene Handy. Wenn es klingelt ...

»Weiber!«, raunzt Julio.

»Tja«, ich lache unsicher, »wie auch immer. Ich werd dann die Zeit mal nutzen, und noch mal schnell zur Toilette gehen, bevor Harley kommt!« Damit eile ich in Richtung Tür, doch als ich gerade raus will, wird sie geöffnet und ich pralle mit voller Wucht gegen Harley.

Sein männlicher Geruch hüllt mich ein. Ich taumle zurück, sehe in sein Gesicht und erschrecke. Er sieht wirklich schlecht aus. Übernächtigt. Und der Bluterguss um sein Auge hat sich immer noch nicht zurückgebildet.

»Harley.«

»Hast du's dir anders überlegt?«, missdeutet er meinen fluchtartigen Versuch, den Raum zu verlassen.

»Nein, ich ... wollte nur zur Toilette.«

Misstrauisch mustert er mich. Stimmt ja. Ich habe ihn jetzt auch nicht mehr auf meiner Seite. »Na schön«, sagt er schließlich und lässt mich vorbei.

Ich bin heilfroh, den *Fight Club* verlassen zu dürfen und noch froher, als ich mich in einer Toilettenkabine einschließen kann. Ich ziehe das geklaute Smartphone hervor und entnehme den Akku.

»Jetzt bist du still, du Mistding«, sage ich leiser. Später werde ich es Lucille, der Technikexpertin in der Redaktion, übergeben. Sie wird sicher wissen, wie man es ausliest, ohne den Entsperrcode zu kennen.

Gut. Nun habe ich immerhin etwas, das mir hoffentlich neue Informationen einbringen wird. Aber jetzt muss ich erstmal zurück, damit ich nicht auffalle. Kurz überprüfe ich mein Aussehen im Spiegel, dann betätige ich noch schnell die Toilettenspülung und gehe wieder zu Harley.

Er hat sein Oberteil ausgezogen, und kaum erblicke ich ihn, erschrecke ich erneut. Seine Brust und seine Schultern sind übersät mit blauen Flecken. Stevens muss wirklich ohne Rücksicht auf Verluste zugeschlagen haben. Dennoch ist er schon voll mit dem Training beschäftigt – Klimmzüge in der Tür des Oktagons, wobei er sich am Gitter festhält. Einen Moment lang starre ich einfach nur auf seine Arm- und Brustmuskeln, die sich dabei gleichmäßig spannen. Dann trifft mich sein Blick und ich sehe schnell weg. Muss mich sammeln. Klar denken.

Ein Satz von Harley ist mir die ganze Nacht nicht aus dem Kopf gegangen: Wenn du weggezogen bist, ändere deinen Namen.

Man ändert seinen Namen nur, wenn man es sich mit jemand wirklich Boshaftem verdorben hat, oder? Er redet sicher nicht von Russell, sonst hätte er mir wohl geraten, es jetzt schon zu tun. Nein, ich glaube, dass er Luigi und die anderen meint. Weil ihre Machenschaften wahrscheinlich alles andere als seriös sind. Und genau das sagt mir gerade auch mein Gefühl.

Und als gute Journalistin sollte man auf genau dieses Gefühl hören.

»Hey, Jungs!« Ich löse mich endlich von meinem Platz an der Tür und ziehe dabei meine Kamera aus der Tasche. »Ich würde gern noch ein paar Fotos für die Homepage machen, alles klar?«

Julio knurrt etwas Unverständliches, Harley sieht mich argwöhnisch an.

»Bitte recht freundlich, Unbesiegter«, scherze ich und mache ein Bild. Wobei es mir im Grunde genommen egal ist, wie er darauf guckt. Wichtig ist, dass man sieht, dass er trotz seiner zahlreichen Verletzungen, trotz der Bisswunde am Arm, die immer noch verbunden ist und der vielen Prellungen, schon wieder trainiert. Dass er noch nicht mal bei einem anständigen Arzt war, habe ich mir auch notiert.

Ich sehe aufs Display. Die Blutergüsse sind deutlich zu erkennen. Gut.

»Für mich ist er seit vorgestern nur noch der Halb-Unbesiegte«, raunzt Julio. »Das war eine Scheißidee, Stevens zu schonen. Hätte mir denken müssen, was läuft, als ich dich hier in diesem Ganzkörperpolster hab rumrennen sehen.«

»Hey.« Harley hört mit den Klimmzügen auf und sieht seinen Trainer eindringlich an. »Megan konnte als Allerletzte wissen, dass er gedopt ist.«

»Hättest du von Anfang an gekämpft wie immer, wäre es trotzdem nicht so weit gekommen«, giftet Julio weiter.

»Schon gut«, sage ich. »Vielleicht war die Idee wirklich nicht so glorreich. Ich kenn mich mit dem Sport ja auch eigentlich gar nicht aus. Werde mich in Zukunft raushalten.« Ich lächle Julio entschuldigend an.

Er nickt mir zu, dann macht er mit dem Training weiter – und ich mit meinen Fotos. Außerdem notiere ich in meinem Handy, wie lange Julio Harley heute Vormittag trainieren lässt – am Ende sind es ganze drei Stunden! – und ich warne Lucille schon mal per Nachricht vor, dass ich ihr nachher ein Handy vorbeibringe.

Gegen Mittag wird es dann brenzlig: Julio kündigt an, dass er mal kurz raus muss, um mit Luigi wegen des nächsten Kampfes zu telefonieren. Er schnappt sich seine Jacke und verschwindet und ich schicke ein Stoßgebet gen Himmel, dass er das Handy öfter mal vergisst.

»Wann ist denn dein nächster Kampf?«, frage ich Harley.

Er steht an einer der Bänke und wischt sich gerade Schweiß aus dem Gesicht, dreht sich dann halb zu mir herum und ich sehe ihm deutlich an, dass er mir immer noch nicht freundlicher gesinnt ist. »Freitag.«

Mir stockt der Atem. »Noch nicht mal eine Woche nach Bobby Stevens?!«

»Er wurde um eine Woche vorverlegt. Das Management will so schnell wie möglich meinen Ruf wiederherstellen.«

»Das ist doch Wahnsinn, Harley! Du solltest dich eine Weile schonen, du siehst total fertig aus und –«

»Ich dachte, du hältst dich in Zukunft raus.« Er schleudert das Handtuch zurück auf die Bank. »Dann halt dich auch raus.«

Oh Mann. Ich wünschte wirklich, sein Zorn würde mich nicht so verletzen. Tut er aber leider, auch wenn er natürlich vollkommen gerechtfertigt ist. »Okay, du musst selber wissen, was du machst«, sage ich so gleichgültig ich kann. Es klingt aber leider nicht sehr gleichgültig.

Harley schweigt. Er setzt sich auf die Bank und trinkt einen Schluck Wasser.

Ich fasse mir ein Herz. »Wenn ich deine Geschichte positiv aufziehen soll ...«

»Halt die Klappe, Julio könnte jeden Moment wiederkommen.«

»Das hören wir dann doch. Wenn ich was Positives schreiben soll, dann muss ich noch ein paar Dinge wissen.«

»Denk dir doch einfach was aus. Irgendwas, das gut klingt.«

Ich schüttle den Kopf. »So läuft das nicht. Ich bin doch keine Schriftstellerin, Harley. Ich brauch Infos. ... Können wir uns nach dem Training noch treffen? Irgendwo was trinken? Wenn du mir dabei alles erzählst, was ich brauche, lasse ich dich auch in Ruhe.«

Harley wirkt nicht begeistert. Genau genommen zeigt sein Gesicht überhaupt keine Regung. Diese Gleichgültigkeit, diesen kühlen Blick, hat er unglaublich gut drauf.

»Sag schon was dazu.« Erst nach einem Moment wird mir klar, dass ich diese Worte laut gesagt habe.

»Von mir aus«, erwidert Harley schließlich.

Ich spüre, wie mein Herz schneller schlägt. Ich werde ihn also noch länger sehen, eine Stunde oder zwei, und das bedeutet mir unglaublich viel. »Super, vielleicht können wir noch mal zu dem Italiener, wo –«

»Nein.« Harley trinkt noch einen Schluck Wasser. »Nicht hier im Viertel. Wenn du über deinen Artikel reden willst, fahren wir woanders hin. Hier kennen sich alle.«

Ja, stimmt. Das hätte ich bedenken sollen. Und was wollte ich auch bei dem Italiener? Selbst wenn wir noch mal dorthin gehen würden, würde das längst nicht bedeuten, dass die Dinge zwischen uns wieder so wären, wie sie waren, bevor ich aufgeflogen bin.

Das werden sie wohl nie wieder sein.

Einen Moment lang fühle ich mich unglaublich mutlos. Aber dann reiße ich mich zusammen. Ich muss jetzt stark sein. Für Harley. Das habe ich mir selbst versprochen.

»Okay, wie du meinst«, sage ich.

Dann fliegt die Tür auf und Julio kommt rein. »Dieses Pack in dem Laden hier kann wohl alles gebrauchen! Da geht man mal kurz zur Toilette, und schon ist das Handy weg!«

Harley sieht Julio an, dann mich. Ziemlich bezeichnend. Er weiß es – ich sehe ihm an, dass er es weiß. Aber glücklicherweise verrät er mich nicht.

»Sag der Studioleitung Bescheid, vielleicht taucht es wieder auf. Wenn du Luigi anrufen willst, nimm einfach meins.«

Julio winkt ab. »So eilig ist es nicht. Trotzdem! Hat denn niemand mehr Anstand?«

Ich versuche, meinen Puls niedrig zu halten, damit mir nicht das Blut in die Wangen schießt. »Hört zu,

Jungs, ich würde gern ein wenig an meinen Fotos arbeiten. Harley, rufst du mich an, wenn du hier fertig bist? Dann können wir noch mal gemeinsam über die Homepage sehen.«

»Sei um 5 wieder hier«, sagt Harley knapp, dann steht er auf und wendet sich dem Käfig zu.

In sucum et sanguinem, lese ich auf seinem bloßen Rücken. Ich denke an unsere erste Begegnung und verspüre einen tiefen Stich beim Gedanken daran, was zwischen uns alles hätte sein können. Aber auch jetzt bleibe ich stark. »Okay, um 5 dann«, sage ich, verabschiede mich kurz von Julio und gehe zur Tür.

»Dieses blöde Ding kann doch nicht einfach weg sein!«, höre ich Julio noch schimpfen.

Ich beschleunige meine Schritte, lege die Hand auf meine Tasche und bringe meine hoffentlich kostbare Fracht sicher nach draußen.

***

Als ich um 5 wieder beim Gym bin, ist es so gut wie dunkel. Dennoch warte ich draußen. Allein hier zu stehen macht mir jetzt nicht mehr so viel aus. Ich glaube nicht, dass mir etwas passieren wird, und falls doch, dann habe ich ja das Pfefferspray.

Russell erscheint mir meilenweit entfernt. Seit ich mir viel mehr Gedanken wegen eines anderen Mannes mache, kommt er mir vor wie ein Relikt aus einer längst vergangenen Zeit, das eigentlich schon gar keine Rolle mehr für mich spielt. Vielleicht täusche ich mich da, vielleicht bin ich zu leichtsinnig. Aber genau so erscheint es mir.

Ich sehe auf die Uhr. Zwei nach. Harley wird sicher gleich rauskommen. Ich werfe einen Blick auf mein Handy. Noch keine Nachricht von Lucille. Aber sie hat auch angekündigt, dass es dauern wird, bis sie mir etwas liefern kann. Ist wohl gar nicht so leicht, so ein Handy zu knacken, wenn man kein professioneller Hacker ist. Aber das macht nichts, ich kann warten.

Muss ich auch noch eine Weile: Erst um 10 nach öffnet sich die Tür und Harley kommt zu mir ins Freie. Sein Haar ist feucht, er riecht nach Duschgel und in seiner Lederjacke sieht er wieder mal unverschämt gut aus.

»Hi.« Ich lächle.

»Nehmen wir meinen Wagen«, sagt er ohne große Umschweife und geht direkt los.

Ich folge ihm zu seinem schwarzen Dodge, bei dem mir schon auf unserer Fahrt zu Sally aufgefallen ist, dass er nicht das neueste Baujahr ist. Der Wagen könnte außerdem an einigen Stellen frischen Lack gebrauchen. Wie bei seiner Wohnung frage ich mich auch bei seinem Auto, weshalb er sich nicht mal was gönnt. Ich habe recherchiert. Er müsste mindestens 5000 Dollar pro Kampf verdienen. So viele Kämpfe, wie er im Moment macht, müsste er sich da locker etwas Besseres leisten können. Weshalb tut er das nicht?

Als ich eingestiegen bin, bin ich kurz davor zu fragen. Aber ich verkneife es mir. Ich werde erst versuchen, ein normales Gespräch mit ihm anzufangen. Vielleicht vergisst er dann, dass ich eine Reporterin bin und er eigentlich nicht mehr viel von mir hält.

»Wie ... wie war denn das Training noch so?«

»Es kam ein Anruf von der Dopingbehörde. Ein Schnelltest hat ergeben, dass Stevens wirklich was genommen hat.«

Überrascht sehe ich ihn an. »Das ist doch gut!«

»Ja, ist es. Für meinen Ruf. Wer sogar gegen einen gedopten Gegner gewinnt, muss wohl wirklich unbesiegbar sein.« Der Zynismus in seiner Stimme ist kaum zu überhören.

»Bist du nicht froh? Du solltest froh sein.«

»Fang mit deinen Fragen an, Meg. Je schneller wir das hinter uns haben, desto besser.«

Oh, das fängt ja fantastisch an. Ich beiße mir auf die Unterlippe und denke fieberhaft nach. Wenn ich doch nur einen Weg finden könnte, dass er aufhört, mich derart zu verachten ...

»Was ist? Was willst du wissen?«

»Ich möchte lieber gleich mit dir reden, wenn wir angekommen sind«, erwidere ich.

Harley sieht zu mir herüber, ich spüre seinen Blick deutlich auf mir. Es fühlt sich an, als hätte mir jemand einen Schneeball mitten ins Gesicht geworfen. Und als wäre das ein Stichwort, fängt es, noch während wir fahren, tatsächlich an zu schneien – jetzt viel heftiger als beim letzten Mal.

»Großartig«, knurrt Harley, als sein Wagen nach einer Kurve für einen Moment ins Schlittern gerät.

Ich halte mich instinktiv am Armaturenbrett fest. »Hast du keine Winterreifen??«

»Nein.«

Ungläubig sehe ich ihn an. »Du kannst doch nicht bei Schnee mit Sommerreifen fahren!«

Harley gibt mir keine Antwort und ist sichtlich bemüht, den Wagen in der Spur zu halten, während um uns herum eine immer dickere Puderzuckerschicht den Boden bedeckt.

»Kaum zu glauben, was du für ein Geizhals bist«, entfährt es mir. Es kann doch nicht sein, dass er noch nicht einmal anständige Reifen für sein Auto hat!

Wieder rutscht der viel zu schwere Wagen aus der Bahn, und diesmal hat Harley deutlich mehr Mühe, ihn wieder in den Griff zu kriegen. Kopfschüttelnd lenkt er den Dodge an den Straßenrand und bremst. Dann sieht er sich um.

»Was?«, frage ich etwas schriller, als ich möchte.

»Ich weiß, wo wir hier sind. Wir gehen zu Fuß weiter.«

Damit steigt er aus und ich frage mich einen Moment lang, ob ich meinen Ohren trauen soll oder lieber nicht. Weit und breit kann ich nichts erkennen, das nach einer Bar oder einem Restaurant aussieht – links von uns sind Mietshäuser, auf der rechten Seite beginnt eine größere Wohnsiedlung, die sich wohl bis tief in die Vororte Chicagos zieht. Kann mir kaum vorstellen, dass es hier irgendwo eine Möglichkeit für uns gibt, etwas zu trinken oder zu essen – am besten was Warmes!

Aber Harley wartet gar nicht erst auf eine Antwort. »Komm schon«, sagt er und steigt aus.

Ich zögere. Dann öffne ich meine Tür und trete ebenfalls raus ins Schneetreiben. Bäh! Sofort finden die ersten Flocken einen Weg in meinen Kragen und ich spüre, wie sie in meinem Nacken schmelzen und das kalte Wasser meinen Rücken herunter rinnt. »Muss das sein?«

»Wir können auch im Auto sitzen, bis es vorbei ist«, schlägt Harley vor.

Dann geht er los in Richtung Wohngebiet, wahrscheinlich, weil er sich meine Antwort schon denken kann, und ich folge ihm nach einem Moment. In meinen Sneakers rutsche ich auf der Stelle weg und bin froh, dass er nicht sieht, wie ich darum ringe, auf den Füßen zu bleiben. Ich schlittere ein Stück nach vorn, greife dann nach einem Laternenmast und wickle mich halb darum. Super. Aber mit der Unterstützung des Mastes schaffe ich es zumindest, mein Gleichgewicht zurückzuerlangen. Dann schließe ich mit leicht staksigen Schritten zu Harley auf.

»Sieht aus, als könnte man mit dir nicht zu Fuß unterwegs sein, ohne dass du dich mindestens einmal hinpackst, oder?«

Mist, er hat es doch gesehen! »Ich bin eben nicht sonderlich sportlich«, gebe ich ungern zu.

»Man muss nicht sportlich sein, um einen Fuß vor den anderen zu setzen.«

»Ha ha.« Vorsichtig sehe ich zu Harley herüber, aber da ist kein Lächeln auf seinen Zügen, kein freundlicher Ausdruck in seinem Gesicht. Dieser Spaziergang hier erscheint mir wie das Gegenteil von unserer Begegnung im Park. Damals war irgendwie schon alles voller Möglichkeiten zwischen uns. Jetzt scheint es nur noch Sackgassen zu geben.

»Harley ...«

»Stell deine Fragen.«

»Nein«, beharre ich. »Nicht so zwischen Tür und Angel. So arbeite ich nicht.«

Harley lacht kurz und hart, sagt aber kein weiteres Wort.

»Hör zu ...«, beginne ich erneut. »Wenn ich das alles rückgängig machen könnte oder ...«

»Das Gespräch hatten wir doch schon. Du wirst jetzt deinen Job machen und dann wirst du verschwinden. Das ist unsere Abmachung.«

»Und was wirst *du* tun?«, stelle ich nun doch noch eine Frage.

Harley runzelt die Stirn. »Wie meinst du das?«

»Wie sieht deine Zukunft aus? Wenn ich erst weg bin aus Chicago ...«

»Das weißt du doch. Ich werde in der UFC kämpfen.«

»Und privat? Bist du ... Das mit uns ... Hast du dich darauf eingelassen, weil du auf der Suche warst?«

Zunächst sagt Harley nichts dazu und ich fürchte, dass diese Frage schon zu privat ist. Aber schließlich beantwortet er sie mir doch: »Ich war nicht auf der Suche und eigentlich war selbst für dich schon kein Platz in meinem Leben. Ich muss mich auf meine Karriere konzentrieren, und das werde ich auch. Luigi und Julio haben Recht. So etwas wie mit Stevens darf nicht noch einmal passieren.«

Ich erinnere mich, dass er gleich nach dem Kampf noch ganz anders geklungen hat. Als käme es nur darauf an, dass er überhaupt gewonnen hat. Sein Manager und sein Trainer müssen ihn ordentlich ins Gebet genommen haben. Warum lässt er sich von diesen beiden nur so viel gefallen?

»Sei bitte vorsichtig.«

Harley nickt und wir laufen eine Weile stumm nebeneinander her. Die Schneeschicht wird dicker und um uns herum entsteht langsam eine vorweihnachtliche Idylle. Die mit bunten Lichtern geschmückten Häuser stehen still und friedlich da, in den Gärten funkeln unzählige Lämpchen an Bäumen und Büschen durch die weiße Pracht. In den meisten Häusern brennt bereits Licht und man kann Familien beim Essen sehen, tobende Kinder, Paare beim Fernsehen. So viel Normalität. Ich seufze. Was würden Harley und ich tun, wenn wir ein ganz normales Paar wären?

Bilder bauen sich vor meinem inneren Auge auf: *Es ist früher Abend, die Schatten werden lang. Ich schalte die Lampe auf meinem kleinen Schreibtisch ein, schreibe noch ein paar Seiten und weiß, dass ich mit meinem Buch niemanden bloßstellen, dass ich niemandem wehtun werde. Dann höre ich die Tür. Harley kommt nach Hause. Er sieht verflucht gut aus in seiner Uniform. Ich stehe vom Schreibtisch auf. Er begrüßt mich mit einem langen, leidenschaftlichen Kuss und ...*

Jemand packt fest meinen Arm. Harley. Erst einen Moment später verstehe ich, dass ich schon wieder ausgerutscht bin.

»Wer geht auch bei so einem Wetter in Turnschuhen vor die Tür!«, schimpft er.

Ich sehe an ihm runter. Er trägt schwere schwarze Boots. Wie sexy.

»Was?«, fragt er ungehalten und ich verstehe, dass ich die letzten beiden Worte laut gesagt habe.

Ich werde knallrot, räuspere mich. »Äh ... Wie weit noch, wollte ich fragen.«

»Ungefähr zehn Minuten«, knurrt Harley, lässt mich los und geht weiter.

Ich folge ihm und gehe noch ein bisschen staksiger –
vermutlich sehe ich gerade aus wie eine Giraffe auf
dem Eis. »Weshalb kennst du dich hier aus?«, frage ich.
»Hast du mal hier gewohnt?«

Oh, jetzt stelle ich schon wieder Fragen. Ich rechne
damit, dass er mich erneut abwürgt, aber das tut er
nicht.

Er rammt seine Hände in die Taschen und sagt: »Bin
hier aufgewachsen.«

Ich sehe ihn an, dann schaue ich mich noch neugieri-
ger um. Das hier ist eine schöne Gegend. Nicht edel,
nicht schäbig. Aber auch nicht der Ort, von dem man
erwarten würde, dass der Unbesiegte hierher kommt.

»Zeigst du mir das Haus?«, frage ich hoffnungsvoll.

»Nein.«

»Warum nicht?«

»Weil ich keine Lust habe, es in deinem Schmierblatt
zu sehen, deshalb.«

Ich verdrehe die Augen. Jetzt hat er sich aber auch darauf eingeschossen, mich wie eine Aussätzige zu behandeln. Gut, wie er will. Dann eben nicht. Ich schweige,
während wir weiter durch den Schnee laufen. Meine
Haare sind schon ganz feucht und es ist eiskalt, doch
obwohl Harley zweifelsfrei unglaublich wütend auf
mich ist, erscheint mir dieser Spaziergang hier wunderschön und so friedlich, dass ich am liebsten seine Hand
nehmen würde. Mache ich natürlich nicht, weil ich
nicht die geringste Lust auf das Echo habe.

Also bleiben wir beide stumm, während der Schnee
auf uns fällt und die bunten Lichter um uns herum funkeln, und irgendwie ist das auch okay.

Alles wird immer okay sein, solange ich in Harleys Nähe bin – das wird mir in diesem Moment klar und mein Versprechen, Chicago zu verlassen, erscheint mir plötzlich umso schmerzhafter.

HARLEY

Als das Schweigen zwischen uns immer unangenehmer wird, erkenne ich an der nächsten Ecke die grünlichen Lichter des kleinen Diners, in dem Scott und ich unsere halbe Kindheit verbrachten. Nach dem Training nahm uns Dad immer mit hierher. Später kamen wir von selbst. Scott hat Sally hier kennengelernt. Das kommt mir alles vor, als wäre es Jahrhunderte her, und irgendwie erscheint es mir auch komisch, Megan mit hierher zu nehmen. Ich kann ihr nicht vertrauen. Sie wird jede einzelne Information, die sie von mir bekommt, für ihre Karriere nutzen. Wann kapiere ich das endlich?

»Gehen wir dort vorne hin?«, fragt sie und klingt dabei total arglos. Klar. Das ist alles nur persönliches Interesse und hat rein gar nichts mit dem Artikel zu tun, den sie schreiben will.

Ich nicke.

»Warst du hier frü- ... Ich höre schon auf.«

»Gut«, sage ich und will einerseits nicht so ein Arschloch zu ihr sein. Sie hat genug durchgemacht. Andererseits weiß ich überhaupt nicht, was davon stimmt und was nicht.

Wir erreichen den Diner und ich halte ihr die Tür auf. Hier arbeiten nicht mehr dieselben Leute wie früher und die Frau mittleren Alters hinter dem Tresen sieht nicht aus, als würde sie sich für MMA interessieren. Gut. Ich habe wenig Lust, erkannt zu werden.

»Wollen wir uns ans Fenster setzen?«, fragt Megan und geht bereits vor zu einem Tisch. Ich sehe ihr nach. Stelle mir einen Moment lang vor, dass wir privat hier sind, dass sich nichts zwischen uns geändert und sie sich nicht als Journalistin geoutet hat ...

Dann setzt sie sich und sieht mich erwartungsvoll an und die Vision verschwindet. Ich hatte noch nie eine besonders gute Vorstellungskraft.

»Kaffee?«, fragt die gelangweilte Bedienung, als ich an ihr vorbeigehe.

Ich nicke, dann setze ich mich zu Megan. Wir sind die einzigen Gäste. Ich erwarte, dass sie einen Block oder ein Diktiergerät rausholt, aber sie tut nichts dergleichen. Stattdessen sieht sie mich nur verliebt an.

Nein, sicher nicht verliebt.

Aber vermutlich möchte sie, dass ich das denke. »Schieß los«, sage ich.

Megan blinzelt, dann setzt sie sich aufrechter hin. Im selben Moment kommt die Bedienung und bringt uns Tassen, in die sie dampfenden Kaffee schüttet.

»Zucker, Milch?«, fragt sie.

»Nein«, sagen wir gleichzeitig und sehen einander weiter an. Scheiße, was ist das nur für eine seltsame Chemie zwischen Megan Clark und mir?

Die Kellnerin geht. Megan räuspert sich.

»Um ... um diesen Artikel schreiben zu können, muss ich noch ein paar Dinge über dich wissen, Harley. Beginnen wir am besten –«

»Hast du Julios Handy gestohlen?«, frage ich. Das habe ich mir schon den ganzen Morgen vorgenommen. Eigentlich glaube ich nicht, dass sie es hat, denn für so abgebrüht, mir so einen Deal wie gestern vorzuschlagen und dann genauso weiterzumachen wir vorher, und das noch nicht einmal besonders geschickt, halte ich sie dann doch nicht. Dennoch muss ich sehen, wie sie reagiert.

»N-nein«, sagt sie und wirkt irritiert. Ertappt? Ich bin mir nicht sicher. Aber was immer es ist, das da in ihrem Blick aufblitzt, verschwindet schnell wieder. »Harley«, sagt sie eindringlich und greift über den Tisch hinweg nach meiner Hand. »Ich habe echt nicht vor, irgendwas zu veröffentlichen, das nicht positiv ist. Bitte glaub mir. Du musst dir, was das angeht, keine Sorgen machen.«

Ich sehe auf ihre und meine Hände. Passen gut zusammen. Verdammter Mist.

»Was ich gern wissen würde«, sagt sie und streichelt mit dem Daumen über meine Fingerknöchel.

Wenn sie wüsste, dass ich dort schon lange nichts mehr spüre.

»Du hast früher geboxt, aber nie professionell. Doch wenige Wochen nach dem Unfall deines Bruders hast du plötzlich den Dienst bei der Polizei quittiert und bist in die MMA-Szene eingestiegen. Warum?«

Das darf doch nicht wahr sein. Diese Frau hat ein verflucht gutes Gespür, denn sie stellt genau die richtigen Fragen. Leider. Ich entziehe ihr meine Hand und greife nach der Tasse.

»Frag was anderes«, sage ich.

»Dieser Punkt ist aber wichtig«, beharrt sie. »Ich muss den Leuten doch erzählen, weshalb du in der Szene gelandet bist. In den Foren und sozialen Netzwerken bist du das totale Rätsel. Der Unbesiegte, der aus dem Nichts aufgetaucht ist. Alle fragen sich, was deine Motivation ist. Dein –«

»Siegen ist meine Motivation«, sage ich, auch wenn das nichts als eine Floskel ist. Ich denke an damals. An den Unfall, die chaotischen Tage darauf ... Und den Anruf.

Den einen Anruf, der alles verändert hat.

»Unsinn«, erwidert Megan eindringlich. Ihre Hand liegt immer noch auf meiner Seite vom Tisch. »Du hast gegen Bobby Stevens nur ganz knapp gewonnen und es war dir total egal. Die Einzigen, die sauer deswegen waren, waren Luigi und Julio.« Sie macht eine kurze Pause, dann versucht sie es anders: »Wie hast du die beiden kennengelernt? Warum hast du ausgerechnet Luigi als deinen Manager engagiert? Hat er dieses Trainingslager in Italien für dich organisiert?«

Schon wieder eine Frage, auf die ich nicht antworten kann. Nicht, ohne alles nur noch schlimmer zu machen.

»Stell eine andere Frage«, sage ich erneut.

Megan atmet tief durch. Ballt ihre schlanken Finger auf dem Tisch zur Faust. Seit wann ist sie eigentlich so kämpferisch? »Ist das normal, dass ein MMA-Kämpfer eine einjährige Ausbildung erhält? War das nicht irre teuer? Woher wusste Luigi, dass er das Geld wieder reinbekommt?«

Ich stehe auf. »Ich kann dir diese Fragen nicht beantworten, Megan. Es ist besser, wir gehen jetzt.«

»Nein, wir gehen nicht, wir sind hier noch lange nicht fertig.«

Ich lege Geld auf den Tisch und wende mich ab. Wir können dieses Gespräch einfach nicht führen – es ist, als würde ich mit Megan über ein Minenfeld laufen. Jede Frage, die sie stellt, zeigt mir eigentlich nur umso deutlicher, dass ich ihr nichts verraten kann. Nichts verraten darf.

»Harley!«

»Komm schon.« Ich gehe zur Tür. Die Bedienung sieht mich irritiert an. Klar, wir sind vor noch nicht einmal fünf Minuten gekommen. Dennoch verlasse ich den Diner schon wieder, trete raus in den Schnee. Und dann höre ich schnelle Schritte hinter mir.

Kapitel 17

Dieser Blödmann! So einfach werde ich mich ganz sicher nicht abspeisen lassen! Er hat gesagt, er lässt sich von mir interviewen, und jetzt so was! Dabei brauche ich die Informationen von ihm. Ich brauche sie dringend, um die Wahrheit herauszufinden. Um ihm helfen zu können.

Ich folge ihm nach draußen. »Harley!«

Er ist vor der Tür stehen geblieben, blickt ins Schneetreiben und seine Augen verraten nichts. Nichts von seinen Gedanken, nichts von seinen Gefühlen.

Ich stelle mich vor ihn. »Ich kann diesen Artikel doch nicht auf *nichts* aufbauen.«

»Dein Artikel spielt für mich keine –«, beginnt Harley, bricht dann aber ab. »Ich schreib dir ein paar Dinge auf, die du verwenden kannst«, sagt er dann. »Ich schick sie dir übers Handy. Du brauchst dann morgen nicht zu kommen. Und für den Rest der Woche auch nicht.«

Damit geht er an mir vorbei.

Ich drehe mich um, sehe ihm fassungslos nach. Das soll alles gewesen sein? So will er mich jetzt stehen lassen? Ich spüre Zorn in mir aufsteigen, denn das verdiene ich nun auch wieder nicht. Ja, es war mies von mir, ihn zu belügen. Aber ich habe mich hundert Mal entschuldigt, ihm alles erklärt Und er? Er muss mir ja keine zweite Chance geben, das kann ich auch gar nicht verlangen. Aber er braucht mich auch nicht zu behandeln wie ... wie den allerletzten Menschen, den er in seinem Leben haben will! Keine Ahnung, vielleicht verdiene ich das, aber ich möchte es trotzdem nicht einfach so hinnehmen. Ich habe beschlossen, um uns zu kämpfen, und das mache ich jetzt.

Also folge ich ihm. »Harley!«

Er verschwindet in einer Seitenstraße.

»Harley, du bleibst jetzt stehen!« Ich laufe schneller, beginne zu joggen und fühle mich, als würde ich Schlittschuh laufen. Als ich die schmale Seitengasse ebenfalls erreiche, ist Harley schon fast an ihrem anderen Ende angekommen.

»Hör auf, beleidigt zu spielen und lass uns reden wie Erwachsene!«

Auch das zieht nicht. Er marschiert einfach weiter. Dieser Blödmann. Ich gebe noch mehr Gas und fühle mich jetzt, als würde ich über die glitschige Schneedecke fliegen. Bremsen können werde ich so sicher nicht mehr! Ich folge Harley um eine weitere Hausecke und wir landen in einer noch engeren Gasse. Super. Das hier sind vermutlich die Schleichwege seiner Kindheit, die er kennt wie seine Westentasche. Er wird mir davonlaufen und ich werde mich hier verirren. Vermutlich finden sie mich in ein paar Tagen unter einer dicken Schneedecke, und dann ende ich selbst als Zeitungsschlagzeile:

FRAU IN TURNSCHUHEN ERFROREN AUFGEFUNDEN!

Oh nein, Harley Jones – das hast du dir so gedacht!

Ich nehme noch einmal an Fahrt auf, schlittere um die nächste Ecke, renne, renne weiter und werde auf dem spiegelglatten Boden immer schneller. Ich nähere mich Harley, der mich – dämpfendem Schnee sei Dank – nicht zu hören scheint. Und dann, als er gerade um die nächste Hausecke zu verschwinden droht, springe ich einfach los, so wie Bobby Stevens am Samstag, hebe ab, fliege durch die Luft und lande genau auf Harleys Rücken! Ich schlinge die Arme um ihn, rufe: »Du wartest jetzt!«

… Und dann rutscht Harley ebenfalls aus, und wir gehen beide zu Boden.

Wir landen halb auf-, halb nebeneinander auf dem Pflaster der Gasse, unsere Beine seltsam ineinander verschlungen, und ich stöhne schmerzhaft auf, als meine Schulter auf dem harten Grund aufschlägt. Autsch! Blöde Idee! Ich kneife die Augen zu und drehe mich auf den Rücken.

»Ist alles okay?«, fragt Harley, und als ich die Augen öffne, sehe ich, dass er sich bereits aufgerichtet und, so gut es bei unserer verknoteten Position geht, über mich gebeugt hat.

Ich schaue ihn an, verziehe das Gesicht. »Dumme Idee.«

»Hast du dir wehgetan?« Sein Atem kondensiert vor seinem Gesicht und die Sorge in seinem Blick straft seine eben noch zur Schau gestellte Gleichgültigkeit Lügen.

»Ja«, erwidere ich ehrlich, »aber es geht schon.« Ich betaste meine Schulter und verziehe abermals das Gesicht. »Du hättest eben nicht weglaufen sollen. Ich wollte dir nur ein paar einfache Fragen …«

Harleys Ausdruck verhärtet sich. »Es dreht sich nicht alles immer nur um deine Fragen, Megan!«

Ich spüre, dass er sich von mir löst und aufstehen will, aber er kann doch jetzt nicht einfach schon wieder abhauen! Dafür habe ich ihn nicht mit vollem Körpereinsatz gestoppt. Blitzschnell schlinge ich die Beine um seinen Körper.

Mehr als zweifelnd sieht er mich an. »Ernsthaft, ja?«

»Vollkommen«, gebe ich zurück.

»Du glaubst nicht wirklich, dass es für mich irgendein Problem darstellt, dich loszuwerden?«, zischt er.

»Aber dafür wirst du Gewalt anwenden müssen, und das tust du nicht!«

Sein Blick wird jetzt zornig. »Dir ist wohl jedes Mittel recht, was?«

»Ja«, sage ich ganz automatisch und meine es so, aber auf was ganz anderes bezogen, als er denkt. Ich greife mit beiden Händen nach dem Kragen seiner Lederjacke. »Kannst du mir nicht einfach ein kleines bisschen vertrauen? Trotz allem?«

Harley lacht trocken, wird dann übergangslos wieder ernst. »Lass mich los, Megan.«

Ich schüttle den Kopf, unter meinem nassen Haar knirscht der Schnee. Was ich hier mache, ist ziemlich verrückt. Ziemlich trotzig. Ziemlich dumm. Aber wenn ich ihn jetzt gehen lasse, dann wird das Letzte, was ich von ihm bekomme, eine kurz angebundene Nachricht mit ein paar halbherzigen Infos sein, und so kann ich es nicht enden lassen. Aus mehreren Gründen nicht.

»Ich bin kein schlechter Mensch, nur weil ich Reporterin bin«, sage ich leise.

»Aber du bist deshalb jemand, den ich nicht in meinem Leben will«, erwidert er kalt.

»Du bist unfair.«

Zorn glimmt in seinen Augen auf, und das ist mir lieber als diese Kälte. »Weißt du, was unfair ist? Einen Mann in den Tod zu hetzen, nur weil er so naiv war, sich mit den falschen Leuten einzulassen! Einen Mann, der eine Frau und ein kleines Kind hat! Weißt du, wie mein Bruder gestorben ist, Megan?«

»Er ist beim Aufprall –«, beginne ich leise, aber Harley lässt mich nicht ausreden.

»Das ist Schwachsinn! Etwas, das wir Sally erzählt haben, um es für sie nicht noch schlimmer zu machen! Er ist dort unten im Chicago River ertrunken, und das ist so ungefähr der beschissenste Tod, den man sich vorstellen kann – und das alles nur für eure Geschichten! Für irgendeine Schlagzeile, die morgen schon wieder vergessen ist!«

»Ich war nicht dabei, Harley«, erwidere ich leise.

»Und wärst du dabei gewesen? Hättest du dann gebremst, einfach aufgegeben, auf die Story verzichtet? So, wie du es jetzt tust? Hm?«

Ich schlucke. Er hat ja Recht. Ich bin hartnäckig und wäre es vielleicht auch damals gewesen. Aber trotzdem ...

»Ich bin nicht so, wie du denkst«, erwidere ich eindringlich und zwinge mich, ihm in die Augen zu sehen, auch wenn mich die Wut darin immer noch verletzt. »Hör auf, dir das einzureden. Bitte!« Ich lasse seinen Kragen los und packe mit beiden Händen sein Gesicht. Seine Haut fühlt sich kühl und rau an und ich will nichts dringender, als ihn an mich zu ziehen und zu küssen. »Wir machen alle Fehler, oder nicht?«

»Lass mich jetzt los, Megan.«

»Nein.«

»Das ist lächerlich.« Er versucht, überlegen zu klingen, schafft es aber nicht ganz. Da ist Wut in seiner Stimme, aber auch etwas anderes. Etwas, das mir verrät, dass ich ihm alles andere als egal bin, und dass er alles andere als einfach nur sauer auf mich ist.

»Ich werde dich niemals loslassen«, sage ich leise, und dann passiert es.

Harley funkelt mich noch einen Moment lang an, dann packt er mein Gesicht, so wie ich seins gepackt habe und küsst mich voller Leidenschaft. Was immer er mir während der letzten Tage weiszumachen versucht hat, ist plötzlich vergessen, und da ist nur noch dieses Gefühl, das zwischen uns war, ehe alles aufgeflogen ist. Liebe. Das kann nur Liebe sein.

Ich schlinge die Arme um ihn und ziehe ihn enger an mich, spüre seinen kraftvollen Körper und mir ist vollkommen egal, wo wir hier sind, wer uns sehen könnte, dass es schneit, dass meine Kleider durchnässt sind und meine Schulter immer noch schmerzt. Ich friere noch nicht einmal, und als sich Harleys Finger in mein Haar graben, als er mich umso leidenschaftlicher küsst, spüre ich nichts als Glück.

Aber wenn ich für einen Moment geglaubt habe, dass sich jetzt alles ändert, sich erneut um 180 Grad dreht und dass wir dort weitermachen, wo wir Samstag kurz nach dem Kampf aufgehört haben, dann habe ich mich gewaltig getäuscht.

Denn schließlich hört Harley auf mich zu küssen, löst sich beinahe gewaltsam von mir. Heftig atmend starrt er in den Schnee und ich erkenne genau, wie die Liebe aus seinem Blick weicht, als könne er sie einfach ausschalten. Das sind die Eisaugen, die ich von ihm aus dem Ring kenne. Dabei bin ich doch gar nicht sein Gegner, verdammt noch mal!

»Ich rufe dir jetzt ein Taxi«, sagt er dann. »Es wird dich da vorn an der Straße abholen. Du wirst mich nie wieder nach den Geschehnissen um Scotts Tod fragen. Wenn ich Freitag in den Käfig steige, dann setzt du dich an deinen Artikel. Und dann wirst du aus Chicago verschwinden. Und wir werden uns nie wiedersehen.«

Damit steht er auf und hält mir die Hand hin, um mir hochzuhelfen. Wie einem Gegner, den er gerade besiegt hat. Es fühlt sich schrecklich an, aber ich greife nach seinen Fingern und lasse mich hochziehen, denn würde ich es aus eigener Kraft versuchen, würde ich mich nur wieder langlegen und ich will in diesem Moment zumindest mein Gesicht wahren. Doch während ich halbwegs meine Kleider richte und Harley mein Taxi ruft, fühle ich mich tatsächlich, als wäre ich soeben besiegt worden.

Und es fühlt sich nicht sonderlich gut an.

***

Als ich zu Hause ankomme, bin ich so durchgefroren, dass ich erst mal eine heiße Dusche nehme, um mich nicht zu erkälten. Dabei denke ich daran, dass ich noch vor wenigen Tagen gemeinsam mit Harley unter dieser Dusche stand. Gleich nachdem er mich an meinem

Schreibtisch überfallen hatte ... Zu diesem Zeitpunkt malte ich mir noch aus, dass dieser unfassbare Mann vielleicht irgendwann zu mir gehören könnte. Jetzt sehe ich dafür keine Möglichkeit mehr. Heute Abend habe ich alles versucht, um ihn mir wieder näherzubringen, um ihn irgendwie davon zu überzeugen, dass ich nicht die bin, für die er mich gerade hält. Aber es war vergeblich. Dieser Kuss ... Er hat etwas bedeutet, das schon, aber Harleys Misstrauen und sein Zorn waren am Ende einfach stärker.

Also bleibt mir nichts, als fürs Erste einfach nur meinen ursprünglichen Plan weiterzuverfolgen.

Ich ziehe mir meinen flauschigsten Hausanzug und meine dicksten Wollsocken an. Dann mache ich mir einen heißen Kakao und eine Pizzatasche in der Mikrowelle. Und dann setze ich mich erneut an meinen Schreibtisch. Dort herrscht mittlerweile Chaos: Ich habe Jaspers Unterlagen in mehrere Stapel unterteilt, in hilfreich und weniger hilfreich, in offizielle Nachrichten und Gerüchte. Dazwischen liegen Notizen. Und in all der Unordnung thront mein Laptop. Ich schalte ihn ein und kaue nachdenklich auf meinem Abendessen herum, während ich warte. In Gedanken rekapituliere ich noch einmal Harleys und mein Gespräch. Er denkt, er hat mir nichts verraten heute Abend, aber das stimmt nicht.

Weißt du, was unfair ist? Einen Mann in den Tod zu hetzen, nur weil er so naiv war, sich mit den falschen Leuten einzulassen!

Sich mit den falschen Leuten einzulassen – das ist das entscheidende Stichwort. Denn Sally hat mir erzählt, dass Scott nichts davon wusste, dass sein bester Boxer dopt. Sie hat ihn dargestellt, als sei er einfach nur der wohlmeinende Manager gewesen. Aber wie kann er sich dann mit den Falschen eingelassen haben? Er muss irgendetwas getan haben – irgendetwas, das ihm die ganze Suppe erst eingebrockt hat.

Szenario 1: Er wusste, dass der Boxer dopt. Aber hätte Harley dann nicht etwas anderes gesagt? *Einen Mann in den Tod zu hetzen, nur weil er nicht ganz fair gespielt hat,* vielleicht so etwas in der Art.

Nein, die falschen Leute, das klingt nach was anderem.

Szenario 2: Scottie Jones war auf eine andere Art in irgendwas Illegales oder Gefährliches verstrickt. Gegooglet habe ich ihn schon, angeklagt oder so wurde er nie. Aber das muss ja nichts heißen.

Was kann er im Bereich des professionellen Kampfsports getan haben, das ihn am Ende das Leben gekostet hat? Illegal. Gefährlich. Etwas, in das man hineinstolpert, wenn man naiv ist, und das man dann nicht mehr bremsen kann.

Ich denke an Luigi. An sein falsches Lächeln und seine Panik nach Harleys fast verlorenem Kampf. Was bedeutet es für ihn, wenn Harley einen Kampf verliert? Woher bezieht er als Manager sein Geld? Aus Harleys Kampfprämien?

Sofort stelle ich meinen leeren Teller weg und beginne zu recherchieren.

Sportmanager verdienen nicht besonders viel – das finde ich ziemlich schnell und problemlos heraus. Sie erhalten einen gewissen Prozentsatz aus den Prämien ihrer Schützlinge, wann immer sie ihnen einen Kampf oder Wettkampf vermittelt haben. Außerdem bekommen sie in der Regel ein kleines Festgehalt. Man kann davon leben, sich aber keine großen Sprünge erlauben. Ich denke an Luigis teures Auto. Seine maßgeschneiderten Anzüge. Nun, vielleicht hat er mehrere Pferde im Stall.

Ich google nach seinem vollen Namen, den ich aus meinem Vertrag kenne – und finde nichts.

Absolut nichts.

Wie ist das möglich? Wie kann sich jemand so komplett aus dem Internet raushalten?

Sofort öffne ich Harleys Seite und sehe in sein Impressum. Da steht eine Briefkastenadresse, irgendeine Web-Agentur. Nichts von Luigi. Nichts von Julio. Da will wohl jemand gern anonym bleiben.

Fassen wir zusammen: Luigi verdient offenbar eine Menge Geld, aber von seiner Tätigkeit als Manager kann das eigentlich nicht stammen. Und er ist im Internet praktisch nicht existent, obwohl er durch Harley ja schon irgendwie in der Öffentlichkeit steht. Schreit das nicht schon danach, als hätte er irgendwas zu verbergen?

Ich mache mir ein paar Notizen, greife dann nach meiner Tasse und lehne mich zurück. Versuche, an alle Gespräche zu denken, die ich bisher mit Luigi hatte. Grabe nach irgendetwas, das aufschlussreich sein könnte ...

Und dann fällt es mir ein. Die Wetten. Was hat Harley noch mal gesagt?

Die wollen nur eine Sache: Geld verdienen. Zu jedem Kampf, der im Ivory stattfindet, gibt es Wetten, offizielle und inoffizielle.

Ich setze mich kerzengerade hin und greife nach meinem Handy. Im Nullkommanichts habe ich Jaspers Nummer gewählt.

»Jasper?!«

»Ja, ich bin dran. Was gibt's?«

»Du musst mir erklären, wie Sportwetten funktionieren!«

Jasper wirkt zunächst verblüfft, aber dann redet er. Es ist immer gut, einen Mann im Freundeskreis zu haben. Wenige Minuten später bin ich klüger: Es gibt immer einen Buchmacher, der die Wette sozusagen betreut. Er legt außerdem die Wettquote fest. Ist ein Ereignis wahrscheinlich, hält er die Quote niedrig, ist es sehr unwahrscheinlich, ist die Quote ziemlich hoch. Die meisten setzen ihr Geld auf das wahrscheinliche Ereignis und erzielen, wenn sie Recht haben, wegen der niedrigen Quote einen kleinen Gewinn. Wer dabei sonst noch verdient, ist der Buchmacher – er erhält aus jeder Wette einen prozentualen Ansatz.

Er verdient also mehr, je mehr Leute wetten.

Je populärer das sportliche Ereignis ist, um das es geht.

Kann es also sein, dass Luigi in irgendeiner Wettgeschichte mit drinhängt? Dass er Harley professionell zu einem bekannten Sportler aufgebaut hat, um viele Wettfans für ihn zu begeistern und dazu zu bringen, an Wetten teilzunehmen? Wenn Harley als unbesiegbar gilt, dann sehen die Wettenden das Risiko zu verlieren für sich nicht als so groß an. Sie trauen sich eher. Das ergibt mehr Teilnehmer und somit mehr Gewinn für den Buchmacher.

Und somit eventuell auch für Luigi.

Oh mein Gott. Ich glaube, ich habe es. Das könnte wirklich ein Zugangspunkt sein, der nicht nur erklärt, aus welchen Gründen Harley so hart arbeitet, sondern der mir auch helfen könnte, Luigi und Co. das Handwerk zu legen.

Bleibt nur eine Frage: Warum mischt Harley da mit?

Um Geld kann es ihm wohl kaum gehen, sonst würde er nicht leben, wie er lebt. Oder ist das nur Tarnung und er ist heimlich längst steinreich?

Quatsch. Nein, es ist was anderes, das spüre ich deutlich. Da ist sie wieder, die Intuition, die ich von Theo Clark geerbt habe. Und auch wenn Russell in der Vergangenheit so oft versucht hat mich kleinzureden, mir so oft einzureden versucht hat, dass ich im Endeffekt nichts zustande bringe und nie ein gute Journalistin sein werde, zeichnet sich vor mir langsam ein roter Faden ab. Ich weiß, was ich tun werde. Wie ich näher herankommen werde. Und ich muss Harley enttäuschen: Er wird noch lange nicht seine Ruhe vor mir haben.

***

Am nächsten Morgen bin ich gerade auf dem Weg zum Gym, als mich eine Nachricht von Luigi erreicht:

Pressefrau! Ich hoffe, du hast mitbekommen, dass wir uns heute an der Blackstone Avenue treffen? Hausnummer 223. Bring deine Kamera mit. Wir brauchen dringend ein paar gute Tweets/Postings bis Freitag! Der Unbesiegte muss wieder der Unbesiegte werden!

Hinter der Nachricht befindet sich ein Emoji – ein muskulöser Arm, siegessicher erhoben. Am liebsten würde ich kotzen. Luigi hätte besser ein Dollarzeichen mitgeschickt. Dennoch schreibe ich etwas ganz Freundliches zurück:

Klar, sehe ich genauso! Ich werd mein Bestes geben, keine Sorge!

Dahinter ein zwinkernder Smiley und ebenfalls dieser komische Muskelarm. Soll Luigi nur glauben, dass ich genauso denke wie er. Postwendend kommt eine Antwort:

Falls du noch zu Hause bist, bring Badelatschen mit!

Dahinter noch ein Emoji: eine Welle. Was soll das denn jetzt werden? Treffen wir uns in einem Schwimmbad? Will Luigi Harley noch eine zweite Karriere als Profischwimmer andrehen?

Ich schließe den Messenger, dann suche ich nach der Adresse, die er mir geschickt hat – und stelle ein wenig verblüfft fest, dass sie sich in Hyde Park befindet.

Wenig später stapfe ich durch den Schnee auf ein Gebäude zu, bei dem es unmöglich sein kann, dass ich hier richtig bin. Es befindet sich in den Außenbezirken und sieht aus, als sei es in Privatbesitz. Vorn gibt es ein schmiedeeisernes Tor, dahinter erhebt sich eine Villa, wie sie viel besser in New Orleans oder noch eher in Europa stehen könnte. Und das soll ein Schwimmbad sein? Ich weiß ja nicht. Auf einmal macht sich ein ungutes Gefühl in mir breit.

Was, wenn das hier eine Falle ist? Wenn Luigi mitbekommen hat, dass ich herumschnüffle und jetzt …

Ja, jetzt was? Wenn er mich jetzt in dieser prunkvollen Villa erschießen will, als wäre das hier ein Mafiafilm? Komm mal wieder runter, Meg!

Ich schüttle den Kopf und trete an das Tor heran. Auf dem Klingelschild entdecke ich zu meiner Überraschung tatsächlich Luigis Namen. Tja, das ist wohl ein gutes Zeichen, denn er wird mich wohl kaum bei sich zu Hause ermorden. Aber wie um alles in der Welt kann sich ein einfacher Sportmanager so ein prunkvolles Zuhause leisten?

Die Antwort auf diese Frage habe ich ja vielleicht auch schon gefunden. Durch Wetten.

Ich nicke mir selbst bestätigend zu, dann klingle ich an. Kurz darauf öffnet sich das Tor mit einem Sirren und ich bin ein wenig überrascht, dass niemand auch nur nach meinem Namen gefragt hat. Aber dann entdecke ich die Kameras. Es gibt mehrere auf dem Gelände, die ich auf den ersten Blick sehen kann. Klar, so ein Haus wie dieses hier ist sicher total einbruchgefährdet. Als ich davor stehe, wird mir erst klar, wie groß es ist. Meine Güte. Das muss ein Vermögen wert sein!

»Was hättest du dazu gesagt, Dad?«, frage ich leise, während ich mich dem säulenbewehrten Eingang nähere. Eigentlich muss ich diese Frage gar nicht stellen – kaum habe ich sie auch nur gedacht, spukt mir seine Stimme im Kopf herum:

Eins musst du dir merken, Maggie. Wo viel Geld ist, da sind meist auch große Geheimnisse.

Er war der Erste, der mich Maggie nannte. Russell hat diesen Spitznamen dann für immer versaut.

Ich nehme die Stufen hinauf zur Tür und klingle an. Dann warte ich und spüre, wie sich doppelte Nervosität in mir breit macht. Zum einen natürlich wegen meiner selbst auferlegten Undercover-Aktion – zum anderen aber auch wegen Harley. Nach gestern Abend wird es umso seltsamer sein, ihn wiederzusehen. Nach diesem leidenschaftlichen Kuss im Schnee … und der Abfuhr gleich darauf. Irgendwie wird es von Mal zu Mal schwieriger, ihm gegenüberzutreten und ich denke sehnsüchtig daran zurück, wie wir uns zum ersten Mal nahe gekommen sind. Schon da war es im Grunde genommen kompliziert zwischen uns, aber das konnte ich zumindest für eine Weile von mir schieben. Jetzt ist es so kompliziert, dass meine Vision von unserer Zukunft wirklich nichts mehr als ein Wunschtraum zu sein scheint.

Schritte im Inneren der Villa reißen mich aus meinen Gedanken, dann wird mir die Tür geöffnet und ich sehe mich einer jungen Frau in einer Hausmädchenuniform gegenüber. So etwas gibt es noch?

»Hi«, sage ich, »ich bin …«

»Miss Clark, Sie können reinkommen. Die Jungs erwarten Sie schon«, sagt die Haushälterin und verhält sich zumindest nicht so förmlich, wie sie aussieht, als sie mich offen angrinst und mich hereinbittet. Dann führt sie mich durch die wohl prunkvollste Eingangshalle, die ich je gesehen habe und dann eine breite Marmortreppe hinunter. Schon hier nehme ich leichten Chlorgeruch wahr und ich bin nicht überrascht, als ich, nachdem wir das Untergeschoss erreicht haben, am Ende eines kurzen Flures Wasser plätschern höre.

Luigi lebt also nicht nur in einem Palast, er verfügt auch noch über ein privates Schwimmbad. Und als ich dieses schließlich erreiche, übertrifft es all meine Erwartungen: Es gibt Säulen, Stuck an der Decke und an drei Wänden sorgsam bemalte Kacheln. Die vierte Wand besteht aus einer Fensterfront in einen wunderschönen Garten.

Staunend sehe ich mich um.

»Gefällt's dir?«, fragt mich eine wohlbekannte und ziemlich schleimige Stimme.

Ich sehe mich um und entdecke Luigi auf der anderen Seite des Beckens. Neben ihm steht Julio, in Trainingssachen und mit einer Stoppuhr in der Hand.

»Was wird das hier?«, frage ich.

Luigi kommt langsam auf mich zu. »Training im Wasser ist bei erfolgreichen Kampfsportlern schon lange beliebt. Mit der Einheit sind wir gleich durch und dann kannst du noch ein paar Fotos machen. Fotos, die Harleys weibliche Fans ansprechen. Für den Kampf am Freitag brauchen wir jede Unterstützung, die wir kriegen können. Klar?«

Ich nicke und frage mich gleichzeitig, warum ihm die Fans so wichtig sind. Eigentlich geht das ja von Anfang an so: Die PR, die Webseite, die Plakate, all das steht für Luigi dauernd im Vordergrund.

Klar. Weil es die Fans sind, die wetten, nicht wahr?

Gerade will ich Luigi fragen, wo Harley denn überhaupt ist, als ich etwas aus dem Becken höre und zugleich am Rande meines Sichtfeldes Bewegung wahrnehme. Ich drehe mich um und entdecke Harley, der in diesem Moment aus dem Wasser auftaucht – anscheinend absolviert er gerade eine Art Ausdauertraining.

Sobald ich ihn erblicke, stockt mir der Atem. Sein nasses Haar, das er sich beiläufig aus dem Gesicht streicht, sein nackter Oberkörper, von dem unzählige Tropfen perlen. Es ist warm hier drin. Das hier ist das Gegenteil von unserer letzten Begegnung gestern Abend. Doch meine Gefühle gehen in dieselbe Richtung. Ich will ihn. Mehr denn je.

»Hi, Harley«, sage ich.

Er sieht auf, dann nickt er mir zu. »Megan.«

Ich schlucke. Immer noch dieselbe Distanziertheit …

»3 Minuten 20«, sagt Julio, mies gelaunt wie immer. »Nicht schlecht. Hoffentlich geht dir beim nächsten Fight nicht direkt die Puste aus!«

»Sicher nicht«, erwidert Harley knapp und Julio scheint noch etwas Angesäuertes darauf erwidern zu wollen, aber ehe er dazu kommt, winkt Luigi ihn zu sich und verkündet, dass sich die beiden nun erst mal zurückziehen werden, damit ich meine Fotos machen kann.

»Und wenn du fertig bist, stellst du direkt was online!«, sagt er, dann verlässt er mit Julio den Raum.

Ich wende mich Harley zu. Er kommt aus dem Pool geklettert und ich kann nicht anders, als auf seine knappen schwarze Badeshorts zu sehen. Dann gleitet mein Blick an seinem Oberkörper hinauf, über sein perfekt definiertes Sixpack, zu seiner Brust, seinen breiten Schultern und die Asymmetrie, die sich durch den einen tätowierten Arm ergibt und sein Gesamtbild nur noch reizvoller macht.

Ehe er bemerken kann, dass ich ihn anstarre, räuspere ich mich und ziehe meine Kamera hervor. »Bleib am besten gleich so. Deine weiblichen Fans werden …«

Harley kommt näher. Ich spüre es mehr, als dass ich es sehe. Dann nimmt er mir unsanft die Kamera ab.

Ich schaue zu ihm auf.

»Ich hatte doch gesagt, dass du nicht herkommen sollst!«, fährt er mich an.

Erst jetzt sehe ich, wie wütend er ist. »Und ich hab dir gesagt, dass ich so schnell nicht aufgeben werde!«

»*Was* aufgeben? Du bekommst die Infos für deinen Artikel und dann –«

»Dich!«, unterbreche ich ihn. »Uns!« Und dann wird mir sogleich klar, was ich da gerade gesagt habe. Ich sehe ihn an und fühle mich entlarvt.

»Du wirst deinen Artikel schreiben, und dann verlässt du die Stadt, schon vergessen? Es gibt kein uns!«

Ich presse die Lippen aufeinander und erwidere seinen Blick stumm. Was soll ich auch sagen? Dass ich in Wahrheit davon träume, dass er mit mir kommt? Dass wir Chicago gemeinsam hinter uns lassen?

»Du musst aufhören«, zischt Harley und sein Blick ist so kalt, dass ich trotz der schwülen Wärme hier drin friere. »Das hier ist eine Nummer zu groß für dich.«

Aha, jetzt gibt er wenigstens endlich direkt zu, dass es hier etwas gibt, von dem ich nichts wissen soll. *Machenschaften.* »Das weißt du doch gar nicht!«

»Doch, das weiß ich! Und ich werde nicht zulassen, dass du dich in Gefahr begibst! Wir haben uns gestritten. Ich habe dich gefeuert, ein für alle Mal. Und jetzt geh.«

Seine Worte verletzen mich. Es verletzt mich, dass er mich nicht hier, nicht bei sich haben will. Wenn ich ihm auch nur ansatzweise so viel bedeuten würde wie er mir, dann würde er mich nicht einfach wegschicken, sondern ...

Was erwarte ich denn? Ich habe ihn belogen und schwer enttäuscht. Natürlich bedeute ich ihm nicht so viel wie er mir. Und trotzdem. »Du kannst mich nicht einfach feuern«, zische ich. »Ich bin nicht deine Privatangestellte, sondern ...«

Der Rest meines Satzes bleibt mir im Hals stecken, als Harley kurzerhand meine Kamera in den Pool wirft. Zum Glück habe ich meine Bilder von gestern schon auf dem Rechner gesichert! Trotzdem macht mich sauer, was er hier tut. Er kann nicht einfach für mich entscheiden. Hat er nicht vor ein paar Tagen noch versucht, mir genau das klarzumachen – dass ich mich nicht herumschubsen lassen sollte?

Offenbar sieht er an meinem Blick, was ich denke, denn ganz plötzlich weicht die Härte aus seinen Augen und er schüttelt bedauernd den Kopf. »Denkst du, ich wünsche mir nicht, dass das alles anders gelaufen wäre? Hm?«

»Lass mich bleiben«, erwidere ich eindringlich. »Ich kann uns hier rausbringen, Harley, ich kann ...«

»Du weißt überhaupt nicht, wovon du redest. Und das solltest du auch nicht wissen, verstehst du? Das hier ist nicht deine Welt.«

»Doch, ist es.« Ich sehe ihm in die Augen, mache noch einen Schritt auf ihn zu und spüre die Feuchtigkeit, die sein Körper abstrahlt.

Harley schüttelt den Kopf. »Du musst jetzt gehen, Megan. Du musst dich in Sicherheit bringen. Das ist das Einzige, was du für mich tun kannst.«

Ich sehe ihn immer noch an und spüre, wie mir Tränen in die Augen steigen. Bis jetzt hatte ich noch Hoffnung, dass für uns alles gut wird, doch in diesem Moment verstehe ich, dass Harley das gar nicht will. Er sieht keine Zukunft für uns. Nicht mehr. Ich spüre, wie dieser Traum, den ich von uns und unserem kleinen Haus hatte, in mir zerplatzt, als wäre er eine Seifenblase.

»Nicht weinen«, sagt Harley sanft, aber bestimmt.

Ich schüttle den Kopf, aber ich kann die Tränen nicht zurückhalten.

»Hey. Nicht weinen. Megan.« Er legt mir die Hände ins Gesicht und wischt meine Tränen mit den Daumen fort, und ich lege ganz automatisch meine Finger auf seine. Ich will nicht aufhören, für uns zu kämpfen. Nicht heute, nicht morgen. Nie. Ich würde für den Rest meines Lebens für uns kämpfen.

Aber wie soll ich das machen, wenn der Mann, den ich liebe, mich nicht lässt?

Harley sieht mich an, schüttelt ganz leicht den Kopf. Dann beugt er sich zu mir hinunter und küsst mich, als hinge sein Leben davon ab.

Ich erwidere seinen Kuss sofort, aber er fühlt sich anders an als gestern. Ich mache mir jetzt keine Hoffnungen mehr. Das hier, das spüre ich deutlich, ist er, der Abschiedskuss, den ich so lange gefürchtet habe. Und so löse ich meine Lippen schließlich fast gewaltsam von Harleys, schlinge die Arme um ihn und halte ihn fest, ungeachtet dessen, dass er ganz nass ist.

»Wir können immer noch gemeinsam kämpfen«, flüstere ich.

Harley hält mich ebenfalls fest. Es fühlt sich gut und zugleich schrecklich an. »Nein«, erwidert er ebenso leise. »Ich kämpfe allein.«

Damit löst er sich von mir, drückt mir einen letzten Kuss auf die Stirn und wendet sich schließlich ab.

Ich sehe auf seinen Rücken. Stehe einen Moment lang nur da und hoffe, dass er noch irgendetwas sagt. Dann höre ich Schritte und schließlich Luigis Stimme: »Wie weit seid ihr da drin?«

»Geh«, zischt Harley, und ich gehorche wie mechanisch. Ich schultere meine Tasche, wische mir die Tränen aus dem Gesicht, dann eile ich zur Treppe. In diesem Moment kann ich kaum noch klar denken. Ich muss hier raus, muss an die Luft, sonst befürchte ich, dass ich jeden Moment das Bewusstsein verlieren werde. Auf dem Weg nach oben stoße ich mit Luigi und Julio zusammen, und beide sagen irgendetwas zu mir, aber ich höre ihnen kaum zu. Ich laufe einfach nur weg, weg von ihnen, weg von Harley. Ich muss einen klaren Kopf bekommen. Sofort.

KAPITEL 18

Es ist Donnerstag früh. Morgen findet Harleys nächster Kampf statt. Und ich bin zu Hause – zu Hause und nicht an seiner Seite, wo ich eigentlich sein sollte an einem Tag wie diesem.

Meine Wohnung versinkt im Chaos. Die Zettelwirtschaft hat sich vom Schreibtisch aus über den Rest meines Apartments ausgebreitet. Zumindest machen die gestapelten Umzugskartons jetzt einen Sinn: Sie dienen als Unterlage für Papiere. Viele davon drehen sich um Sportwetten. Viele davon sollten sich um Luigi drehen. Aber über ihn persönlich habe ich nach wie vor nichts herausfinden können. Über das Ivory dafür schon: Der Club war, genau wie Leo es mir erklärt hat, vor rund zwei Jahren so gut wie bankrott.

Dann begann man, dort MMA-Abende anstelle von gewöhnlichen Partys zu veranstalten.

Und heute ist das Ivory einer der erfolgreichsten Läden der Stadt.

Das ist alles kein Zufall. Das hängt alles zusammen, da bin ich mir ganz sicher. Aber ich habe keine Ahnung, wie ich der Sache schlussendlich auf den Grund gehen soll, denn Harley hat mich ja von meinen potenziellen Quellen getrennt. Dieser Idiot! Gemeinsam hätten wir Luigi und Co. vielleicht in den Knast bringen können. Jetzt sind wir beide Einzelkämpfer. Und ich habe noch zudem den größten, schmerzhaftesten Liebeskummer meines Lebens. Wie das eben ist, wenn einen der Mann, den man liebt, einfach so aus seinem ... seinem ganzen Leben wirft!

Ich schrecke auf, als es an meiner Tür klopft. Viermal, dann zweimal schnell nacheinander. Ellie. Wir haben unser Zeichen angepasst, nachdem Russell hier war. Ich rühre mich nicht, stelle mich schlafend, auch wenn mich sogleich das schlechte Gewissen packt. Aber Ellies gut gemeinte Ratschläge kann ich gerade nicht auch noch in meinem Kopf gebrauchen, denn dort herrscht schon genug Chaos. Ich atme ein paar Mal tief durch, lausche, und dann höre ich, wie sie geht.

Erleichtert lasse ich mich zurück aufs Sofa sinken, sehe an die Decke. Was mache ich jetzt? Was soll ich tun? Hier liegen und die Zeit verstreichen lassen ist keine Lösung. Doch was dann?

Ich gehe im Kopf meine Möglichkeiten durch, viele sind es ja nicht. Recherchieren kann ich nur im Netz. Noch nicht einmal im Ivory kann ich mich umsehen, denn das hat heute geschlossen. In der MMA-Szene kenne ich niemanden außer Harley und seinen Leuten, und ...

Moment. Vielleicht gibt es doch noch etwas, das ich tun kann! Jemanden, an den ich mich wenden kann. Es wäre riskant. Es kann gut sein, dass sie auf der Stelle wieder auflegt. Aber was habe ich schon zu verlieren?

Also ziehe ich mein Handy aus der Tasche meines Sweaters und suche mir Sally Jones' Nummer aus dem Telefonbuch. Zum Glück kenne ich ihre Adresse, sonst wäre das angesichts ihres Namens ein hoffnungsloses

Unterfangen. Ich kopiere die Nummer, füge sie in mein Tastenfeld ein und tippe auf Anrufen.

Dann warte ich nervös.

Das Freizeichen ertönt, und zwar eine ganze Weile lang. Dann eine gestresste Stimme, unterbrochen von Kindergeschrei: »Ja, hallo?«

»Sally? Hier ist … hier ist Megan.«

Schweigen. Wäre da nicht immer noch die Kinderstimme, würde ich glauben, dass sie schon wieder aufgelegt hat.

»Sally … Bitte rede mit mir. Ich weiß, dass ich einen Fehler gemacht habe. Aber ich rufe wegen Harley an und es ist wichtig.«

Das zieht. Ich höre, wie Sally Luft holt, dann sagt sie mit absolut kalter Stimme: »Was willst du?«

»Ich muss mit dir reden. Persönlich. Ich weiß, du willst mich nicht sehen, aber … Es ist wichtig. Und ich schwöre, dass ich kein Wort aus unserer Unterhaltung in irgendeiner Zeitung oder sonst wo veröffentlichen werde.«

»Du wirst mir das schriftlich geben.«

»Sicher, ich –«

»Ich meine das ernst. Du gibst mir schriftlich, dass das Gespräch unter uns bleibt«, wiederholt Sally.

Erneut beteuere ich, dass ich nicht vorhabe, irgendetwas darüber zu schreiben, und dann, endlich, lässt sie sich auf ein Treffen ein.

»Komm um halb eins in die Kantine vom Mercy Hospital. Ich warte dort auf dich.«

Damit legt sie auf und ich kann gar nicht schnell genug vom Sofa hochspringen. Harley kann noch so ausdauernd versuchen, mich aus seinem Leben und seinen

Geheimnissen zu verbannen: Ich werde nicht lockerlassen. Dafür liebe ich ihn viel zu sehr, was ich mit jeder Stunde, die wir getrennt sind, deutlicher spüre.

Ich eile ins Bad und mache mich für mein Treffen mit Sally fertig, dann setze ich mich an den Schreibtisch und notiere mir ein paar Stichpunkte, um nachher die richtigen Worte zu finden. Die Wahrheit, von der Harley die ganze Zeit gesagt hat, dass er sie mir irgendwann verraten würde ... Ich muss sie jetzt einfach von Sally erfahren.

HARLEY

Es ist Donnerstagmittag. Nur noch etwas mehr als 24 Stunden bis zum Kampf und ich fühle mich nicht bereit. Es ist anders als sonst – mir spuken Dinge im Kopf herum, die in meinem Leben eigentlich nichts zu suchen haben. Ich sollte mich aufs Kämpfen konzentrieren, ausschließlich darauf, doch stattdessen denke ich an sie. An Megan. Fast die ganze Zeit. Es war hart, sie wegzuschicken. Natürlich war mir klar, dass das mit uns keine Zukunft hat, aber trotzdem hätte ich sie gern noch etwas länger in meiner Nähe gehabt. Doch als sie anfing, nach Scotties Todesumständen zu fragen ... Sie ist gut in ihrem Job. Viel zu gut und viel zu leichtsinnig. Manchmal muss man Menschen einfach vor sich selbst schützen.

Gerade vor meinem Arztbesuch habe ich ihr, wie versprochen, eine Liste mit allen Infos geschickt, die sie verwenden darf. Es ist nicht allzu viel, aber sie wird schon was daraus machen, das ihren Chef zufrieden stellt.

»Tief einatmen«, sagt der Arzt, zu dem Luigi mich geschleppt hat und ich tue, was er möchte.

Keine Ahnung, was das jetzt soll. Bei all meinen vorherigen Kämpfen gab es im Vorfeld keine Untersuchung und hinterher hat sich Sally um alles gekümmert. Vielleicht wird Luigi nervös, weil ich bald in der UFC anfange. Sollten sie dort herausfinden, dass mit meinem Körper irgendetwas nicht in Ordnung ist, werden sie mich nicht nehmen. Da will mein Manager vermutlich auf Nummer sicher gehen.

»Und ausatmen«, sagt der Arzt, sein Stethoskop fest gegen meinen Rücken gepresst. Dann misst er meinen Blutdruck und führt ein paar andere Tests durch, die mir ziemlich egal sind. Schon als ich mit dem Kämpfen begonnen habe, habe ich praktisch aufgehört, mich um irgendetwas, das meinen Körper betrifft, selbst zu scheren. Ich steige in den Käfig, wenn es Zeit dafür ist und ich tue, was ich tun muss, um dort der Beste zu sein. Aber mit Verantwortung hat das nichts zu tun. Mein Verantwortungsgefühl gilt einer anderen wichtigen Sache. Und neuerdings auch Megan Clark.

Verdammt, ich hoffe, sie hält sich wirklich raus. Wenn ihr irgendetwas zustoßen würde ... Ich könnte mir das nie verzeihen. Das weiß ich genau.

»Aha, hier haben wir auch die Blutergebnisse«, reißt mich der Arzt erneut aus meinen Gedanken und nimmt hinter seinem Schreibtisch Platz. Er klickt auf seiner Mouse herum, dann runzelt er die Stirn und sagt: »Nun ja. Ihr gesundheitlicher Zustand ist soweit okay ... aber auch nur okay. Ich würde sagen, da ist etwas im Anmarsch. Eine Grippe.«

Ich lache kurz. Totaler Unsinn. »Ich fühle mich kein bisschen krank. Und ehe Sie etwas anderes vorschlagen: Ich werde diesen Kampf morgen auf jeden Fall machen.«

Der Arzt sieht mich ein bisschen zweifelnd an.

»Bei allem Respekt, Doc.« Ich schüttle den Kopf.

»Nun, dann erlauben Sie zumindest, dass ich Ihnen etwas verabreiche. Einen antibiotisch angereicherten Vitamincocktail, der die Infektion mit ein bisschen Glück zurückdrängen kann.«

»Vitamine, ja?«, hake ich nach.

»Nichts, das Ihre Karriere gefährden könnte. Machen Sie sich da mal keine Sorgen.«

Ich nicke. Der Mann hier ist Sportmediziner und wird schon wissen, was er tut. Vermutlich kennt er die strengen Dopingvorgaben der UFC. »Also schön, dann her mit dem Zeug.«

Kurz darauf bekomme ich eine Spritze und die Anweisung, mir morgen vorm Kampf noch eine zweite abzuholen, dann kann ich zurück ins Gym fahren. Es steht noch Training an und ich wünsche mir ganz automatisch, ich könnte Megan dazuholen. Aber das kann ich nicht, und damit muss ich mich abfinden. Wenn man jemanden beschützen will, dann muss man seine eigenen Wünsche zurückstellen und sie, wenn es sein muss, vollkommen abschalten. Und genau das tue ich. Megan wird auch ohne mich irgendwann glücklich werden. Während ich im Auto sitze und mich der New Orleans Street nähere, sehe ich sie vor mir, oben an der Westküste, am Strand, mit ihrem dunklen Haar, das im

Wind weht, mit ihren blassen Sommersprossen, die ihr selbst vielleicht noch nie aufgefallen sind und ihrem Lächeln, das ich mir stundenlang einfach nur ansehen könnte.

Sie wird dieses unbeschwerte Leben bekommen, und das ist ein gutes Gefühl. Alles drum herum spielt eigentlich keine Rolle.

Kapitel 19

Die Kantine des Mercy Hospital sieht genauso aus, wie man sich eine Krankenhauskantine vorstellt: Unter Neonröhren sitzen gestresste Menschen in weißen Kitteln und essen Dinge, die aussehen, als würde einen jeder Arzt eigentlich vor ihnen warnen.

Ich entdecke Sally allein auf einem vinylbezogenen Stuhl in einer Ecke des großen Raumes. Vor ihr stehen ein Kaffeebecher und eine Schale mit Salat, in dem sie lustlos herumstochert. Sie wirkt hier ganz anders als neulich in ihrem gemütlichen Zuhause – viel bitterer und unglücklicher. Vielleicht lässt sie auf der Arbeit eine Maske sinken, die sie sonst aufrecht erhält, um Dale nicht noch trauriger zu machen. Wer könnte ihr das verübeln? Langsam nähere ich mich ihrem Tisch und sie sieht erst auf, als ich ihn fast erreicht habe.

»Hi, Sally.« Ich setze mich ihr gegenüber.

Sallys Gesichtsausdruck verändert sich, wird härter. Keine Frage, sie ist immer noch wütend auf mich. »Fang schon an«, sagt sie ungehalten.

»Zuerst würde ich gerne ...« Ich zögere, als sie eine abwehrende Haltung einnimmt, aber es bringt nichts, wenn ich mich jetzt beirren lasse. Also beteuere ich auch ihr gegenüber, wie ich es schon bei Harley getan habe, dass ich es schrecklich finde, was mit Scott passiert ist, dass es falsch war, den Auftrag für die Reportage anzunehmen und dass ich es nicht getan hätte, wenn mir klar gewesen wäre, dass MMA-Kämpfer nicht grundsätzlich gewissenlose Monster sind.

Zwar entspannt sich Sallys Haltung ein wenig, ihr Zorn versiegt aber trotzdem nicht.

»Was soll ich denn dazu sagen, Megan? Klar, du bist anders als die anderen Reporter. Aber ... tut mir leid, aber ich will mit euch nichts mehr zu tun haben. Mit keinem von euch.«

Ich atme tief durch, ehe ich ihr etwas verrate, das ich bisher noch keinem gesagt habe. »Und wenn ich dir verspreche, dass ich keine Reporterin mehr bin?«

Sally mustert mich stirnrunzelnd.

»Es ist so. Ich kündige bei den Daily News. Und falls nicht, würde ich sowieso rausfliegen, weil ich nämlich nicht vorhabe, etwas über Harley zu schreiben.«

Sie wirkt immer noch skeptisch.

Ich ziehe mein Handy hervor. »Harley hat mir vorhin eine Liste mit Infos geschickt, die ich veröffentlichen darf.« Das war ein fieser Moment, weil ich zuerst dachte, er würde vielleicht doch noch einmal mit mir über alles reden wollen. Die blöde Liste hatte ich da schon ganz vergessen. »Du kannst zusehen, wie ich sie lösche, wenn du willst.«

Sally lacht trocken und hart. »Du kannst sie dir schon längst abgeschrieben oder irgendwo anders gespeichert haben. Ich bin doch nicht blöd!« Sie schüttelt den Kopf. »Was willst du wirklich hier, Megan?«

Ich lasse das Handy sinken und sehe sie an. »Ich möchte Harley helfen.«

»Wie das?«

Ich lehne mich zurück und sammle mich einen Moment lang, denn ich weiß, dass jetzt der wichtigste Teil der ganzen Unterhaltung kommt: Ich muss sie überzeugen. Also erkläre ich ihr langsam, Wort für Wort, alles, was ich bisher herausgefunden zu haben glaube. Ich spreche Luigis komische Art an, sein riesiges Interesse an den Fans und der Publicity. Seinen offensichtlichen Reichtum. Die Wetten. Und die Ungereimtheiten, die mir in Harleys Lebenslauf aufgefallen sind. Warum hat er so kurz nach dem Tod seines Bruders beschlossen, dass er im selben Business wie Scott arbeiten will? Dass er auch ins Kämpfergeschäft einsteigt?

Während ich rede, wird Sally immer blasser, und als ich fertig bin, hat sie Tränen in den Augen. Das wollte ich nicht.

»Sally.« Zögernd greife ich nach ihrer Hand, die kraftlos auf dem Tisch liegt. »Glaub mir, ich wühle nur ungern in eurer Vergangenheit herum. Aber es geht Harley nicht gut mit dem, was er im Moment macht. Und die behandeln ihn auch nicht gut. Ich will einfach nur etwas für ihn tun, verstehst du?«

Sally sieht auf den Tisch und wischt sich hastig die Tränen von den Wangen. »Du redest so schön daher«, sagt sie schließlich, »die kleine Megan, die geläutert wurde und jetzt die Welt rettet, hm? Glaubst du etwa, dass ich nicht versucht habe, Harley diesen Mist auszureden? Er war immer ... alles war immer so okay bei ihm. Scottie hatte Probleme. Schon immer. Weil er immer mehr wollte, als er hatte. Er hatte einen Hang dazu, sich auf halblegale Geschäfte einzulassen. Und so sehr ich ihn geliebt habe, ich bin weiß Gott nicht sicher, ob er nicht gewusst hat, dass Rick mit Doping zu tun hat.

Bei Harley hingegen lief alles so rund. Sein Job bei der Polizei war alles, was er wollte und immer, wenn er vorbeikam, brachte er gute Stimmung mit, egal, wie schwierig alles gerade war.«

Sie seufzt tief und ich lächle unmerklich. Dieser unbeschwerte Harley, den ich auch schon ein paar Mal habe durchblitzen sehen, gefällt mir.

»Was hat sich geändert, Sally?«, frage ich leise und drücke ihre Hand. »Bitte, sag es mir.«

Sally sieht auf und scheint schlagartig aus ihren Erinnerungen zu erwachen. Argwohn kehrt in ihren Blick zurück und ich ziehe etwas aus meiner Handtasche, das ich extra für diesen Moment aufbewahrt habe. Ich falte das Blatt Papier auf und schiebe es ihr herüber. Es ist eine schriftliche Versicherung darüber, dass ich nichts von dem, was wir heute hier besprechen, an die Presse weiterleiten oder selbst veröffentlichen werde.

Sally überfliegt die Zeilen, dann rührt sie sich einen unendlich langen Moment überhaupt nicht. Und dann sagt sie etwas, das mich schlagartig um mindestens 200 Prozent wacher werden lässt: »Die Wetten.«

Ich nicke hastig. »Darüber macht Luigi sein Geld, nicht wahr?«

»Nicht nur Luigi. Auch Scott war in Wettgeschäfte verstrickt. Ich habe nicht so viel Ahnung davon, aber wenn ich das alles richtig verstanden habe … dann hat er Luigi eine ganze Zeitlang Kämpfer zugeschoben, entweder wirklich gute Männer oder *Cans*, und es wurden Kämpfe arrangiert, deren Ausgang für Insider schon im Vorfeld klar war. Luigi hat eine Menge Strohmänner, die für ihn wetten, und bei denen kassiert er kräftig mit. Die Ermittler haben nach Scotties Tod vermutet

...« Sie schluckt, ehe sie weiterredet. »... dass Rick deshalb gedopt hat. Um für einen wichtigen Fight unbesiegbar zu sein. Damit Luigi seine Wetten mit einer hundertprozentigen Erfolgsgarantie platzieren kann.«

Gott, ich habe es gewusst! Ich habe gewusst, dass da was faul ist! Auf einmal spüre ich Zorn in mir aufsteigen. Wie konnte sich Scott Jones, ein Mann mit Familie, auf derart krumme Geschäfte einlassen? Kein Wunder, dass er panische Angst hatte, dass die Presse noch tiefer gräbt.

Sally sieht mich an. »Er war ein guter Mann, Megan. Er wollte immer nur das Beste für uns.«

Ich nicke knapp. Ich glaube ihr ja. Scott war sicher kein schlechter Kerl. Aber es ist alles verdammt schlecht ausgegangen. »Erklär mir, was Harley damit zu tun hat«, fordere ich leise. »Es ist doch kein Zufall, dass er sich mit denselben Leuten eingelassen hat ...«

Sally schüttelt den Kopf. »Scott hatte Schulden bei Luigi. Er hatte sich Geld geliehen, um Kämpfer aufzubauen, um sein Gym auszubauen, und letztlich auch, um Ricks groß angekündigten letzten Kampf zu arrangieren. Das sollte ein erstklassiger Fight werden. Eine Menge Werbung, eine Menge Publikum, Live-Übertragung aus dem Ivory ins Sportfernsehen ... und die Wetten erst. Luigi hat Scott dafür verantwortlich gemacht, dass der Kampf geplatzt ist. Er hätte die Dopingbehörde eben besser schmieren müssen. Nach Scotties Tod ... Da haben diese Kerle sich bei mir gemeldet.« Wieder verhärtet sich ihr Blick. »Sie haben Dale nach der Schule abgefangen und ihm eine Botschaft für mich mitgegeben, kannst du dir das vorstellen?! Er kam völlig verstört nach Hause und hat mir gesagt, dass wir *dringend unsere Schulden bezahlen müssen.* Dass sie gesagt haben, sonst hätte er bald auch keine Mom mehr!«

Abscheu erfüllt mich. Genau so etwas habe ich insgeheim von Luigi erwartet, und das vom ersten Moment an. Was für ein widerlicher Mistkerl! »Was ist dann passiert?«, frage ich mit bebender Stimme.

»Ich habe mich an Harley gewandt. Ich wollte die Kerle anzeigen, aber er hat mir klar gemacht, dass ich mich damit nur ins Unglück geritten hätte. Wir haben überlegt, ob ich die Stadt verlassen, einfach abhauen soll … Aber Dale hat sein ganzes Umfeld hier. Seine Freunde. Seine Schule. Und nicht zuletzt Harley. Er war so verstört nach Scotties Tod, dass ihm keiner von uns noch mehr wehtun wollte. Und außerdem … ›Wenn es um Geld geht, dann finden solche Typen dich‹, hat Harley gesagt. ›Dann finden sie dich immer.‹« Sie sieht mich an. »Er hat dann versprochen, dass er die Sache mit ihnen klärt.«

Ich weiß, was dann passiert ist, ehe sie es mir erzählt. Auf einmal werden die Kanten der Puzzlezeile in meinem Kopf schärfer und sie fügen sich wie von selbst ineinander. Mein Gott! Er hat … »Er hat sich selbst geopfert, damit seine Familie in Sicherheit ist«, sage ich leise.

Sally nickt. »Er traf sich mit Luigi, und als er danach zu mir kam, war etwas an ihm anders. Er sagte mir, dass er einen Deal abgeschlossen habe. Dass er nächste Woche nach Italien reisen würde. Und dass er von nun an ein Kämpfer in Luigis Stall wäre. Wir haben die halbe Nacht geredet, Megan. Ich wollte das nicht. Aber er ließ sich nicht davon abbringen. Und als er zurückkam, nach einem Jahr, in dem ich nichts von ihm gehört hatte, war er ... ein gänzlich anderer.«

Ich erschauere. Denke an das alte Foto von Harley und an den Harley, den ich kenne. Er hat sich selbst an Luigi und seine Leute verkauft, hat das aus sich machen lassen, was sie gern haben wollten: einen Kämpfer, der so gut ist, dass man ihn kaum besiegen kann. Eine sichere Bank, wenn es um Wetteinsätze geht. Aber was er alles durchgemacht hat, um dieser Kämpfer zu werden, möchte ich mir gar nicht ausmalen.

»Hat er ...« Ich räuspere mich. »Hat er gesagt, wie viele Kämpfe er machen muss, bis Scotts Schulden abbezahlt sind?«

»Für die Fights im Ivory bekommt er nicht viel. Erst wenn er in der UFC ist – und dort besteht – kann er richtig mit dem Abzahlen beginnen.«

»Mein Gott«, sage ich leise und lehne mich zurück. Mehr kann ich gerade nicht sagen. Auf einmal macht die ganze Geschichte Sinn. Harleys Geheimnistuerei. Seine Beteuerungen, dass Luigi und seine Leute knallharte Geschäftsmänner sind. Und sogar sein Tattoo. *In sucum et sanguinem* – in Fleisch und Blut. Sein Fleisch und Blut ist seine Familie. Und er tut das alles für sie.

Auf einmal liebe ich ihn mehr denn je.

Und mir ist mehr denn je klar, dass ich nicht zulassen werde, dass er sich weiter aufgibt, um etwas gutzumachen, das er nicht verbrochen hat.

»Ich werd ihn da rausholen«, sage ich mit fester Stimme.

Sally schüttelt heftig den Kopf. »Megan, du hast keine Chance! Diese Typen sind skrupellos, das sollte dir doch klar sein nach dem, was ich dir gerade erzählt habe!«

Ich sehe sie an. »Und was soll die Alternative sein? Soll er die nächsten Jahre seines Lebens damit verbringen, stumpfsinnig Kampf für Kampf hinter sich zu bringen? Bis er völlig kaputt ist?« Ich schüttle den Kopf. »Keine Sorge. Ich werde dich und Dale nicht in Gefahr bringen. Aber ich werd auch nicht zulassen, dass Harley sich selbst wegwirft!«

Damit stehe ich auf und Sally tut nichts, um mich zurückzuhalten. Wie sie so dasitzt in diesem Moment, kommt sie mir zum ersten Mal schwach vor. Schwach, ausgelaugt und ratlos. Kein Wunder. Die Sache mit Harley muss furchtbar auf ihrem Gewissen lasten, auch wenn er sich selbst dazu entschlossen hat.

Ich beuge mich zu ihr hinunter und lege meine Hand auf ihre Schulter. »Glaub mir, ich weiß, was du durchmachst. Ich weiß, wie es ist, Angst vor einem übermächtigen Gegner zu haben. Aber euch wird nichts passieren. Man kann gegen jeden ankommen.«

Sallys Antwort ist ein stummes Nicken, mehr nicht. Ich drücke ihre Schulter, dann wende ich mich ab und verlasse die Kantine. Tausende von Gedanken wirbeln durch meinen Kopf: Was mache ich jetzt? Was ist der nächste logische Schritt? Und wie kann ich es tatsächlich verhindern, Harleys Bemühungen zunichte zu machen und seine Familie zu gefährden?

Ich werde Antworten finden. Ich muss.

HARLEY

»Die Deckung höher! Konzentration! Höher!«

Ich pralle zurück, als Aarons Faust meine Nase trifft. Der Schmerz ist dumpf, aber heftig.

»Was ist denn los, verdammt noch mal?!«, fährt er mich an.

Ich kann es ihm nicht sagen. Gern würde ich meine mangelnde Konzentration weiter darauf schieben, dass ich mit den Gedanken woanders bin, aber das ist nicht alles. Seit ein paar Stunden ist mir ziemlich schwindelig und gleichzeitig fühlen sich meine Arme und Beine unheimlich schwer an. Wenn ich eines jetzt nicht darf, dann ist das krank werden! Ich muss diesen Kampf durchziehen, diesen und den nächsten, und dann in die UFC. Luigi macht Druck. Ich muss endlich richtig Kohle reinbringen.

»Weiter!«, nuschle ich durch meinen Mundschutz und gehe wieder in Position.

Aaron greift mich wieder an. Er ist mein regulärer Sparringspartner, ein Kerl, der kräftiger ist als ich, aber auch langsamer und etwas schwerfälliger. Eigentlich. Seine Faust fliegt auf mich zu, ich weiche aus, schlage zurück und erwische seine Rippen, aber nicht richtig, stattdessen streife ich sie nur. Während ich noch zu ergründen versuche, wie das passieren konnte, trifft auf einmal ein heftiger Faustschlag meine Magengrube und ich sinke in die Knie.

Einen Moment lang ist alles weg. Der Käfig, der Kampf. Megan hat nicht auf meine Nachricht geantwortet. Ist sie okay? Wenn dieser Russell wieder aufgetaucht ist oder, schlimmer noch, wenn Luigi sie schon durchschaut hat –

Nein. Ich darf nicht in Panik geraten. Das darf ich seit jenem Abend nicht, an dem Luigi mir offenbart hat, wozu er fähig ist und an dem ich mir geschworen habe, dass ich für den Rest meines Lebens alles in meiner Macht stehende tun werde, um Sally und Dale vor ihm zu schützen.

»Harley! Hey! Jones!«

Ich werde auf die Beine gerissen und habe Mühe, stehen zu bleiben. Der Mundschutz verschwindet, eine Flasche wird mir zwischen die Lippen geschoben. Wasser sickert in meinen Mund und ich beeile mich zu schlucken.

»Bist du krank? Fühlst du dich schlecht? Willst du, dass wir den Kampf morgen absagen und der UFC –«

Ich stoße die Flasche weg und schüttle den Kopf. »Unsinn!«

Julio sieht mich skeptisch an. »Du siehst beschissen aus.«

»Ich hab alles im Griff.«

»So wie gegen Stevens?«

»Der Kerl war gedopt, verdammt noch mal.«

»Trotzdem. Im Moment machst du noch nicht einmal Aaron platt.«

»Gib mir 5 Minuten«, sage ich. »Dann mache ich Aaron platt.« Ich schiebe ihn von mir und verlasse den Käfig, dann den Trainingsraum. Im Gym ist bereits alles dunkel und ich habe einen Augenblick lang Probleme, mich zu orientieren. Dann schaffe ich es in die Umkleide und lasse mich dort schwer auf eine der

Bänke fallen. Der Schwindel lässt immer noch nicht nach. Verdammt, dieser Arzt hatte Recht. Keine Ahnung, wie das auf einmal kommt – ich war seit Jahren nicht krank. Und ich kann es mir jetzt absolut nicht erlauben. Aber irgendetwas stimmt nicht, das spüre ich ganz deutlich.

Ich hebe die Hand und betaste meine Nase, die sich von Aarons Schlag ein wenig geschwollen anfühlt. Unglaublich. Der Kerl hat mir noch nie einen so heftigen Schlag versetzt. Nicht, weil er ein Schwächling wäre, aber weil ich für gewöhnlich einfach zu gut bin. Was mache ich jetzt? Was kann ich tun, um für morgen fit zu sein?

Ohne, dass es Sinn machen würde, stehe ich auf und öffne meinen Spind, dann hole ich mein Handy heraus. Keine Nachricht von Meg. Natürlich nicht, ich habe ihr ja ziemlich deutlich klargemacht, dass sie sich fernhalten soll. Und wenn man als Mann fies zu ihr wird, dann gehorcht sie …

Ich habe ein schlechtes Gewissen. Und sie fehlt mir. Wenn sie hier wäre, dann wäre mir der Kampf, dieser ganze Mist, zumindest für ein paar Minuten vollkommen egal. Das weiß ich genau. Doch es würde keinen Sinn machen, mich bei ihr zu melden, weil wir nun einmal keine Zukunft haben. Ich muss sie vergessen. Morgen gewinnen. Und beim nächsten Mal. Und danach.

Also lege ich das Handy zurück in den Schrank. Dann lehne ich meine Stirn gegen das kühle Metall der Tür und gebe mir etwas Zeit, um den Schwindel in den Griff zu bekommen. Anschließend lasse ich im Duschraum kaltes Wasser über meine Handgelenke laufen – ein Trick, den ich aus dem heißen Italien kenne, um dem

Kreislauf in den Griff zu kriegen. Und zuletzt ziehe ich mir draußen am Getränkeautomaten einen Energydrink. Als ich den hinuntergekippt habe, ist es besser. Und als ich mir vor Augen rufe, dass es nicht mehr lange dauert, bis ich die wirklich großen Kämpfe machen kann, bis ich bekannt genug für gute Sponsorenverträge werde und endlich Geld reinkommt, wird es noch etwas besser. Ich werde das schon machen. Ich bin der Unbesiegte, oder nicht?

Also gehe ich zurück und steige wieder in den Käfig.

Julio lehnt am Gitter und sieht mich skeptisch an. »Du vergisst doch nicht, worum es hier geht, oder, Jones?«

»Keine Sekunde«, versichere ich. Und dann geht der Sparringskampf weiter.

KAPITEL 20

Es ist mitten in der Nacht. Ellie gähnt hinter vorgehaltener Hand. Jasper sieht aus, als hätte er drei Nächte durchgefeiert und umarmt eines meiner Sofakissen wie einen alten Freund. Wir sitzen auf dem Boden meines Apartments und ich scheine als Einzige hellwach zu sein. Klar, ich bin auch die Einzige von uns, die momentan keine geregelten Arbeitszeiten hat.

»Wenn ihr schlafen gehen wollt, dann verstehe ich das total, ehrlich.«

»Unsinn!« Ellie winkt ab. »Wir lassen dich sicher nicht hängen!« Energisch trinkt sie einen Schluck Kaffee.

»Fassen wir mal zusammen«, sagt Jasper. »Wir haben keine Beweise, nur die Geschichte seiner Schwägerin. Und wir haben niemanden, der ganz offen für uns aussagen würde.«

»Oder ein Interview geben.«

»Ellie!« Ich sehe sie an. »Ich werde so oder so keine Story daraus machen!«

»Das musst du selbst wissen, aber es wäre die Story deines Lebens«, gibt sie zu bedenken.

Ich weiß. Doch nichts auf der Welt könnte mir gerade egaler sein als meine Karriere. »Wenn sich Lucille endlich melden würde. Oder wenn ich mich noch ein letztes Mal einschleusen könnte. Ich weiß, wo Luigi wohnt.

Es muss in seinem Haus irgendwelche Unterlagen geben. Oder ich könnte versuchen, ein paar Gespräche zwischen ihm und Julio zu belauschen. Die zwei werden sich doch mal über diese ganze Wettgeschichte unterhalten!«

»Es wäre total auffällig, wenn du jetzt wieder da ankommst«, wirft Jasper ein.

»Du könntest warten, bis sie jemand Neues für die PR suchen und dann einen Strohmann einschleusen. Aber das würde sicherlich Geld kosten, niemand macht so was einfach nur so.«

Nachdenklich sehe ich sie an. »Aber funktionieren könnte es.«

»Brad würde sicher zahlen.«

Ich runzle die Stirn, verkneife mir aber jeglichen Kommentar. Denn natürlich ärgert es mich, dass sie immer wieder versucht, mich zu dieser Story zu überreden. Aber andererseits ist ihre Idee trotzdem gut. »Brad weiß ja noch nicht, dass ich es nicht mache ... Wenn ich ihm versichere, dass ich an was Großem dran bin, bezahlt er sicher jemanden, und sobald ich dessen Informationen habe, gehe ich zur Polizei und ...«

»Dann wissen die aber, dass du es warst«, unterbricht Jasper.

»Das würden sie auch, wenn ich den Artikel schreiben würde.«

Er zuckt mit den Schultern. »Ich bin ja auch dagegen, dass du ihn schreibst. Wenn es nach mir ginge, würdest du die ganze Angelegenheit gut sein lassen und aufhören, dich damit zu beschäftigen.«

Ich lache ungläubig. »Du hast mir doch selbst noch die Unterlagen besorgt, die mich überhaupt erst auf die entscheidende Idee gebracht haben!«

»Ja. Aber da wusste ich auch nicht, dass sich dieser Harley Jones auf die ... *Mafia* eingelassen hat. Oder zumindest eine ganz ähnliche Organisation.«

Ich sehe ihn an, dann blicke ich auf die Blätter, die überall um uns herum verteilt sind. Ja, diese Sache hier ist gefährlich. So richtig. Aber nicht nur für mich, sondern auch für den Mann, den ich liebe.

»Die Idee mit dem Strohmann gefällt mir«, sage ich. »Ich werde alles, was ich bisher habe, jetzt vernünftig sortieren und dann herausarbeiten, wonach er genau suchen soll. Und dann rede ich morgen mit Brad. Ich besorge mir die Beweise, die ich brauche, dann zeige ich diese Arschlöcher an und dann verschwinde ich mit Harley nach Kalifornien.«

Das hätte ich wohl besser nicht laut gesagt, denn nun sehen mich meine beiden besten Freunde an, als wäre ich ein bisschen beschränkt.

»Süße. Dein Plan hat Löcher und du machst es dir auch ein bisschen einfach«, betont Ellie.

Jasper nickt.

Ich weiß. Ich weiß, dass das alles so leicht nicht werden wird. Aber ich glaube, mir die Informationen, die ich brauche, über eine dritte Person zu besorgen ist schon mal ein guter Ansatz. Ich versichere Ellie und Jasper also, dass ich weiß, was ich tue, und dann bitte ich die beiden zu gehen, damit wir alle ein paar Stunden schlafen können.

Doch in Wahrheit tue ich etwas ganz anderes, sobald sie weg sind: Ich setze mich an meinen Laptop und suche nach Leuten, die zurzeit auf der Suche nach einem PR-Job sind. Wollen wir doch mal sehen, ob sich da nicht was machen lässt ...

***

»Nein, Megan! Und jetzt geh und schreib!«

Ich verschränke die Arme vor der Brust wie ein trotziges Kind. Selten habe ich Brad Cooper so sauer erlebt. Aber ich denke gar nicht daran, jetzt einfach zu gehen. »Es geht doch nur um ein paar Tage, die ...«

Brad lässt die Faust auf seinen Schreibtisch knallen und steht gleichzeitig auf. »Was glaubst du, wer ich bin, he? Ich hab meine Kontakte für dich spielen lassen und dich auf direktem Weg in dieses Team geschleust! Einfacher hättest du es nicht haben können, und du hast es versaut! Und jetzt soll ich Geld rausrücken, damit du dein Versagen wieder ausbügeln kannst? Du weißt genau, wie es finanziell um die Zeitung steht! Um alle Zeitungen! Unser Budget ist mehr als begrenzt, da verschleudere ich es sicher nicht, damit du –«

»Ich bin an einer großen Sache dran, Brad. An einer wirklich großen Sache.«

»Dann sag mir, an welcher, na los!«

Ich presse die Lippen aufeinander. Dass ich das noch nicht kann, habe ich ihm eben schon versichert.

»Siehst du?«, fährt er mich an. »Von dir kommt jetzt seit einem Dreivierteljahr nur heiße Luft! Ich weiß, dass du eine harte Zeit durchgemacht hast, Megan, aber ich kann dich nicht für immer mitziehen! Wenn du's

416

nicht mehr bringst, dann bringst du's nicht mehr, und
dann ist es vielleicht an der Zeit, dir einen neuen Job zu
suchen!«

Mist. Das läuft alles ganz und gar nicht so, wie ich es
mir erhofft hatte. Was sage ich denn jetzt? »Gib mir nur
noch eine Chance, Brad ...«

»Oh ja, die gebe ich dir.« Fest und unnachgiebig sieht
er mich an. »Du lieferst mir einen Entwurf. Bis morgen.
Und wenn mir der gefällt, helfe ich dir. Nicht mit Geld,
aber wir überlegen uns was.«

Ich versuche etwas zu erwidern, aber Brad lässt mich
gar nicht zu Wort kommen.

»Es läuft so oder es läuft gar nicht mehr, Megan.«

Ich nicke langsam und sehe ein, dass ich dem nichts
entgegenzusetzen habe. Eine Chance auf Hilfe von jemandem, der im Gegensatz zu mir wenigstens Kontakte hat – ich werde wohl nach dem Strohhalm greifen
müssen, den er mir da hinhält. »Also gut«, sage ich. »Ich
schreib dir was. Bis morgen.«

Brad nickt knapp. »Das hoffe ich. Und jetzt raus!«

HARLEY

Wenn ich noch 5 Minuten länger in diesem Sessel sitze,
werde ich einfach einschlafen, da bin ich mir ganz sicher. Ich sehe auf die Uhr. Noch 3 Stunden bis zum
Kampf. Wie soll ich bis dahin fit werden? Heute Morgen hat mir dieser Arzt eine weitere Spritze verabreicht, aber geholfen hat die auch nicht. Da ist immer

noch diese Schwere in meinem Knochen, die einfach nicht weichen will, egal was ich auch unternehme.

»Mister Jones. Ihr letzter Kampf ist ja etwas anders abgelaufen als erwartet. Sie hatten Schwierigkeiten, mit denen eigentlich niemand gerechnet hat. Wird das heute anders aussehen?«

Zuerst kann ich die Stimme gar nicht einordnen. Dann blicke ich auf und entdecke die übereifrige blonde Reporterin, die mir gegenübersitzt. Weil Megan weg ist, muss ich heute wohl oder übel einen Teil der Interviews selbst übernehmen. Bisher habe ich noch nie mit der Pressemeute gesprochen und wenn es jetzt irgendeine Möglichkeit gäbe, mich davor zu drücken, würde ich es tun. Aber ich habe keine Chance. »Bobby Stevens war gedopt und ich habe ihn trotzdem besiegt «, sage ich, so fest und klar ich kann.

»Sie sind ja nicht der Erste in Ihrer Familie, dem eine Dopingangelegenheit das Genick zu brechen droht«, höre ich die Reporterin wie durch Watte sagen.

Scheiße. Genau das ist der Grund, aus dem ich eigentlich nicht mit Reportern rede. Es war klar, dass sie mich bei der erstbesten Gelegenheit auf Scott ansprechen würden.

»Zu dem Thema sage ich nichts«, nuschle ich weniger entschlossen, als ich gerne will.

»Aber Ihr Bruder –«

»Ich sage doch, dass ich ...«, beginne ich, wobei ich aufstehe, aber dann falle ich einfach in den Sessel zurück. Und ich will auch gar nicht noch mal aufstehen. Verflucht, warum ist dieser Sessel so bequem, dass es mir schlagartig sogar egal ist, was diese Reporterin mir für Fragen stellt? Irgendwas stimmt doch nicht mit mir.

Habe ich die letzten Tage über versehentlich Weichspüler getrunken oder was?

»Mister Jones. Ihr Bruder kam bei einem Autounfall ums Leben, nachdem ...«

Dann hört sie auf zu reden oder ich höre ihr einfach nicht länger zu, und als ich das nächste Mal im Hier und Jetzt ankomme, ist die Blondine aufgestanden und redet mit jemand anderem. Luigi, der heftig gestikuliert. Zum Glück, er hat die Sache übernommen. Zum ersten Mal überhaupt bin ich diesem Saftsack dankbar. Während er die Reporterin abwimmelt, versuche ich es noch mal mit dem Aufstehen, und diesmal klappt es.

Luigi wendet sich mir zu und mustert mich von oben bis unten. »Die Interviewgeberei musst du aber noch üben.«

Ich nicke, aber eigentlich hoffe ich, dass das hier heute mein erster und letzter Interviewtermin ist.

Luigi legt mir eine Hand auf die Schulter. »Hör zu, ich kann mir vorstellen, dass du heute ein wenig nervöser bist als sonst. Aber es wird nicht wieder so laufen wie mit Stevens. Diesmal ist dein Gegner sauber, das habe ich gründlich überprüfen lassen.«

Ich nicke und dabei fällt auf, dass ich noch nicht einmal weiß, wie mein Gegner heißt. Die Woche ist irgendwie an mir vorbeigeflogen – zuerst musste ich die Folgen vom letzten Kampf loswerden und dann fing dieser komische Schwindel an. Aber na ja, es spielt auch eigentlich keine Rolle, gegen wen ich kämpfe. Ich kann jeden besiegen, oder wie war das?

»Ich regel das mit den Interviews schon, mein Freund. Du gehst nach hinten und bereitest dich mit Julio auf nachher vor. Wir brauchen dich topfit, alles klar?«

Wieder nicke ich, dann gehe ich los. Ziemlich mechanisch, wie mir selber auffällt. Luigi hat Recht. Ich muss
bis nachher fit werden. Zur Hölle, es ist nur dieser eine
Kampf und ich habe noch nie länger als 2 Runden gebraucht. Nur ein Kampf, dann habe ich wieder für ein
paar Tage Ruhe.

Das wird ja wohl machbar sein!

KAPITEL 21

Ich sitze vor dem Laptop und hämmere immer wieder auf die Leertaste. Das bringt natürlich nichts, aber es klingt zumindest, als wäre ich produktiv. Seit heute Morgen versuche ich jetzt, etwas für Brad zustande zu bringen und habe doch nicht mehr als anderthalb wenig aussagekräftige Seiten. Was soll das auch? Ich will ja eigentlich gar nichts schreiben, aber jetzt muss ich auf einmal und muss es irgendwie hinbekommen, ohne etwas über meine Enthüllungen zu verraten. Toll. Und das alles nur, weil Brad im Moment mein einziger Strohhalm ist, um irgendwie an Beweise zu kommen.

Also schön, ich habe ja keine Wahl. Angestrengt lese ich noch mal über meine letzten Sätze: *Doch dann entschied Harley Jones, dass er in Zukunft nicht mehr im Streifenwagen hinter den bösen Jungs herhetzen wollte. Er wollte näher heran. Direkteren Kontakt.*

Das klingt nicht gerade toll, aber etwas Besseres kann ich aus dem Wenigen, das ich preisgeben will, auch nicht machen. Die Infos, die Harley mir geschickt hat, sind so gut wie unbrauchbar. Grobe Eckdaten ohne jeden Tiefgang. Ich weiß wirklich nicht –

Es klingelt an der Tür. Hastig springe ich auf und laufe hin, dann öffne ich sie, so weit es die Kette zulässt.

Vor mir steht keine Geringere als Lucille, die Technikexpertin. »Hi, Megan.« Ein leicht verwunderter Blick auf die Kette. »Ich komm auf meinem Heimweg eh bei dir vorbei, da dachte ich, ich bringe dir das hier.« Sie lächelt schief und hält mir Julios Handy hin.

Überrascht schaue ich sie an. »Hast du es auslesen können?«

»Ich hab es knacken können.« Ihr Lächeln wird zur Andeutung eines Grinsens. »Was noch besser ist, denn so hast du unbeschränkten Zugriff auf alle Daten.« Sie reicht mir ein Blatt Papier. »Das ist sein Entsperrcode.«

Ich nehme das Blatt entgegen und sehe mir das einfache Strichmuster darauf an. »Lucille, du hast echt was bei mir gut ...«

Sie winkt ab. »Hat Spaß gemacht, sich mal wieder in so was zu vergraben. Jetzt muss ich nach Hause. Dean und ich haben heute Counterstrike-Abend.«

Keine Ahnung, wer Dean ist, aber es freut mich unendlich, dass Lucille jemanden hat, zu dem sie gehen kann. Ich freue mich immer so, wenn es sich anhört, als hätten Menschen ein intaktes Privatleben. Ich löse die Kette und wir verabschieden uns herzlich, dann gehe ich zurück zum Sofa und mache mich schnell daran, einen Blick in Julios Smartphone zu werfen.

Wenn ich irgendwas Belastendes finde, dann kann ich aufhören zu schreiben und bin einen Riesenschritt weiter. Ich denke an Harley. Er muss heute diesen Kampf bestreiten. Mit sehr viel Glück ist es der letzte. Wenn ich nur ...

Ich öffne seine Notizen. Finde Einkaufslisten. Belanglose Memos. Dann gehe ich über zum Messenger. Nachrichten, die offenbar zwischen Julio und seinen Kindern hin und her geschickt worden sind. Doch dann entdecke ich etwas weitaus Bedeutenderes: den Nachrichtenverlauf zwischen Julio und Luigi. Und als ich hier herunterscrolle, traue ich schon nach wenigen Sekunden meinen Augen nicht. Mein Puls beschleunigt sich und ich spüre, wie kleine Schweißperlen auf meine Stirn treten, während ich die Zeilen überfliege:

Ich sage, wir ziehen die Sache vor.

Wir wollten doch warten, bis er in der UFC ist. Das bringt mehr Aufmerksamkeit!

Schon, aber nach dem Stevens-Sieg halten ihn alle für unschlagbar. Die Quoten werden fantastisch sein!

Bist du sicher? Ich will kein Geld verlieren, nur weil wir verfrüht handeln.

Todsicher. Er hat nach der ›Blutschlacht‹ so viel Aufmerksamkeit wie noch nie! Bringen wir ihn morgen zum Doc. Der wird alles regeln. Und am Freitag wird die MMA-Welt ihren Augen nicht trauen.

Schade, ich mochte den Jungen irgendwie.

Werd bitte nicht sentimental. Irgendwann muss jeder mal verlieren. Und er wird nicht der letzte Unbesiegte sein ...

Oh Mist. Ich starre auf den Bildschirm, bis meine Augen brennen, brauche einen Moment um zu erfassen, was ich da gerade gelesen habe.

Und dann springe ich auf. Ich muss zu Harley, sofort, denn offenbar haben sein Trainer und sein Manager vor, dafür zu sorgen, dass er den Kampf heute verliert. Wie genau stellen sie das an? Was hat dieser Doc mit ihm gemacht? Ich denke an all die schweren Verletzungen beim MMA, von denen ich bisher gelesen habe und habe auf einmal rasende Angst um Harley. Was, wenn sie irgendwie dafür sorgen, dass er sich im Ring nicht mehr richtig verteidigen kann? Ich muss zu ihm. Auf der Stelle. Ich muss ihn warnen. Also ziehe ich in Windeseile meine Schuhe an. Ich trage eine Jogginghose und einen gemütlichen Sweater, nichts, worin ich Harley Jones normalerweise unter die Augen treten würde, aber das ist mir in diesem Moment vollkommen egal. Ich muss einfach nur zu ihm. Ein letzter Blick in die Wohnung, dann greife ich nach meinem Schlüssel sowie Julios Handy und meiner Tasche und renne raus. Ich hänge mir die Tasche über die Schulter und laufe das Treppenhaus runter, immer zwei Stufen auf einmal nehmend. Dann nach draußen, in die eiskalte Nacht. Ich brauche ein Taxi, und zwar schnell.

Doch ehe ich dazu komme, die nächste Hauptstraße auch nur im Ansatz zu erreichen, passiert plötzlich alles auf einmal: Ich werde zurückgerissen, eine Hand presst sich auf meinen Mund und meine Nase und das Smartphone wird meinen Fingern entrungen. Dann schließt sich ein Arm fest um meinen Körper.

»Jetzt gehörst du für immer mir«, zischt eine alkoholschwangere Stimme dicht an meinem Ohr.

Russell! Ich strample, versuche zu schreien, versuche mich irgendwie aus seinem Griff zu winden. Ich bekomme keine Luft, und genau das scheint er zu beabsichtigen, denn er denkt gar nicht daran, mich atmen zu lassen.

Panisch versuche ich weiter mich zu befreien, während sich in meinem Kopf und meinen Lungen ein unangenehmer Druck ausbreitet. Ich muss ihn loswerden! Ich muss zu Harley! Ich versuche es mit Schlägen, Tritten, aber Russell scheint nichts zu spüren. Vielleicht ist er zu betrunken, vielleicht zu entschlossen. Doch als mir irgendwann schwarz vor Augen wird, hat er immer noch nicht losgelassen ....

HARLEY

Irgendwas stimmt nicht. Irgendwas stimmt hier nicht. Ich sitze auf der Bank in meiner Kabine und schlage mir selbst gegen den Kopf, um diese Benommenheit loszuwerden. Ich muss klar denken. Denn irgendetwas stimmt hier ganz und gar nicht. Mein Gefühl meldet sich nicht mehr so oft wie früher, als ich noch im Polizeidienst war, aber wenn es sich meldet, dann hat es meistens Recht, und jetzt gerade schreit es mich förmlich an.

Irgendetwas läuft nicht richtig und ich muss ... Ich muss was unternehmen.

Ich stehe auf, Schwindel erfasst mich und ich sehe mich orientierungslos um. Was wollte ich? Der Schwindel wird so stark, dass ich mich an der Wand abstützen muss. Dann geht die Tür auf und Julio kommt rein, Luigi, die Typen vom gegnerischen Team.

»Zeit zum Bandagieren, Großer!«, sagt Luigi und drückt mich zurück auf die Bank.

Auch Sally kommt rein und fängt an, ihre Arztsachen auszupacken. Routine, alles ist wie immer. Ich schüttle den Kopf, um klar denken zu können. Da war doch gerade etwas. Ein Impuls, ich wollte etwas tun.

Luigi sieht mich fest an. »Das Ding heute musst du gewinnen. Ist das klar? Ist doch klar, oder?«

Ich nicke und sage etwas, das ich selbst kaum verstehe. Ich kann jetzt nicht kämpfen, etwas anderes war gerade noch wichtiger. Aber was? Verflucht, was ist denn mit meinem Hirn los?

»Sieht nicht gerade fit aus, euer Champ«, sagt irgendwer. Muss jemand aus dem anderen Team sein.

»Das ist nur die Aufregung«, wiegelt Luigi ab. »Kennt ihr doch sicher.«

Aufregung? Nein, ich bin nicht aufgeregt. Ich muss nur darauf kommen, was mir durch den Kopf ging, ehe diese Hektik hier losbrach

Ich sehe runter auf meine Hände, sehe den Bandagen dabei zu, wie sie mehr und mehr von meiner Haut bedecken. Und ich weiß, ich sollte nachdenken, sollte handeln und nicht bloß Löcher in die Luft starren …

»Hey.«

Ich blicke auf. Sally kniet vor mir. Wir sind jetzt allein. Wie lange schon?

»Harley. Wenn du das nicht mehr machen kannst, wenn es zu viel wird, dann verstehe ich das.«

Ich greife nach ihren Händen. »Ich hab euch was versprochen, Sal.«

»Ja, aber du musst nicht ...«

»Denk an Dale. Ich hab alles im Griff. Ich hab das hier im Griff.«

Lange und prüfend sieht sie mich an. Ich erwidere ihren Blick. Es ist dieselbe alte Diskussion, die wir schon so oft hatten, aber heute scheint sie ernsthaft an meinem Sieg zu zweifeln.

Und ich bin mir immer noch nicht sicher, ob der Kampf gerade im Zentrum meiner Aufmerksamkeit stehen sollte. Aber ich komme nicht darauf, wieso nicht. Ich komme einfach nicht mehr darauf ...

KAPITEL 22

Es ist dunkel, eng und stickig. Ich kann meine Beine kaum bewegen. Es riecht nach Motoröl und schalem Bier und …

Ich bin in Russells Wagen. Die Erkenntnis kommt so schnell und heftig, dass ich mich ruckartig aufzusetzen versuche und mit dem Kopf gegen etwas Hartes knalle. Warum ist es nur so eng hier? Und weshalb so dunkel?!

Hektisch taste ich meine Umgebung ab. Nur wenige Zentimeter über meinem Kopf befindet sich etwas Hartes, Glattes. Unter mir vibriert alles. Und um mich herum liegen Sachen. Kanister. Leere Dosen, wenn mich nicht alles täuscht. Hat er … Mein Gott, hat er mich in seinen Kofferraum gesperrt?!

Ich spüre, wie mich eine Mischung aus Panik und kalter Wut erfasst. Das kann er nicht machen! Er kann mich so nicht behandeln, und schon gar nicht jetzt, wo ich zu Harley muss! Er braucht mich. Ich muss hier raus. Ich muss unbedingt hier weg!

Mit zittrigen Fingern suche ich nach der Klappe und dann nach der Stelle, an der sich das Schloss befindet. Im Dunklen kann ich mich kaum orientieren, aber irgendwann ertaste ich den Mechanismus. Das bringt mir nur leider auch nichts, denn ich habe keine Ahnung, wie man einen Kofferraum von innen öffnet. Verflucht! Ich muss hier weg, so schnell wie möglich!

Okay, Meg. Durchatmen. Atmen. Ich zwinge mich, mich ein paar Sekunden lang einfach nur zu beruhigen. Ich brauche einen Plan. Nein. Zuerst brauche ich Licht. Wie gut, dass ich den Henkel meiner Tasche immer noch auf meiner Schulter spüre. Ich durchsuche sie nach meinem Handy, nur um festzustellen, dass ich es zu Hause vergessen habe. Aber Julios müsste doch irgendwo ... Nein, Russell hat es mir weggenommen. So ein Mist!

Egal, es bringt mir nichts, mich jetzt zu ärgern. Vielleicht kann ich mich trotzdem befreien. Hektisch taste ich erneut nach dem Schloss. Dann fummle ich mit immer noch zitternden Fingern daran herum. Russells Wagen ist alt, es lässt sich sicher von innen öffnen. Mit Glück sind wir noch in einer belebten Gegend. Ich werde einfach rausspringen und dann rennen wie der Teufel, in die erstbeste Bar, den erstbesten Laden ...

Aber dann hört das Vibrieren unter mir auf einmal auf. Russell hat angehalten. Hoffentlich nur eine Ampel! Mein Puls beschleunigt sich, als der Motor erstirbt. Oh nein, wir scheinen am Ziel zu sein. Dann sind wir ganz sicher in keiner belebten Gegend mehr. Ich muss mir was einfallen lassen. Ich höre die Autotür, dann Schritte. Ich muss etwas tun. Muss mir selbst helfen. Was habe ich bei Harley gelernt? Ich bin nicht hilflos, ich bin kein Opfer. Ich kann mich wehren.

Wieder schnellt meine Hand in die Tasche, und dann wird auch schon die Kofferraumklappe geöffnet.

Russell sieht auf mich hinunter. Sein Gesicht ist verquollen, er wirkt ungepflegt und als er mich teuflisch angrinst, erkenne ich in ihm so gar nichts mehr von dem Mann, den ich mal geliebt habe.

»Da haben wir dich«, sagt er.

Schnell sehe ich an ihm vorbei. Wir sind auf irgendeinem Hinterhof, vermutlich in der gottverlassensten Gegend von ganz Chicago. Nein, das stimmt nicht ganz. Die Architektur der Hochbauten um mich herum, die ich im fahlen Mondlicht gut erkennen kann ... Ich war hier, erst vor Kurzem. Fast muss ich lachen. Er hat mich ausgerechnet nach Englewood gebracht!

»Was hast du vor?«, frage ich heiser.

»Ich hab hier was gemietet. Was Kleines, Gemütliches, wo uns keiner so schnell findet. Wir werden dort glücklich sein, Maggie. Nur du und ich für den Rest unserer Tage ...«

Das Grauen bei dieser Vorstellung hat mich noch nicht ganz erfasst, als er auch schon meine Haare packt und mich aus dem Kofferraum zerrt. Ich versuche nicht in Panik zu geraten, gebe nach, lasse mich auf die Füße ziehen. Russell dreht mich grob zu sich. »Du wirst jetzt ein braves ...«

Weiter kommt er nicht, denn ich hebe blitzschnell die Hand, atme ein, halte die Luft an und sprühe ihm das Pfefferspray aus nächster Nähe mitten ins Gesicht. Und dann, noch ehe er hustend zusammenbrechen kann, lasse ich meine geballte Faust vor seinen Kehlkopf krachen. Russell schreit, dann würgt er erstickt und fällt auf die Knie.

»Du Schlampe«, krächzt er, »du gottverdammte Schlampe!!«

Ich höre ihm gar nicht zu, sehe nur noch, wie seine Hand blind nach meinem Bein tastet, und dann renne ich los. Weg von ihm, ehe er sich erholt, ehe er mich verfolgen kann. Dieser Bastard hat mich heute Abend zum letzten Mal überrascht, zum letzten Mal übervorteilt. Ich hoffe, ich habe ihm die Augen verätzt. Ich hoffe, er erstickt an seinem Hass und seinem Zorn!

So schnell ich kann, renne ich zur Einfahrt des Hinterhofs, fort von diesem Mann, der mein Leben so lange vergiftet hat. Ich muss zu einem anderen, zu dem Mann, den ich liebe, der mich geheilt hat und den ich jetzt retten muss. Harley Jones. Ich muss zu ihm. Und ich werde mich von nichts und niemandem mehr aufhalten lassen!

***

Das Ivory ist brechend voll. Der Türsteher will mich erst gar nicht reinlassen, aber dann erkennt er mich zum Glück als Harleys PR-Frau.

»Schicke Aufmachung«, sagt er mit einem Blick auf meine Schlabbersachen.

Ich verziehe das Gesicht, bin verschwitzt und vollkommen außer Atem. Ich bin schwarzgefahren und die letzten Blocks gerannt. Auf einmal kann ich doch sportlich sein. »Bitte, ich hab ... verschlafen und ...«

Der Türsteher lächelt müde. »Geh schon rein, Mädchen.«

Ich laufe in den Club. Die Kasse ist schon nicht mehr besetzt und es sind so viele Menschen hier, dass sie sich bis auf die Treppe drängen. Ich quetsche mich hindurch. Ich muss zu seiner Kabine, ich muss ihn warnen, er darf heute nicht antreten!

Doch dann passiert das ungefähr Schlimmste, was ich mir in diesem Moment vorstellen kann: Der Countdown beginnt. Ich bin zu spät. Das darf nicht wahr sein!

Ich quetsche mich mit aller Kraft durch die Zuschauer, entdecke aus dem Augenwinkel die grünhaarige Barfrau und verfluche sie innerlich dafür, dass sie diesen Keil zwischen Harley und mich getrieben hat. Wäre ich heute ganz regulär bei ihm, an seiner Seite gewesen ...

Aber Schuldzuweisungen bringen jetzt gar nichts. Ich muss zu Harley. Ich muss ihn davon abhalten, diesen Kampf überhaupt erst zu bestreiten. Aber so einfach ist das nicht.

»3 ... 2 ... 1, Fight!« ertönt der Countdown und ich weiß, dass ich zu spät bin.

Inmitten der Menschenmenge bleibe ich stehen, völlig atemlos und voller Angst. Ich stelle mich auf die Zehenspitzen und nehme den Käfig ins Visier, und mein Herz macht einen schmerzhaften Sprung, als ich Harley darin entdecke. Etwas ist anders, das sehe ich gleich. Seine Haltung ist nicht dieselbe wie sonst. Er steht nicht so aufrecht, wirkt nicht so dynamisch. Seine Arme sind zur Deckung erhoben, aber er macht keine Anstalten, einen Schlag zu platzieren. Das ist erst mal nicht weiter besorgniserregend, denn ich weiß mittlerweile, dass er seinen Gegner immer erst mal kommen lässt, ehe er zuschlägt. Dennoch spüre ich einfach, dass er heute nicht von der eiskalten Konzentration erfüllt ist, die er braucht, um der Unbesiegte zu sein.

Heute ist er besiegbar.

Und dann geschieht es.

Sein Gegner, ein großer, massiver Schwarzer, der mich an Mike Tyson erinnert, holt aus und lässt seine Faust in Harleys Gesicht krachen. Und Harley weicht noch nicht einmal aus.

Ich brülle seinen Namen, während ein überraschtes Raunen durch die Menge geht. Dann erwache ich aus meiner Erstarrung und kämpfe mich weiter voran. Ich muss zu ihm, muss ihn da rausholen. Keine Ahnung, was die genau mit ihm gemacht haben, aber er ist heute absolut wehrlos, und kaum habe ich den Gedanken zu Ende gedacht, landet auch schon ein weiterer Faustschlag in seinem Gesicht. Harley fliegt zurück, knallt gegen die Gitter, ein paar Zuschauer bejubeln seinen Gegner.

»Von wegen unbesiegbar!«, brüllt irgendwer und ich würde meine Faust am liebsten in dessen Gesicht krachen lassen. Aber er hat leider Recht. Harley ist heute Kanonenfutter. Und genauso ist es ja leider auch gedacht.

Ich versuche mir den Kampf nicht anzuschauen, will gar nicht sehen, wie er zusammengeschlagen wird, schiebe mich einfach nur weiter und weiter nach vorn … und dann sehe ich, dass vor den Türen zum Käfig Luigi und Julio sowie ein paar weitere finstere Gestalten wachen. Und ich bleibe stehen. Ich werde da nicht reinkommen, das lassen sie nicht zu. Aber was soll ich dann tun? Was mache ich jetzt nur?

Ein dumpfer Aufprall und ich sehe doch wieder hin. Harley ist am Boden. Sein Gesicht ist blutig. Sein Gegner tänzelt topfit um ihn herum. Der Ringrichter nähert sich, bereit den Kampf zu beenden. Gott, er soll bloß liegen bleiben, bloß nicht aufstehen, soll es einfach gut sein lassen. Wenn es jetzt vorbei ist, dann kann er noch nicht allzu schwer verletzt sein.

Aber er ist Harley Jones, er hat eine Menge zu verlieren, und er versucht natürlich aufzustehen. Schwankend kommt er auf die Beine, und plötzlich ist sie wieder da, die blaue Kälte in seinen Augen. Und ich weiß, dass er nicht aufgeben wird, solange er sich noch irgendwie rühren kann. Das Herz schlägt mir bis zum Hals. Was da passiert, ist Wahnsinn. Ich muss dem ein Ende setzen. Und wenn ich schon nicht zu ihm in den Käfig komme, dann kann ich nur hoffen, dass Plan B funktioniert.

HARLEY

Den habe ich nicht kommen sehen. Die Faust von dem anderen Kerl, ich hab immer noch keine Ahnung, wie er heißt, trifft meine Schulter und irgendwas knirscht und dann breitet sich ein scharfer Schmerz in meiner Brust und meinem Arm aus. Wieso habe ich diesen Schlag nicht kommen sehen?

»Die Deckung hoch!«, brüllt irgendwer, »die Deckung hoch!!«

Ich sehe mich um. Es ist irgendein Fan, nicht mein Trainer. Julio, den ich verschwommen an der Käfigtür erkenne, steht nur da und scheint noch nicht mal überrascht über mein Versagen zu sein. Warum nicht?

Der Gong ertönt. Die erste Runde ist vorbei. Ich werde in meine Ecke gezogen. Hände fummeln an mir herum. Sallys Stimme ist da irgendwo, ein Stück entfernt, außerhalb des Käfigs.

»Harley, was ist denn mit dir? Julio, du musst das Handtuch werfen!«

»Unsinn! Der wird sich jetzt zusammenreißen!«

Eine Lampe leuchtet in meine Augen. Dann schwebt das Gesicht des Ringrichters vor mir herum. »Jones. Schaffen Sie das? Ich brauche ein klares Signal, sonst breche ich den Kampf ab.«

Nein. Das darf er auf keinen Fall. Bilder zischen durch meinen Kopf: Der Abend, an dem ich mit Luigi reden wollte. Es ging um Scotties Schulden. Wir trafen uns in Luigis Haus. Er führte mich in den Keller. Ich hatte noch nicht einmal Angst. Ich war so verflucht großkotzig damals, glaubte an Recht und Ordnung und all diesen Mist. Und dann ging alles ganz schnell. Luigi öffnete eine Tür. Und da war eine Frau, gefesselt, zusammengeschlagen.

Die Schlampe von einem Geschäftspartner, der seit zwei Jahren nicht zurückzahlt, was ich ihm geliehen habe.

Ich weiß noch, dass ich mich fragte, weshalb er sie mir zeigt. Ich war ein Cop. In diesem Moment war es meine Pflicht, ihn festzunehmen und …

»Jones. Ich frage Sie zum letzten Mal: Schaffen Sie das?«

Aber ehe ich an diesem Abend auch nur ein Wort sagen konnte, zog Luigi eine Pistole aus der Innentasche seines Jacketts und erschoss die Frau. Einfach so. Dann sah er mich an und sagte etwas, das ich seitdem nicht mehr aus dem Kopf bekommen habe: *Bist du nicht froh, dass ihr Name nicht Sally war? Oder Dale?*

Eine klare und unmissverständliche Drohung. Nein, mehr ein Versprechen: *Wenn ich mein Geld nicht bekomme, dann passiert ihnen dasselbe.*

Ich habe Luigi nicht verhaftet in jener Nacht, auch weil ich erfahren habe, wie viele Leute hinter ihm stehen. Wenn Luigi in den Knast gewandert wäre, wäre jemand anders für ihn nachgerückt, So läuft das nun mal in der Mafia. Sie hätten Dale etwas angetan, damit ich sehe, wie ernst es ihnen ist und dann wäre Sally dran gewesen. Ich wollte auf keinen Fall das Leben meiner Familie riskieren und so habe ich einen Vertrag unterschrieben.

Auch heute kommt mir immer wieder der Gedanke, ob es richtig war. Ob ich mich nicht viel zu schnell habe einschüchtern lassen. Vielleicht lag es an Scotties Tod, der zu diesem Zeitpunkt noch nicht lange her war. Vielleicht konnte ich einfach nicht noch mehr Unheil in meiner Familie ertragen.

Langsam hebe ich den Kopf und sehe zu Luigi herüber. Er steht in der Käfigtür und blickt mich an, wie er es dort im Keller getan hat. Dieser Kerl ist zu allem fähig. Zu allem. Ich sehe Sally an, dann den Ringrichter.

»... Ich schaffe das.«

»Sind Sie sicher, Jones?«

»Ich schaffe das.«

Der Ringrichter nickt. Luigi lächelt. Sally sagt irgendwas, aber ich verstehe sie nicht. Ich werde auf die Füße gezogen. Und dann beginnt die zweite Runde.

Ich muss ihn nur treffen. Nur einen wirklich guten Schlag landen. Und wenn er am Boden ist, dann wende ich einen dieser Griffe an, die immer funktionieren. Ich kann das. Ich muss jetzt nur –

Ich hole aus. Und dann trifft seine Faust meine Rippen. Der Schlag presst mir die Luft aus den Lungen, ich sacke zusammen, und ein zweiter Schlag kracht in mein Gesicht. Blut spritzt. Ich lande auf allen Vieren. Blut tropft auf den Boden des Käfigs. Ich kneife die Augen zu, muss mich konzentrieren, muss irgendwie wach bleiben ...

Und dann stürzt sich der andere Kerl auf mich, wirft mich herum, ist auf einmal über mir. Lässt seine Fäuste auf mich einregnen. Ich versuche die Arme zu heben. Höre Sally meinen Namen schreien. Schlucke Blut. Dann zerrt der Ringrichter den anderen Kerl von mir runter. Ich höre nur ein schrilles Pfeifen, unterbrochen von einem anderen Geräusch. Es klingt, als würde die Menge jemanden ausbuhen. Mich?

Irgendwie schaffe ich es, mich aufzusetzen. Und irgendwie schaffe ich es, auf die Füße zu kommen. Ich sehe mich um. All diese Menschen ... die meisten von ihnen toben. Wollen was Besseres sehen für ihr Geld. Und das müssen sie auch. Ich darf nicht verlieren. Unter gar keinen Umständen. Ich muss der Unbesiegte sein.

Komm schon, Harley, nur ein guter Schlag ...

Ich wende mich meinem Gegner zu. Schleudere ihm meine Faust entgegen. Er packt meinen Arm, zieht mich zu sich heran und wirft mich kurzerhand über seine Schulter. Noch nie war der Ringboden so hart. Scheiße, tut das weh. Ich muss hochkommen. Stütze mich auf den Ellbogen auf. Spüre einen Tritt in meine Rippen. Sehe Blut unter mir. Ich glaube, es läuft aus meinem Mund oder meiner Nase, keine Ahnung, es kommt einfach überall her ...

Und dann passiert wieder etwas. Ich kann nicht sagen, was es ist, aber irgendwas hier drin verändert sich. Wird es heller? Bricht Panik aus? Oder bilde ich mir das ein? Ich versuche mich aufzurichten, aber ich kann nicht, und dann geben meine Arme nach und ich lande mit dem Gesicht auf dem Boden, in meinem eigenen Blut.

Alles dreht sich. Dieser verdammte Schwindel ... Und dann höre ich eine Stimme, blechern, wie durch ein Megafon.

»Alle ruhig bleiben! Niemand bewegt sich von der Stelle! Das hier ist eine Razzia! Sie haben nichts zu befürchten! Bitte bewahren sie Ruhe!«

Hektik. Jemand zerrt an mir, kriegt mich aber nicht bewegt.

»Wir müssen ihn wegschaffen!« Luigi, außer sich.

Was passiert hier? Warum verstehe ich nicht, was hier geschieht?

»Sie schaffen niemanden irgendwo hin!«

Schritte und Stimmen um mich herum, irgendjemand wird wütend, ich höre das altbekannte Klicken von Handschellen. Dann wieder das Pfeifen, greller als zuvor. Und dann eine andere Stimme. Eine, mit der ich nicht gerechnet hatte.

»Harley! ... Dylan, bitte hilf mir!«

Ich werde auf den Rücken gedreht und sehe in gleich zwei Gesichter, mit denen ich nicht gerechnet hatte. Das eine gehört Dylan Coleman, meinem alten Partner aus der Drogenfahndung. Und das andere ...

»Megan«, höre ich eine fremd klingende Stimme krächzen.

Megan schüttelt den Kopf. »Nicht sprechen«, sagt sie. »Nicht sprechen. Alles wird gut.«

Ich sehe, dass sie Tränen in den Augen hat und versuche die Hand zu heben. Meine blutigen Finger nähern sich ihrem Gesicht. Aber dann verblassen ihre ebenmäßigen Züge. Und alles wird schwarz.

EPILOG

Chicago, Illinois
03. Dezember 2016

Ich sehe aus dem Fenster. Chicago leuchtet. Weihnachtslichter in den Fenstern, Tannengirlanden in den Straßen. Die Stadt ist wunderschön und dennoch werde ich ihr keine Träne nachweinen.

»Und du bist dir sicher, dass wir dort einfach so aufkreuzen können?«, reißt mich eine Stimme aus meinen Gedanken.

Ich lächle, auch wenn es sich ein wenig schmerzhaft anfühlt. »Sie ist meine Mutter. Sie wird uns nicht rauswerfen. Auch wenn ich mich eine Ewigkeit nicht gemeldet habe.« Ich reiße mich vom Anblick der Stadt los und sehe Sally an.

Sie sitzt auf der gegenüberliegenden Bank des Großraumtaxis und wirkt müde. Kein Wunder. Es ist mittlerweile mitten in der Nacht und der Abend war mehr als hart. Es war der vermutlich furchtbarste Abend, den sie seit langem erlebt hat. Sie wirkt erschöpft und schert sich nicht um das Blut, das ihr Oberteil und ihr Haar verklebt. Dale schert sich auch nicht darum. Er lehnt an ihrer Schulter und schläft, auf dem Schoß einen Kinderrucksack mit Comic-Wrestlingfiguren darauf. Das Kämpfen ist wohl eine Leidenschaft in der Familie Jones, die von Generation zu Generation weitervererbt wird. Für manche geht die Sache gut aus. Für andere nicht. Der kleine Dale jedenfalls tut mir leid, denn jetzt wird er doch noch aus seiner gewohnten Umgebung gerissen. Aber es geht nicht anders. Die Cops haben uns unmissverständlich klargemacht, dass wir erst einmal die Stadt verlassen müssen. Ich habe keine Ahnung, ob das nur eine kurze Flucht ist oder ein Dauerzustand wird. Ich weiß nicht, wie die ganze Sache ausgehen wird. Keine Ahnung, was sie Harleys sogenanntem Team alles nachweisen können. Und ich weiß auch nicht, wie Luigi und seine Leute darauf reagieren, dass Julios gestohlenes Handy bei einem gewissen Russell Carter gefunden worden ist. Wie sie reagieren, wenn sie erfahren, dass ein anonymer Tipp zu der Razzia geführt hat, die dafür gesorgt hat, dass der Kampf abgebrochen wird. Dass im ganzen Club Beweise gesichert wurden. Dass dem besiegten Harley Jones genug Blut abgenommen wurde, um festzustellen, ob ihm irgendwelche Substanzen verabreicht worden sind.

Ich weiß im Moment noch nicht, wohin das alles führen wird, wann die Gangster wieder auf freiem Fuß sind und ob sie die richtigen oder die falschen Schlüsse ziehen. Und es spielt heute Nacht auch keine Rolle mehr. Ich bin froh, dass Dylan so schnell gehandelt hat, nachdem ich ihn auf meinem Weg zum Ivory vom Handy eines Fremden aus angerufen hatte. Seine Karte war zum Glück noch in meiner Tasche. Jetzt bin ich erschöpft. Und entsetzt über das, was ich im Käfig gesehen habe. Und müde. Unendlich müde.

»Wir fahren noch eine Weile bis Somerset«, sage ich zu Sally. »Schlaf eine Weile.«

Prüfend sieht sie mich an, scheint ergründen zu wollen, ob ich zurecht komme. Ich lächle ein weiteres Mal.

»Danke, Megan«, sagt sie dann und schließt die Augen.

Ich sehe wieder nach draußen. Chicago verblasst. Die Häuser werden kleiner, dann weniger. Dann fahren wir durch die freie, kalte, winterliche Landschaft von Illinois und ich erlaube mir durchzuatmen.

Und dann spüre ich, wie sich das Gewicht auf meinem Schoß, das meine Beine längst zum Einschlafen gebracht hat, leicht verlagert. Ich sehe nach unten. Er hat die Augen geöffnet, zumindest, so weit das möglich ist, denn sie sind beide geschwollen und es bilden sich bereits Blutergüsse.

»Harley«, sage ich leise.

Sein Blick richtet sich auf mich. »Baymax ...«, flüstert er.

Ich muss lachen. Gleichzeitig füllen schon wieder Tränen meine Augen. Es tut mir weh, ihn so zu sehen. Lieber hätte ich ihn im Krankenhaus gelassen, zur Beobachtung. Aber dort hat man uns versichert, dass er einfach nur Ruhe, Schmerzmittel und eine Menge Eis braucht.

»Wie fühlst du dich?«, frage ich und streiche das blutverkrustete Haar aus seiner Stirn.

»Als wär ich ... von einem Laster ... überrollt worden ...« Nur langsam scheinen die Erinnerungen an den Kampf in sein Gedächtnis zurückzukehren. Sein Ausdruck verändert sich und er versucht sich aufzusetzen.

Ich drücke ihn sanft zurück und er lässt es geschehen, als er Sally und Dale entdeckt.

»Es ist alles okay, Harley«, versichere ich ihm. »Ich habe alles unter Kontrolle.«

Ich spüre, wie er schmerzhaft durchatmet, während er sich zurück auf meinen Schoß sinken lässt. Dann sieht er mich an und ich erwidere seinen Blick.

»Du solltest dich doch … fernhalten …«

»Ich konnte nicht«, sage ich und schüttle den Kopf.

»Du bist …«

Ich lege ihm einen Finger auf die zerschlagenen Lippen. »Du warst wehrlos. Dieser Kerl hätte dich tot- oder in den Rollstuhl geschlagen. Du kannst von der ganzen Welt verlangen, dass sie einfach nur zusieht, während du im Käfig bist, Harley Jones. Aber nicht von mir.«

Immer noch sieht er mich an. Dann greift er unendlich langsam nach meiner Hand und nimmt sie von seinem Mund. »… Schätze, ich muss dir was sagen, Megan Clark.«

»Nein, musst du nicht.« Eine Träne tropft von meiner auf seine Wange und ich wische sie weg. Diesmal weine ich nur aus Erleichterung. »Ich weiß. … Und ich liebe dich auch.«

Er lächelt, so gut das in seinem Zustand geht. Ich lächle ebenfalls. Dann greife ich nach seiner Hand und halte sie ganz fest. Das Taxi rauscht durch die Nacht. Und wir lassen alles hinter uns. Die Stadt. Das Ivory. Die Kämpfe. Die Zeitung. Brad. Luigi. Russell. Aber das hier fühlt sich nicht nach einer Flucht an, denn wir haben nichts verloren.

Für den Moment zumindest haben wir gewonnen.

FORTSETZUNG FOLGT ...